GÖTZ SCHRAGE

Der Schwärmer

Roman

RITTER LITERATUR

Dank an: Astrid Rybiczka, Silvia Bischof, Heidi Selbach, Johanna Sokol, Eleonore Maurer und Peter Hiess

ISBN 3-85415-363-5

Lektorat: Ralph Klever
Umschlagbild: Paul Schrage
www.goetz-schrage.com
Herstellung: Ritter, Klagenfurt

Wenn man ein Buch schreibt, sollte man entweder richtig schlau sein, oder zumindest viel erlebt haben. Ich verstehe von nichts wirklich was. Bin eher universell ungebildet. Von Frauen verstehe ich definitiv am wenigsten. Keinen Fehler lasse ich aus, ich glaube, ich habe sogar neue erfunden. Die Art Fehler, die vor mir möglicherweise noch keinem Mann eingefallen sind.

Natürlich lerne ich absichtlich nie irgendetwas dazu. Kaum habe ich mich in höchster Not aus meiner letzten weiblichen Katastrophe gerettet, taumle ich sehenden Auges in die nächste. Glücklich und willenlos. Frauen sind aber auch eine nette Erfindung vom Lieben Gott. Sie sind appetitlich, riechen gut und bewegen sich so süß. Sie haben mich einfach im Griff.

Mich treibt der Glaube weiter. Der Glaube, irgendwo gibt es die richtige Frau für mich. Am besten eine, die schon ein wenig gespart hat und trotzdem hübsch ist. Arbeiten ist nicht so wirklich meines. Liebhaber wäre der ideale Beruf, obwohl ich auch auf diesem Gebiet keine besonderen Fähigkeiten besitze.

Von mir lernen können Sie kaum etwas. Vielleicht macht es Ihnen aber Freude, von meinem weiblichen Unglück zu lesen? Vielleicht ertragen Sie dann das Ihre mit mehr Gleichmut?

Ich will es mal hoffen! Und das kann ich wirklich gut, das Hoffen, meine ich. Könnte man mit Hoffen und Schwärmen Geld verdienen, ich wäre vorne dabei bei den Reichen und Schönen, die auch im November braun sind und irgendwie doch nicht gesund aussehen.

Für Patrizia †

1
Am Boden nichts Neues

Die dunkle Luft roch nach Sommersonne und die fetten Regentropfen schmeckten nach Hitze und großer Stadt. Vor der einsamen Nachttankstelle stand nur ein verlassener Wagen. Der richtige Ort, um meine Seele ein wenig im Licht der Neonlampen zu wärmen. Zuerst einen Cappuccino mit extra Milch, dann die klare Rindssuppe und mit dem Abstand von zwei Zigaretten noch den heißen Zitronentee. Was ich an Münzen hatte, musste in den Automaten. Wer von zwei Frauen gleichzeitig verlassen wird, braucht wirklich kein Geld mehr. Mir war nach sentimentalem Pathos zumute. – Eine Nacht, ein Mann alleine im Regen, kein Geld und ein halbes Päckchen Zigaretten. Das hätte wenigstens Stil und Würde, und klimpernde Münzen in der Hosentasche wären da wirklich störend.

„Harte Nacht gehabt?" Der Kassier hatte ungefähr meine Statur. Braucht man auch bei seinem Job, nur blondiere ich mir die Haare nicht. Wollte er das wirklich wissen mit meiner Nacht und so? Gab es ab dem dritten Automatengetränk ein Gespräch auf Kosten des Hauses, war ihm nur langweilig oder hatte das Arschloch etwa Mitleid mit mir? Pfui Teufel, Mitleid mit mir hatte ich schon selbst genug!

Der Kollege an der Kassa starrte mich weiter an, wollte seine Antwort. Ich quetschte die letzten Tropfen Zitronentee aus dem lauwarmen Plastikbecher. Mehr um Zeit zu gewinnen und dann doch absichtlich wirklich gar nichts zu sagen.

„Einmal unten, einmal oben. Habe ich nicht Recht?" Hartnäckig war der Junge. Das hatte meinen Respekt. Sieht seine Frage im Nirvana meiner scheinbaren Teilnahmslosigkeit versickern und schiebt unbeirrbar die nächste hinterher. Beinahe hätte ich ihm alles erzählt, wie ich da noch etwas wartend vor Lisas Haus herumgestanden war. Irgendwie in der Hoffnung, Lisa würde mir hinterherlaufen, oder Patrizia würde ans Fenster kommen und was sagen. Oder beide? Nein, Lisa *und* Patrizia bitte nicht! Beide wäre auch wieder eine Niederlage gewesen.

Selbstverständlich habe ich dem Halbblonden gar nichts erzählt. Gegangen bin ich, bevor es wirklich anstrengend wurde. Eine Sonnenbrille habe ich gekauft. Eine Sonnenbrille mit schwarzem Rand und dunkelgrünen Gläsern, mit meinem letzten Geld und einem minimalen Minimalnicken zum Abschied. Dann hinaus in die nasse Nacht. Die Tankstelle hatte ihren Zweck erfüllt.

Jetzt war alles besser. Viel besser! Jetzt hatte das feuchte Dunkel der Stadt einen netten grünlichen Schimmer. Kleine Regentropfen perlten funkelnd an den Gläsern meiner Sonnenbrille. Dunkelgrüne Autos mit dunkelgelbgrünen Scheinwerfern rauschten über das flache Wasser der Straßen und ich glaubte, ein Stückchen meines Lebens wieder zu spüren. Genug davon, um es bei ausgeklügelt gewagten Überquerungen der Fahrbahn zu riskieren. Aber nicht blindlings ins Risiko gehen! Ich glaube an Kompromisse auch bei autoaggressivem Verhalten. – Wenn ich den begründeten Verdacht hatte, mich nicht mehr auf einem gesicherten Gehweg zu befinden, schaute ich vielleicht für einen kurzen Moment fünf Grad nach rechts und fünf Grad nach links. Dann geradeaus und in einem Schwung drüber. Falls irgendeine von diesen extraleisen Mercedes-Limousinen angerast gekommen wäre – Pech eben, mir wäre das dann auch egal.

Dann war ich plötzlich in dieser sonderbaren kleinen Gasse. Eine jener Gassen, die es schon immer gab und in der ich ebenso sicher noch nie war, obwohl es doch eigentlich meine Stadt ist. – Vielleicht eine Sackgasse? Das wäre immerhin stimmig zu meinem sonderbaren Sackgassenleben. Zwei Männer kamen mir entgegen. Wahrscheinlich waren es zwei? Wie ein gelangweilter Hund, der alleine sein will, drückte ich mich gegen die Hauswand. Die beiden zogen an mir vorbei. Ich hatte nicht aufgeschaut.

„Hallo mein Freund! Was tust du?“ Ich wusste wirklich nicht, wer da sprach. Wollten mich alle Männer, die nicht in nassen Autos saßen, in ein Gespräch verwickeln?

„Was geht mit die Frauen? Hast du bekommen ungarische Prinzessin?“ Da brauchte ich meine Sonnenbrillen wirklich nicht abnehmen. Hätte ich ohnedies nicht gemacht. Der Satzbau, das scharfe R und der leise Duft von nassen Blumen. Achmed der Rosenverkäufer, Freund und Ratgeber. Seine arabisch weißen Zähne blitzten durch meine dunklen Gläser, als hätte er eben in einen Regenbogen gebissen. Mit seinem haarigen Handrücken tätschelte er meine Wange. „Du bist richtiger Playboymann.“ – „Ja“, habe ich gesagt und „Danke“ auch noch. Und warum ich das gesagt habe, weiß ich bis heute nicht.

Plötzlich drückte mir Achmed seine feuchten Restrosen gegen die Brust. Ich mußte sie einfach festhalten, sonst wären die Blumen auf meine nassen Schuhe gefallen. Nasse Rosen auf der nassen Straße. Das wäre nicht pathetisch, sondern kitschig. Immer Stil bewahren, auch wenn ganz besonders niemand zuschaut.

Dann hörte und spürte ich dieses kleine Lokal am Ende der sonderbaren Sackgasse. Eine kleine Portion Musik, lautes Lachen, eine offene Tür, und ich kramte in meiner Hose nach dem wirklich letzten Geld. Die wenigen Sessel standen schon verkehrt auf den wenigen Tischen. Lärm, Menschen und Leben gab es nur noch hinten an der kleinen Bar. Ein Hocker war frei und neben mir purer Balkan.

Zwei Türken und ein Jugoslawe. Gemeinsame Nennersprache natürlich lautes Deutsch.

Ganz, ganz vorsichtig legte ich die Rosen auf die Theke, die schweren Blüten ragten ein wenig über den Rand. Jetzt erst spürte ich die nasse Hose an meinen Oberschenkeln. Es roch nach verschüttetem Bier und zerbrochenen Gläsern, und fast hätte ich mich unabsichtlich ein wenig wohl gefühlt.

Die Jungs neben mir hatten ihren Spaß und vor allem was zu besprechen. Es ging um Frauen, oder vielmehr um eine konkrete Frau. Was sie am liebsten alles mit ihr machen wollten. Der Lauteste war der Türke mit der silbernen Trainingshose. Sein Landsmann kicherte und grunzte zustimmend, wenn es darum ging, die einzelnen Körperöffnungen der Unbekannten zu verplanen. Der blinkende Jugoslawe war für mich gut zu sehen. Sein dickes fettes Goldkreuz, das er selbstverständlich über dem T-Shirt trug, leuchtete problemlos durch die immer noch nassen Gläser meiner Sonnenbrille. Seine Textbeiträge waren von konsequenter Variantenarmut. Der Schlüsselsatz war eindeutig: „Errol, du bist eine richtige Drecksau!" – Gefolgt von der Güte Lachen, für das man Minimum zwei Jahrzehnte mit täglich drei Päckchen Marlboro trainieren sollte.

Schon in der Tankstelle hatte ich den Verdacht, das Leben würde doch weitergehen. Dann, alleine auf der Straße, hatte ich wieder meine Zweifel. Die Gesellschaft tat mir gut. Die Jungs waren so wie ich früher. Oder so, wie ich immer sein würde. Sogar eine trockene Zigarette fand ich noch in meinem untrockenen Sakko. Meine Zündhölzer waren chancenlos nass.

„Ohne Warnung steck ich ihn ihr dann hinten rein. Einfach so mit Schwung und ohne zu fragen. Dann muss die Schlampe auch noch ganz lieb „Danke" sagen!" – „Errol, weißt du, was du bist? Du bist wirklich die ärgste

Drecksau!" – Das goldene Kreuz wurde von einem derben Lachanfall geschüttelt. Keine Chance auf Feuer.

Dann kam dieses funkelnde Tablett mit schmutzigen Gläsern und hinten dran einer unscharfen Frau: „Wir sperren gleich zu. Magst noch rasch was trinken?" – „Kleines Bier bitte." – Als ich sie noch um ein Päckchen Zünder bitten wollte, sah ich dieses wackelnde kleine grüne Flämmchen von hinter der Theke immer näher kommen. „Danke schön", sagte ich, das Flämmchen verlöschte, ich spürte diesen kleinen warmen Windhauch und er schmeckte nach Frau. – „Ivana, tust du immer nur so kurz blasen?" Die Silberhose assistiert vom kichernden Osmanen. Der Jubeljugoslawe jubelte sich ein weiteres „Drecksau" herunter. Ivana stellte das kleine Bier vor mich auf die Theke und sagte gar nichts.

Eine brennende Zigarette, ein paar neue Bekannte und im Hintergrund schepperte „I just call, to say I love you" aus den Boxen. Meine Hose trocknete langsam in der Hitze der Bar und ich hatte die schlimmste Demütigung meines Lebens wahrscheinlich schon hinter mich gebracht. Keine dämlichen Halblesben würden mir die Zukunft versauen. Es gab doch so viele schöne Frauen, die ohne es zu wissen auf mich warteten. – Die anstrengende Frau mit dem anstrengenden Hund aus dem Park, die hübsche Serbin von der Wurstregalaufsicht aus meinem Supermarkt und die scharfe Ordinationshilfe von der dicken Tierärztin. Gleich morgen würde ich mich wieder um mein Leben kümmern. Gleich morgen wäre die Trauerzeit vorbei. Einfach so nach einer Nacht. Wer sollte mir das bitte verbieten?

„Hey Stevie Wonder. Auch dabei, wenn wir dann die Slowakenfotze so richtig durchbügeln?" Derbe Sprache, für mich kein Problem, nur ich war mehr in der passiv vulgären Stimmung. Der Jugoslawe mit dem goldenen Kreuz stand blinkend vor mir, wollte seine Antwort. Und ich nahm meine Sonnenbrille, die mit dem schwarzen Gestell und den dunkelgrünen Gläsern, erstmals ab. Einfach weil ich sehen wollte, wieso er Stevie Wonder kannte, und außerdem ein wenig aus Höflichkeit.

„Was sagst du, Stevie. Die Schlampe brummt doch richtig. Die braucht es dringend! Stimmts, oder habe ich Recht?" – Ganz tief konnte ich in seine zugekoksten Glücksaugen sehen. Mit seinem Ellbogen lehnte er lässig auf der Theke. So wie er das wahrscheinlich in den Djangofilmen daheim im Belgrader Freiluftkino gesehen hatte. Aber nicht irgendwo auf der Theke. Mit seinen beschissenen Versace-Ellbogen lehnte er doch tatsächlich auf meinen Rosen. Den Rosen, die ich so sorgsam an den Rand gelegt hatte, damit die Blüten nicht verletzt würden.

„Du lehnst auf meinen Rosen!"

„Was sagst du, Stevie?"

Der Jugoslawe kam ein Stück näher. Sein Mund in gefährlich fragende Wellenlinien gelegt. Ich konnte ihn riechen und ich roch ihn nicht gerne. Was anderes zu sagen fiel mir nicht ein.

„Du lehnst auf meinen Rosen." Und nach einer Pause wiederholte ich den Satz nochmals, diesmal mit einem kleinen Zusatzwort: „Du lehnst auf meinen Rosen, Arschloch!"

Die wenigen Sessel waren auf einmal richtig herum, nur die wenigen Tische hingen scheinbar und sonderbar an der Decke. Der Holzboden fühlte sich spannend und freundlich an. Sanft streichelte ich mit meinen Händen über die zarten Kerben und Astlöcher. In meinem Mund war dieser nette salzige Geschmack, nur mein Kopf vibrierte sonderbar vibrierend. – Wo waren bitte die anderen Jungs? Wo blieb der Spaß? Ich lag am Boden und wollte bitte nur noch ein wenig liegen bleiben. Jetzt überhaupt! Jetzt hatte ich mit der Fingerkuppe diese zarte sandige Holzfuge entdeckt.

„Was ist passiert? Was ist da um Gottes Willen passiert? Diese Arschlöcher!" – Vertraute schlurfende Schritte. Wo war ich bitte? Den Kopf heben war wirklich keine gute Idee. Dutzende unruhig blinkende Punkte. Was passiert war? Keine Ahnung. Ich lag auf meinem Holzbodenbett und es war mir eigentlich auch egal.

Dann war sie plötzlich über mir. Ganz nah. So nah, dass ich sie nicht wirklich sehen konnte. Einfach eine unscharfe schöne Frau, ihre Hand sanft auf meiner Stirn und in meinem Herzen spürte ich ein wenig sanftes Glück.

„Ganz nass bist du. Alles ist ganz nass!"

„Ich bin auch so verdammt lange gegangen heute Nacht. So verdammt lang überhaupt."

„Ist ja gut", hat sie gesagt. „Ist ja alles gut. Jetzt bist du ja da. Und ich bin auch da."

Warum, weiß ich nicht. Ich meine, mir tat ja nicht wirklich etwas weh. Erst zitterte mir das Kinn ein wenig, dann war da dieses sonderbar tiefe Gefühl hinter meinen Augen. Fünf gar nicht dicke Tränen kullerten mir über meine Wangen. Drei rechts und zwei links. Vielleicht hatte sie es ja gar nicht gemerkt.

Weiter ist nichts passiert. Am Boden nichts Neues. Nur es war keine Feuerpause. Es war Frieden und nicht nur ein bunter Schmetterling, den ich fangen wollte. Mit der Fingerkuppe tastete ich mich die Sandfuge entlang. Vorsichtig und entschlossen. Fast ganz am Ende spürte ich diese kleinen spitzen Dornen. Ein wenig, aber nur ganz ein wenig musste ich noch einmal den Kopf heben. Der Jugoslawe war gar nicht der Sieger. Ich hatte eine meiner feuchten schönen Rosen wieder und gab sie der Frau, auf die ich mein ganzes Leben gewartet hatte.

Diesmal wusste ich, es ist ganz sicher für immer, oder zumindest für diese Nacht.

2
Der erste Kuss – Das erste Problem

Die armen jungen Leute. Ich denke mir: es wird immer noch Bowle geben. Es wird immer noch in einem Partykeller sein. Und vor allen Dingen – es wird zwischen 15 und 16 Uhr an einem Samstag sein, die kleinen schrägen Kellerfenster notdürftig mit Stoff verhangen, damit die strahlende Sonne nicht stört.

Nur werden es „Eminem“, „Manson“ oder „Puff Daddy“ im Hintergrund sein, die diesen magischen Moment des ersten Kusses begleiten. Wir hatten es besser. Eindeutig besser! Bei uns lief nonstop „Je t'aime“ oder „Strangers in the Night“. Das machte es rhythmisch viel, viel leichter.

Mein Mädchen hieß Denise, mit einem leichten s-Fehler. Sehr erotisch, so ein s-Fehler. Ich bekomme heute noch Gefühle, wenn ich diese blonde Tante in RTL („Leute“, ab 19.oo Uhr?) ihre Moderation machen höre.

Zurück zu Denise, mit der ich eigentlich zufällig tanzte. Ich hatte sie nie vorher gesehen. Wir wackelten eng umschlungen, das Knirschen von runtergefallenen Soletti und Chips unter unseren Turnschuhen. Auf den unvermeidlichen Matratzen Pärchenbündel, alles in das Licht einer ächzend rotierenden Discokugel getaucht (diese Kugeln mit den 500 kleinen Spiegeln).

Da passierte es! Unsere Münder fanden einander – genauso war es, mein Kopf wäre nie so mutig gewesen. Wir küssten uns. Es war feucht, spannend und warm. Es war supersensationell! – Mir war ganz schwindlig. Ich wollte mich mit ihr hinlegen, nicht etwa, damit ich besser fummeln könnte. Dazu fehlten mir absolut Plan und Mut. Nein, weil ich dachte, noch ein Kuss und ich falle in Ohnmacht! Ziemlich peinlicher Gedanke.

Ich schob sie also in Richtung der einzig freien Matratzen-Polster-Kombination. Direkt neben dem Plattenspieler. Dieser Platz war nicht zufällig frei. Es war der hellste Ort. Neben dem Plattenspieler war diese billige hellgraue Bürolampe montiert. Aber mir war es egal. Wenn ich schon mal eine abbekam, sollten es die anderen ruhig sehen. Wir ruckelten herum, bis wir eine geeignete Kussposition gefunden hatten. Ihr Lipgloss (es war ja 1976) fing das gesamte Licht und strahlte und funkelte. Ich Augen zu und – Scheiße! Die Tür wurde aufgerissen, donnerte gegen mein Knie. „Denise, dein Vater wartet oben!" – Das war's. Meine Prinzessin sprang auf, Habtacht-Stellung, und trottete hinter der Gastgebermutti brav nach oben. Nichts, kein Winken, kein Abschied. Weg, einfach weg!

Aus den 2 x 60-Wattboxen klang inzwischen „Sambapathi" von Santana. Ich hätte mich auf der Stelle töten können. Ich war schließlich schon 15 1/2. Die anderen Jungs waren den Mädchen schon längst am Slip gewesen. Selbstverständlich ohne sich tagelang danach die Hände zu waschen, um noch eine Duftmarke des Triumphes zu behalten. Und ich lag da, nach nur einem Kuss mit einer mittelschweren Kniescheibenprellung – allein!

Ich habe mich nicht umgebracht. Hauptsächlich wegen der Fußball-EM, die am selben Tag begann. Nur Schwule, dachte ich mir, bringen sich während einer EM um. Wenn ich schon tot war, wollte ich nicht noch eine schlechte Nachrede haben. Aber ich war verwundet, schwerstverwundet. Bei jeder Gelegenheit schloss ich die Augen und probierte dieses Gefühl, diesen kleinen elektrischen Schlag (circa fünfter Lendenwirbel links) abzurufen, als ihre Zunge meine berührte. Ich glaube, ich habe mein ganzes Leben – meine Frauen verzeihen mir das hoffentlich – immer Denise geküsst. Wie ein Junkie, immer auf der Suche nach dem ersten Flash.

Ich habe sie nie wieder gesehen – Denise, wenn Du das lesen solltest: Ich stehe im Telefonbuch. Festnetznummer ist nicht mehr aktuell, aber Handynummer stimmt!

Ich habe auch nie wieder gelacht oder mich über etwas gefreut. Zumindest zwei Wochen nicht, bis Uli Hoeness im Finale gegen die Tschechoslowakei den Elfmeter über das Tor gejagt hatte. Diese unfähige deutsche Fleischhauerfresse hat mir wieder Glück und Lebensmut gegeben. Antonin Panenka verwandelte für die Tschechen. Sie wurden Europameister, und ich beschloss weiter zu leben und zu lieben. Eine sehr umstrittene Entscheidung.

3
Der Prager Frühling und die rasierten Achseln von Tante Melitta

Mir ist gerade etwas klar: Jetzt, wo ich diese Zeilen schreibe, weiß ich auf einmal, warum ich so fanatisch für die Tschechen die Daumen gedrückt habe. Es hat natürlich mit Sex zu tun, zumindest mit Erotik. Ich glaube ja, dass alle Prägungen und späteren Entscheidungen mit Sex zu tun haben. Vielleicht gibt es – nur so zum Beispiel – unter männlichen Vegetariern auch mehr aktive Sodomiten, proportional zur Restbevölkerung. Klingt logisch, oder? Ich würde auch keine Frauen essen. Auch keine hässlichen, älteren, auf keinen Fall.

Jetzt zu Tante Melitta. Ich bin mit sieben Jahren ins Internat gekommen. Es war furchtbar. Wir lagen nachts in unseren Schlafsälen, immer in Sorge vor unseren prügelnden, hässlichen Tanten. Es war noch dieser Nazigeist in der Luft. Unsere Tanten waren so zwischen 50 und 60 Jahre alt. Ihre beste Zeit hatten sie beim Bund Deutscher Mädchen gehabt und so herrschte dieser militärische Ton. Was konnten wir dafür, dass sich ihr impotenter psychotischer Scheißhaufen von einem Führer seine Birne weggeblasen hatte.

Aber egal, die Erzieherinnen waren auch noch potthässlich. Kein Make-up – deutsche Frauen brauchen so etwas nicht –, unrasierte Achseln und haarige Beine. Im Winter, durch die fleischfarbenen Strümpfe schimmernd, wirkte das noch schlimmer. Im Sommer, versteckt hinter der Gnade der Sonnenbräune, waren die Härchen nicht ganz so eklig.

Ich war noch zu jung für erotische Träume. Aber hätte ich schon welche gehabt, wäre mir die Schimpansin Judy aus der Daktari-Serie eher in den Sinn gekommen als unsere weibliche Belegschaft. So war das eben bis – ja – bis die Russen ihre Panzer nach Prag schickten, um ihrem nach Freiheit strebenden Satelliten-Staat zu zeigen, wo der sowjetische Hammer hängt. Zehntausende flohen in wenigen Tagen über die österreichische Grenze und verteilten sich über die ganze Welt. Nur Tante Melitta verzichtete auf die ganze Welt und kam zu uns. Keine Ahnung, warum. Ob sie mit dem Direktor schlafen musste für den Job? Oder ob sie in ihrer Not gratis, nur für Kost und Logis, arbeitete? Wie auch immer. Sie war da und nichts war wie vorher!

Tante Melitta hatte diese damals hochmoderne „Kim Novak-Frisur". In rot gehalten. Sie war circa fünfundzwanzig und trug einen ärmellosen weißen Kittel. Ziemlich kurzen Kittel! Der Mini-Rock war damals gerade erfunden worden.

Ich hatte viel von Marilyn Monroe gehört und von Claudia Cardinale, aber die konnten sich mit der Schönheit dieser Frau sicher nicht messen. Davon waren ich und alle anderen Jungs überzeugt. Manche meinten, Uschi Glas im Winnetou-Film sei auch so schön, aber ich konnte ob dieser Ahnungslosigkeit nur grinsen.

Wir erkannten sie auch nachts an ihrem Gang. Sie hob nie die Füße und schlurfte mit diesen weißen Gesundheitsschlapfen durch die Schlafsäle. Erst kam der Busen, dann das Kinn und dann der Rest.

Wenn sie ihre Abendrunde machte und das Licht löschte, bekam jeder von uns entweder den Kopf gestreichelt oder einen Kuss auf die Wange. Die Frau roch so gut. Ich glaube, für sie waren wir vollwertige kleine Männer und sie hat sich für uns schön gemacht. Ich war glücklich!

Tante Melitta war nicht so glücklich. Sie hatte ein Kofferradio, und wenn die andern Tanten nicht da waren –

vielleicht war gerade SS-Veteraninnentreffen oder so –, hörte sie die „Freie Stimme CSSR“. Manchmal weinte sie dann. Ich war so wütend. Ich habe im Wald mit Pfeil und Bogen noch mehr geübt, um eines Tages Breschnew und die anderen korrupten, machtgeilen Kommunistenschweine zu erledigen – für Tante Melitta.

Bis zu meinem ersten Sex – doch davon später, versprochen! – habe ich mir nächtens unter meiner Decke oft überlegt: Was trug Tante Melitta unter ihrem Kittel?! War sie darunter nackt?! Ich bin jetzt 41 Jahre alt. Das ist nicht mehr richtig jung, aber es funktioniert noch alles! – ohne Hilfe. Ich habe absoluten Horror vor Medikamenten. Viagra würde ich mich nie zu nehmen trauen. Sollte ich, zum Beispiel zu meinem 80. Geburtstag, Lust auf Sex haben und Sorge, ob es noch geht, habe ich immer einen 100%igen Joker im Talon: Ich ruf bei einem Escort-Service an. Zahle den Aufpreis für Spezialwünsche! Bestelle mir eine Rothaarige mit tschechischem Akzent, weißem Kittel und Gesundheitssandalen. Die Sandalen soll sie ruhig anlassen. Ich bin mir ganz sicher, solange ich atme, bekomme ich dann einen tadellosen Ständer! Das ist eine erfreuliche Perspektive für mein weiteres Leben. Finde ich zumindest.

4
Richard Nixon – Weibliche Orgasmusprobleme Meine sexuelle Fehlprägung

Ich bin Jahrgang 1960. Also aufgewachsen mit Vietnam, Che Guevara, Flower-Power und der „Sexuellen Revolution". Ich glaube, Richard Nixon ist an vielem schuld. Den oberschwachsinnigen Vietnamkrieg hat *er* eskalieren lassen, aber den Sex haben uns auf Jahrzehnte *andere* versaut.

Die Gegenbewegung – make love not war – die ganze peace now-Bewegung. Die Jungs hatten alle Recht. Dieser mehr als 10.000 Kilometer entfernte Dschungelkrieg war dumm und selbstverständlich unnötig. Und weltweit jeder, der ein Megaphon oder Mikrophon in die Hand nahm, um gegen diesen Macho-Schwachsinn zu wettern, hatte Recht. Politisch waren sie auf der richtigen Seite. Das Problem war nur, dass sie gleich überall ihren Senf dazu gaben. Und niemand hat je mehr Schwachsinn über Sex verbreitet als die Friedensbewegung der 60er Jahre.

Bloß weil die Soldaten fickten wie Tiroler Holzknechte, muss man nicht „Liebe-machen" wie John Lennon oder Donovan, um politisch korrekt zu sein. Ich habe diesen Sexrevolutionsgeist eingeatmet und weil ich extrem dämlich bin und sehr langsam umlerne, habe ich bis circa 1990 gebraucht, um ihn wieder abzuschütteln.

Welche Frau will einen rücksichtsvollen, sensiblen Liebhaber? Welche Frau geht nicht lieber mit einem durchgeknallten, verschwitzten Marlon Brando („Apocalypse Now") ins Bett, als mit diesem jämmerlichen Wurm John Lennon, der sich auf dem berühmten Foto nackt an seine japanische Drachenfrau Yoko Ono anklammert wie ein ertrinkender Junkie?

Ich machte mir viel zu viele Gedanken über Dinge, über die man sich keine machen sollte. Ich hatte so dumme Probleme wie: verletzt es die Würde einer Frau, wenn ich sie plötzlich von hinten ficken will. Muss ich unterbrechen, damit wir das ausdiskutieren?

Ohne das Privatfernsehen wäre ich, glaube ich, nie drauf gekommen. Es war eine dieser frühen, täglichen deutschen Talkshows. Und ich habe schon vorher gestanden, dass ich nicht der Hellste bin, aber sogar mir ist aufgefallen, dass die türkischen Jungs immer die schönsten deutschen Freundinnen hatten. Sicher nicht, weil sie viel fragten oder über die Bedürfnisse von Frauen nachdachten. Ich kann es mir zumindest nicht vorstellen.

Sat1 hat mein Leben verändert. Ich dachte mir – ich war ja damals nicht gerade erfolgreich bei den Frauen –, es muss sich was ändern. So habe ich mein Motto geändert. Statt Liebe zu machen wie Gandhi oder Peter Handke, lautete mein Motto forthin: höflich sein wie Prinz Charles, aber ficken wie ein Türke. Und, so viel sei jetzt schon verraten: es hat funktioniert!

So, jetzt muss ich schnell stoppen. So weit sind wir noch gar nicht. Wenn ich weiter solche Zeitsprünge mache, kennt sich ja keiner mehr aus! Nicht einmal ich. Und ich war ja schließlich dabei.

5
Ein Hund in Ibiza und ich sehen unseren ersten Pornofilm

Was kommt nach dem ersten Kuss, wenn alles glatt läuft? Richtig – das erste Petting! Petting?! Was für ein hässliches Wortmonster. Aber egal, bei mir kam einmal gar nichts. Man sollte meinen, ich hätte jetzt den Bogen raus, aber weit gefehlt. Ich glaube, bei dieser Party hatte ich einfach Glück. Ein paar Jungs waren nicht gekommen, so gab es circa elf Mädchen, aber nur fünf Jungs. Kein Wunder, dass mir da was gelungen ist. Aber auf freier Wildbahn, unter Wettkampf-Bedingungen, war ich verloren.

Wenig hilfreich war auch, dass ich zwei Jahre jünger aussah als ich ohnedies war. Das Schlimmste: ich hatte so eine schöne Haut. Kein Wimmerl weit und breit. Wenn mich im Sommer dankenswerterweise einmal eine Gelse ins Gesicht stach, dann kratzte und fummelte ich so lange, bis ich es zu einer respektablen, kleinen roten Beule gebracht hatte. Aber genau dann war nie eine Party – Pech eben!

Ich hatte alles über Petting im „Bravo“ gelesen. Wirklich alles! Es hörte sich spannend und nett an, und ich wollte es erleben. Nebenbei hatte ich auch große Angst davor. Wegen so einer zarten Vorhautverengung, und wie sollte ich das mitteilen? Etwa vorher eine Gebrauchsanweisung verteilen auf der Party – bitte nur nach oben ziehen, so fest du willst, aber keinesfalls nach unten, das tut höllisch weh. In meiner Phantasie ließ ich mich nur von einer Krankenschwester befummeln oder wenigstens von unserer Biologielehrerin.

Dieses Problem hatte ich im Moment sowieso nicht. Aber ich hatte Blut geleckt – und wollte mehr! Wenn ich schon keinem Mädchen zwischen die Beine greifen durfte, dann wollte ich wenigstens einer Frau zwischen die Beine schauen – in Ruhe und in Farbe.

Damals gab es noch einige Pornokinos in Wien. Das Video war noch nicht erfunden, die Filme liefen nonstop. Bei uns im Gemeindebau hatte ich von einem Kino gehört, das es mit der Alterskontrolle nicht so genau nahm. Also nichts wie hin!

Das Kino war schmierig. Der Film hieß „Bums-Olympiade in Ibiza". Ich hatte die Schultasche auf meinem Schoß und drei Getränkedosen. Die waren im Eintrittspreis automatisch dabei. Man durfte sogar rauchen. Ich rauchte aber, wenn überhaupt, nur heimlich die Pfeife von meinem Vater. Das nächste Mal wollte ich sie mitnehmen. Ich dachte mir, mit drei Dosen Sprite und einer Pfeife in der Hand würde ich ziemlich cool wirken.

Die Szene spielte in einem Garten. Das Gras war ziemlich braun und sonnenverbrannt. Die Hauptdarstellerin auch. Sie breitete erst eine Decke aus und dann gleich ihre Beine. Neben ihr ein Picknickkorb, aus dem eine grüne Salatgurke herausragte. Alle im Kino wussten sicher, was jetzt gleich kommen würde, außer mir!

Was hatte sie vor? Und überhaupt, ich war ziemlich verwirrt. Ich hatte mich ja in meinem Biologiebuch schlau gemacht. Meiner Meinung nach gab es ein kleines Loch weiter oben zum Pinkeln und weiter unten ein zweites rundes zum Reinstecken. Sauber getrennt. Aber was für ein biologisches Durcheinander war das?! Und so viele Haare? Hilfe!

Schauen alle Frauen so aus und wieso war alles so rosa? Das Rosa war nett, immerhin. Aber der Rest?! Weiter oben habe ich den Lieben Gott gelobt. Aber bei den weiblichen primären Geschlechtsmerkmalen war Er ziemlich schlampig.

So ein Schwanz hat ein erstklassiges Design. Es ist alles ganz logisch. Keine Frau könnte, wenn sie zum ersten Mal einen Schwanz sieht, irgendwelche Zusatzfragen haben. Etwa, wo bitte ist vorne? – oder so. Bei Frauen ein heilloses Durcheinander.

Sie begann also die Salatgurke zu lecken?! Und schließlich – Sie ahnen es sicher längst – machte sie das mit der Gurke, worauf alle im Kino sehnlichst warteten – außer mir. Der Picknickkorb war inzwischen umgefallen. Der Inhalt: eine Flasche Sekt, zwei Gläser – kommt doch noch wer? – und zwei Karotten. Wozu? Richtig, um an der einen Karotte zu lecken und zu saugen. Immerhin, so eine Karotte entsprach so circa meiner Größe. Damit konnte ich mich identifizieren. Wenigstens so lange, bis sie sich – unglaublich! – die zweite Karotte in den Hintern steckte.

Was bitte hat eine Karotte im Arsch mit Sex zu tun?! Davon hatte mir nie jemand was erzählt. Ihr gefiel es offenbar, sie war schwer am Seufzen und dann – endlich! Dann kam er. Mein spanischer Held, der jetzt hoffentlich Ordnung in das Gemüsechaos bringen würde. Ich wollte endlich einmal Sex sehen.

Die meisten Menschen glauben, Toni Polster hat die Voku-Hila Frisur in den 80ern erfunden. Stimmt nicht! Ich weiß es besser. Der männliche Hauptdarsteller der „Bums-Olympiade in Ibiza" hatte die Haare vorne kurz geschnitten und hinten die Original-Matte. Sie können das gerne überprüfen, wenn Sie in der Nähe einer gut sortierten Videothek wohnen. Mir ist das recht. Ich bin nicht beleidigt. Weil, wenn Sie mir das glauben, dann glauben Sie mir auch den Rest. Und das wäre mir schon wichtig!

Sein Schwanz war in Salatgurkengröße. Ohne sich lange mit Knutschen aufzuhalten, steckte er ihr sein Ding rein. Endlich! Die Karotte fluppte sofort in einem hohen Bogen aus dem Arsch. Das stand wahrscheinlich nicht im Drehbuch, denn während sie der spanische Knecht so richtig durchvögelte, tastete sie verzweifelt suchend auf der Wiese herum. Zur Enttäuschung des Regisseurs und des Großteils des Publikums fand sie den Gemüse-Dildo aber nicht. Überhaupt geriet alles ein bisschen außer Kontrolle. Der Spanier hatte sicher 90 Kilo Muskeln und sie war eher zart gebaut. Bei jedem Stoß robbte sie ein paar Zentimeter vom Picknickkorb weg. Ihr Hintern rutschte nur so über das Gras.

Ich war restlos begeistert. Bis auf die vier Tore von Hans Krankl im Derby gegen die Austria hatte ich nie so etwas Tolles gesehen. Die Frau war auch begeistert. Sie begann mit spanischem Akzent auf Englisch zu seufzen und zu stöhnen. „Yes … yes … facke mio … yes … yeah … faaaacke mio …“ – Das hätte sie besser nicht tun sollen – und wenn schon, nicht so laut!! Vielleicht war das der Moment – also praktisch live festgehalten –, als das Sprichwort „Man soll keine schlafenden Hunde wecken“ erdacht wurde. Der Hund war zwar nicht im Bild, aber er dominierte ab jetzt total die Szene.

Immer wenn sie ihr Liedchen „fackmio usw.“ anstimmte, begann der Hund im Hintergrund rhythmisch zu kläffen. Wenn hingegen der Spanier erregt zu grunzen begann – wahrscheinlich reichte sein Englisch nicht für mehr –, heulte der Köter los wie ein Countertenor.

Die beiden waren Profis, sie fickten unbeirrt weiter. Probierten mit Pausen und Wechseln der Stimmlagen dem Desaster zu entgehen. Vergeblich! Ich hatte genug gesehen. Aus, vorbei!

Ich war sehr beeindruckt, aber auch schwerst geschädigt. Meine gemüsemäßige Unschuld war verloren, weg für immer und ewig. Nie wieder beim Billa unschuldig einer Frau in der Gemüseabteilung begegnen. Ich war jetzt ein Eingeweihter.

6
Zwischengedanke zu den weiblichen Geschlechtsmerkmalen im Wandel der Zeit

Ich wollte nie Gynäkologe werden. Für die schaut immer alles gleich aus. Zugegeben, das Intim-Piercing hat die Ärzte sicher etwas verwirrt. Welchen Mann nicht? Vielleicht haben sie auch neue Techniken lernen müssen, um an den Metalltrümmern vorbeizukommen mit ihren Instrumenten. Aber im Großen und Ganzen hatten sie immer schon diesen Einblick, den ich erst viel später bekam.

Zu meiner Zeit war die Intimbehaarung das weibliche Geschlechtsmerkmal schlechthin. Viel mehr wollte man auch gar nicht sehen. Dieser Flaum war die Sünde, das Geheimnis. Der gravierendste Unterschied zur 12jährigen Cousine am FKK-Strand.

Heute ist das alles anders. Oder ich kenne die falschen Frauen. Seit Jahren schon beobachte ich zwar Varianten im Körperstyling. Etwa Tattoo am Schulterblatt oder doch Tattoo über dem Busen links. Bauchnabel-Piercing, ja oder nein? Aber weiter unten immer derselbe Standard: rasiert! – bis auf einen circa drei Millimeter breiten und maximal vier Zentimeter langen Streifen.

Sehr sonderbar. Es gefällt mir durchaus. Es ist sehr appetitlich und es gibt Dinge, die macht man als Mann dann auch viel lieber. Aber fehlt da nicht was?!

Wenn das so weitergeht, wird es in den Pornoläden, wahrscheinlich ganz hinten in der Perversenecke, Zeitschriften geben wie: „Die behaarte Muschi“. Die Männer werden sich heimlich Tipps geben und Telefonnummern weiterreichen von Heilgymnastik-Lehrerinnen und Bioladen-Verkäuferinnen: „Alles Natur, kaum rasiert, nur gestutzt, du kannst es mir glauben".

Wenn ich nicht zu schüchtern bin, werde ich mir auch so ein Magazin kaufen – aus nostalgischen Gründen natürlich!

Jetzt zum Busen. Sehr gelungen auch in all seinen Varianten. Der große feste. Der große weiche. Der kleine kecke. Und die ganz kleinen süßen Spitzen – mangels Masse völlig unbeeindruckt von der sonst so mächtigen Schwerkraft. Manche von den Kleinen ignorieren sogar die 90-Grad-Grenze. Sensationell! Gefällt mir alles.

Fassungslosigkeit und der absolute Potenzkiller – das Brustwarzen-Piercing. Und noch unbegreiflicher das Silikon-Implantat. Diese aufgetackerten sonderbaren Formen. Unglaublich. Ich hatte eine Freundin, die hatte gleich zwei. Eines rechts und eines links. Und wie sich das erst anfühlt!

Ich war jahrelang in der Halbwelt zu Hause. War professioneller Pokerspieler. Hatte gute Nerven und selten Angst. Aber wenn ich in irgendeiner Spelunke am Spieltisch saß, und sie kam von hinten und drückte mir überraschend ihre Brüste in den Rücken, fühlte sich das an wie zwei Revolverläufe. Nur – so schlau war ich – man bekommt keine zwei Waffen gleichzeitig angesetzt. Eine reicht! Hätte sie mir so von der Seite nur eine Brust in den Rücken gepresst, hätte ich sie vielleicht irrtümlich erschossen.

Rückblickend – in dem besonderen Fall – kein großer Schaden für mich und die Menschheit. Aber meine Recherchen bezüglich Frauen hätten wohl für etliche Jahre zwangsweise ruhen müssen. So gefährlich können Silikon-Implantate sein, wenn ich darüber nachdenke.

7
Der FKK-Urlaub und viele extrem wichtige Fragen

Jedes Jahr im August fuhr ich mit meiner Familie nach Istrien in eine FKK-Kolonie. Dort gab es alles – einen Supermarkt, Restaurants, einen schönen Campingplatz usw. – nur keine Badehosen oder Bikinis. Alle waren nackt!

Das waren sie zwar letztes und vorletztes Jahr auch gewesen, aber diesmal war es etwas anderes. Erstes Problem: Wird Denise auch da sein? Unwahrscheinlich, aber da mich der Gedanke so erschreckte, war ich bei allen Mädchen mit schulterlangen blonden Haaren sehr vorsichtig.

Dann die Frage: Sehen alle Frauen zwischen den Beinen so aus wie in der „Bumsolympiade"? Eindeutig: Nein! Ich schaute unauffällig bei jeder Gelegenheit. Am Strand, beim Schwimmen, im Restaurant. Nichts Rosanes, keine Kombination aus klaffenden Schamlippen, Kitzler und so. Das war sehr beruhigend und nur ein bisschen enttäuschend.

Vielleicht lassen sich ja Porno-Darstellerinnen extra speziell operieren oder schminken sich zwischen den Beinen irgendwie? – was weiß ich.

Trotzdem, so ein FKK-Urlaub war Folter. Ich wankte ständig zwischen Erregung und Irritation. Die Erwachsenen konnten leicht entspannt sein. Wahrscheinlich hatten sie im Schnitt schon 1000 Nummern geschoben. Aber ich!

Heute glaube ich, dass verantwortungsvolle Eltern ihre pubertierenden Söhne eher zum Turnschuhe-Nähen nach Indien schicken sollten.

Am Abend gab es immer Disco. Angezogen natürlich! Ich konnte tanzen wie ein Gott. Wahrscheinlich sogar besser!

Die schnellen Nummern ungefähr im aktuellen Mick Jagger-Style. Die Schmusenummern irgendwie zwischen „Temptations“ und James Brown.

Das bedeutete: Ich fiel auf! Aber ich konnte mich nicht beherrschen. Die Musik fegte mich weg. Ich bemühte mich zwar manchmal, wie ein Deutscher zu tanzen – sicher die heimlichen Weltmeister jeder Untalent-Meisterschaft. Aber spätestens bei „Nut Bush City Limits“ von Ike and Tina Turner war es um mich geschehen.

So lernte ich eigentlich recht schnell Mädchen kennen. Und zwar die Champions League-Sorte Mädchen. Sie denken jetzt, was jammert er, was will er noch? Sie können sich meinen Stress und die Sorgen am nächsten Tag bei strahlendem Sonnenschein kaum vorstellen.

Ich wollte auf gar keinen Fall – nackt – eine der Superbräute vom Vorabend treffen. Haben Sie schon einmal probiert, sich auf einer Insel zu verstecken? Nackt! Nichts als Steine, ein paar Pinienbäume und eben jede Menge Zelte. Wo man nie weiß, wer da plötzlich rauskommt!

Ich lag also fast den ganzen Tag auf meiner Luftmatratze und ließ mich im Meer treiben. Der Rücken brannte, die Zehen waren aufgeweicht, es war zum Heulen.

Das Schlimmste war, mit jeder Minute im kalten Salzwasser wurde mein Schwanz kleiner und schrumpeliger. Das kalte Grauen! Wenn ich irgendwann von Hunger und Durst entkräftet an Land robbte, wagte ich kaum, an mir hinab zu sehen. Die Eier waren auf Minimalgröße. Die Hoden wackelten überhaupt nicht mehr. Ich hätte Flic-Flac und was weiß ich machen können. Die verheerende Wirkung des Salzwassers hatte sie komplett mumifiziert. Und der Schwanz selber ein kleines Würstchen. Dabei war ich gerade in der Phase der vergleichenden Wissenschaft. Mich hat das auf Jahre geschädigt. Ich hatte später Probleme mit meinem Rücken. Das hat sicher damit zu tun, dass ich die nächsten Jahre mit demütig hängenden Schultern durchs Leben ging.

Liebe Leser und Leserinnen, das ist ein sehr trauriges Kapitel! Ich weiß das. Und wenn Sie dieses Buch lesen, weil Sie sich ein bisschen amüsieren wollen – und dann diese Tragödie – bitte ich Sie um Entschuldigung. Aber ich muss ehrlich bleiben. Ich hätte ja irgendwas erfinden können, zum Beispiel: „Gruppensex im Schlauchboot mit den zwei hübschen Kroatinnen vom Wurstgrill" oder so. Ich habe auch ernsthaft erwogen, in diesem Kapitel zu lügen, dass sich die Balken biegen. Aber wenn man einmal damit anfängt, ja, dann hört man vielleicht nicht mehr auf damit.

Glauben Sie mir: Das war der Tiefpunkt in meinem Leben, und wir haben es hinter uns. Sollten Sie das Buch an einen labilen Menschen verschenken, können Sie mit meinem Einverständnis diese Seite gerne einfach rausreißen.

Nach zwei Wochen war ich von der Qual befreit. Wider Erwarten auch nicht ergraut. Was ja für einen knapp 16-jährigen extrem ungewöhnlich gewesen wäre. Natürlich war ich seither nie wieder nackt baden. Aber ich gehe heute meistens – problemlos – ohne Badehose in die Badewanne. Nachdem ich die Tür fest zugesperrt habe! – Selbstverständlich!

8
Endlich!! Alle Aspekte der Penisgröße

Ich habe in meinem Leben schon so manch gutes Werk vollbracht. Vielleicht sind das Folgewirkungen der Waldorf-Schule. Aber ohne in Eitelkeiten zu schwelgen: Ich halte mich für ein wertvolles Mitglied der Gesellschaft.

Nun gut, ich habe zwar nicht das Penizillin erfunden oder den Noppen-Vibrator. Aber in meiner näheren Umgebung habe ich immer mit Rat oder Geld geholfen, wo ich konnte. Und jetzt, genau jetzt, werde ich bedeutend und wirklich wichtig! Und Sie dürfen dabei sein.

Es heißt, der Markt reagiert auf alle Bedürfnisse – totaler Schwachsinn. Wenn dem so wäre, gäbe es in jedem durchschnittlichen Buchgeschäft ein eigenes Regal zum Thema „Penisgröße“.

Werke wie „Kleiner Penis, na und?“ oder „Was heißt schon normal groß?“ hätten schon längst geschrieben gehört. Wobei der springende Punkt wäre: es gibt eben verschiedene Typen. Ich habe – bedingt durch mein eifriges, aber untalentiertes Fußballspielen – schon mit circa 1000 Männern nackt geduscht. Und deshalb werde ich jetzt einmal Dinge schreiben, die man schon längst hätte schreiben sollen.

Es gibt die Art Schwänze, die immer respektabel groß sind, sich aber im entscheidenden Moment einfach nur um circa 110 Grad aufrichten und härter werden. Die Besitzer haben es gut. Die schämen sich nie! In der Regel latschen die auch zwischen Kabine und Dusche nackt und ausführlich herum. Ziehen sich auch prinzipiell immer erst nach dem Föhnen der Haare wieder an.

Die andere Gruppe (ich zum Beispiel) hat das „Pumpmodell“. In Zivil wirklich nur ein Würmchen, aber dann, wenn es wichtig ist, kommt es zu einer Volumen- und Längevervielfachung.

Die ersten Jahre bin ich nach dem Match immer schnell aufs Klo und habe ohne jeden erotischen Hintergedanken an meinem Schwanz gerieben, um ein wenig die Durchblutung der Schwellkörper zu fördern. Aber erstens riecht es auf den Toiletten der Sportanlagen meistens ziemlich streng. Und zweitens hält die Wirkung nicht lang genug an. Schnell duschen könnte sich ausgehen, aber sicher nicht Haare waschen, geschweige denn föhnen.

Männer wie mich erkennen Sie meist auch an den Haarshampoo-Flaschen. Ich habe mir prinzipiell die 750 Milliliter Großfamilien-Packung gekauft. Die konnte ich mir dann – unter dem mitleidigen Lächeln der anderen – wie zufällig vor mein Gemächt halten.

Frauen geben im Normalfall gar nicht so viel auf die Größe. Zumindest in der Praxis ist die Penisgröße sicher nicht Auswahlkriterium Nr. 1. Natürlich haben nach meiner wissenschaftlichen Schätzung 97 von 100 Frauen dieselbe Phantasie: Strand ... Mauritius ... Mondlicht ... Wellenplätschern ... der schwarzafrikanische Surf-Lehrer mit dem 28 Zentimeter-Gerät besorgt es ihnen nach allen Regeln der Kunst. Und der Sand ist noch warm ... Das sollte uns Männer nicht weiter irritieren. Mauritius ist ja weit weg. – Und wer von uns hat nicht schon im Geiste Pamela Anderson gefickt?! Gleiches Recht für alle!

Aber ich möchte meine männlichen Leidensgenossen – die mit der „Pumpversion“ meine ich – ein für alle Mal beruhigen. Frauen haben eine durchaus differenzierende Wahrnehmung. Meine haben immer gejubelt, was für einen großen Penis ich habe! Aber ich habe es ihnen nie geglaubt.

Ich hielt das für einen Teil des ungeschriebenen Partnerschaftsvertrages, solche Dinge zu sagen. Ich halte ja Frauen für warmherzige, nette Wesen, und so habe ich mir die ungefragten Beteuerungen zwar gerührt, aber ungläubig angehört – bis mir in einem Bordell Folgendes passiert ist.

Stopp! Sofort stopp! Bordell?! Ich bin doch jetzt gerade vom FKK-Urlaub zurückgekehrt. Und ich bin doch, bis auf einen einzigen Kuss, noch männliche Jungfrau. Bordellstories gehören jetzt nicht hierher. Aber was soll ich tun?! Mir ist dieses Größen-Thema eigentlich peinlich. Es war mir peinlich, solange ich dachte, er sei zu klein. Und ich möchte auf der anderen Seite nicht jetzt irgendwie protzig und doppelt peinlich wirken. Ich werde einen einmaligen Vorgriff auf später folgende Bordellgeschichten machen, weil es für mich so ein wichtiger Einschnitt in meinem Leben war. Danach werde ich – versprochen! – nie wieder auch nur eine klitzekleine Bemerkung über die Größe meines Penis machen. Großes Ehrenwort!

Nebenbei ist es schade, dass die Leserschaft nicht so organisiert ist wie zum Beispiel Parlamentarier. Dann wäre es einfach. Sie könnten – unter den Leserinnen – einen Einpersonen-Untersuchungsausschuss wählen. Ich würde mich und meinen Körper einmal – meiner Glaubwürdigkeit wegen – zur Verfügung stellen. Und mit Zuversicht hoffen, dass der Untersuchungsbericht feststellen würde: Ja, die folgende Geschichte stimmt sicher.

Es war in einem Bordell im 9. Wiener Gemeindebezirk. Ich hatte zwar die 30 schon hinter mir, war aber immer noch gezeichnet von den oben beschriebenen Erlebnissen. Meine Schultern hingen schlaff herunter, die Haare gingen mir langsam aus und ich hatte diesen grauen, kraftlosen Teint des Mutlosen.

Nachdem ich mir das komplette Angebot des Etablissements angehört hatte, entschloss ich mich für die „Ein-Stunden-Verwöhn-Pauschale“: Französisch, Verkehr mit Stellungswechsel, Busenerotik und Griechisch. Küssen nur nach Sympathie (und Mundspülung). Alles nur mit Schutz, unserer Gesundheit zuliebe! Das war so circa der Originaltext. Ich hatte gar nicht so viel vor, aber andererseits wollte ich keine Zwischenverhandlungen – nach dem Motto: Wenn ich mich auf die Seite lege, kostet das 200 Schilling extra.

Also Verwöhn-Pauschale für 2500 Schilling. Die Frau, circa 30, wirkte sympathisch routiniert und war natürlich von allen die Hübscheste – ich sage nur: rote Haare, tschechischer Akzent, leichter s-Fehler!

Weil ich aber ein misstrauischer Mensch bin, fragte ich im Zimmer noch einmal nach: „Extras werden nicht extra verrechnet?“ – „Schatzi, ist alles dabei! Geh mal schnell duschen und vergiss nicht, den Mund spülen!“ – Ich hatte also den Sympathietest bestanden.

Ich duschte ordentlich. Und trat, schon ziemlich erregt, nur mit einem Handtuch um die Hüfte geschlungen, vor das Bett. Legte das Handtuch ordentlich auf den Sessel, da geschah es! Der vielleicht wichtigste Moment meines Lebens stand nun kurz bevor!

Erst war es nur ein ganz kleines Kopfschütteln. Ein kurzer Moment der Irritation in ihrem Gesicht. Vielleicht sogar eine kleine Geste des Erschreckens. Und dann sagte sie: „Net bös sein, Schatzi, aber griechisch geht sicher net, beim besten Willen nicht!“

Ich hatte gar keine analen Experimente vor. Hatte diese Dienstleistung unabsichtlich in der Pauschale erworben. Hätte sie aber nie eingelöst oder danach gefragt. Aber jetzt schlug das deutsche Blut des Pauschaltouristen bei mir durch („bezahlt ist bezahlt“) und ich fragte: „Wieso eigentlich nicht?!“ Und die rothaarige Göttin antwortete: „Weil er zu groß ist – das geht sich nicht aus – den nimmt höchstens die Svetlana – aber die kommt erst um 20.oo Uhr – magst warten auf sie?“

Das war’s. Das war der Beweis. Ich bin nicht nur mit 197 Zentimetern groß gewachsen. Alles an mir ist gut gebaut. Die restliche Stunde war in Ordnung. Ich konnte mich nicht richtig konzentrieren. Ich wollte eigentlich gar keinen Sex mehr, sondern, wie ein Fußballer nach dem erfolgreichen Fallrückzieher, jubelnd ums Bett rutschen. Ich glaube, ich hätte in dem Moment sogar die „Stefan Kunz-Säge“ vorweg erfunden.

Nichts war wie vorher. Die Halswirbel kamen ziemlich in Ordnung. Ich habe auch seither noch alle Haare. Und mein Teint, der strahlt wie der eines Sherpa-Bergführers. Das Leben ist so schön!

Svetlana habe ich nie zu Gesicht bekommen. In meiner Phantasie ist sie eine ehemalige serbische Kugelstoßerin, 190 Zentimeter groß, 94 Kilo, mit einem Arsch, groß wie der einer holländischen Milchkuh …

9
Mein erstes Petting, oder: Der Moment, in dem ich den Lieben Gott berührte

Jetzt folgt ein poetischer Abschnitt. Die getriebenen Erotomanen sollten ihn tunlichst überspringen (oder maximal das Ende lesen). Gut, er handelt davon, wie ich zum ersten Mal einem Mädchen zwischen die Beine gefasst habe. Aber glauben Sie mir, Sie werden enttäuscht sein. Es war einfach nur schön. Mir fällt dazu nichts Schmutziges ein.

Es waren Herbstferien. Ich war auf einer Art Jugendlager. Wollte partout nicht hin, aber irgendwie gab es kein Entrinnen. Das Mädchen war nicht aus meiner Klasse. Ich werde sie jetzt Gabi nennen. – Wie gerne würde ich ihren richtigen Namen schreiben, ihr zumindest ein kleines literarisches Denkmal setzen. Aber das wäre vielleicht nicht gut für sie.

Ich habe einen ziemlich schlechten Ruf. Und – zugegeben, für einen Waldorf-Schüler (ab der 5. Klasse), vorsichtig ausgedrückt – eine sonderbare Berufslaufbahn. Aber ich bin weder Gangster noch Zuhälter oder Betrüger, obwohl es manchmal ein bisschen so den Eindruck gemacht hat. Fälschlicherweise natürlich!

Sie war ein korrektes Mädchen und ist jetzt sicher eine wunderbare, korrekte Frau. Ihr Mann hat wahrscheinlich einen Bio-Laden oder er ist Kinderarzt und arbeitet in der Freizeit bei Amnesty International. Und da wäre ich – zugegebenermaßen – kein Ruhmesblatt in ihrer Biographie. Ich möchte sie aber auf diesem Wege – und die geschätzten Leser werden mir das gestatten – herzlich grüßen.

Es regnete nahezu die ganze Woche. Wir schliefen in einer Art Scheune. Es war kalt und feucht. Die Tage verbrachten wir mit Kochen und Wanderungen. Da war es noch kälter und feuchter. Irgendwie hatte ich getrödelt und fast den Anschluss an meine Gruppe verloren. Auf einem ruhigen Waldweg musste man große Pfützen mit Riesensprüngen überwinden.

Da war Gabi. Sie hatte mein Tempo. Ich hatte eigentlich bis jetzt kaum mit ihr gesprochen, aber so gingen wir halt nebeneinander. Ich war immer der britische, höfliche Typ, damals schon. Also reichte ich ihr bei der nächsten Pfütze die Hand und half ihr hinüber.

Das machten wir jetzt immer so, bis wir zu einer asphaltierten Straße kamen – mit Kanalisationssystem und ohne jede Pfütze. Und ich weiß nicht, wann, wo und wieso es passiert ist, wir hielten uns immer noch an den Händen. Einfach so, ohne praktischen Grund – und es war wunderschön.

Am Nachmittag verloren wir uns aus den Augen. Aber nach dem Abendessen, zur Nachtruhe, legte Gabi ihren Schlafsack fast neben meinen. Es gab zwar eine gedachte Trennlinie zwischen den Geschlechtern, aber nachdem die letzte Taschenlampe gelöscht war, verschwamm diese Grenze leise raschelnd im Heu.

Neben mir raschelte es auch. Sie war da! Wir küssten uns, und da ich sowieso schon lag, konnte ich auch schwerlich in Ohnmacht fallen. Es war wunderschön. Eigentlich schon wunderwunderwunderschön. Ich tastete nach ihrem Schlafsack, wollte eigentlich nur ihren Körper an meinen ziehen. Fasste deshalb in den Schlafsack und unabsichtlich glitt meine Hand dabei in ihre Trainingshose. Gabi ließ mich gewähren und schnappte meine Hand mit ihren Oberschenkeln, knapp über ihren Knien.

So lagen wir eine Weile da. – Ich bin eigentlich zwangsweise ziemlich mutig. Ich bin schon überfallen worden, oft bedroht worden. Habe mich geprügelt, eine 357 Magnum wurde mir angesetzt und ich bin auch schon irrtümlich eingesperrt worden. – Aber die Mutleistung meines Lebens habe ich in dieser Scheune vollbracht, ganz sicher. Zentimeter für Zentimeter glitt meine Hand nach oben. Bis zu dem magischen Moment, als meine flache Hand zwischen ihren Beinen lag. Was für ein Gefühl! Ich finde, es gibt nichts auf der Welt, das sich so nett anfasst.

Bis zum heutigen Tag bin ich völlig stoned, sobald meine Hand auf der schönsten Stelle der Welt liegt. Bin auch unfähig, irgendwelche akrobatischen, virtuosen Dinge mit meinen Fingern zu tun. Ich bin einfach nur baff und glücklich.

Jetzt merke ich auch, wie ich schriftstellerisch limitiert bin. Ich finde nicht die richtigen Worte. Wie kann man das beschreiben? Es fühlt sich weich, samtig-warm und ein bisschen freundlich-feucht an. Nun gut, das kann man als Notbeschreibung durchgehen lassen.

Bis zum heutigen Tag bin ich in solchen Momenten völlig willenlos. Wäre ich texanischer Öl-Milliardär und läge neben meiner charakterlich wertlosen, schönen Geliebten, meine Hand zwischen ihren Beinen, könnte sie mir in diesem Moment mein ganzes Vermögen abluchsen. Solange sie sich bitte, bitte nicht wegbewegt.

Lieber Leser, wenn ich solche Dinge schreibe, so persönliche Dinge, bleibt das ein Geheimnis zwischen Ihnen und mir. Meine letzten vier Freundinnen haben vielleicht zusammen drei Bücher gelesen, wenn überhaupt. Also droht von meiner weiblichen Zielgruppe statistisch auch in Zukunft wenig Gefahr. Sollten Sie mich einmal in Wien mit einer Frau in einem Kaffeehaus sitzen sehen, sprechen Sie mich ruhig an. Aber erwähnen Sie keinesfalls mein Buch.

Fragen Sie mich was Normales über Fußball oder leihen Sie sich lieber Geld aus von mir.

Stellen Sie sich vor, ich hätte dieser Frau erzählt, ich sei erst vor drei Wochen aus dem Kapuzinerkloster ausgetreten und würde doch gerne endlich erfahren, was Sex eigentlich ist. Und dann kommen Sie und fragen mich: „Herr Schrage, haben Sie das finnische Photomodell tatsächlich im Dezember (?!) auf dem Parkdeck gefickt?" – Sie verstehen das jetzt sicher. Keine solchen Fragen. Bitte!

Zurück zu Gabi. Wir haben uns die ganze Nacht geküsst und gestreichelt. Und ich weiß nicht, woran es lag, an der hohen Luftfeuchtigkeit, dem gesunden Essen: keine Vorhautverengung mehr. Nichts hat wehgetan. Alles war nur spannend und nett. Ganz, ganz nett.

Nachtrag: Ich weiß nicht warum. Ich vertraue Ihnen nicht wirklich. Sie werden mich doch nach der Finnin fragen. Jetzt erst recht, wo ich Idiot damit angefangen habe.

Da ist es besser, ich erzähle es freiwillig fertig. Ja es stimmt! Ich fickte eine Finnin im Dezember auf einem Parkdeck. Es hatte sicher Minusgrade. Und war definitiv ihre Idee. Wenn man aus Finnland kommt, beeindrucken einen minus 2 Grad eben nicht besonders. Wir hatten schon in einem viel zu hellen Lokal heftigst geknutscht. Weit jenseits der Peinlichkeitsgrenze. Ich dachte mir, nur raus hier. Und gegenüber war eben dieses unschuldige Parkhaus. Das einzige Hindernis war so ein gelber Schranken. Wir haben es hinter einem Renault Espace getrieben. Einem wahrhaft hässlichen Auto. Aber sehr hoch gebaut, und somit bildete diese Plastikschüssel einen gewissen Blickschutz.

Sie hatte einen wunderbaren Körper. Nicht einen von der grenzmagersüchtigen Modellsorte. Aber es war furchtbar (zwischen den Zeilen haben Sie sicher schon gemerkt, dass ich zur Hypochondrie neige), der mich beherrschende Gedanke war in dem Moment nicht: „Was kann ich Glückspilz an diesem ungewöhnlichen Ort für eine wunderschöne Frau ficken.“ Nein, meine Hauptsorge war: „Kann das Präservativ unten am Schwanz festfrieren? Muss ich dann auf die Haut-Notfall-Ambulanz? Bekomme ich eine Spritze oder gar eine Vollnarkose?“

Mein Rat: Überlasst den Sex im Freien, spätestens ab November, den Finnen und anderen durchgeknallten Völkern. Das ist nichts für uns mitteleuropäische Weicheier.

10
Fluch der Höflichkeit

Ich wäre ein katastrophaler Strafverteidiger. Ich würde sicher Plädoyers halten, gespickt mit Wortwitz, virtuosen, nie vorher gedachten Gedanken. Die Geschworenen hätten Tränen in den Augen und würden meinen Mandanten zum Schluss zu lebenslanger Haft verurteilen, obwohl der Staatsanwalt nur vier Jahre und drei Monate beantragt hatte. Sehr beeindruckend. Das liegt daran, dass mir immer Superbeispiele einfallen, die das Gegenteil von dem beweisen, was ich eigentlich aufzeigen möchte. Ich zeige sozusagen auf den systematischen Irrläufer in einer sonst absolut geschlossenen Beweiskette. Aber das tue ich brillant.

Was hat das mit Ihnen zu tun, werden Sie sich jetzt vielleicht denken? Sehr viel! Ich werde es Ihnen beweisen. Auch wenn Sie es nicht merken, dieses Buch ist ein Konzeptwerk mit eindeutig weltverbessernden Tendenzen. Auf den ersten Blick mag man sich denken, er schreibt ein bisschen über Frauen, ein bisschen über Sex und Fußball – ganz nett. Aber das stimmt nicht! Es geht um was Wichtiges!!

Wir kommen jetzt zum ersten Schlüsselkapitel. Was finden Frauen an höflichen Männern so abstoßend? Warum gewinnt im Zweifel immer das Arschloch? Warum ist „Casablanca“ unrealistisch und ein sehr, sehr gefährlicher Film?!

Und was tue ich Idiot? Anstatt schon im vorhergehenden Kapitel langsam darauf zuzusteuern, ein bisschen manipulierendes Material einzustreuen, erzähle ich eine Geschichte, in der ich durch höfliches Über-Pfützen-Helfen und putziges Händehalten zum Zug gekommen bin. Glaubt mir, liebe Freunde, das war die absolute, traurige Ausnahme!

Ich denke, Frauen haben einen archaischen Reflex und eine genetisch bedingte Fehleinschätzung. Es war sicher in Urzeiten, da gab es schon die männlichen Vorläufer von Hugh Grant, Viktor Laszlo und Prinz Charles. Ja, und wenn das gefährliche Mammut vor die Familienhöhle kam, sind diese höflichen Urmänner aufgestanden, haben sich geräuspert und maximal gesagt: „Ich möchte, dass Sie jetzt bitte gehen, Herr Mammut. Oder möchten sie noch einen Farntee trinken?" Zack, und schon waren zwei Urkindern die Köpfe abgebissen.

So wird es gewesen sein. Sicher sogar. Damals haben die Urfrauen ihre grundsätzliche Disposition geschaffen. Heute sind die höflichen Männer geduldet. Als guter Freund oder, noch schlimmer, als „toller Mensch". Pfui Teufel!

Drehbuchautoren haben viel Unglück gebracht über die Menschheit. Wahrscheinlich sind sie einsame, höfliche Männer. Und deshalb schreiben sie solche Stories wie „Casablanca" oder „Notting Hill". Ich bin auch gerade solo, aber ich habe Charakter und spüre die Verantwortung. Deshalb die Wahrheit und nichts als die Wahrheit! Die Wahrheit ist: Frauen fühlen sich bei höflichen Männern nicht sicher. Sie können nichts dafür. Nur die Gene, wie schon oben besprochen.

Warum flitzen in Großbritannien bei jedem zweiten Fußballmatch oder Tennisturnier nackte Männer über das Gras. Nur ein verzweifeltes Zeichen: Seht her, ihr Frauen, wir sind gar nicht höflich und gut erzogen. Wir sind wilde Tiere! – Lächerlich. Zurück zu „Casablanca". Nie im Leben wäre Ingrid Bergmann mit Viktor Laszlo mitgeflogen. Sie hätte mit Humphrey Bogart gesoffen und sich an ihre schwedischen Titten fassen lassen. – Aber es stand im Drehbuch. Und sie brauchte den Job!

„Notting Hill“: Sollte Julia Roberts jemals auf die Idee kommen, einen Nicht-Hollywood-Multimillionär zu vögeln, dann sicher nicht den leicht schwulen, korrekten Buchhändler Hugh Grant, der so putzig zurückhaltend und gebildet ist. Nie im Leben! Wenn schon, denn schon! Julia Roberts hätte sicher viel lieber den walisischen Mitbewohner von Hugh Grant vernascht. Sie erinnern sich hoffentlich, den mit den schrecklichen Unterhosen. Leicht bescheuert, aber animalisch.

Und zuletzt Prinz Charles. Sie wissen es sicher selber. Wäre dieser Mann nicht Prinz und unendlich reich, er wäre in jeder Partnerschaftsvermittlung ganz hinten abgelegt. Bei den superschwer Vermittelbaren. Wenn sie ihn nicht überhaupt aus der Kartei werfen würden. Einmal in der Woche würde er, schüchtern und verklemmt wie er ist, ans andere Ende von London fahren, um sich ein Pornovideo auszuleihen. Gut, er würde schon ein paar Frauen kennen. Mit denen wäre er gut befreundet und sie würden ihm alles von ihren Unterleibserkrankungen und Beziehungsproblemen erzählen. Aber keine, keine einzige würde mit ihm ficken. Niemals!!

Riskieren Sie etwas. Wenn Sie der gebildete, höfliche, aber einsame Mann sind, bloß nicht an einem Misserfolgskonzept festhalten. Ich möchte ein praktisches Übungsbeispiel geben: Sie sitzen allein in einem Lokal und lesen den Kulturteil der „Süddeutschen Zeitung“. Dann kommt DIE FRAU. Hübsch, sexy und, wie Sie zufällig wissen, ohne Partner.

Sie kommt an Ihren Tisch und sagt: „Du sitzt da so traurig und allein, was ist los?“ Und was antworteten Sie bisher, wenn Sie ehrlich sind: „Ja, es geht mir nicht so gut, darf ich dich auf einen Kaffee einladen?“ Und was passiert dann? Sie haben ein Gespräch, jeder erzählt seinen Scheiß. Ihre Augen funkeln, wenn sie von ihrem Ex erzählt und am Schluss machen Sie einen guten Eindruck, aber als Nachfolger scheiden sie komplett aus – Chancen 0,00%.

Wenn Sie das nächste Mal so nach Ihrem Befinden gefragt werden, empfehle ich, versuchen Sie es mit folgender Antwort: „Was geht dich das an, du Schlampe?! Wenn du einen sexuellen Notstand hast, setz dich her und zahl mir (!!) was zu trinken. Sonst schwirr ab und stiehl mir nicht die Zeit!" – Das ist die klassische jugoslawische Antwort. Nicht, dass sie eine Erfolgsgarantie ist, aber ich sehe jeden Tag, dass sie funktionieren kann. Und das ist schon viel mehr, als die obige höfliche Todestaktik. Probieren Sie es aus, was hat ein Mensch wie Sie schon zu verlieren?

Ich habe meine Lektionen von meinen jugoslawischen Freunden gelernt. Und ich gebe zu, ich werde ständig rückfällig. Springe höflich auf, stelle nette Fragen und höre aufmerksam zu. Aber ich werde besser. Ich habe mir schon überlegt, eine eigene Internet-Seite zu machen. Mit Online-Beratung und natürlich kostenpflichtigem Coaching – www.unverschaemt.com.

Es gäbe Kurse in „Rüpelhaftes Benehmen". Ein extra Package gegen Understatements. „Protzen und Angeben leicht gemacht". Sie haben das sicher auch gehört, wenn Frauen über „diesen unglaublich eingebildeten Angeber" schimpfen. Und wenn Sie sie dann zufällig ein paar Wochen später in einer hippen Cocktailbar treffen, mit wem sitzt sie da? Richtig, mit dem Angeber!

Der kultivierte Mitbewerber liegt dann alleine daheim und schickt ihr immer noch kleine poetische SMS. Wie jämmerlich und traurig! So dürfen Sie und ich nicht enden, und spätestens seit dem Erwerb dieses Prachtwerkes sind Sie auf dem richtigen Weg. Bravo!

Ich habe ständig mit Jugoslawen zu tun. Habe einige sehr gute Freunde. Mache Geschäfte mit ihnen. Spiele Fußball. Und hatte zwei phantastische jugoslawische Freundinnen. In Wien sagt man, wer einmal mit einer Jugoslawin im Bett war, will nie wieder eine andere. Ich kann dazu absolut nichts sagen. Nicht, weil mir nichts dazu einfiele, aber ich haue mir doch nicht bei dem Rest der Welt die Chancen zusammen.

Auf jeden Fall sind die Jugos die Großmeister darin, eine Frau mit charmantem, aber grundsätzlich schlechtem Benehmen zu erobern. Die jungen deutschen Türken schauen ja meist gut aus. Und geben das Geld, das sie mit Dealen verdienen, zu 90% für Fitness-Center und Mode aus. Nun, meine Jugo-Freunde schauen aus wie Scheiße: O-Beine, leichter Bauchansatz. Also muss das Geheimnis woanders liegen. Vielleicht daran, dass sie zwar mit dem Mund frech sind, aber die Augen sagen: Mit dir schlafen und dann sterben. Außerdem fühlen sich unsere Frauen bei ihnen irgendwie sicher. Zu Recht!

Zurück zu meiner Urmenschen-Theorie. Ich glaube, dass der homo balkanus kein großer Denker war, aber er war sehr tüchtig als Familienoberhaupt. Wenn es vor seiner Höhle geraschelt hat, gab es nur eines: Rausstürmen und töten. War es das gefährliche Mammut, war er ein Held. War es die Höhlen-Nachbarin, die sich vielleicht nur einen Schabeknochen ausborgen wollte – auch egal! Pech gehabt! Selber schuld!

Die Luxus-Gehirnwindung, in der Situation abchecken, verhandeln, alternative gewaltlose Strategien und Ähnliches ablaufen lassen, war nicht besonders ausgeprägt – und ist es zum Teil jetzt auch noch nicht. Die große herzliche Gastfreundschaft heute ist vielleicht eine Schadenswiedergutmachung für dutzende frühere, irrtümlich umgebrachte Nachbarn. Und die vielen Kriege in dieser Region haben sicher auch damit zu tun. Aber unsere Frauen spüren in ihren archaischen Genen, auf den etwaigen Nachwuchs wird höllisch entschlossen aufgepasst – und das ist auch sehr wichtig.

11
Das Stundenhotel – Mein Job
Meine Vision

Ob mir jemand davon erzählt hat, oder ob ich es selbst entdeckt habe? – Ich weiß es nicht mehr. Auf jeden Fall kann man, wenn man mit der U-Bahn Linie 6 über die wunderschöne Otto Wagner-Brücke fährt, das Stundenhotel Bauer nicht übersehen: Ein großer, gelber, geschwungener Pfeil zeigt an der fensterlosen Feuermauer den Weg zu Sünde und Sex. Wenn man sich ganz ans Fenster der U-Bahn presst, kann man – aber nur mit viel Glück – eine der Damen vor dem Hotel auf und ab gehen sehen.

Mir war das zu wenig. Ich wollte mir das einmal aus der Nähe ansehen. Also bei der nächsten Station raus und einfach hin. – No risk, no glory!

Ich hatte ein Konzept und ich zog es durch. Zuerst hinein in die verbotene Gasse, wie auf der Suche nach einer Adresse, dann gespielte Verblüffung – „Huch, wo bin ich?" – und wieder retour. So konnte ich zweimal aus den Augenwinkeln auf die andere Straßenseite blinzeln.

Recht viel Aufwand, aber Zeit hatte ich ja. Außerdem war ich froh, keinen Lehrer oder Nachbarn getroffen zu haben. Nun, auch darauf war ich vorbereitet. Offiziell war ich auf dem Weg zu einer Nachhilfestunde. Das klang bei meinen Schulleistungen immer plausibel, außerdem war das für mich ein kleiner privater Wortwitz, der Doppelsinn – Sie verstehen das sicher!

Am nächsten Tag dasselbe Spiel. Mit der Zeit entwickelte ich alle möglichen Tricks, um meine Verweildauer zu verlängern. Umständlich Schuhe zubinden – 20 Sekunden, etwas fallen lassen, suchen und in der Schultasche verstauen – 50 Sekunden. Meistens standen zwei oder drei Frauen mit großen Handtaschen vor dem Hoteleingang. Ganz sicher keine Schönheiten, keine Tante Melitta, keine Suzie Quattro und keine Nadja Tiller (mein damaliges Sexsymbol Nr. 1). Aber die Frauen hatten eindeutig etwas Spannendes und ich wäre so unglaublich gerne mal rüberspaziert und hätte mir eine geschnappt – aber da fehlte mir absolut der Mut.

So ging das ein paar Tage, bis ich schließlich die Bank entdeckte – quasi meinen ersten Arbeitsplatz. Es war zwar fast zwei Blocks weiter. Aber ich hatte alles gut im Blick. Einfach paradiesisch. Hätte ich bloß einen Hund gehabt – als Alibi.

Egal, ich hatte immer zwei Wurstsemmeln, ein Fruchtjoghurt und einen Apfel. Mimte den Lehrling auf Essenspause, saß da, starrte und vor allem: ich passte auf! Wenn Freier kamen und nach einigen Verhandlungen mit einem der Mädchen im Hotel verschwanden, hatte ich einen zornigen Hauch von Eifersucht. Das sah ich gar nicht gerne.

Ich war jetzt hier Security und das war meine Gasse. Mein großes Klappmesser hatte ich, nachdem ich den Apfel entkernt hatte, natürlich immer fest in meiner Tasche umklammert. Ich nahm meinen Job sehr ernst.

Die Frauen erkannte ich aus der Ferne an den Perücken und Handtaschen. Für mich waren sie fast alle gleich. Eine sehr schlanke Blonde hatte mich sogar einmal im Vorbeigehen angelächelt. Ich glaube, das war an einem Mittwoch.

Dienstag und Freitag hatte ich zu lange Nachmittagsunterricht. Da konnte ich nicht. Aber sonst saß ich auf „meiner" Bank in „meiner" Gasse und passte auf. Ich bildete mir ein, die Mädchen merkten auch, dass sie nicht mehr ganz ungeschützt waren. Wenn ich routiniert am Hotel vorbeischlenderte und mir ganz sicher war, dass keine zu mir rüberschaute, grüßte ich mit einem kleinen Nicken. So mit dem kollegialen Gefühl: Wir tun ja alle nur unseren Job.

Ich hatte auch wunderschöne Tagträume, wenn ich auf meiner Bank saß und nichts los war. Meinen damaligen absoluten Top-Tagtraum, meine Vision, habe ich mir bis heute gemerkt: Es ist ein später Herbstnachmittag. Es dämmert schon. Ich sehe einen eher schmächtigen Mann mit kurzen Hosen und einem blauen Hemd. Er schlendert am Hotel vorbei. Plötzlich, ein Schrei. Ich sehe die Blonde stürzen und den Mann die Gasse runtersprinten. Auf mich zu. Ich finde mein Messer nicht und stürze mich mit bloßen Händen auf ihn. Es beginnt ein Kampf. Er schleudert mich gegen ein Auto. Ich kann mich nicht abstützen, knalle voll mit dem Kopf gegen die Autotür. Meine Hände sind nicht frei. Ich halte fest umklammert eine Handtasche – ihre Handtasche! Der Feigling sieht, dass er keine Chance hat und flieht. Ich sitze am Gehsteig. Aus einer Platzwunde tropft Blut auf den Asphalt. Dann steht sie vor mir. Die Blonde – und aus der Nähe ist sie wunderschön. „Danke Schatzi, gut dass du heute Dienst (!!) gehabt hast. Komm mit mir aufs Zimmer. Ich kümmere mich um dich!“ – Bingo! Superbingo! – aber leider nur ein Traum.

Haben Sie den „Fänger im Roggen“ von J. D. Salinger gelesen? Sicher, alle pubertierenden späteren Erotomanen tun das. Verstehen Sie den Sinn des Titels? Wahrscheinlich nicht. Ich verstehe den Sinn natürlich, aber ich verrate ihn nicht. Das ist Solidarität unter Dichtern. Kaufen Sie das Buch und lesen Sie nach. Es gibt eine Taschenbuchausgabe. So viel Geld haben Sie sicher. Wenn nicht, borge ich Ihnen meine gebundene Ausgabe.

Ein großartiger Roman über das Leben und so. „Und so“ ist meine vorerst einzige literarische Anspielung in diesem Buch. Der Held des Romans stellt es gerne und häufig an das Ende seiner Sätze. Mark Chapman, der Mann, der John Lennon erschoss, setzte sich nach seiner Tat auf den Gehsteig und las „Der Fänger im Roggen“, bis die Cops kamen. Sehr sonderbar. Das Attentat natürlich verwerflich, traurig und unnötig. Der arme John war mit seiner Frau schon genug gestraft.

Wie der Held des Romans hatte ich auch eine Beschützer-Vision. In meiner Variante hüpften blonde Nutten mit Handtaschen durch ein Roggenfeld und ich musste aufpassen, dass sie am Ende des Feldes nicht in den abrupten Abgrund stürzten. Ich war der „Hüter der Huren“.

Vielleicht hätte ich in meinem Leben mehr auf mich selber aufpassen sollen. Dann bräuchte ich mich nicht mit wirren Kapiteln rumquälen und könnte ins Schwimmbad gehen. Mit einer Flasche Champagner in der Kühltasche. Aber das Leben ist sonderbar – und so.

12
Meine kurze Hose – Eine Bordellgeschichte, die nirgendwo hinpasst – Drei gute Tricks

Wie Sie sicher schon gemerkt haben, kämpfe ich in diesem Buch um eine chronologische Struktur. Wenn Sie ein bösartiger Mensch sind, werden Sie jetzt sagen, ich kämpfe vor allem mit der deutschen Sprache. Aber egal.

Auch wenn es sicher so wirkt, als schriebe ich das auswendig und spontan. Es stimmt absolut nicht. Ich habe viele kleine Zettel in verschieden Farben und Formaten. Auf denen habe ich in den letzten Monaten kleine Stichworte, manchmal ganze Sätze und kleine Zeichnungen notiert. Jetzt türme ich sie zu Themenhäufchen, den Vorläufern der putzig-brillanten Kapitel. Geschrieben habe ich ausschließlich nächtens in Bars und Lokalen. Meistens musste ich mir von der Kellnerin Block und Kugelschreiber ausleihen. Dann saß ich da und habe nicht rechts und links geschaut. Die nackte Jennifer Lopez hätte mit einer Salatgurke in der Handtasche neben mir sitzen können und ich hätte sie nicht bemerkt.

Aber ich wurde oft gestört – und das erraten Sie nie – von Frauen. Tatsächlich von Frauen, die mich aus fadenscheinigen Gründen angesprochen haben. Bis vor kurzem hatte ich nur zwei Tricks drauf. Den „Borg-dir-einen-süßen-Hund-aus-Trick“ und den „Kleines-Bier-Trick“. Die beiden Tricks erkläre ich Ihnen selbstverständlich. Die sind im Preis inklusive. Der dritte Trick ist so gut, dass ich ihn eigentlich nur gegen ein fettes Zusatzhonorar verraten sollte. Aber ich habe gestern eine hohe Sportwette gewonnen und bin mächtig gut aufgelegt. Betrachten Sie dieses jetzt gelüftete Geheimnis als Ihren Anteil an meinem Gewinn.

Der süße Hund: Ganz einfach. Gehen Sie in ein Lokal, wo Sie keiner kennt, mit einem kleinen süßen Hund und warten Sie. Das best case Szenario und mir tatsächlich genauso passiert, hier der Originaldialog: „Wie heißt denn dein Hund?" – „Fipsi." – „Und beißt er?" – „Nein." – „Ich heiße Mona und beiße auch nicht, darf ich mich zu dir setzen?" Das war's. Und wenn Sie mitgezählt haben, ich musste nur zwei Worte sagen. Das hätten Sie sicher auch geschafft.

Das kleine Bier: Setzen Sie sich an die Bar und bestellen Sie ein kleines Bier. Jetzt starren Sie traurig vier Stunden in das Glas. Sie dürfen kein Wort sprechen und auf gar keinen Fall (!) ein zweites Bier bestellen. Erst wenn die Kellnerin die Abrechnung macht, bestellen Sie ein zweites kleines Bier und laden sie (das Opfer) auch auf etwas zu trinken ein. Jetzt fangen Sie erstmalig an zu sprechen. Ich erzähle dann immer traurige Geschichten aus meiner Internatszeit (Tante Melitta verschweige ich natürlich). Es müssen traurige Geschichten sein. Woraufhin Sie die Kellnerin mit nach Hause nimmt. Es ist zwar ein wenig schäbig und appelliert an Mitleidsinstinkte. Aber es funktioniert. Oder wie mein Freund L. zu sagen pflegt: „Wenn er einmal drinnen steckt, ist alles andere auch egal."

Die kleinen Zettel: Sitzen Sie nächtens in Bars und schreiben Sie kleine Zettel voll. Das war's. Beeindruckend, nicht? Natürlich dürfen es keine großen Zettel sein und bloß keine Mont-Blanc Füllfeder. Ein Kugelschreiber – vielleicht wenn Sie auf den Bio-Frauen-Typ stehen. Für esoterischen Sex und gute Gespräche probieren Sie es mit einem grob gespitzten Bleistift. Aber das ist reine Spekulation. Ich habe keine Erfahrungswerte. Warum es funktioniert? Mir auch rätselhaft. Vielleicht halten mich die Frauen für Hemingway oder Joseph Roth. Vielleicht möchten sie einen Job als Muse, was weiß ich?

Oder es ist auch das totale Desinteresse, das die Frauen scharf macht. Sie entwickeln dann eben strategisches Denken und Kampfgeist. Ich glaube, ein einsamer, desinteressierter Mann an der Bar ist auch ein Supergrund, um zu kämpfen und entschlossen zu attackieren. Männer haben immer viel schlechtere Gründe für ihre Attacken.

Frauen sind – das meine ich 100%ig ernst – viel schlauer als Männer. Zum Beispiel noch einmal zum Vietnamkrieg. Nie wären Frauen auf die Idee gekommen, zu Zehntausenden in diesen Scheißdschungel zu fahren, um zu kämpfen. Es gibt dort keine Auslagen zum Anschauen und das Makeup zerrinnt in der feuchten Hitze. Ich finde das wirklich ganz schlaue Gründe, keinen Krieg anzufangen.

Apropos feuchte Hitze. Draußen hat es 35 Grad im Schatten. Und es ist sauschwül. Ich habe im Internet nachgeschaut. Wien ist der Hitzepol Europas (Madrid schlappe 31 Grad = 2. Platz). – Ich finde, kurze Hosen schauen bei Männern wirklich scheiße aus. Aber bei der Hitze, was soll man machen? Ich habe meinen Kasten durchforstet und ganz hinten tatsächlich meine einzige Notfall-Kurzhose gefunden und raten Sie, was fand ich in der hinteren linken Hosentasche? Na, keinen Verdacht? – Einen Zettel, vollgeschrieben mit einer Bordellgeschichte, die absolut nirgendwo hinpasst. Ich kann sie nicht zu dem Kapitelhäufchen „Es gibt bessere Gründe ins Bordell zu gehen als Sex“ und aus historischen Gründen auch nicht zu „Das erste Mal muss es peinlich sein“ legen.

Hätte ich doch bloß eine lange Hose angezogen, trotz der Hitze (wie zum Beispiel Clint Eastwood es getan hätte). Die sehr sonderbare „Bordellgeschichte, die absolut nirgendwo hinpasst“ ist ein Fluch und passt, fürchte ich, auch nicht in dieses Kapitel. Aber ich habe die moralische Verpflichtung, ein Plätzchen für sie zu finden. Und ich werde es finden.

Eines möchte ich noch jetzt und hier klarstellen. Ich bin kein Salatgurken-Fetischist! Ich habe mir gerade noch einmal das Kapitel durchgelesen. Sie erinnern sich: „Jennifer Lopez neben mir, Salatgurke in der Handtasche." – Aber das war nur eine billige Pointe. Ein halbwegs gelungener Spruch zwar, aber bitte keine Schlüsse daraus ziehen. Privat habe ich keinerlei Praktiken im Repertoire, in denen ich mich für reingesteckte Fremdgegenstände interessiere. Vielleicht im Alter, aber dann sicher kleinere Gemüsesorten – aus biologischem Anbau natürlich.

13
Ich bin verliebt und mache alles falsch

Sie war so wunderbar. Sie hatte schöne Augen. War so apart. – Man macht sonderbare Dinge, wenn man verliebt ist, ich verwendete zum Beispiel das Wort „apart". Ich glaube nicht, dass jemand in meiner Familie diesen Ausdruck jemals zuvor benutzt hat. – Sie fuhr jeden Tag dieselbe Strecke mit der Straßenbahn zur Schule. Das waren wunderbare zehn Stationen, dann stieg ich aus. Sie fuhr weiter und ich warf ihr noch einen Blick zu – voller Sehnsucht und Schmerz.

Wegen ihr hatte ich alles geändert. Meinen klaren Tagesplan, meine beruflichen Zukunftspläne. Statt Zuhälter wollte ich jetzt morphiumsüchtiger Lyriker werden. So ein tragisches Georg Trakl-Leben. Das hätte ihr sicher besser gefallen – dachte ich mir zumindest. Ich bin sogar 20 Minuten früher aufgestanden, habe mir die Schuhe geputzt und mich überhaupt so fesch wie möglich hergerichtet.

Ihren Namen wusste ich zunächst nicht. Wusste nur, dass sie ins Gymnasium zwei Straßenbahnstationen weiter ging. Für mich war sie die jüngere, schönere Schwester von Catherine Deneuve – extrem apart eben. Manchmal stand sie bei der Straßenbahnstation und rauchte Zigaretten mit weißem Filter, ich denke es waren „Kent". Sehr passend zu den weißen Kniestrümpfen!

Rückblickend kann ich nur sagen, dass ich Idiot wegen dieser wertlosen Scheißkuh zu rauchen angefangen habe. Was sollte ich tun – Morphium ging sich mit meinem Taschengeld nicht aus, beim besten Willen nicht.

Ihr Name war Sabine. Das hatte ich zufällig aufgeschnappt. Ich hatte nach circa vier Wochen meinen ganzen

Mut zusammengenommen und mich fast neben sie gesetzt. Sabine saß nie alleine. Immer waren Freundinnen oder gar andere Burschen bei ihr. Im Geiste zerhackte ich alle anderen Männer um sie herum. Es war ja ohnedies schwer genug.

Ich habe einen Freund. Sein Name ist L. Er sieht nicht besonders gut aus, hat keinen besonderen Schmäh. Ist ungebildet und geschmacklos, aber er hat die unbeirrbare Attacke im Blut. Wenn ich heute mit ihm ausgehe, bewundere ich, wie er Körbe und Abfuhren – ich meine die hardcore-Version einer Abfuhr – wegsteckt und zwei Minuten später den nächsten Versuch startet.

In meinem Alter habe ich ja den gelassenen Stil drauf und bin zufrieden mit den Ergebnissen. Aber damals hätte das viel Zeit und tatsächlich schlaflose Nächte erspart. Hätte ich L. bloß damals schon gekannt. Wäre er doch nur in meine Schule gegangen. Obwohl ich nicht glaube, dass er überhaupt in einer Schule war. Mit seinem Wissen und Charakter hätte ich mir meinen zaudernden noblen Stil sicher schnell abgewöhnt.

Ich wäre zu Sabine hinspaziert und hätte vielleicht folgende Worte gewählt: „Gehst du Samstag mit mir in die Disco? Und darf ich dir jetzt gleich meine Zunge in deinen Mund stecken?" – eine gute Doppelfrage. Und wenn sie geantwortet hätte: „Geh scheißen, du Idiot, du hast noch keinen Bartwuchs. Lass dir einen Rat geben und bring dich gleich um!!" – auch egal. Mein Freund L. schüttelt sich in so einem Moment nur kurz. Kein Seufzer, kein Zucken, und weiter geht's, nächster Versuch zwei Reihen weiter hinten.

Meine Taktik war, ihr flehend und traurig für eine halbe Sekunde in die Augen schauen. Ich war ja so verliebt. Ich träumte von Sabine, schrieb ihren Namen tausendfach (mit Füllfeder auf A4-Blätter – also alles falsch) und es wäre wahrscheinlich immer so weitergegangen, hätte nicht irgendein durchgeknallter Idiot einen kapitalen Morgenunfall verursacht.

Den Crash habe ich nicht gesehen, der war schon deutlich früher passiert, aber die Geleise waren blockiert. Totalausfall. Es gab stattdessen einen Not-Busdienst, und raten Sie, neben wem ich völlig überraschend saß? – Neben Michael Jackson, und wir haben die ganze Fahrt mit unseren süßen kleinen Schwänzen gespielt – Blödsinn! Ich wollte nur testen, ob Sie aufpassen. – Ich saß neben der aparten, göttlichen Sabine.

Und ich habe sie tatsächlich angesprochen. Die Hände haben geschwitzt. Mein Blutdruck sackte rapide ab, mein linkes Augenlid zuckte, aber ich hatte es geschafft. Nichts mit Disco. Nichts mit einem richtigen Treffen. Sie hat mich auch nicht richtig eingeladen, aber sie hat mich zumindest informiert, dass nächsten Dienstag ab 18.00 Uhr ein Faschingsfest in ihrer Schule sei und dass sie dort sein werde. Immerhin. Ich war auf Wolke Sieben. Das war fast ein Rendezvous. Beim Aussteigen warf ich ihr noch ein scheues, tapferes Lächeln zu.

Faschingsfest, Faschingsfest?! Als was kann man sich verkleiden, wenn man absolut cool und unwiderstehlich sein möchte?! Tapferes Schneiderlein, Zauberer und Cowboy fielen einmal total aus. Das ultimativ Coole war zu der Zeit: Punk-Rock.

In Wien gab es damals vielleicht zwei Burschen, die man als Punkrocker gelten lassen konnte. Man kannte die Punks eigentlich nur aus der Presse und dem Auslandsreport. Es gab ein Geschäft in Wien, da konnte man vereinzelt „Blondie“, „Dead Kennedys“ und „Devo“-Alben kaufen. Die „Sex Pistols“ gab es noch gar nicht richtig. Ich wollte der erste wirklich coole Punk von Wien sein.

Auf jeden Fall was das mein Plan. Ich zerschnitt mir eine Hose, klemmte sie mit Sicherheitsnadeln zusammen. Ein T-Shirt mit lauter Löchern und einen zerfransten Schottenschal. Das Gesicht schminkte ich ganz bleich. Und in die Haare kam Babyöl und Zuckerwasser. Wobei das Zuckerwasser komisch flockte und weiße Fasern bildete wie Zuckerwatte. Aber egal.

Ich fror wie ein Idiot. Es war so saukalt in der Straßenbahn. Alle starrten mich an. Aber das machte mir nichts. Ich war überzeugt, supercool auszusehen. Die Schule war ein hässlicher Neubau. Ich war noch nie vorher drinnen gewesen. Wozu auch? Die Eingangshalle war mit lustigen bunten Girlanden geschmückt. Sonst war nichts bunt.

Junge Männer mit Krawatten und Anzügen und Mädchen in so einer Art Cocktailkleidern. Ich war überzeugt, dass das Faschingsfest eben in einem anderen Stockwerk stattfand und bin unbeirrbar die breiten Stufen zum Festsaal hinaufgegangen.

Dort stand Sabine. Meine Göttin. In einem weißen Seidenkleid mit Spaghettiträgern. Neben ihr ein junger Mann mit dezentem Blazer und Yves-Saint-Laurent-Krawatte. – Das Faschingsfest war ein Scheiß-Schulball und ich stand da als Ersatz-Johnny Rotten im perfekten Punk-Outfit.

Mist! Supermist! Ich bin trotzdem zu Sabine hingegangen. Wollte retten, was nicht mehr zu retten war. Jetzt starrten mich wirklich alle an. Jeder in dem Festsaal. Ich glaube, die Leute hatten sogar Atmung, Verdauung und Durchblutung eingestellt, um jedes Fitzelchen Körperenergie für Starren und Glotzen verwenden zu können.

Ich habe es trotzdem bis zu ihr geschafft. Ich wollte gerade anfangen zu erklären, als der Krawatten-Bimbo an ihrer Seite den Mund aufmachte und sagte: „Schau mal Sabine, dein Clown hat Schuppen!“ – Das war’s. Ich war paralysiert.

Die Arschgeige legte den Arm um sie und beide schritten aus dem Saal. Hätte er das zehn Jahre später zu mir gesagt, wäre er jetzt tot. Richtig tot, nicht so dahergesagt. Aber es war 1977 und ich bin einfach weggegangen. Nur so.

Zweimal habe ich in öffentlichen Verkehrsmitteln geweint. Einmal, als mich der Jugendtrainer von Rapid Wien (einer der großartigen Körner-Brüder) nach einem Probetraining nach Hause schickte, wegen mangelndem Talent! – Na gut, wenigsten konnte ich in der Nachbarkabine Hans Krankl, Bernd Krauss und Gustl Starek in Unterhosen sehen. Und das zweite Mal nach diesem Desaster. Ich heulte still bis zur Kennedybrücke. Das Make-up tropfte mir auf meine Hose und kleine weiße Flocken aus Zucker und Babyöl schwirrten um meinen Kopf. Den Rest weiß ich nicht mehr. Verdrängt.

Diese Geschichte habe ich noch nie jemandem erzählt. Sie war mir zu traurig. Ich schwöre, nicht einmal meine Exfrau kennt sie. – Ich fühle mich jetzt besser. Irgendwie erleichtert. Ich glaube, ich bin darüber hinweg. Aber sollten Sie ein Snob mit Blazer und Krawatte sein, nennen Sie mich um Gottes Willen nie „Clown“. Da bricht sicher das alte Leid auf und alle Sicherungen knallen durch.

14
Frauen von A–Z – Sabine II – Mein letzter Gedanke zu Sex und Salatgurken

Jetzt, wo es zu spät ist, wüsste ich ein Supersystem. Ich hätte alles nach dem Alphabet reihen sollen. Vielleicht mache ich das für die zweite Auflage. Hinten drauf ein Foto von mir mit der Bildunterschrift „Frauenexperte Götz Schrage präsentiert sein Lexikon zum Thema Frauen von A – Z". Ich habe nämlich noch eine Frau mit S als Anfangsbuchstaben im Repertoire. Und die hieß – ausgerechnet – auch Sabine. Sonst gibt es keine S-Frauen in meinem Leben.

Ich habe vor einem Jahr eine Nacht mit Sabine II verbracht. Als ich sie kennen lernte und wir brav unsere Namen sagten, hatte ich noch so ein kleines Zucken (linkes Augenlid – Sie erinnern sich sicher). Aber so als systematische Desensibilisierung, dachte ich mir, warum nicht mal mit Sabine II ausgehen. Mal schauen!

Nichts an ihr war so richtig für mich geschaffen. Sie war der kühle clevere Sharon Stone-Typ, bei dem man immer unter dem Bett nachschauen muss, ob auch keine Eispickel herumliegen. Außerdem hatte sie ein abgeschlossenes Studium. War richtige Akademikerin – was will die bitte von mir? Ich arbeite irgendwas in einem jugoslawischen Wettbüro, bin Spieler und alles Mögliche, was will eine Akademikerin von mir – vielleicht schreibt sie auch ein Buch. Womöglich eine wissenschaftliche Studie: „Ficken dumme Männer besser?" – oder so. Man kann nie genug aufpassen.

Wir trafen uns in einem schicken Restaurant. Ich kann mich ziemlich gut benehmen. Weiß, welche Gabel man nimmt und alles, was man so braucht. Der Abend war in

Ordnung, nett, es ist nichts Besonderes passiert. Nach dem Essen waren wir noch ein bisschen an der Donau spazieren. Alles im grünen Bereich, aber nichts deutete auf Sex hin. Besonders nicht gleich am ersten Abend.

Auf der Heimfahrt in ihrem total versauten Auto hatte ich schon so meine erotischen Gedanken. Wenn ich etwas gelernt habe im Leben über Frauen, dann: je schlimmer es im Auto ausschaut, desto besser ist der Sex. Wenn ich beim Einsteigen bis über die Knöchel im Müll versinke, auf der Rückbank Kleiderbündel liegen und so, bekomme ich sofort eine Erektion. Nicht zu stoppen. Wie ein pawlowscher Hund, aber wenigstens fang ich nicht an zu sabbern.

Sabine II brachte mich also nach Hause und ich lud sie noch auf einen Drink im Lokal gegenüber ein. Ich bestellte ein kleines Bier – vielleicht erbarmt sich ja die Kellnerin – und meine Prinzessin lüpfte in Rekordzeit einen halben Liter Weißwein. Das war zu viel für sie. Sabine II war eindeutig beschwipst. Ich fühlte mich verantwortlich und verbot ihr, mit dem Auto nach Hause zu fahren.

Sabine II wollte aber partout kein Taxi und stellte mir die keineswegs klassische Sharon Stone-Frage: „Schaffst du es, einfach nur so neben einer Frau zu schlafen? Dann komm ich mit zu dir.“ Na immerhin, damit hatte ich nicht gerechnet. Und ich hatte zwar nicht besonders aufgeräumt, aber im Verhältnis zu ihrem Auto schaute es bei mir aus wie im OP einer Universitätsklinik.

„Klar Süße, in meinem Alter ist man nicht mehr so gefährlich“, startete ich meinen Bluff. Was hatte ich zu verlieren? Kommt sie mit, hat man immer eine Chance. Also schnell zu allem ja sagen!!

Ich zahlte, wir spazierten an ihrem Auto vorbei (ich bekam sofort – Sie wissen schon) und schließlich waren wir bei mir. Bis jetzt hatte ich die Situation voll unter Kontrolle. Ich zauberte sogar zwei Martinis. Das kann ich! Dann sagte sie diesen Satz, der mich zum willenlos hormongebeutelten Gartenzwerg machte und sie zur 100%igen Herrscherin – und das bei einem Heimspiel.

Sabine II im Originalton – kein Wort erfunden (!!): „Ich bin heute auch nicht gefährlich, weil ich den ganzen Vormittag ohnedies masturbiert habe“ – Alarm – Ich bin einmal von einer Biene in den Mund gestochen worden. Habe weiche Knie gekriegt und musste drei Tage ins Spital. Aber da hatte ich mehr Kontrolle über mich und meinen Körper.

Unbarmherzig setzte Sabine II nach. Erzählte mir, wie „notgeil“ sie gewesen sei. Dass sie es sogar mit einer Salatgurke probiert habe. Die sei aber im Kühlschrank gewesen und somit zu kalt, das habe sich nicht so toll angefühlt, obwohl nur vielleicht zehn Zentimeter hineingesteckt ... Sie habe die Gurke geschält und unter warmes Wasser gehalten. Dann sei sie wieder zu matschig gewesen. Und sie wisse jetzt, entweder schälen oder unter warmes Wasser, aber nicht beides gleichzeitig usw. usw. usw.!

Ich habe jahrelang Fußball gespielt. Zwei bis dreimal die Woche. Danke, danke, das war eine tolle Idee, sonst hätte mich sicher eine tödliche Herzattacke ereilt. Ich hatte keinen Hormonschub. Ich war aufgestachelt durch diese Geschichte, ein einziges Hormon mit einem kleinen Rest Götz oben dran.

Dieser kleine Rest-Götz stammelte nur irgendetwas von besser gleich hinlegen. Den Rest, ja was soll ich sagen? Was soll ich mich mit Beschreibungen abmühen? Jetzt läuft gleich „Fatal attraction“ im Fernsehen (mit Sharon Stone). Das muss ich jetzt unbedingt sehen. Borgen Sie sich einen Porno in der Videothek. Genau das alles ist in jener Nacht passiert. Außerdem sehe ich mich hier nicht als Pornographen, sondern als Lebenshelfer und Wissenschaftler. Ich habe keine Zeit mehr, es läuft schon der Vorspann. Gute Nacht für heute.

15
Gedanken zum Jubiläum „1 Million Jahre Pornographie" – eine Würdigung

Wie lange gibt es uns Menschen? Keine Ahnung. Wie soll man das auch festlegen? Was ist die Definition des Menschen? Wieder keine Ahnung. Aus welcher Höhle kommen Lothar Matthäus und Jörg Haider zum Beispiel? Will ich gar nicht wissen. – Aber was weiß ich dann?

Ich weiß, dass die Menschen schon seit einer Million Jahren Pornos schauen. Davon bin ich felsenfest überzeugt.

Kommen wir zurück zu meiner Urmenschen-Theorie. In dem Falle betrachte ich mir einmal genauer die Urmenschen-Frauen. Sicher nicht so ein appetitlicher Anblick wie Jennifer Lopez heute. Kein Haarstyling in der Bikinizone und sicher auch nicht wunderbar duftend wie meine Exfreundin U. Der Urmann hatte sicher einen harten Tag, immer Beeren sammeln, Salamander jagen und immer auf der Flucht vor Riesenwölfen und Mammuts.

Wenn der Urmann nach Hause in die Höhle kam, wollte er wahrscheinlich ins Feuer glotzen und vielleicht mit dem Nachbarmann Knochen-Boccia spielen. Und er hatte gar kein großes Interesse, sein haariges Höhlenweibchen flach zu legen. Dabei fickten die Höhlenmenschen für eine gute Sache, die Erhaltung unserer Art – ständig wurden Kinder gefressen, und das bei 100.000 Europäern.

Deshalb hat der Liebe Gott den Pornoreflex erfunden. Denn wenn der Urmann dann von seiner Clique zu seiner Höhle gestolpert ist, was sah er da? Einen jungen, noch superspitzen Genossen in Action. Er ist stehen geblieben und hat ein bisschen zugeschaut – das Pärchen in der Nachbarhöhle hat das Grunzen und Quieken gehört und hat auch losgelegt. Und bis er dann daheim war, war er so aufgegeilt, dass er sein Weibchen-Monster auf einmal wunderschön fand und auch ein Nümmerchen geschoben hat.

Die Höhlenfrauen haben sicher laut gestöhnt und geschrien. So – seht her, was meiner alles kann. Alle sind wach geworden und haben gefickt, dass die Höhlen gewackelt haben. Und warum? Weil sie zugeschaut und zugehört haben – eben der Pornoreflex.

Früher habe ich gedacht, dass Frauen beim Sex oft so laut sind, damit wir Männer angefeuert werden. Ganz falsch! Sie wollen gleich die ganze Welt daran erinnern, wozu wir eigentlich da sind. Männer sind beim Sex so leise, weil sie Angst haben, dass ein stärkeres Männchen kommt und sie abbrechen müssen, um zu kämpfen.

Ich hatte mal einen One Night-Stand mit einer Lufthansa-Stewardess. Leider konnte ich sie nicht überreden, die Uniform anzulassen. Aber egal – das ist jetzt nicht wichtig. Ihre Wohnung war eine Art Neubau-Apartment mit amerikanischer Küche und so. Die Wände waren total dünn, ich glaube, in dem sechsstöckigen Haus waren mindestens 500 Apartments. Gut, und diese Stewardess war so laut beim Stöhnen und „ja …ja … fick mich …“-Rufen. Unglaublich, was eine deutsche blonde Frau für einen Lärm machen kann.

Natürlich war ich damals der Meinung, ich besorge es ihr so sensationell, dass sie ihre Begeisterung einfach nicht zurückhalten könne. Heute, als Experte, weiß ich, es war ganz anders: Die Botschaft lautete ans ganze Haus: „Heute wird was für die Arterhaltung getan, heute wird gefickt!!“ – Vielleicht wollte sie auch genetisch kräftigere österreichische Männchen heranlocken, damit sie eine gewisse Auswahl treffen könnte. Die hätten sich aber gewundert, was ich für

Kräfte entwickeln kann. Aber eines bin ich mir heute ganz sicher. Je dünner die Wände, desto lauter die Frauen – eigentlich logisch. Was soll sich eine Frau bei zwei Meter dicken Wänden auch unnötig mit chancenlosen Balzrufen anstrengen. Achten Sie einmal darauf!

Also, nachdem die Menschheit 990.000 Jahre den Nachbarn zugeguckt und so ihre Peepshow und Pornoshow gehabt hat, war irgendetwas passiert – Religion, Kultur und all die anderen Dinge, die uns komplett durcheinander gebracht haben. Bis halt die heutige Pornoindustrie diese Bedürfnisse wieder im wahrsten Sinne befriedigte.

Das einzig Perverse an der Pornographie ist ja nur, dass sie heute so einsam und heimlich passiert, und vor allen Dingen meistens allein konsumiert wird und damit an dem eigentlichen Sinn total vorbeigeht.

Ich hätte tolle Ideen. Zum Beispiel, die Einführung von Erwachsenen-Waggons in der U-Bahn. Wenn die Männer nach der Arbeit in der U-Bahn einen scharfen Porno sehen könnten, hätte das sicher einen Supereinfluss auf die Ehe. Derartig aufgegeilt, würden die Männer noch schnell im Holland Blumen-Markt einen schönen Strauß Rosen kaufen. Dann voll motiviert nach Hause eilen und Supersex mit ihren Ehefrauen haben. Hoffe ich zumindest.

Noch kurz zu Religion und speziell zur katholischen Kirche. Also, der Liebe Gott hat, wie wir nun wissen, den Pornoreflex und somit auch den Pornofilm erfunden, aber hat er die katholische Kirche erfunden? Sicher nicht! Gut, auch der Liebe Gott hat Fehler gemacht. Wir denken nur an das Design beim primären weiblichen Geschlechtsorgan, aber so einen gierigen, machtgeilen Gangsterverein wie die katholische Kirche? Sicher nicht! Dazu bin ich ein zu gläubiger Mensch, um ihm solche Schweinereien zu unterstellen.

Ich glaube, wenn die Mafia und die Camorra noch eine Million Jahre existierten und sich die Katholiken sofort auflösten, könnten die Mafiosi gerade all die Morde aufholen, die im Namen Gottes geschehen sind. Dann der Schwachsinn mit dem Zölibat. Unglaublich. Diese verlogene Päderastenbande, dazu fällt mir nichts ein. Über die Jungs in Rom nachzudenken – pfui Teufel. Die werden sich wundern, wenn sie einst zwischen Hitler und Stalin in der Hölle schmoren. Was soll ich sie da warnen?

Haben Sie schon einmal eine Nonnen-Uniform von innen gesehen? Ich auch nicht! Die Nonnen passen auch höllisch auf, damit das nie passiert. Ich weiß warum. Irgendwo drinnen, neben der Waschanleitung (40 Grad, Bügeln bei 60 Grad) gibt es sicher ein Schild „Design: Satan". Wie kann man alles, was eine Frau schön und begehrenswert macht, so unvorteilhaft stylen. Das soll der Liebe Gott so wollen? Ganz sicher nicht. Der Liebe Gott designed so tolle Dinge wie die Shakira-Hüfthose oder in den 1960ern den Minirock – und das hat er gut gemacht.

So, jetzt habe ich mich sehr aufgeregt und ich muss schnell aufhören. Weil, wenn ich jetzt noch meine Meinung zu den verklemmten Islamis mit ihren verschleierten Frauen schreibe, muss ich mich lebenslänglich verstecken – wie Salman Rushdie. Oder ich muss zum Schönheits-Chirurgen gehen, um mir mein Gesicht komplett umbauen zu lassen. Na ja, wenn ich mir meine Fresse so im Spiegel anschaue, vielleicht gar keine schlechte Idee.

16
Mein ungefähr erstes Mal – Sex mit zwei Aristokratinnen (nicht auf einmal!)

Wenn ich im Fernsehen Leute von ihrem „Ersten Mal“ sprechen höre, beneide ich sie um die Klarheit der verflossenen Ereignisse. Ich hatte überhaupt kein erstes Mal, bei mir war alles durcheinander. Ein bisschen mit der. Ein bisschen mit der anderen. Nur ein kleines bisschen reingesteckt und dann abgebrochen. Aber ein genau definiertes „Erstes Mal“, nein damit kann ich leider nicht dienen. Aber eines weiß ich ganz sicher, das volle Programm so von A bis Z war mit einer Aristokratin, nennen wir sie Klara.

Aus reiner Vorsicht schreibe ich das vom „Ersten Mal“ so genau, denn für den Fall, dass ich jetzt prominent werde, muss ich mich schützen. Sollte es einmal eine RTL-Sonder-Talkshow geben, in der fünf Frauen auftreten, die alle behaupten, als erste Frau mit mir im Bett gewesen zu sein, kann ich nur sagen, alle fünf sprechen die Wahrheit. Vielleicht war ich auch so unentschlossen und ungeschickt, dass es eine allein mit mir unmöglich auf die Reihe bringen konnte. Ich hoffe, davon werden sie nicht zu viel erzählen.

Klara war eine schöne Frau. Mit so einem Banknotengesicht. Wirklich wunderschön. Sollte die EU-Kommission jemals nach einem Motiv für den 30 Euro-Schein suchen – mein Vorschlag lautet: Klara. Und einen super Riesenbusen – allererste Klasse. Ich weiß nicht, ob das damit zu tun hat, dass über viele Generationen in ihrer Familie Nichten und Onkel geheiratet haben, aber Fakt ist, die Aristofrauen sind wirklich sehr weiblich und anmutig. Keine Ahnung, was das Wort anmutig genau bedeutet, aber sie sind es definitiv.

Meine Klara war auch noch super geschickt. Ich konnte nichts falsch machen. Sie hat mich hin und her geruckelt, wie sie es gebraucht hat. Ich ließ mich führen und war, glaube ich, recht tüchtig.

Wenn ich ehrlich bin, muss ich ja zugeben, Frauen fühlen sich innen drinnen wirklich phantastisch an. Klara war ja meine erste richtige und ich war so beeindruckt, dass ich manchmal einfach vergessen habe, irgendwelche Bewegungen zu machen. Wenn es nach mir gegangen wäre, hätte ich stundenlang so bleiben können – einfach so. Vielleicht sogar ein gutes Buch lesen oder ein kleines Häppchen essen, wer weiß. Auf jeden Fall immer meinen Schwanz in der wunderbaren Klara lassen.

Aber Klara wollte Action. Wenn eine Gräfin schon einmal einen Proleten nimmt, dann will sie auch ficken wie mit einem Holzknecht. Nun gut, das war mir auch recht. Und so machten wir es die ganze Nacht.

Ich verrate Ihnen jetzt ein wirkliches Geheimnis. Haben Sie schon einmal mit einer Gräfin gefrühstückt? Was glauben Sie, nach was gelüstet so einer nach einer heißen Nacht? – Lachs, Kaviar und Croissants mit Brombeergelee? Ganz falsch!! Ich werde es nie vergessen. Ihre Bestellung war: eine Pizza Cardinale mit Spiegelei! Dazu trank sie einen ganzen Liter Coca Cola. Das machte mir irgendwie Angst! Das war der Moment, wo ich merkte, dass kein Tropfen blaues Blut durch meine Adern fließt.

Nach dem sonderbaren Frühstück gab es wieder Sex und ich küsste mit Freuden ihren Knoblauchmund. Wir trafen uns noch einige Male und sind als Freunde geschieden. Wir waren, glaube ich, schon verliebt, aber irgendwie haben wir auch nicht zusammengepasst. Es sollte halt nicht sein. Ich konnte mich so über ihre Ansichten amüsieren. Ihre Einstellungen zu Kolonialismus und Geschichte im Allgemeinen waren – vorsichtig ausgedrückt – very strange.

Wobei Klara nicht verblödet war. Sie war noch in der Gehirnwäsche-Phase, das heißt, mit jedem Runterbeten der von älteren Verwandten ausgegebenen Parolen verinnerlichte sie diesen Schwachsinn. Ich hätte Klara retten können. Jedesmal, wenn sie tapfer Sätze wie „Wer keine Arbeit hat, will nicht arbeiten“ oder „Neger sind schon auch Menschen, aber die sollen dort bleiben“, blickten mich zwei große Augen an, so – Sorry, ich muss das sagen, aber ich weiß, es ist Schwachsinn.

Nun, ich habe es versucht; nicht sehr erfolgreich, fürchte ich. Manchmal sehe ich Klara in der Innenstadt mit einem grünen Lodenmantel, Hut und zwei Windhunden. Das, finde ich, ist in dieser Kombination Strafe genug.

Ohne dass ich besonders viel tun musste, war ich bald mit ihrer besten Freundin verabredet. Ich nenne sie jetzt Andrea v. P. Ihr Nachname hat, glaube ich, mindestens 80 Buchstaben. So viel „von“ und „zu“ usw. Ihre Familie besitzt unglaublich viel Wald und überhaupt ganze Landstriche von Österreich.

Andrea war definitiv nicht in mich verliebt und ich in sie auch nicht. Sie war einfach eine Freundin von Klara und ich denke, die wird ihr einen Tipp gegeben haben, in etwa, hoffe ich: „Nimm den Götz mal, noch ziemlich ungeschickt, aber ein *Rohdiamant*“. – So oder so ähnlich muss das gelaufen sein.

Wir trafen uns in einem schicken Innenstadt-Café. Andrea hatte die damals übliche Mädchen-aus-gutem-Hause-Uniform an. Weiße Bluse, zwei Knöpfe offen mit Dior-Halstuch, dunkelblauer Rock mit Bundfalten und Burlingtonsocken, Collegeschuhe. Das war’s, nein Moment. Das Plastikfeuerzeug steckte in so einem Lederpräservativ von Daniel Hechter.

So was finde ich superpeinlich. Wirklich nicht mein Ding. Ich war definitiv auch nicht das Ding von Andrea, aber ich war auf ihrem heutigen Tagesplan als Höhepunkt vorgesehen. Ich hätte vielleicht nicht so viel von meiner Oberschenkelzerrung erzählen sollen. Aber damals spielte und trainierte ich noch regelmäßig Fußball und mir fiel auch nicht viel Besseres ein. Sie rauchte Benson & Hedges – was denn sonst? – und wir tranken Ribiselwein, das weiß ich noch ganz genau.

Irgendwie gelangten wir zu mir. Meine Mutter war verreist. Ich hatte ein großes Zimmer mit einer Zwischendecke und oben war mein Bett. Ein ziemlich schmales Bett, und außerdem war der Raum nur 190 Zentimeter hoch und ich war damals schon fast zwei Meter lang.

Aber was soll's. Andrea zog sich gleich aus. Ich bleibe dabei, nur 18-jährige Aristofrauen haben schon einen solch tollen Busen. Ein Wahnsinn. Wir küssten uns und es war passiert – ich war verliebt. Total verliebt. Sobald ich mit einer Frau Sex habe, geht das los. Ich finde sie auf einmal wunderschön und – in dem besonderen Falle wirklich eine Leistung – sympathisch und wunderbar.

Ich glaube – noch heute – wenn mir ein Escort-Service zweimal die gleiche Frau schickt, ich habe die Frau fürs Leben gefunden. Auf diese Weise verblöde ich durch Sex.

Mit Andrea war es wunderbar. Ich war jetzt auch schon viel sicherer und wir haben es die ganze Nacht getrieben. Mir gelang es zwar, sie in allen Stellungen zu vögeln, wie sie es brauchte, aber wenn wir uns zwischendurch unterhielten, merkte ich ein gewisses wechselseitiges gesellschaftliches Misstrauen. Aber egal, mein Plan war, Andrea durch Charme und Sex gefügig zu machen und mein Leben lang jeden Tag Minimum dreimal zu vögeln.

Draußen war es schon hell, als wir entkräftet beschlossen, jetzt erst einmal zu schlafen. Ich ließ sie sogar auf meiner Bettseite schlafen und quetschte mich an die Wand.

Andrea schlief sofort ein. Ich konnte nicht. Ich glaube, ich hatte einen klaustrophoben Anfall.

Links die Wand und rechts ihr großer Busen. Sie atmete mit ruhigen Zügen. Was tun? Nun, ich bin ja recht kräftig, also fasste ich sie vorsichtig um die Hüfte und probierte, sie über mich drüber zu ziehen und so auf die richtige Seite zu rollen. Da ist es passiert – haben sie jemals ernsthaft Fußball trainiert? Dann kennen Sie das sicher – ich bekam einen superstarken schmerzhaften Wadenkrampf.

Mit einem Schrei stieß ich Andrea zurück in ihre Position. Auf dem Krampf-Bein hüpfen war das Einzige, was jetzt half. Ich sprang aus dem Bett und hüpfte nackt auf einem Bein. Dabei musste ich mich gleichzeitig ducken. Sie erinnern sich, die Zimmerdecke war ja so niedrig. Dann spürte ich ihren Blick. Das blanke Entsetzen, Furcht und Panik. Sie saß inzwischen aufrecht im Bett – total verschlafen und doppelt verwirrt. Ihr Blick!! Jetzt musste ich auch noch lachen. Gut, ich kann das heute verstehen. Ein auf einem Bein hüpfender nackter Mann, der sich gleichzeitig duckt und hysterisch schmerzverzerrt lacht, kann einen schon verwirren.

Andrea zog sich an und ging. Einfach so. Nichts konnte sie stoppen. Ich probierte alles, um sie zu überzeugen, dass ich nicht wahnsinnig sei. Nichts ging mehr. Andrea war weg und hat nie wieder mit mir gesprochen. Gut, da habe ich nicht viel versäumt. Aber die Aristokraten halten ja alle zusammen. Mir ist 20 Jahre nichts mehr gelungen in der Richtung. Andrea hat sicher alle gewarnt. Mein Steckbrief hängt wahrscheinlich noch heute in jedem Schloss. Was mich dieser Auftritt Geld gekostet hat! Sonst hätte ich sicher reich heiraten können. Mein Leben hätte aus Konversation machen und Tontauben schießen bestanden. Ich müsste sicher nie mehr arbeiten und hätte ein Superleben gehabt. – Da soll noch einer sagen, Fußball sei ein billiges Hobby.

Nur eines weiß ich bis heute: man darf nie von konservativem Gewand auf langweiligen Sex schließen. Vielleicht machen Sie sich ja Notizen und markieren sich mit einem gelben Stift die wichtigen Stellen. Das unaufgeräumte Auto und den Zusammenhang von dünnen Wänden und lauten Frauen haben wir ja schon behandelt. Ich sehe auch das britische Königshaus samt Anhang mit anderen Augen. Jeder wundert sich, was Prinz Charles an seiner Camilla Parker-Bowles findet. Ich glaube es zu wissen: sie besorgt es ihm sicher wunderbar. Sie muss die totale Kanone im Bett sein, ganz sicher!

Vielleicht überwinde ich meine Flugangst, jette selber hin und probiere, Camilla zu verführen. Aber ich werde sicher nichts darüber schreiben, sonst pustet mich der Britische Geheimdienst weg wie den armen Doody in Paris. Nein, ich verrate sicher kein Wort. Wann geht das nächste Flugzeug nach London?

17
Ich mache mir Sorgen – Ich treffe sie Gandhi hat Recht

Ich mache mir Sorgen. Große Sorgen! Um wen? – Natürlich um mich. Gestern lief im ZDF eine Dokumentation über multiple Persönlichkeiten. Sie wissen doch, diese armen Menschen, die gleich mehrere Personen auf einmal sind. Die porträtierte Frau sprach auch mit verschiedenen Stimmen, mal hoch, mal tief, mal im Dialekt. Jede ihrer Persönlichkeiten war ein komplett anderes Wesen. Eine war Vegetarierin, eine liebte Big Mac bei McDonalds und so weiter.

Normalerweise schau ich mir nie medizinische Beiträge an. Ganz egal, um welche Krankheit es geht, ich glaube sie zu haben oder zu bekommen. Auf jeden Fall spüre ich sofort die beschriebenen Symptome. Nicht einmal eine Dokumentation über eine Zyste am Gebärmutterhals kann ich mir entspannt anschauen. Man weiß ja nie.

Aber multiple Persönlichkeit, kein Problem. Ich habe schon Schwierigkeiten, nach unzähligen Kopfbällen, verlorenen Schlägereien und etlichen Bieren zu viel, genug Hirn für eine Persönlichkeit zu haben.

Das war gestern. Heute ist alles anders! Normalerweise funktioniere ich nach einem supersimplen Schema. Sobald ich eine Frau kennen lerne, die mich interessiert, ziehe ich sie im Geiste nackt aus, splitternackt natürlich. Ich kann das, ich bin wahrscheinlich der Beste. Ein wandelndes Röntgengerät. Wenn sie dann nackt vor mir steht, überlege ich mir alles weitere Wichtige. Von vorne, von hinten, vielleicht im Stehen (erst ab 181 Zentimeter) usw. Ich kann nicht aus meiner Haut. Bei der Umsetzung bin ich dann ziemlich schüchtern, aber im Geiste bin ich wahrhaft versaut. Unrettbar versaut.

Sie hat so wunderschöne weiße Haut. Sie ist groß. Sie hat mich verzaubert. Es war in einem Lokal, das ich zuvor noch nicht kannte. Geradezu gespenstisch bin ich da heute hingezogen worden. Ein Lokal, in dem mich sicher keiner mag. Dort sitzen lauter korrekte Menschen. Keiner hat eine Vorstrafe, oder höchstens, weil er sich an ein Walbaby angekettet hat. Für Greenpeace oder so. Keine Jugoslawen, keine Türken – Götz alleine. HILFE! – Ich bin da rein mit meinem offenen schwarzen Hemd. Die Goldkette um den Hals hat gefunkelt und hat mir sicher den letzten Rest Respekt genommen. Die Rolex (Daytona – die schönste!) konnte ich gerade noch unter meinem Hemdsärmel verschwinden lassen. Dann sah ich sie. Eigentlich sah ich zuerst ihre Waden. Schneeweiß! Ich meine, wir hatten August. Alle waren braun, nur sie nicht. Ich tastete mich mit meinem Blick die schwarze weite Hose hinauf. Ein kleines weißes Schlitzchen, vielleicht ein knapper Zentimeter und dann kam das blasslila verwaschene T-Shirt. Vielleicht selbst gebatikt, in der Kindergruppe womöglich.

Gerade als ich wieder zu ihren Waden zurück wollte, trafen sich unsere Blicke. Wunderschöne braune Augen. Ich musste sofort wegschauen. Es war ein bisschen zu heftig. Zu viel auf einmal.

Ich kann nicht einmal im Stadion vor dem Anpfiff das Rapid-Lied hören, ohne dass mir die Tränen runtertropfen. Sogar zu Flutlichtspielen im Winter nehme ich mir eine Sonnenbrille mit und trag sie, bis die letzten Tränen getrocknet sind. Meisten circa bis zur zehnten Spielminute. Einmal war ich mit meinem Sohn im Stadion und hatte meine Sonnenbrille vergessen – was sollte ich machen? Hab mich vor dem Anpfiff schnell aufs stinkende Herrenklo verdrückt. Was soll ein Elfjähriger von seinem flennenden Vater denken?

Ich sammelte mich und schaute noch einmal hin. Unverwandt hatte sie ihren Blick auf mich gerichtet. Braune Haare mit so leicht wackligen Stirnfransen. Vielleicht schneidet sie sich ihre Haare selber? Natürlich nur bei Neumond oder so. Aber sie macht das putzig.

Dann war sie weg. Verschwunden. Ich Oberbimbo hatte sie verschwinden lassen. Einmal im Leben hätte ich mal was selbst schaffen müssen. Ohne Tricks, keinen Hund dabei, keine kleinen Zettel. Einfach hingehen. Zu spät. Weg. Scheiße. Riesengroße Oberscheiße.

Die kleine rothaarige Kellnerin kam abkassieren. Dienstschluss? Egal, kein Interesse. Was sollte ich tun? Mich betrinken? Es war erst 18 Uhr. Meinen besten Freund anrufen? Der schläft wahrscheinlich noch. Im Geiste sah ich mich schon alle Bioläden und Bauchtanzgruppen von Wien durchkämmen nach ihr, meiner Göttin mit den alabasterfarbenen Waden. Es war mein Schicksal. Wahrscheinlich ist es mir einfach bestimmt, mein Leben mit Peepshow-Girls und ungarischen Escort-Mädchen (natürlich ohne zu bezahlen) zu verbringen.

Ein kleines Bier, ja, ein kleines Bier kann nie schaden. Ich drehte meinem Kopf zur Bar. Vielleicht doch lieber ein großes Bier, oder ein kleines Bier und einen Wodka? – „Magst du noch was trinken?“ – Was war das? Diese Stimme! Ich probierte, so schnell es irgendwie ging, auf den schwarz-lila Fleck mit der Engelsstimme scharf zu stellen. Es war sie! Sie war gar nicht verschwunden. Sie war die Ablöse. Sie war die Neue hinter der Bar und würde, wie ich hoffte, die Neue in meinem chaotischen Leben.

Ich glaube, ich bin eine multiple Persönlichkeit. Wahrscheinlich schon im fortgeschrittenen Stadium. Mein Röntgenblick zum Beispiel – er funktionierte nicht bei ihr. Sie war die erste Frau seit Jahrzehnten, bei der das mit dem Ausziehen im Geiste nicht funktioniert hat. Außerdem war ich total sanft. Ich war auch nicht brillant und schlagfertig wie sonst. Einfach ein sanftes Bündel ohne schmutzige Gedanken und ohne Aggression. Wie zu Weihnachten 1971 etwa. – Was ist los mit mir?

Ich bestellte einen Tee mit Milch. Natürlich ohne sie richtig anzusehen. Wozu auch? – Jetzt weiß ich, wo ich meine blasse Göttin finde. Nur jetzt keinen Fehler machen! Bloß nichts Falsches sagen. – Ein junger Typ mit Nasen-Piercing und hennagefärbten Haaren rempelte mich voll von hinten an. Rammte mir seinen Ellbogen in die Nieren. Wissen Sie, was ich darauf sagte? Das erraten Sie nie: „Ist ja nichts passiert." Wie Gandhi! Beinahe hätte ich ihm noch einen naturtrüben Apfelsaft spendiert.

Nur schnell weg!! Götz-neu macht mir Angst. Ich habe das schnell hingeschrieben, aber jetzt schaue ich bei www.netdoktor.de nach, ob es einen Selbst-Test auf der Psychoseite gibt. Entweder ich bin plötzlich alt und sanft geworden, oder ich leide unter einer Persönlichkeitsstörung wie gestern im Fernsehen. Soll ich mir vielleicht einen Vollbart wachsen lassen oder doch lieber eine Latzhose kaufen? Schwierige Frage. Ich hoffe, Sie verstehen, dass ich jetzt keine Zeit für schmutzige Geschichten habe. Wir beide – der gefährliche Götz und der sanfte neue Götz – müssen uns jetzt mal ernsthaft miteinander unterhalten.

18
Leonard Cohen ist Jude
Der mit dem Hund tanzt

Ich glaube, ich bin verliebt. Bin um 5 Uhr in der Früh sogar noch einmal aufgestanden. Habe das Geschirr gewaschen und den verwirrten Hund gefüttert. Er war noch so müde und schwach, aber wenn ich aufstehe, fordert er sein Futter. Sofort und erbarmungslos. Das arme Vieh ist beim Fressen beinahe eingeschlafen. Selber schuld!

Was jetzt kommt, ist mir ehrlich gesagt ziemlich peinlich. Ich meine, Sie kennen mich ja jetzt auch schon eine Weile. Ich habe kein Problem damit, die Wahrheit zuzugeben. Hätte ich zum Beispiel ein Potenzproblem, mein Urologe und Sie wüssten es. Aber was ich nach dem Hund-Füttern mit einer Flasche Bier in der Hand gemacht habe, ist wahrhaft pervers. So muss ich ein bisschen genauer erklären, wie es überhaupt so weit kommen konnte.

Eigentlich hasse ich Leonard Cohen. Gut, er hat eine tolle tiefe Stimme, aber er weiß es. Das macht ihn so unglaublich eitel und unsympathisch. Wenn ich seine Fresse nur sehe. Dieser selbstgefällige Blick, auch sein selbstverliebter Vortrag, wenn er sein erotisches Organ vibrieren lässt. Ich glaube, wenn Leonard mal keinen hochkriegt, singt er seinem Schwanz was vor und schon steht er wieder.

Seit mehr als 20 Jahren schleppe ich bei jedem Umzug seine wahrscheinlich beste Platte „Songs of Love and Hate“ mit mir herum. Ich habe schon alles versucht. Mal habe ich sie absichtlich liegen gelassen oder vor mir selber versteckt. Aber sie ist immer noch da. Ich hasse diese Scheibe. Ich hasse das schwarze Cover. Ich wollte sie einfach immer nur loswerden.

Gut, man könnte sie ja einfach wegschmeißen. Geschenkt nimmt sie ja niemand. Habe ich schon probiert. – Aber wegschmeißen, nein, das bringe ich nicht übers Herz. Aus Mitleid? Nein, nicht deshalb. Ich habe schon zwei Grace Jones-Platten weggeschmissen. Obwohl, diese Frau hätte eine Menge Mitleid verdient. Aber Leonard Cohen ist Jude! Sie verstehen? Ich habe immer dieses Bild von den Bücherverbrennungen der Scheiß-Nazis vor meinen Augen. Dieses perverse Schwein Goebbels und seine Kinderficker-Bande mit den lächerlichen Hakenkreuz-Armbinden.

Ja, und wenn ich dann schweißgebadet mit der Platte nächtens vor unseren Mistkübeln stehe, höre ich diese reichsdeutsch aufgewühlte Kastratenstimme: „Ich übergebe dieses Werk des Juden Joseph Roth den Flammen, ich übergebe dieses Werk des Juden Leonard Cohen dem Mistkübel, ..." Nein, das schaffe ich nicht.

So fristet „Love and Hate" seit Jahren ihr Schicksal. Ganz hinten bei Barbara Streisand und dem langweiligen Soloalbum von Art Garfunkel. Und heute in der Früh. Ja, heute in der Früh habe ich sie hervorgeholt und mit zitternder Hand aufgelegt. Tolle Stimme. Und dann habe ich meinen Hund hochgehoben und getanzt! Die ganze A-Seite. Beinahe hätte er mir über die Schulter gekotzt und die ganze Romantik ruiniert. Die B-Seite habe ich ihm erlassen, hab mich mit dem Cover in der Hand – tolles Gesicht – im Schneidersitz auf den Boden gesetzt und leise mitgesungen. Hilfe, was hat meine blasse Göttin aus mir gemacht?!

Heute Abend werde ich die Lage sondieren. Aber jetzt wird weitergearbeitet. Ich finde es nur korrekt, wenn ich Sie warne. Bis jetzt war ja alles recht lehrreich und amüsant. Ich habe mal schnell die verflossenen Kapitel durchgelesen. Nun, ohne mich zu loben, es läuft super. Ein bisschen Zeitgeschichte, ein wenig Philosophie und viel Sex. Perfekt! Ich glaube, nach diesem Buch wird die Welt nicht mehr dieselbe sein. Männer werden sich weniger schämen dafür, dass sie eben Männer sind. Frauen werden ihre Männer besser verstehen. Und die Jungs brauchen dann nicht mehr alles selber ausprobieren. Sie können dann ruhig ein paar Dinge auslassen.

19
Was haben uns die 80er Jahre gebracht? Die CD und den Analverkehr – beides Scheiße!!

Die armen anatolischen Bergbauern. Was sollen sie auch machen? Der nächste Präservativ-Automat ist Minimum 500 Kilometer entfernt. Acht Kinder sind ja nun auch wirklich genug. Ja, und wenn ihn dann am Sonntagmorgen, bevor die Kinder aufwachen, die Lust packt, dann muss er halt hinten rein. Die arme Bäuerin! Und, glauben Sie mir, für ihn ist das auch kein Vergnügen. Er denkt sich ganz sicher: Ach wie schön war es früher vorne!

Ich kann Ihnen auch nicht den genauen Zeitpunkt nennen, aber es war definitiv in der zweiten Hälfte der 80er Jahre, als diese Griechisch-Hysterie ausbrach. Vielleicht hat es auch mit der Entdeckung des Aids-Virus zu tun. Plötzlich war Sex nicht nur tabu, sondern gleichzeitig auch gefährlich. Was weiß ich?!

Ich bin kein großer Liebhaber von Pornofilmen, das hängt wahrscheinlich mit meinem ersten Kinobesuch zusammen. Sie erinnern sich hoffentlich. Aber in gewisser Weise bin ich Experte. Ich könnte sogar jederzeit in „Wetten, dass …“ auftreten. Die Wette würde lauten: „Zeigen Sie mir den Anfang eines Pornofilmes (alle Filme von 1970 bis 1985) und ich sage Ihnen, ob überhaupt und wenn ja, welche Darstellerin sich im Laufe der Handlung in den Hintern ficken lässt.“ – Nicht etwa, weil ich alle die Filme gesehen hätte. Keineswegs! Höchstens zwei oder drei oder höchstens zehn. Gut, vielleicht waren es auch hundert, egal. Aber es ist ganz einfach. Wenn in dieser Zeit irgendwo eine potthässliche Frau als Nebendarstellerin auftauchte – ältere

Köchin, böse Direktorin, dumme Polizistin – ja dann wurde sie am Ende des Filmes immer ... Sie wissen schon. Immer nur ganz am Ende. Heute ist das anders. Heute gehört das zum Standardprogramm. Die Liebhaber des guten alten Vaginalverkehrs müssen bald ihre Filme im Internet bestellen. Vielleicht aus Restbeständen der ehemaligen DDR.

Relativ gleichzeitig wurde die CD eingeführt und meine heißgeliebten Schallplatten verschwanden vom Markt. Ich glaube ja, dass alle Verlage und Redaktionen dicke Schecks von der Industrie bekommen haben, damit sie bloß nicht die Wahrheit schreiben. Ich habe keinen Scheck bekommen und werde Ihnen endlich mal reinen Wein einschenken. Mit klaren Worten: CDs sind Scheiße. CDs schauen scheiße aus. Und CDs hören sich scheiße an.

Wissen Sie, wer das Telefon erfunden hat, die Glühbirne und den Otto-Motor? Entweder Sie wissen es oder Sie können in Ihrem Lexikon nachschauen. Wer die CD erfunden hat, werden Sie nicht rausfinden. Wissen Sie warum? Ich weiß es ganz sicher! Weil sich dieses Arschloch in Grund und Boden schämt! Die Historiker in 200 Jahren werden, wenn sie ihre Platten hören, jedesmal darüber schmunzeln, dass sich seinerzeit ein paar 100 Millionen Käufer diesen absoluten Rückschritt als Fortschritt verkaufen haben lassen.

Ich habe jahrelang amateurmäßig Fußball gespielt. Alles, was es über Sex und Zeitgeist zu erfahren gibt, wird da in der Umkleidekabine oder spätestens in der Kantine besprochen. Analverkehr war bis Mitte der 80er Jahre absolut kein Thema. Einfach uninteressant. Sätze wie: „Meine neue Freundin ist dumm, hat keinen Busen und stinkt aus dem Mund, aber (!) sie lässt sich jeden Abend in den Arsch ficken!“, habe ich vor dem Jahre 1985 nie gehört. Glauben Sie mir das bitte.

Gut, ich will mich nicht drücken und Ihnen meine persönliche Erfahrung schildern, obwohl ich viel größere Lust hätte, weiter auf die miese Qualität der CDs zu schimpfen. Aber bitte: Es gab Zeiten in meinem beruflichen Leben, da waren Gewalt und Drohungen eine Option, die ich – vorsichtig ausgedrückt – nicht völlig ausgeschlossen habe. Ein gewisser Typ Frauen steht auf so was. Nach meinen Erfahrungen: Akademikerinnen, geschieden, ein Kind. Diese Frauen fühlen sich von Kampfschweinen magisch angezogen – was weiß ich warum? Vielleicht erhoffen sie sich einen gewissen Thrill für das Privatleben.

Meine war eine sehr schöne, verführerische Frau, und natürlich bin ich mit zu ihr gekommen. Alles lief wunderbar. Kein Tattoo, kein Piercing – was für eine herrliche Abwechslung. Nun, dann kam das Problem. Wir waren gerade in Super-Action – sie kniete am Teppich und ich in Bestform von hinten, als sie keuchend sagte: „Schlag mich! Bitte schlag mich fest!“ – He? Hilfe! Ich habe große Hände. Ohne zu protzen, mit viel Kraft dahinter! Schlagen?! Da kam die Stimme wieder: „Schlag mich! Lass mich nicht betteln. Tu es einfach!“ – Wenn ich das gewusst hätte, wäre ich nicht mitgekommen! Wäre ich doch bloß ins Casino gegangen oder was trinken! Inzwischen hatte ich sowieso einen 50%igen Erektionsabfall. Wir hatten ein Gespräch – eine von mir viel gehasste Sex-Besprechung. Genau kann ich mich nicht mehr daran erinnern. Nur den letzten Satz von ihr vergesse ich nie. „Wenn du schon zu feige bist, mich zu schlagen, dann fick mich wenigstens in den Arsch.“ Scheiße – ich wollte nicht wieder wie ein Versager dastehen. Gut Mädchen, an die Arbeit. Aber was soll ich sagen. Diese Körperöffnung ist eindeutig kein aufnehmendes Organ. Die ganze Innenstruktur dient offensichtlich einem anderen Zweck. Es stresst einfach. Nun, man kann ja Vaseline oder so was nehmen, aber das ist nun wieder irgendwie unsportlich. Wenn schon, denn schon! Prinzipiell halte ich das für eine Modetorheit, eben genau wie die CD.

Wahrscheinlich war analer Sex ein Teil der CD-Einführungs- und Verblödungs-Kampagne. Irgendwo in einem New Yorker Club sind sich wahrscheinlich etwa 1982 zwei „Global Player“ gegenüber gesessen und haben eine Wette gemacht. Um eine Flasche guten Rotwein oder so.

Der eine hat gesagt: „Ich ficke jetzt die ganze Neue Welt in den Arsch. Erst nehme ich den Menschen die Schallplatten weg und dann müssen auch noch die Frauen büßen!“ So oder so ähnlich muss es gewesen sein.

Wobei ich die Power, die CD zum absoluten Marktführer zu machen, respektlos anerkennen muss. Eine geniale Marktstrategie. Ein Produkt, das sowohl teurer als auch schlechter ist, einzuführen, ist sicher nicht leicht.

Ich finde, die CD und das Innere des Arsches einer Frau haben viel gemeinsam. Beide sind nicht als aufnehmende Organe geplant – einmal vom Lieben Gott und einmal von irgendeinem grenztauben Ingenieur. Beide dienen einem anderen Zweck. Man kann auf einer CD vielleicht seine Steuererklärung vom Vorjahr speichern. Aber Musik?! – Beethoven hat im Alter überhaupt nichts mehr gehört. Und Herbert von Karajan – der große Förderer der digitalen „Revolution“ – war sicher schon dem Alters-Wahnsinn verfallen.

Kennen Sie zum Beispiel „Take no prisoner“? Lou Reed Live aus dem Jahre 1978. Ich habe diese Platte jetzt fast 25 Jahre. Ich liebe sie und kenne sie total auswendig. Ich kann alle Zwischentexte. Ich kann sogar nachsingen, wie sein Gitarrist Stuart Heinrich probiert, sein Instrument zu stimmen – erfolglos übrigens. Aber die Platte lebt! Nicht so ein scheißsteriler CD-Sound. Ich habe wunderbare kleine

Kratzer bei „Sweet Jane“ und ein Freund hat einmal vor zehn Jahren auf „Walk on the wild side“ geäschert. Das hat der Nummer den letzten Schliff gegeben. – Ich will jetzt nicht klugscheißen. Ich will nur helfen. Stellen Sie sich vor, Sie sitzen bei Günter Jauch bei der 1 Million Euro-Frage. Wo wurde „Take no prisoner“ von Lou Reed abgemischt: A) New York City, B) San Francisco, C) Wilster/Schleswig-Holstein, D) Los Angeles – Nehmen Sie um Gottes Willen Antwort C!! Es klingt unglaublich. Wilster ist ein nettes kleines Städtchen unweit der Elbe. Man kann toll Kanu fahren und Windmühlen besichtigen, aber als ein Ort, in dem Popgeschichte geschrieben wurde? Nun, es ist Fakt. Wenn der Bürgermeister schlau ist, wird er, spätestens wenn er das liest, eine „Lou Reed-Straße“ einweihen. Walk on the wild side, Wilster!

Nur einmal musste ich zugeben, dass die CDs den Schallplatten überlegen waren. Es war die Sonnenfinsternis vor fünf Jahren. Alle zur Beobachtung empfohlenen Spezialbrillen waren in Wien ausverkauft – keine Chance. Im Fernsehen hat ein Experte geraten, das Naturschauspiel zur Not durch zwei bis drei übereinanderliegende CDs zu beobachten. Das habe ich gemacht, es hat super funktioniert. Jeder Haushalt sollte für solche Notfälle ein paar CDs daheim haben. Den Rest schmeißen sie einfach weg. Glauben Sie mir, es ist besser so.

Meine Ermahnung zu analem Sex: Liebe Männer, bitte quält eure Frauen nicht unnötig damit. Bloß, weil die anderen Jungs davon erzählen. Lassen Sie sich nicht so leicht hineintheatern. Komplizierter ist es, wenn Ihre Partnerin geschlagen werden möchte. Mein Vorschlag: besuchen Sie zusammen eine gute Therapeutin. Und wenn das nicht hilft?! – Ja, dann muss es wohl sein. Verwenden Sie aber nicht Vaseline, Babyöl oder gar Butter wie Marlon Brando im „Letzten Tango in Paris". Fragen Sie ihren Friseur oder sonst einen schwulen Freund. Der nennt Ihnen sicher gerne den Namen des aktuell besten Gleitmittels.

Spätestens jetzt wird es mir klar. Meine Mutter darf dieses Buch nie in die Hand bekommen. Überhaupt meine ganze Verwandtschaft macht mir da Sorgen. Ich habe in Deutschland drei Onkel. Sie heißen Ulf, Knut und Lars M. – Lieber Leser, das mit Mutter kriege ich schon hin, aber wenn Sie zufällig in der Nachbarschaft meiner Onkel leben oder gar mit ihnen befreundet sind, bitte seien Sie vorsichtig! Es gibt sicher Bücher, die sich als Geburtstagsgeschenk oder so besser eignen. Ich verlasse mich auf Sie! Danke.

20
Meine Göttin – Achmed hat keinen Bruder Ich löse den Nahostkonflikt

Heute war ich wieder dort. Ihr Name ist Lisa. Soviel weiß ich schon. Das Lokal war diesmal ziemlich voll. Gelungen ist mir nichts, aber ich spüre, sie gehört zu mir. Vielleicht heiraten wir sogar und bekommen vier Kinder. Wer weiß? Geredet habe ich noch kein Wort mit ihr. Es ergab sich einfach nicht. Lisa hatte mächtig viel Arbeit.

Sie erinnern sich an den Burschen mit den hennagefärbten Haaren, den Rempler mit dem Nasen-Piercing. Gott sei Dank habe ich ihn nicht niedergeschlagen. Knapp bevor ich gehen wollte, ist es passiert. Ich glaube, der Typ ist auf irgendwelchen Drogen. Er hat es wieder getan. Einfach losmarschiert, ohne nach rechts und links zu schauen. Ich stand mit dem Rücken zum Lokal an der Bar, da ist es passiert. Nur hat er diesmal die schöne Lisa gerempelt. Sie wäre fast gestolpert und ist mir gegen den Rücken geknallt – ich Glückspilz. Für vielleicht eine halbe Sekunde hat sie ihre kleinen, süßen Busen gegen meine Schulterblätter gepresst. Haben Sie schon einmal mit nassen Händen eine Starkstromleitung angefasst? Nun, ich auch nicht. Es kann nicht beeindruckender sein. Für einen kurzen Moment haben wir uns in die Augen geschaut. Nicht so einfach in die Augen. Lisa hat mir sicher ins Herz geschaut. Bis in den hintersten Winkel meiner verwirrten Seele. Mehr ist nicht passiert. Aber ich bleibe dran.

Es ist sehr nett von Ihnen, dass ich das alles erzählen darf – für romantische Gefühle habe ich nicht die richtigen Freunde. Aber für den Abend war ich sehr zufrieden. Ich brauche Hilfe und ich glaube, nur mein Freund Achmed kann mir jetzt weiterhelfen.

Achmed ist Rosenverkäufer. Mit einem großen Strauß zieht er von Lokal zu Lokal. Die ganze Nacht lang. Achmed weiß alles, kennt jede Kellnerin, weiß, ob sie einen Freund hat, wann ihre freien Tage sind. Kurz und gut, Achmed muss mir alles über Lisa erzählen.

Jetzt sind wir Freunde, aber fast zwei Jahre hat er sich vor mir versteckt. Ich bin selber schuld. Ich bin auf den ältesten Trick der Welt reingefallen. Es war nachts in einem Kaffeehaus. Achmed war in Zivil, das heißt blumenlos. 500 Schilling wollte er nur kurz, bis ein Bruder kommt. Ich habe sie ihm gegeben. Achmed hat keinen Bruder!! Alle im Café wussten es. Keiner hat mich gewarnt. Alle wollten den schlauen Götz fallen sehen wie einen dämlichen Provinzler.

Ab diesem Zeitpunkt war unsere Beziehung belastet. Die Summe war nicht groß, es war mehr eine Frage des Prinzips. Achmed hat auch seine Prinzipien. Zum Beispiel hasst er Leute, die ihm nicht glauben. In seiner Version der Geschichte hat mir sein Bruder das Geld schon längst zurückgegeben. Gut, ich denke, irgendwo in seinen hintersten Gehirnwindungen weiß er ja, dass er keinen Bruder hat und ich somit immer noch auf mein Geld warte. Er hasst trotzdem jeden, der seine Geschichte in Zweifel zieht. Das ist Achmeds Prinzip. Man darf auch nicht vergessen, dass seinen Vorfahren die Wüstensonne tausende Jahre auf deren Schädel gebrannt hat.

Immerhin zeigte er zwei Jahre lang so viel Respekt, dass er immer, wenn er durch die Lokale zog, in denen ich gerade saß, rasch den riesigen Rosenstrauß vor seine durchgeknallte Birne hielt. Eines Nachts stellte ich ihn. Es war sein Fehler, er musste pinkeln und ich war schon vorher da.

Manchmal bin ich von mir selbst beeindruckt. Manchmal bin ich ein richtiges Genie.

„Achmed, ich schulde dir doch 500 Schilling. Tut mir leid, dass du schon so lange warten musst. Gib mir doch noch bitte 500 Schilling. Dann schulde ich dir 1000." Sofort griff er in die Tasche und zahlte. Niemand ist so schlau wie ich. Wir grüßten uns auch wieder, aber ich merkte, dass ihn noch irgendetwas wurmte. Es war immer noch das Geldproblem zwischen uns und eines Tages sprach er mich darauf an. „Götz, wann bekomme ich meinen Tausender?" Das war mein großer Moment. „Achmed, die 1000 Schilling habe ich doch deinem Bruder gegeben! Hat er dir nichts davon gesagt?" Das war der Moment, in dem sich Achmed in mich verliebt hat. Er hatte seine Schulden, aber nicht sein Gesicht verloren. Ich hatte mein Geld zurück und einen neuen Freund.

Ich weiß nicht, ob George Bush oder Ariel Sharon mein Buch lesen werden. Sicherheitshalber habe ich diese Geschichte so genau beschrieben. Es ist eine Parabel zur Lösung des Nahostkonflikts. Ich habe ja, wie schon vorher erwähnt, panische Flugangst. Aber ich könnte das Problem im Nahen Osten sicher eher lösen. Ziemlich sicher sogar. Schlimmer und verfahrener als jetzt könnte es ja gar nicht sein. All die US-amerikanischen Sondervermittler und UNO-Delegierten haben nicht den Funken einer Chance. Sie haben keine Ahnung und es fehlt ihnen jedes Talent, mit Arabern zu verhandeln. Ich habe schon sicher mehr als 1001 Nacht mit durchgeknallten Arabern verbracht. Habe lautstarke Streits und dutzende Fast-Schlägereien hinter mir.

Das ist nichts Besonderes – jeder Streit mit einem Araber ist eine Fast-Schlägerei und es gibt für sie 1001 Gründe um zu streiten. Es ist eine Art arabischer Volkssport. Aber sie meinen es nicht böse. Ein paar zerrissene Hemden, einmal den Ärmel eines Boss-Sakkos und etliche Knöpfe habe ich zu beklagen, aber noch nie hat sich ein Selbstmordattentäter mit einer umgeschnallten Bombe neben mich gesetzt. Wahrscheinlich, weil ich sie im Grunde mag und respektiere und vor allem, weil ich weiß, wie man mit ihnen verhandelt. Damit weiß ich offensichtlich mehr als das letzte Dutzend amerikanischer Außenminister zusammen – ohne zu übertreiben.

Mit Lisa werde ich es sachte und zart angehen. Sachte und zart, das ist mein neues Motto. Ich bin ihr sogar jetzt schon treu. Gestern hätte ich eine Supergelegenheit gehabt. Einen absoluten Elfmeter, aber ich habe widerstanden.

Was soll ich bloß das nächste Mal anziehen? Was soll ich mit ihr sprechen? Worüber und wie schaffe ich es, zwei Sätze zu sagen ohne zu fluchen? Haben Sie „Pulp Fiction" gesehen, die Szene in dem Schnellrestaurant, als der farbige Kollege von Vincent Vega sein Leben ändert? Gut, er zitiert dabei aus der Bibel. Das kann ich nicht. Ich glaube, das käme bei Lisa auch nicht so gut. Vielleicht bitte ich Achmed um fünf Dutzend Rosen und begleite sie auf ihrem Heimweg. Streue ihr immer Rosenblätter vor ihre zarten Füße und singe dazu Hans Albers-Songs. Das ist, glaube ich, eine tolle Idee. Ich halte Sie auf dem Laufenden! Derweil drücken Sie mir bitte die Daumen. Am besten alle beide.

21
Die Pfändung – Das „Zärtliche Zimmer“ SM und junge Hunde

Heute habe ich das mit meiner Versicherung erledigt. Endlich! Ich habe mich gestellt und – schlimmer noch – bezahlt. Habe da mein eigenes System. Unangenehme Briefe öffne ich nicht.

Wenn ich irgendwas Schlimmes in der Post vermute, öffne ich erst gar nicht den Postkasten. Dann kommt der Trick! Ich warte eine Woche, bis ich mir sicher bin, dass sich genug Werbematerial und sonstiger Schotter rundherum angesammelt hat. Dann greife ich mit halbgeschlossenen Augen hinein und trage den ganzen Packen in die Wohnung – ich will die schlimmen Briefe gar nicht sehen.

Wenn der Packen Post dann bei mir liegt, staple ich Zeitschriften, Bücher und Manuskripte oben drauf und dann fange ich an zu vergessen. Ein gar nicht so schlechtes System – für einige Zeit funktioniert es tadellos. Gut, dann kommen die eingeschriebenen Briefe und es wird etwas kompliziert.

Heute habe ich mich gestellt. Habe freiwillig und absichtlich einige Briefe geöffnet und sogar manches bezahlt. Wobei ich eine wirklich gute Erfahrung mit einer Pfändung gemacht habe. Eine Polizeistrafe hatte ich jahrelang nicht gezahlt und so aus 70 Euro mit Zinsen usw. fast die Summe von 300 Euro gemacht. Um 7.oo Uhr in die Früh haben die Arschlöcher geläutet, wollten mir Angst machen. Ich glaube, ich hatte damals knappe 6.000 Euro eingesteckt. Wollte gerade weich werden und in die Börse fahren. Beinahe!! Der Oberbimbo der Truppe ist prüfend durch meine Wohnung gelatscht. Mein Fernseher schaut scheiße aus.

Was glauben Sie, wollte er mir wegnehmen, der Scheißkübel? Ob Sie es mir glauben oder nicht, meinen – CD-Player. Bitte schön! Weg damit! Beinahe hätte ich ihnen noch ein Trinkgeld gegeben. Ich war sowieso knapp davor, meine Selbstachtung zu verlieren wegen der Mistkiste. Jetzt bin ich wieder rein und unschuldig.

Aber egal, eigentlich wollte ich nur sagen, dass ich heute an meinem Erledigungstag schon sensationell korrekte Dinge gemacht habe. Nur Ihretwegen habe ich noch ein schlechtes Gewissen, habe ich Ihnen doch „Die Bordellgeschichte, die nirgendwohin passt" versprochen, und es klebt noch ein gelber Zettel an meinem Computer, wegen der anderen Hundegeschichte. Die Bordellgeschichte, die werde ich Ihnen jetzt erzählen. Dann ist es aber genug mit Sorgfalt und Ordnung für heute – hab ja schließlich einen Ruf zu verlieren.

Mona ist eine Freundin von mir. Mona ist Domina. Wir spielen immer Back-Gammon. Manchmal lasse ich sie sogar gewinnen, so gerne mag ich sie. Wir hatten nie Sex. Das, was sie kann, interessiert mich nicht. Strenge Kammer, Gynostuhl und Rollenspiele – absurd. Einmal hatte ich ihren Riesenbusen zehn Minuten in den Händen, aber das war dienstlich. Ich bin ihr Stammphotograph. Wenn Mona Fotos fürs Internet oder so braucht, ich erledige das. Ich wusste nicht, worauf ich mich einließ, als sie mich kurz um meine Hilfe bat. Ich musste ihren Busen hochhalten, während Mona Seile um ihre Riesentitten band – furchtbar!! Die Dinger liefen blau an und ich dachte, die fliegen mir jeden Moment ins Gesicht. Wir haben dann diese absurden Bondage-Fotos gemacht und seit dem Tag schließe ich Sex zwischen uns auf alle Zeit definitiv aus. Das ist keine schlechte Basis für eine Freundschaft.

Es war eine grausliche Novembernacht. Ich hatte Rückenschmerzen. Für Hallenfußball bin ich einfach zu alt. Die Gelenke, Sie verstehen. Gut, ich wollte Mona besuchen. Ein bisschen würfeln und dann ab ins Bett.

Ihr Studio ist gleich beim Gürtel. Der sündigen Meile von Wien. Eine gute Adresse. Auf der kleinen Gegensprechanlage stand *Herrin Helga*. So nennt sie sich zurzeit also. Ich läutete und wartete geduldig. Manchmal hat sie ja einen Perversen am Galgen hängen oder macht irgendetwas mit Nadeln. Ich will ja den Kollegen nicht in Gefahr bringen.

Die Tür öffnete sich und statt der kräftigen Mona stand da eine zierliche Brünette mit einem Fix-und-Foxi-Tattoo auf dem Bauch. Ich bin nicht tätowiert, aber natürlich trotzdem Experte. Es ist relativ leicht, ein Gefängnis-Tattoo von einem Shop-Tattoo zu unterscheiden. Ich hingegen kann am Tattoo sogar die Länge der Haftstrafe schätzen, erfolgreich in der Regel.

„Mona ist nicht da, komm doch rein Süßer!" Mittlerweile hatte es zu nieseln begonnen. Ich hatte frischgewaschene Haare, das Taxi war schon weg, also rein ins Warme. Die Brünette hieß Sandra. Ich erzählte ihr gleich, dass ich ein Freund von Mona und gewissermaßen in privater Mission da sei. Sandra war irgendwie schlau, schlauer als ich und plötzlich saß ich im Empfangszimmer und war in einem Gespräch. Ich zahlte der Kleinen ein Stifterl (= 0,3 Liter Sekt) und jammerte ihr von meinem Rücken vor, auch um sie mir vom Leib zu halten. Ich hatte wirklich keinerlei sexuelle Pläne, nur Schmerzen.

Sandra jammerte auch. Das Übliche: kein Geschäft, nichts als Ärger mit den Freiern. Dann schimpfen über die Konkurrenz aus dem ehemaligen Ostblock usw. usf. Ich kann das auswendig und mimte Zuhören. Kein Freier seit der Mittagszeit. Nur ein Perverser, der drei junge Hunde mitgebracht habe. Die sollten zuschauen! Ob sie den Job jetzt gemacht hat oder nicht, weiß ich nicht mehr. Ich wusste nur, hier war es warm und nett und draußen nass und kalt. Außerdem war Fix und Foxi immer mein Lieblingscomic gewesen.

Entweder Sandra war wirklich so schlau oder es war die Wahrheit. Sie erzählte mir, dass sie fast fertig mit der Ausbildung zur Heilmasseuse sei und sich gerne um meinen Rücken kümmern würde. Mir gefiel der Gedanke, in ein SM-Studio zu gehen, um mir Schmerzen wegmachen zu lassen. Außerdem gab es ja angeblich das so genannte „Zärtliche Zimmer".

Der Deal lautete, erst der Rücken und dann kümmern wir uns ganz vielleicht auch um den „kleinen Götz". Ich also schon wieder unter die Dusche. Die Haare waren gerade getrocknet, aber egal. Barfuß mit dem üblichen Handtuch um die Hüften ging ich leicht vornübergeneigt und leise jammernd – der Rücken tat jetzt wirklich weh – hinter Sandra her.

Rechts und links standen all die Foltergeräte und ein großer Käfig. Alles von blauem Neonlicht beleuchtet. Ganz hinten war es also – das „Zärtliche Zimmer". Ihr Popo war supersüß und langsam wurde ich doch ein wenig wild. Vielleicht sollte ich auf die Massage verzichten und gleich zur Sache kommen. Besser nicht, so viel Zeit muss sein.

Vor dem Eingang blieb Sandra höflich stehen und ließ mich zuerst reingehen. Ich trat ein, irgendwie roch es sonderbar. Das sogenannte Zimmer war eine Minikammer. Ziemlich dunkel, nur zwei Elektrokerzen, gefliester Boden. Schemenhaft erkannte ich ein Bett und daneben ein Nachtkastel mit der üblichen Wisch und Weg-Rolle drauf. Ich machte einen Schritt nach vor und – zack – war es passiert. Ich trat in etwas Weiches, rutschte aus und schlug der Länge nach hin. Keine Chance. Mittlerweile stank es bestialisch. Sandra hatte den Lichtschalter gefunden und plötzlich ging das Flutlicht an. Die Scheißköter von dem Mittags-Perversen hatten unbemerkt das „Zärtliche Zimmer" fast zugeschissen. Diese komische Baby-Hundescheiße. Grauenhaft! Ohne Handtuch sprintete ich heute das vierte Mal unter die Dusche.

Als ich dann geföhnt mit einem großen Cognac in der Hand wieder glücklich im Empfangszimmer saß, konnte ich sogar lachen darüber. Sandra war ein korrektes Mädchen. Sie hatte mir natürlich das Geld zurückgegeben und wollte mir auf Kosten des Hauses gleich hier am Sofa einen blasen. Ich lehnte dankend ab. Ich war glücklich und bester Laune. Ich war auch nicht mehr böse auf die Hunde. Bei dem Sturz muss irgendwas mit meinen Wirbeln passiert sein. Die Schmerzen waren weg. Super!

Als ich ein paar Tage später tatsächlich Mona besuchte, wusste sie schon alles. Sie fand das gar nicht komisch. Ich glaube, sie war ziemlich eifersüchtig. Gott sei Dank habe ich zum Gratis-Gebläse nein gesagt, sonst wäre wahrscheinlich nichts zu retten gewesen. So musste ich die nächste Zeit regelmäßig beim Back-Gammon verlieren. Eine große strategische Leistung. Die Frau hat die Spielstärke einer Zehnjährigen. Aber ich habe es hingekriegt, so gut bin ich. Zusätzlich musste ich noch wütend und verärgert dreinschauen und mich obendrein verhöhnen lassen. Das kann Mona, das ist ja schließlich ihr Job. Aber unsere Freundschaft lag mir am Herzen. Jetzt ist unsere Beziehung über den Berg. Ich mache sogar schon wieder meine Lieblingswitze aus der Sektion *Frauen und Logik!*

Wenn jetzt Sandra mit ihrem Fix-und-Foxi-Tattoo und ihrem supersüßen Hintern an mir vorbeiwackelt, merke ich Monas prüfenden Blick auf mir. Aber ich bin ja nicht blöd, ich wage nicht einmal hinzuschauen. Lade Sandra auch nie auf etwas ein. Sollte mir einmal der Perverse mit den drei Hunden begegnen, hat er bei mir einmal Schmerzen gratis. Dann sperr ich ihn persönlich in den Käfig. Den Hunden tue ich selbstverständlich nichts. Die können ja nichts dafür.

22
Achmed und das Lisa-Bulletin

Es hat funktioniert. Ich habe Achmed gefunden und er hat geplaudert. Ich habe ihn sogar gefragt, wie es seinem Bruder geht, um ihn milde zu stimmen. Achmed meint, ich habe keine Chance. Das, bitte, soll mein Risiko sein. Ich wollte Informationen und nicht arabische Eintritts-Wahrscheinlichkeiten vorgerechnet bekommen. Er meint, Lisa sei eine korrekte Frau, habe keinen Freund und studiere Malerei auf der Akademie. Außerdem sei sie eindeutig zu dünn.

Ich merkte gleich, nur Informationen wollte mir Achmed nicht geben, ich musste mir auch seine Einschätzung und sein strategisches Konzept anhören – ein anstrengendes Gespräch stand mir bevor. Nun gut, Lisa ist es wert.

Ihr Exfreund sei ein geniales Arschloch gewesen. Auch Maler, davor war er ein erfolgloser Musiker usw. In Achmeds Zusammenfassung ist Lisa ein nettes Mädchen, zu dünn und eben eine „Künstlerschlampe". Er wusste sogar, wo Lisa regelmäßig ihr Haschisch kauft.

Ich weiß, ich muss umdenken. All meine sonstigen Anmachsprüche und mein Protzverhalten gehen bei ihr sicher total ins Leere. Richtig lügen will ich auf keinen Fall, aber ich muss meine Biographie ein bisschen anders beleuchten. Weder der arbeitslose Casino-Manager, erfolgreiche Nutten-Photograph oder gar der Berufsspieler werden mir weiterhelfen. Ich meine, immerhin sitze ich jetzt den halben Sommer am Schreibtisch und bastle an diesem Buch herum. Ab heute bin ich offiziell erfolgloser Schriftsteller. Das hört sich gut an.

Achmed hat mir Lisas Dienstplan gegeben. Ich werde dasitzen und warten. Was soll ich bloß trinken, was macht mich interessant und intellektuell? Leider habe ich in der Schule im Englischunterricht nie besonders aufgepasst. War Henry Miller eigentlich schon erfolgreich, als er in Paris war, und was hat er da getrunken? Wahrscheinlich Absinth oder Pastis, pfui Teufel, alles was recht ist. Hans Fallada hat wahrscheinlich Bier getrunken, das schmeckt mir zwar, ist aber künstlerisch langweilig.

Ich rauche schon seit 20 Jahren kein Haschisch mehr, aber wenn Lisa auf so was steht? Ich könnte sie um ein Päckchen Zünder fragen, am besten am Vormittag, und ihr erklären, ich ginge jetzt aufs Klo einen Joint rauchen, weil ich eben so ein erfolgloser Dichter sei. Das könnte funktionieren.

Achmed ist zu seinem Lieblingsthema übergegangen – seinem ewigen Spielerpech. Furchtbar, ich muss mir das jetzt anhören. Weil ich schlau bin, habe ich mir absolut kein Geld zu unserem Treffen mitgenommen, sonst fängt der Stress wieder an. Er erzählt mir jetzt auch noch von seinen verlorenen Sportwetten. Ich will schnell weg! Achmed verliert seine Wetten angeblich immer in der 94. Minute.

Jetzt kramt er auch noch einen Wettschein aus der Tasche. Ich wusste natürlich schon vorher, dass Manchester United gegen Zalaegerszeg 0 : 1 verloren hat. Laut Achmed war das Match 100%ig verkauft. Hört sich logisch an! Wahrscheinlich haben die Ungarn die Nationalbank geplündert und mit zehn Lastwagen voller Forint Manchester United die Champions League-Qualifikation abgekauft – wenn Achmed das sagt. Diesen Mist will ich mir nicht mehr länger anhören. Ich habe jetzt genug Probleme mit meinem Lisa-Feldzug.

Ich bedanke mich bei Achmed, küsse ihn auf seine beiden Reibeisen-Wangen, wünsche ihm viel Glück und zische ab. Ich muss jetzt in Ruhe nachdenken. Meine Mutter hätte so eine Freude – eine Malerin! Von meinen letzten beiden Freundinnen habe ich meiner Mutter erzählt, sie seien Tänzerinnen. Das hat ja irgendwie gestimmt. Wenigstens hat sie nie gefragt, warum die Mädchen immer erst um 5 Uhr in der Früh nach Hause kommen. Eine Malerin wäre ein Triumph.

Ich werde mich ernsthaft und geduldig bemühen und sollte es mit Lisa klappen, werde ich mich ändern. Versprochen! Ich werde milde und weise sein. Ich werde ein weiches Herz haben und gescheite Bücher lesen. Mein Wesen ist ab jetzt gelassen und intellektuell orientiert. Ab sofort habe ich auch keinerlei Aggressionen mehr. – Allerdings, wenn irgendein kleiner Stinker glaubt, er kann mich jetzt ficken, werde ich ihm trotzdem den Arsch aufreißen.

23
Lisa – Schwule im Supermarkt
Che Guevara telefoniert nicht

Ich komme nicht recht weiter bei Lisa. Wenigstens mache ich nichts falsch. Ich bin dort, schaue absichtlich nicht hin und spreche kein Wort – ein tolles Konzept! Wenn mir nicht bald was einfällt, werde ich einfach nur so zum Stammgast. Verliere den Nimbus des neuen Mannes. Ob sie wenigstens merkt, dass ich nur wegen ihr komme? Che Guevara hat gesagt: „Ein guter Revolutionär kämpft auch dann, wenn er weiß, dass er verliert." Was wusste Che Guevara schon über Frauen aus Österreich?

Aber ich werde kämpfen, soviel steht fest. Kämpfen um Lisa, und wenn ich verliere, wird mich schon eine trösten. Patrizia zum Beispiel, obwohl ich so eine Art Beziehung nicht mehr will.

Immerhin verdient sie genug für uns beide. Ich könnte in Ruhe mein Buch fertig schreiben. Patrizia bekäme dann 20% von den Einnahmen. Somit wäre ich nicht ihr Zuhälter, sondern nur ein temporärer literarischer Protegé. Das wäre fair und sicher eine originelle Verteidigungsstrategie vor Gericht.

Ich habe keine schwulen Freunde. Ich glaube, sie glauben, ich würde sie nicht mögen. Ist natürlich Schwachsinn. Schwule sind für mich so wie Japaner. Nett und sonderbar. Ich freue mich, dass es sie gibt. Aber wir sprechen verschiedene Sprachen und wenn dem nicht so wäre, wüsste ich nicht, worüber ich mit ihnen reden sollte. Es macht mich auch ein bisschen nervös, dass sich Schwule nicht wehren, wenn manche Idioten sie ärgern.

Natürlich sollen Schwule heiraten dürfen, ist ja selbstverständlich. Allerdings würde ich eine kleine Bedingung stellen: Einer von den beiden muss zwei Semester Kickboxen gehen oder irgendeinen anderen Kampfsport erlernen. Damit er auf seinen Freund wirklich gut aufpassen kann, wenn solche Scheißgeburten wie die Skinheads Ärger machen.

Etwas irritiert mich allerdings schon sehr. Ist Ihnen im Supermarkt schon einmal aufgefallen, dass schwule Pärchen niemals einen Einkaufswagen benutzen? Sie stehen dann zu zweit in der Schlange bei der Kassa. Einer hat ein Weißbrot unter den rechten Arm geklemmt, unter den linken eine Flasche Prosecco. Mit den Händen presst er sich das Gemüse an die Brust und unter dem Kinn klemmt eine Tafel Zartbitterschokolade. Sein Freund jongliert das Katzenfutter und den Rest. Vielleicht glauben Schwule, dass zwei Männer mit einem Einkaufswagen im Supermarkt eben schwul ausschauen. Sehr verwirrend. Aber ich dachte mir, das muss auch einmal besprochen werden.

Ich gebe zu, mir ist auch nicht egal, was die Leute im Supermarkt von mir denken. Als mich meine Freundin L. verlassen hat zum Beispiel. An der Kassa arbeiten so hübsche süße Türkinnen. Meine Einkäufe in der Zeit des Liebeskummers waren einsam und traurig: ein Apfel, minimale Wurstportionen und vor allen die tragischste Erfindung der Neuzeit, die Packung Single-Toast. Diese mitfühlenden Augen der Kassiererin machten mir zu schaffen. Was bildet sich die Kuh ein, einfach ungefragt Mitleid mit mir zu haben? Aber ich habe mich raffiniert gewehrt. Ganz souverän habe ich das nächste Mal eine Schachtel Tampons Mini gekauft und neben meinen halben Liter Milch geknallt. Ich habe bei der Größe absichtlich „mini“ gewählt, das hört sich irgendwie spannend an. – Moment, jetzt ist Schluss!! Heute verliere ich ständig den Faden, wie meine selige

Oma aus Bochum. Ich werde mich jetzt zusammenreißen. Ich habe ja noch sensationelle Neuigkeiten: Ich habe heute im Supermarkt Lisa getroffen! Ganz hinten, links, beim Brotregal.

In ihrem Einkaufswagen waren ein Glas schwarze Oliven und ein Heidelbeer-Yoghurt. Ich habe sie angesprochen. Wir haben uns über Irische Butter unterhalten. Na ja, immerhin ein extrem unheikles Thema. Jetzt kommt's: Sie hat mir ihre Telefonnummer gegeben! Was mach ich bloß? Soll ich sie anrufen oder ein SMS schicken? Was soll ich dann sagen? Was hätte Che Guevara gesagt? Ich komme mir vor wie ein 15-jähriger. Ich könnte sie anrufen, Hallo sagen und dann schweigen. Eine Scheißidee!

Ich brauche einen Plan. Ich glaube, Che Guevara hätte auch nach der Telefonnummer gefragt, aber niemals angerufen! Revolutionäre, Gangster und ich misstrauen nämlich dem Telefon. Che wäre einfach hingegangen und hätte Lisa seine Liebe gestanden. Der Rest ergibt sich, oder auch nicht. Was habe ich zu verlieren?

Das Problem bei Lisa ist, dass ich eben nichts falsch machen möchte. Ich kenne ein paar Patrizias, aber nur eine Lisa. – Das ist auch wieder ungerecht. Patrizia ist eine Superfrau, mir geht nur ihr Job auf die Nerven. Ich will einfach kein Mädchen aus dem Milieu mehr. Es hat schon Vorteile, bei ihr brauchte ich mich nicht zu ändern und nie zu verstellen.

Patrizia braucht auch so viel Geld. Sie ist das so gewohnt. Wenn ich 20 Zentimeter kleiner wäre, könnte ich ein paar Banken überfallen, Patrizia heiraten und zwei bis drei Kinder bekommen. Aber ich bin fast zwei Meter groß, wiege 100 Kilogramm. Die Arschlöcher finden mich sofort. Ein Nachteil, wenn man so groß ist. Und für richtig ehrliche Arbeit, bei der man genug verdient, bin ich schon zu alt.

Lisa ist sicher ein sparsames Mädchen. So viel Geld, wie die braucht, kann ich schon auf korrekte Weise aufstellen. Ich bleibe bei Lisa. Morgen gehe ich zu ihr ins Lokal und verabrede mich auf einen Kaffee. So zaghaft kann es nicht weitergehen. Sonst hält mich Lisa noch für schwul! Obwohl ich Bitterschokolade hasse und im Supermarkt immer einen Einkaufswagen nehme.

Die Tampons „Mini“ liegen jetzt bei mir im Kasten. Ganz hinten bei den Christbaumkugeln und dem Chromstahl-Reiniger. Meine Exfreundin L. hat ihre Sachen schon alle ausgeräumt. Es tut gut, ein bisschen was Weibliches im Haus zu haben. Sollte ich dieses Jahr zu Weihnachten noch allein sein, werde ich vielleicht die Tampons neben die Christbaumkugeln hängen. Das schaut sicher nett aus.

24
Natursekt – Warum sich Männer anpinkeln lassen – Mein Freund Horst und die Marsmenschen

Gibt es etwas Spannenderes als Geschichte? Schon in der Schule war das mein Lieblingsfach. Viel besser ist es noch, Zeitzeuge zu sein. Der Österreichische Staatsvertrag, die rumänische Revolution oder der Berliner Mauerfall. Ich war noch nie zur richtigen Zeit am richtigen Ort. Nur durch meinen Freund Horst vielleicht. Ein klein bisschen durfte ich zumindest dabei sein.

Die Porno-Industrie befriedigt Bedürfnisse, aber sie schafft sie nicht. Ich meine, das haben wir ohnedies schon ausführlich besprochen. Wie könnte sie auch. Ich habe Freunde in dem Geschäft und was glauben Sie, wohin geht der Trend 2004?

Zu Filmen, in denen Mädchen pinkeln. Tatsache! Entweder sie pinkeln einfach so unter der Dusche, das gibt dem Film dann etwas voyeurhaft Authentisches. Wahrscheinlich. Oder sie pinkeln im hohen Bogen Männern auf den Schwanz oder sonst wohin. Ich weiß, wer schuld ist an diesem Trend. Mein Freund Horst!

Horst ist und war Spieler. Sein ganzes Leben schon. Mal hatte er ein Bündel Scheine eingesteckt, dann wieder musste er seine täglichen 60 Zigaretten schnorren – auch ein hartes Stück Arbeit. Es ist jetzt vielleicht drei Jahre her. Horst war in der totalen Scheiße. Alle, wirklich alle Freunde hatte er erfolgreich angepumpt. Sein Auto, seine Rolex, sogar seine Versace-Hemden hatte er schon verkauft und alles verloren. Mit seinen allerletzten 5000 Schilling (nicht einmal 400 Euro) ist er ins Casino gegangen. Roulette spielen. Eine ohnehin schwachsinnige Idee. Es kam, wie es kommen musste. Sein coup d'existence schlug fehl – aus, Schluss, basta. Horst schien auf alle Zeit kaputt.

Mit stierem Blick und Schweißflecken unter den Achseln (durchs Sakko) saß er schnaufend an der Bar und trank seinen zehnten Cappuccino. Niemand wollte ihm noch einen Schilling geben. Wozu auch? Horst, der Mann, dem das Pech an den Fingern klebte. Sinnlos!!

Aber – Spieler sind keine Unmenschen. Als sich eine kleine Gruppe an der Bar versammelt hatte, die einen Bordellbesuch im nahen Bratislava vorhatte, luden sie Horst ein, doch mitzukommen. Das war nett. Außerdem war es auch irgendwie berechnend. Horst hat viele Laster. Eigentlich alle Laster, bis auf Drogen und Alkohol. Es ist praktisch, wenn man 70 Kilometer von Wien einen nüchternen Freund mit hat. Wer sonst soll den großen BMW sicher nach Hause chauffieren?

Gut, alle gingen in das neue Puff in Bratislava. Horst auf Kosten eines Gönners. Das Mädchen, mit dem er für zwei Stunden im Zimmer verschwand, war eine hübsche, superrassige Schwarzhaarige.

Eigentlich ist Horst ein vorsichtiger Fahrer, aber diesmal bretterte er auf der Rückfahrt mit maximum speed über die leere Autobahn. Auf seinem Gesicht war wieder Hoffnung. Man spürte, der Mann hatte wieder ein Konzept!! Außerdem hatte er 100 Schilling. Die Zigeunerin, der er am Zimmer mindestens eine Stunde lang seine Geschichte vorgejammert hatte, hatte sie ihm geschenkt.

Freitags sperrt das Casino die Roulette-Tische erst gegen halb vier zu. Um die Geschichte kurz zu machen, Horst machte aus den 100 Schilling noch in derselben Nacht 82.000 Schilling. Und es ging so weiter. Die Strähne hielt tage-, ja wochenlang an. Er kaufte sich sein Auto zurück. Noch buntere, hässliche Versace-Hemden. Um die Wahrheit zu sagen, Horst hat heute noch Geld. Er entsann sich wieder seiner besten Disziplin – betrügen bei Poker und Rummy. Ich schätze den Mann heute auf 700.000 Euro cash ein.

Wenn Sie sich jetzt fragen, wo bleibt der Sex? Oder, was sollen Sie daraus lernen? Nun, vielleicht zwei Jahre später, als ich nach einer durchspielten Nacht mit Horst beim Frühstück saß, ohne einen Schilling – alles verloren –, hat er mir sein Geheimnis verraten. In jener Nacht, nachdem er eine Stunde möglichen Sex mit Jammern über sein Pech beim Spiel scheinbar verschwendet hatte, hat ihn das Mädchen – eine ungarische Zigeunerin – gerettet: Ich weiß nicht, ob sie tatsächlich an den Zauber glaubte, oder nur ein dringendes Bedürfnis hatte. Auf jeden Fall hat sie Horst von oben bis unten angepinkelt und ihm dann einen runtergeholt. Angeblich, um ihn zu entseuchen und von dem bösen Fluch zu reinigen. Nun gut, bei ihm hat es tatsächlich funktioniert. Kein Wunder, dass Horst felsenfest daran glaubt. Außerdem sprach sich das herum. Ich habe dicht gehalten, aber offensichtlich war ich nicht der Einzige, der dieses Geheimnis erfuhr.

Ich weiß auch nicht, wie viele ungarische Zigeunerinnen dieses Service anbieten und ob es unter ihnen nicht wieder viele Scharlataninnen gibt. Es wurde auf jeden Fall ein geflügeltes Wort in Spielerkreisen: „Jetzt hilft nur noch eine ungarische Zigeunerin."

Diese sexuelle Variante entspricht einfach nicht meiner Passion. Ich muss mir mein Geld ehrlich verdienen, zumindest halbwegs ehrlich. Aber ich bin der Meinung, dass Horst und seine Epigonen diesen Trend ausgelöst haben. Sex und Glück auf einmal, was kann es Besseres geben?

Ich möchte noch betonen, dass ich kein moralisches Problem mit dieser sexuellen Spielart habe. Alles, was Spaß macht, sollen die Menschen machen ohne sich zu genieren. Sollten jemals Wesen von einem anderen Stern auf der Erde landen, wird es sehr schwer werden, logisch zu erklären, dass Zunge-in-den-Mund-Stecken „normal“ und Sich-gegenseitig-Anpinkeln „abnormal“ sei. Jeder soll machen, was er will.

25
Flüsternde Perser – Vögeln und Volkswirtschaft – Privater Sex

Mansur ist ein einsamer Mann. Niemand will ihn haben. Die Perser sagen, er sei Araber. Die Araber behaupten, er sei sicher Perser. Meine arabischen Freunde schwören das sogar bei den Augen ihrer Kinder. Aber das hat nicht viel zu bedeuten, es wird prinzipiell alles beim Augenlicht der Mutter oder Kinder geschworen.

Der Vorname Mansur ist ja tatsächlich persisch, aber er schaut aus wie ein durchgeknallter Araber. Natürlich spricht er persisch und arabisch fließend. Falls Sie es nicht wissen, das sind komplett verschiedene Sprachen. Und das ganze Benehmen und Gehabe dieser beiden Völker ist auch total unterschiedlich: Die mächtigen, gefährlichen Perser reden ganz, ganz leise. Wenn Sie etwas nachfragen müssen, weil Sie es nicht verstanden haben, wird der Perser es Ihnen höflich wiederholen. Natürlich nicht, ohne die Lautstärke seiner Stimme noch um eine Nuance zu senken. Alle anderen Perser hören dann selbstverständlich auf zu atmen, oder gar in ihrem Tee herumzurühren. Also hüten Sie sich vor flüsternden Persern! – Bei den Arabern gilt: wer am lautesten schreit, ist der Stärkste. Das ist einfach und fair.

Mansur ist Chauffeur für ein Mietwagenservice. Er fährt dicke Luxuskarossen und hat fast nur arabische Kundschaft. Sobald die Scheichs in Wien-Schwechat aus dem Flugzeug klettern, denken sie nur an Sex. Wobei, wie mir Mansur erzählt hat, die reichen Araber keine wunderschönen Nutten auf ihr Zimmer gebracht kriegen wollen. Nein, sie bestehen auf „Privatfrau“.

Mansur hat viel Charme, aber einfach auf den Straßen junge Muttis zu fragen, ob sie mal eben für 1000 Dollar ein Nümmerchen mit einem Scheich schieben wollen, würde auch ihn überfordern. Mansur hat da einen speziellen Trick. Er holt die Mädchen aus einer Tagesbar im 2. Bezirk. Die ziehen sich dann möglichst privat an. Schminken sich ab und nehmen den Kaugummi aus dem Mund. Mansur bekommt 20% und manchmal auf der Rückfahrt noch einen geblasen.

Mansur kann gut kochen. Einmal war er mit einem Mädchen zu früh dran. Nicht weit vom Hotel Imperial ist der Naschmarkt. Mansur kaufte also eine Menge Gemüse ein und ging dann zum vereinbarten Zeitpunkt mit dem Mädchen und zwei Tragtaschen voll Lebensmitteln zu seinem momentanen Auftraggeber. Der Scheich strahlte zufrieden über sein ganzes Gesicht. Begutachtete wohlwollend die Frau, kniff Mansur in die Wange, nahm ihm die Einkäufe aus der Hand und drückte ihm noch 200 Dollar Trinkgeld in die Hand. Kurz wollte Mansur das Missverständnis aufklären, aber 200 Dollar sind eine Menge Geld. Die reiche arabische Weichbirne war glücklich, in seiner Phantasie hatte Mansur einfach im Supermarkt Frauen angesprochen – und Erfolg gehabt.

Überhaupt ist das eine schöne Geschichte. Alle waren glücklich. Der Scheich sowieso. Das Mädchen kaufte sich auf der Heimfahrt vielleicht noch ein schickes Oberteil. Mansur ging mit dem Geld selbstverständlich ins Casino. Die Croupiers durften sich über gutes Trinkgeld freuen. Über den Rest des Geldes freute sich der Casinomanager, weil Mansur alles erfolgreich verbraten hatte. Der Finanzminister freute sich über die Glücksspiel-Abgaben und konnte mit dem Geld weitere Kinderspitäler bauen. Kurz und gut, bei uns in Wien vögelt zu Mittag ein Scheich eines von Mansurs Mädchen und die Volkswirtschaft bekommt einen enormen Schub.

Wenn ich mir das so überlege, werde ich den Streit bezüglich Mansurs Zugehörigkeit jetzt einfach entscheiden. Mansur ist definitiv Perser!! Das war zu schlau, ein Araber würde sich nie Essen wegnehmen lassen, ohne zu streiten. Aber das ist jetzt nicht so wichtig. Viel wichtiger ist – ich muss Ihnen ein Geständnis machen –, ich kratze die Kurve einfach nicht mehr zu dem eigentlichen Thema.

Jeder Mann braucht zumindest ein gefährliches Hobby. Etwas, wo er wirklich was riskiert und spürt, dass er am Leben ist. Mich persönlich langweilt Schnell-Auto-Fahren, Bergsteigen und Wildwasser-Paddeln. Mein extrem gefährliches Hobby sind meine Einleitungen zu den Kapiteln. Das sollte man mal sportmedizinisch untersuchen, wie ich mich fühle und wie das Adrenalin durch meinen Körper schießt, wenn ich zum Beispiel ein Kapitel über Gruppensex schreiben möchte und die Einleitung mit Gedanken zur Mülltrennung beginne – das ist Spannung pur!

Normalerweise kriege ich die Kurve. Aber in diesem Kapitel bin ich gescheitert. Es hätte von den Komplikationen des privaten Sex mit professionellen Mädchen handeln sollen. Ich weiß nicht, wie ich auf Mansur gekommen bin. Wahrscheinlich weil der Scheich eine „Privatfrau“ wollte und ich das natürlich auch will. Aber irgendwie ist diese Einleitung zu sehr ausgeufert. Wobei ich mich so um Kürze und Prägnanz bemüht habe. Ich habe Ihnen zum Beispiel verschwiegen, dass Mansur jetzt noch mehr Trinkgeld macht, seitdem seine Mädchen zusätzlich zu den Lebensmitteln noch eine Packung Windeln unter den Arm geklemmt haben.

Jetzt ist es zu spät. Ich muss mir noch ein Hemd bügeln. Gehe jetzt mit Lisa einen Kaffee trinken. Unser erstes richtiges Treffen. Ich bin ziemlich nervös, werde aber mein Bestes geben. Ob es mir gelingt, eine gute Figur zu machen und überhaupt alles Wichtige werde ich Ihnen berichten.

26
Mickey Mouse – Asthma – Liebeskummer und Ficken

Ich hoffe, ich enttäusche Sie jetzt nicht, aber ich gehe sehr selten privat ins Bordell. Manchmal jahrelang nicht. Damit meine ich, ins Bordell zu gehen, um Sex zu haben. Meiner Meinung nach gibt es ja viel bessere Gründe, dorthin zu gehen. Ich habe im Puff zum Beispiel schon oft sehr gut gegessen, beim Kartenspiel Geld gewonnen oder ich war aus beruflichen Gründen dort.

Filmregisseure sind auch arme Menschen. Wenn die ins Kino gehen, checken sie sicher ständig den Film: stimmt das Licht? Stimmen die Anschlüsse? Fehler beim Schnitt, Schwächen beim Drehbuch usw. – genau so geht es mir im Bordell. Ich betrinke mich nie und nüchtern bin ich als Freier total überqualifiziert. Wobei die Mädchen schlau sind, alles, was sie so tun, hat sicher nur den Sinn, das Geschäft anzukurbeln.

Es gibt da eine Menge Dinge, wo auch mir als Experte ein logisches Erklärungsmodell fehlt. Warum will der klassische Freier am liebsten mit einer asthmatischen Mickey Mouse ficken? Ich verstehe das nicht!

Hertha kommt aus dem Waldviertel. Jedes Wochenende fährt sie nach Hause in die gute Luft. Sie ist Nichtraucherin, hat aber trotzdem eine eher tiefe Stimme. Ihre Atmungsorgane funktionieren tadellos, ebenso reicht ihr Lungenvolumen locker für zwei lange Sätze aus, ohne zwischendurch Luft zu holen. Sobald Hertha im Dienst ist, heißt sie Amandine, spricht Minimum eine Oktave höher und stellt vor allem ihre Atmung komplett um. Spätestens nach dem dritten Wort japst sie nach Luft. Beim Einatmen schließt sie prinzipiell nie ganz den Kehlkopfdeckel, da entsteht dann so ein pfeifendes Geräusch. Das erotisiert die Freier maßlos. Warum nur? „Hallo Schatzi – (asthmatisches Einatmen) – was machen wir denn – (Atmen) – Schönes? Blasen mach ich auch – (zweimaliges pfeifendes Schnappen nach Luft) – ohne Gummi. Spritzen – (röchelndes Einatmen) kannst du mir dann – (piepsendes Einatmen und dann, mit der scheinbar allerletzten Kraft, hauchend in einem Zug!!) – auf meinen Busen oder meinen Bauch."

Kurzer musikhistorischer Einschub: In der Popmusik haben sich folgende drei Sängerinnen diesen Asthma-Freier-Effekt zu Nutze gemacht: Sade, Nena und als beste aller Atmerinnen sicher Tanita Tikaram. Achten Sie einmal auf die Zwischenatmer während der Songs, wenn Sie das maßlos erotisiert, sind Sie ganz sicher ein Freier.

Nutten haben in der Regel auch zwei Ohren. Sie werden im Anbahnungsgespräch aber niemals beide gleichzeitig sehen! Der Kopf ist immer leicht gedreht und das Kinn gesenkt. Blick von unten links. Das gibt dem Freier das Gefühl: „Ich habe schon richtig Angst vor deinem großen Schwanz!" Das muss wohl so sein.

Mein Hund ist stubenrein. Früher ist es ihm ganz manchmal passiert, dass er mir nächtens in die Wohnung gepinkelt hat. Meistens direkt vor die Eingangstür. Wenn ich dann aufgestanden bin und mein Hund ist zitternd, einohrig mit gesenkter Schnauze vor mir gesessen (Blick von unten links!), habe ich schon gewusst, was los ist. Ich habe das dann weggewischt und ihn angebrüllt: „Du bist ein ganz schlimmer Hund, und außerdem schau mich nicht an wie eine Nutte!!"

Das hat ihn, glaube ich, sehr gekränkt, jetzt macht er das nicht mehr.

Wirklich Sinn ins Bordell zu gehen macht es bei großem Liebeskummer. Ich meine nicht diese Art Kummer – sie ist weg und ich muss mir eine Neue suchen – nein, ich spreche von der Art gebrochenem Herzen, die man fast schon am Röntgenbild sehen kann. Dieser tragische Schmerz hat prinzipiell zwei Phasen: die Überflutungsphase und die Verarbeitungsphase. In der ersteren ist man völlig weggespült. Kann keinen klaren Gedanken fassen, sollte weder Auto fahren noch technische Geräte bedienen. Alle Sätze im Kopf beginnen mit „Warum“ und „Wieso“. Nichts macht Spaß und man sieht keinerlei Perspektive im Leben, als vielleicht absichtlich und vorwurfsvoll sofort zu sterben!

Irgendwann nach Tagen oder Wochen ist das vorbei und es beginnt schleichend die Verarbeitungsphase. Diese ist zwar auch nicht lustig, aber es geht ganz langsam bergauf!

Haben Sie ein Sparbuch? Ich meine, so eine kleine private Vorsorge für Katastrophenfälle? Wenn Sie diese Art richtigen Liebeskummer haben, ist der Katastrophenfall gegeben. Glauben Sie mir, ich empfehle das seit Jahren meinen Freunden und habe es selber natürlich auch probiert. Mit therapeutisch richtig dosierten Bordellbesuchen können Sie die Überflutungsphase entscheidend abkürzen und auch in der Verarbeitungsphase machen Sie viel raschere Fortschritte. Spätestens wenn Sie sich durch halb Europa gefickt haben – einmal eine baltische Blondine, dann eine Polin und gleich nach der rassigen Jugoslawin noch eine ein bisschen mollige Türkin –, sind Sie fast geheilt. Auf der Straße werden Sie wieder anderen Frauen nachschauen. Und damit sind Sie über den Berg und wieder ein vollwertiger Mensch. Vielleicht kriegen Sie ja sogar eine teilweise Refundierung von Ihrer Krankenkassa. Fragen sie doch einmal nach.

27
Leuchtturm – Schwere Körperverletzung Ben Gurion

„Now you've been hurt by somebody else
I can tell by the way that you carry yourself
but if you let me do what I wanna do
I wanna take care of you"
Van Morrison

War jetzt mit Lisa Kaffee trinken. Es war sonderbar nett. Ich bleibe dabei, Lisa ist die richtige Frau für mich. Einiges sehe ich nach unserem ersten Rendezvous allerdings anders. In meinen Augen war ich bisher wie ein Schiffbrüchiger, in einem kleinen Schlauchboot treibend: die Wellen wurden immer gewaltiger, mir war kalt und ich verlor langsam den Mut, Lisa war mein blasser Leuchtturm mit den wunderschönen braunen Augen. Nun, Lisa braucht selber einen Leuchtturm. So viel ist fix.

Für mich waren die Männer meines Alters mit den superjungen Freundinnen immer nur Vollidioten, ohne Stil und Selbstbewusstsein. Ich meine, mit einer 20-jährigen Frau ins Bett zu gehen, die noch kleine Bärchen an ihrer Handtasche baumeln hat, ist ja wirklich oberschwach. Aber vielleicht ist es gar nicht so oberflächlich? Vielleicht geht es Männern gar nicht um praelaktales Bindegewebe im Brustbereich, vielleicht geht es darum, eine noch unverletzte Seele zu finden? Eine Frau, die eben noch nicht von ein paar Arschlöchern kaputt gemacht worden ist.

Wenn ich rede, fuchtle ich mit den Händen wie ein Italiener. Nur sind meine Bewegungen nicht so elegant, mehr ruckartig und abgehackt. Ich war mal mit einer Frau zusammen, die ist immer so zusammengezuckt. Ihr Exfreund hatte sie regelmäßig geschlagen, das Arschloch. Und obwohl sie mir vertraut hat, das Zucken ist geblieben. Leider gibt es keinen Gesetzesparagraphen, der „schwere Körperverletzung aus gutem Grund" straffrei stellt. Ich hätte ihrem Exfreund so gerne zu lebenslänglichem „Zusammenzucken" verholfen.

Ich fühle mich zu Lisa hingezogen. Eine Göttin ist sie sicher nicht. Wenn sie an ihrer Zigarette zieht, saugt sie sich das Nikotin bis in die Zehen. So etwas haben Göttinnen nicht nötig.

Lisa ist 32. Hat schon einiges erlebt. Nun, das passt ganz gut, ich ja schließlich auch. Sie hat ein unglaublich hässliches Wort gesagt. Ob sie es selbst erfunden hat oder irgendwo gehört, ist mir eigentlich egal. Auf jeden Fall ist mir fast die Kaffeetasse aus der Hand gefallen: „Paar-Perspektive". Ich meine, ich habe ihr ja keinen Antrag gemacht oder so. Am helllichten Tag Kaffee trinken kann ja andere Gründe auch haben. Vielleicht wollte ich mir Geld ausborgen oder ein Bild von ihr kaufen. Ich denke, meine sehnsuchtsvollen Augen haben mich verraten. Meine Sonnenbrille hatte ich vergessen. „Also Götz, ich will nur, dass du gleich weißt, ich sehe bei uns keine realistische Paar-Perspektive."

Diese verblödete Hobbypsychologinnen-Sprache. Wie sehr ich die hasse. Wenigstens hat Lisa nur „realistische Paar-Perspektive" gesagt. Also gibt es noch die Chance eines Wunders. Ben Gurion hat gesagt: „Wer nicht an Wunder glaubt, ist kein Realist."

Ihr Körper hat außerdem was ganz anderes gesagt. Lisa ist auf die Toilette gegangen und hat sich dann ganz dicht neben mich gesetzt. Das kann kein Zufall sein. Ich hatte einmal einen Bänderriss im Knöchel, wenn ich länger sitze, tut mir das Sprunggelenk immer noch weh. Zur Entlastung lege ich meine Beine dann so schief. Dabei ist es passiert. Ich habe meinen Oberschenkel unabsichtlich gegen ihr Knie gedrückt. Sie hat kein bisschen zurückgezogen. Das kann ebenfalls kein Zufall sein.

Ich glaube, unsere Körper mögen sich schon. Den Rest kriege ich noch hin. Ich scheiße einen großen Haufen auf „prognostische Paar-Perspektiven". Ich werde halt Lisas Leuchtturm sein. Zugegeben, ich bin nicht gerade ein Prachtexemplar von einem Mann und wahrscheinlich auch nicht der Richtige, um ihr den Glauben an die Männer wiederzugeben. Aber ich werde mich bemühen, redlich bemühen. Vielleicht sind wir einfach beide Leuchttürme, die ganz nahe beieinander stehen und den Fischerbooten nach Hause leuchten. Wenn dann in der Nacht der Mond hinter einer Wolke verschwindet und der letzte Makrelenkutter sicher im Hafen ist, werden wir uns heimlich ächzend zueinander beugen und ein bisschen knutschen, sodass die Seehunde ganz gerührt ein Paar Tränchen verdrücken.

Lisa will mein Buch lesen. Unbedingt sogar. Was soll ich bloß tun? Ich kann sie auf keinen Fall alles lesen lassen. Dieses Kapitel zum Beispiel ganz sicher nicht. Das ist doch wohl klar. Meine Gedanken zu ihr kennen nur Sie und ich. Auf Sie kann ich mich hoffentlich verlassen. Ich meine, ich habe Ihnen schon eine Menge anvertraut. Wenn ich Lisa allerdings nur die mehr pornographischen Kapitel lesen lasse, hält sie mich für oberflächlich. Keine leichte Entscheidung.

Vielleicht vergisst sie auch darauf. Angeblich will sie in den nächsten Tagen nach der Arbeit mit zu mir kommen und alles lesen, was ich fertig habe. Immerhin wäre sie dann bei mir in der Wohnung. Ich muss mir das noch genau überlegen – die Historiker ordnen ja Ben Gurions Spruch dem Staat Israel zu. Ich habe mir Portraits von ihm angeschaut. Ich glaube, der gute Ben war so wie wir. Eben die Version eines jüdischen Erotomanen, wie der von mir so verehrte Elliot Gould, nur hatte er halt noch die Staatsgründungsambitionen. Aber schauen Sie sich mal seine Augen an. Wenn Lisa zu mir kommt, wird mir hoffentlich auch der selige Ben Gurion die Daumen drücken. Genug Zeit hat er jetzt und es stimmt auch sicher: „Wer nicht an Wunder glaubt, ist kein Realist."

28
Patrizia – Ungarische Bergsteiger Sex zu Dritt

Ich glaube ja, alle Frauen werden zentral gesteuert. Es gibt ein weibliches Netzwerk. Ein hinterlistiges und erbarmungsloses System, das uns arme Männer wie kleine, unschuldige Pixel über die Festplatte des Lebens treibt. – Patrizia hat mich heute angerufen. Wieso?! Wer hat das bestellt?! Und warum gerade jetzt?!

Wir waren vor zwei Jahren sehr verliebt, hatten es lustig und tollen Sex. Mir war es nur zu anstrengend mit ihr und ich habe es sachte und in Freundschaft ausklingen lassen. Ich habe bei den Frauen, die ich geliebt habe, ein postkoitales, lebenslängliches Nachbetreuungsprogramm. Also bei Notfällen, wirklichen Lebenskatastrophen, bin ich immer für sie da.

Patrizia meint, dieser Fall ist eben jetzt gegeben. Sie brauche neue Fotos! Eine sonderbare Interpretation eines Katastrophenfalles. Patrizia ist ein Callgirl, arbeitet für ein Escort-Service. Von ihrer alten Firma ist sie im Streit geschieden und für die neue braucht sie eben aktuelle Aufnahmen. Ein erschreckender Gedanke – Patrizia kommt zu mir! Ich meine das wirklich sehr ernst mit Lisa. Will mich nicht mit Affären verwirren. Aber wie soll ich das schaffen, ein paar Stunden Patrizia bei mir in erotischen Posen, fast nackt oder sicher auch ganz nackt und dann brav bleiben?

Patrizia kommt aus Ungarn, hat früher am Ballermann in Mallorca gearbeitet. Wurde aufgegriffen und verhaftet, war einige Zeit in einem spanischen Gefängnis und arbeitet seit drei Jahren in Wien. Ungarische Mädchen haben sexuell einen großartigen Ruf. Man kann sie normalerweise blind empfehlen. – Ich muss alles wissen. Im Casino erwarten das die Leute von mir.

Wenn ein Weißrusse am Samstag um 7 Uhr in der Früh die Telefonnummer von einem devoten thailändischen Ladyman, der zumindest eine slawische Sprache spricht, wissen will, kommt er zu mir. Ich helfe ihm dann.

Wissen Sie, was die ungarischen Männer wollen – und zwar ausschließlich? – Ungarische Mädchen! Die interessieren sich für keine anderen! Angeblich ist das auf der ganzen Welt so. Wenn sich in den Anden zwei ungarische Bergsteiger treffen, fragt der eine den anderen sicher nur: „Wo?" – Der antwortet dann: „Du musst noch über die zwei 6000er, dann ab ins Tal, zwei Tage mit dem Autobus, gehe in die Bar Montezuma und frag nach Marika." – Daraufhin sagt der erste nur „Danke" und macht sich auf den Weg. Auch wenn er auf dem Weg dorthin zehn nackte Kubanerinnen trifft, er wird sich nicht beirren lassen.

Ich kann das wirklich verstehen. Patrizia war die Beste. Die Allerbeste. Nur war alles andere so anstrengend. Wenn ich an sie zurückdenke, werde ich ganz wehmütig. Sicher – einen Meter achtzig groß, wunderschöne Beine, gleich zwei süße, kleine Brüste und die absolute Cello-Figur: der Popo gerade richtig breit und dazu eine schmale Taille – einfach perfekt. Ich kann die ungarischen Bergsteiger gut verstehen. Allein, wenn sie sich nach dem Duschen den ganzen Körper mit Calendula-Hautfunktionsöl (Weleda) eingerieben hat und dann noch stundenlang nackt bis auf ihre heimliche Brille, mit der unvermeidlichen Zigarette in der Hand, durch meine Wohnung gestapft ist, war das den ganzen sonstigen Stress wert.

Patrizia ist zuckerkrank und hat immer Minimum drei Handys. Eines für die Agentur, eines für die Familie und ein privates. Bei ihrem Frühstück, meist nach 17 Uhr, rammte sie sich ihre Morgeninsulin-Spritze in den zarten Bauch, während sie gleichzeitig rauchte, telefonierte und ein Nutella-Kipferl aß. In diesen Momenten war ich immer ganz, ganz verliebt.

Unser Problem war meine Eifersucht. Ich meine, dass sie als Nutte arbeitete, war mir wirklich egal. Im Gegenteil, der Gedanke, dass die Freier für ein halbherziges Service eine Menge Geld zahlen mussten und ich die ganze Patrizia aus Liebe und Geilheit bekam, erhöhte sogar mein Selbstbewusstsein. Das war nicht unser Problem. Bei so was bin ich absoluter Profi! – Nein, Patrizia hatte allerdings eine sonderbare Definition von Treue. In ihren Augen war lesbischer Sex mit einer ihrer Freundinnen keine Untreue! Ich „dürfe ja auch mit anderen Männern ins Bett gehen". Na, vielen Dank – kein Bedarf. Ich hoffe, Sie halten zu mir und verstehen das! Job ist Job. Aber privater Sex wird nicht geteilt. Aus! Schluss! Basta!

Wenn ich nächtens mit ihr rechnete und mich schon auf sie gefreut hatte und ich bekam dann ein SMS: „Hallo Süßer. Schlafe heute bei Marion. Hab dich lieb und denk an dich. Küsschen P.", hätte ich auf der Stelle einen Mord begehen können. So was war für mein männliches Selbstbewusstsein absolut scheiße. Patrizia wollte aber auf ihre Freundinnen nicht verzichten und ich wollte so nicht weitermachen.

Sie hat mich sogar eingeladen, dabei zu sein! Ein wahrhaft grauenvoller Gedanke, Patrizia küsst eine andere Frau, obwohl ich ja eh da bin.

Sie halten mich jetzt sicher für prüde. Sie denken, dieser Vollidiot, warum hat er sich so was entgehen lassen. Nun, ich will Sie wirklich nicht schockieren, aber das Leben ist komplizierter, als es in Pornofilmen dargestellt wird! Da kommt der Ehemann nach Hause, ertappt seine Frau mit der Briefträgerin im Bett, zieht sich die Hose aus und macht gleich mit.

Wenn man eine Frau wirklich liebt, ist das eben nicht so leicht und damals habe ich Patrizia sehr geliebt!! Außerdem, mein einziges wirkliches Sex-Erlebnis mit zwei Frauen gleichzeitig war oberpeinlich. Eigentlich wollte ich das gar nicht schreiben, aber bevor Sie mich für einen Versager halten, werde ich es kurz schildern. Ich war mit zwei bulgarischen Gogo-Tänzerinnen aus und es ist mir den ganzen Abend nicht gelungen, eine von den beiden anderweitig anzubringen. Ich meine, beide waren superhübsch, aber es hat sich einfach nicht ergeben. Keinen notgeilen Freund getroffen oder sonst irgendeine Lösung – am Ende waren beide bei mir.

Ich habe ein IKEA-Bett. Will mich nicht beschweren. Es schaut ganz gut aus und man schläft bequem. Nur der Lattenrost ist die Schwachstelle. Schon als ich es neu gekauft habe. Als wir also zu dritt im Bett waren, habe ich gespürt, wie im Kopfsegment die ersten Querstreben weggesackt sind. Ich musste also immer gewichtmäßig gegensteuern, ohne den Anschluss zu verlieren. Musste mich um eine möglichst gleichmäßige Verteilung unserer Körper bemühen. Keine sehr erotisierende Aufgabe.

Dazu kam noch, dass die beiden Mädchen gerecht behandelt werden wollten. Einmal die eine von vorne und dann die andere. Und so weiter – Sie wissen, was ich meine. Aber obwohl sie doch enge Freundinnen waren, musste ich jedesmal das Präservativ wechseln. Unglaublich, aber wahr! Ich schwöre das! Abgesehen davon, dass ich diesen Moment des Drüberstülpens sowieso hasse. Aber sechsmal bei einer Nummer – furchtbar! Ich habe mir geschworen: nie wieder Sex zu dritt und ganz besonders nie wieder auf einem IKEA-Bett.

Nächsten Montag kommt Patrizia also zu mir. Sie bringt auch noch eine Freundin mit. Gott sei Dank hat sie nicht gesagt: „Ich bringe meine Freundin mit." Ich bleibe dabei: ich habe mich für Lisa entschieden. Ich werde am Montag höflich und nett sein, meine Fotos machen und fertig. Ich werde mir einen Sicherheits-Pornofilm ausleihen. Gibt es eigentlich eine ungarische Videothek in Wien? Ich werde es rausfinden.

29
Lisa ist bei mir – Nick Hornby ist eine Nutte Blasen ist doch gefährlich

Lisa hat mich sehr gekränkt. Das war eine saublöde Idee von mir. Nie hätte ich sie das Buch lesen lassen dürfen. Aus den Augenwinkeln habe ich sie beobachtet. War sogar ziemlich optimistisch. Lisa hat geschmunzelt und unverwandt gelesen. An einem Stück. Sogar ohne wegen einer Zigarette aufzustehen oder gar aufs Klo zu gehen.

Besonders nervös war ich bei dem Kapitel, in dem ich mich über analen Sex auslasse. Vielleicht steht sie auf so was. Oder im Anfang des Buches die Episoden mit den Salatgurken. Sollte sie mich einmal zu sich einladen, werde ich jedenfalls gleich den Kühlschrank checken.

Lisa las also alles in einem Zug, legte das Manuskript auf die Seite, zündete sich jetzt endlich eine Zigarette an und sagte: „Götz, du hast sicher denselben schrullig-verkorksten Charakter wie Nick Hornby." Haben Sie genau aufgepasst? Lisa hat nicht gesagt, ich könne schreiben wie Hornby, sondern sie hat unsere Charaktere verglichen. Frechheit!

Nick Hornby kann schreiben wie ein Gott. „High Fidelity" und „About a Boy" sind sicher noch in 200 Jahren Teil der Literaturgeschichte. Keine Frage. Aber Charakter?! Sein Charakter ist so wertvoll wie ein Haufen Pudelscheiße in der Mittagshitze. Man stelle sich vor! Der Mann ist ein Genie, hat sicher keine Schulden, wahrscheinlich eine tolle Wohnung, ein tolles Auto und eine dunkelhaarige, vollbusige Freundin. Und was macht der gierige Hund? Er lässt seine eigenen literarischen Juwelen zu katastrophalen, enttäuschenden Filmen verarbeiten – pfui Teufel!

Spätestens nach dem Desaster mit „High Fidelity“ hätte er sich zurückziehen müssen und bereuen. Aber nichts da. Jetzt läßt er auch noch das supersüße geniale Buch „About a Boy“ vergewaltigen.

Früher haben die Genies noch Charakter gehabt. Um bei Joseph Roth zu bleiben. Unvorstellbar etwa wäre, dass er sein „Falsches Gewicht“ hätte verfilmen lassen – Regie: Hugo Egon Balder, in den Hauptrollen Thomas Gottschalk und Naddel, Filmmusik und in einer kleinen Gastrolle: DJ Ötzi. Uns aufrechten, verwirrten Erotomanen bleibt jetzt eigentlich nur noch Leon de Winter („Supertex“) und …

Sollte sich Nick Hornby jemals nach Wien wagen, zu einer Lesung etwa, ich werde da sein! Wie Rambo! Bewaffnet mit einer Trillerpfeife und ein paar überreifen Nektarinen. Vielleicht kommen Sie auch. Dann lernen wir uns endlich kennen. Wenn Sie eine kleine Trommel mitnehmen, zahle ich Ihnen gerne das Flugticket. Wir können dann zusammen „Nick Hornby, go home“ oder: „Fuck Arsenal London“ skandieren. Das wird ein Triumph!

Na gut, Lisa hat es wahrscheinlich nicht böse gemeint. In ihren ahnungslosen Augen war das vielleicht sogar ein Kompliment. – Dann noch verkorkst? Was meint sie damit? Ich meine, sie ist bei mir in der Wohnung. Das Bett habe ich vorgestern frisch überzogen. Ich glaube, ich geh mal schnell aufs Klo und schau, ob ich eine meiner Prestigeunterhosen anhabe. Nein, ich muss Zeit gewinnen. Draußen ist es noch hell. Das erste Mal ist es sowieso peinlich. Ich warte, bis es dunkel ist. Oder ich warte auf einen besseren Tag. – Lisa schaut mich an und lächelt. Kann sie etwa auch Gedanken lesen? So eine Freundin könnte ich ganz besonders nicht brauchen.

Ich werde ihr meine neue Blumfeld-CD vorspielen. Sie haben richtig gelesen. Ich habe mir eine CD gekauft – es musste einfach sein. Blumfeld fasziniert mich aus zwei

Gründen: Erstens ist sie definitiv die beste deutsche Band und zweitens sicher die konsequent hässlichste. Ähnlich wie bei den „No Angels“ und „Broses“ haben die Bosse der Musikindustrie sicher in allen großen deutschen Städten Castings gemacht. Auf der Suche nach dem hässlichsten Schlagzeuger, nach dem hässlichsten Keyborder usw. Es war sicher ein hartes Stück Arbeit, aber sie haben es hingekriegt.

Vielleicht war das Konzept ein anderes. Vielleicht hätte Blumfeld nur einmal auftreten sollen – für „Verstehen Sie Spaß“ u.ä. Aber die Jungs haben sich gedacht: „Gut, wenn wir schon alle so unattraktiv sind und keiner mit uns Sex haben will, dann schreiben wir doch einfach die besten Songs, machen die besten Texte und verstecken möglichst unsere Gesichter.“

Dieses Gesamtkunstwerk musste ich einfach würdigen. Sollte ich einmal richtig berühmt sein und sollte Blumfeld meine Hilfe wollen, können sie gerne auf die nächste Auflage ihrer CD einen Balken drucken: „Diese CD hat sogar Götz Schrage gerne gekauft.“

Lisa lümmelt in meinem grünen Armsessel. Klar würde ich sie gerne küssen, aber viel wichtiger: ich möchte an ihrem Hals riechen. Das ist sehr wichtig. Ihr Parfum interessiert mich nicht. Unten am Hals, in der kleinen Kuhle beim Schlüsselbein, erfährt man alles, was wichtig ist.

Wenn ich dort rieche, und so ein warmes, nettes Gefühl bekomme, dann könnte sie die Richtige sein. Wenn sich hingegen die Nackenhaare zart aufstellen und ich einen metallischen Geschmack im Mund habe – nichts wie weg.

Einmal habe ich ein Jahr meines Lebens verschwendet trotz Nackenhaar-Alarm. Ich habe schwer gebüßt, aber Frauen machen auch hinterlistige Dinge. Blasen zum Beispiel! Blasen ist wie ein Computervirus. Es löscht alle Daten auf meiner Festplatte. Die Nase sagt: „Schnell weg!“ Der

Schwanz sagt: „Wir bleiben da!" Wer da gewinnt, ist natürlich klar.

Gerade läuft der Blumfeld-Song „Graue Wolken". Wo ist die rote Sonne hin? Vielleicht ist Lisa meine „rote Sonne"? Vielleicht vertreibt sie die „grauen Wolken"? Ich werde es rausfinden. Aber ich werde es zart und sacht herausfinden. Ich glaube, sie ist die „rote Sonne", aber sie weiß es nicht. Weil ja Frauen nie was wirklich Wichtiges wissen.

Ich möchte Lisa so gerne sofort küssen und ich möchte am liebsten sofort an ihrem Hals riechen. Aber wer weiß, vielleicht hat sie auch Tricks drauf. Ich werde es verschieben. Es muss ein neutraler Ort sein – das Wurstregal im Supermarkt zum Beispiel. Da kann nichts passieren. Ich werde mich wie zufällig über sie beugen und ich hoffe, es wird dieses warme, wunderbare Gefühl sein, das mich durchflutet. Wenn nicht, kaufe ich mir eine Schinkensemmel mit Gurkerl – auch gut. Das Leben ist schön, sowieso!

30
Spieltheorie – Garfield – Sex mit einer Unbekannten

Kennen Sie sich aus mit Spielmathematik? Haben Sie sich schon einmal mit Eintrittswahrscheinlichkeiten und Statistiken beschäftigt? Ich werde Sie jetzt nicht mit so was langweilen. Irgendwann schreibe ich ein Buch über Poker und andere Spiele. Es wird eine Mischung werden aus Mathematik und Anekdoten. Aber dieses Buch handelt von Frauen und Sex und so soll es auch bleiben.

Ein einfaches Beispiel nur vorweg. Sie stehen vor einem Automaten mit vier Knöpfen. Drei sind gut für Sie. Einer bedeutet die Katastrophe schlechthin. Wie stehen Ihre Chancen? Sie sind 3 : 1-Favorit. Also, das schlechte Ereignis wird mit 25%iger Wahrscheinlichkeit eintreten, sofern Sie nicht noch irgendwelche Zusatzinformationen haben. Ich will nicht jammern, aber glauben Sie mir, ich drücke in solchen Situationen regelmäßig auf den falschen Knopf.

Ich war in einer Cocktailbar. Eigentlich war schon Sperrstunde, aber das Personal war gut aufgelegt. Das Licht wurde einfach noch mehr gedämpft, die Musik lauter gestellt und es war eine Superstimmung. Die Nummer des Abends war „Lust for life“ von Iggy Pop und so fühlte ich mich auch.

Zwischen der Bar, an der ich saß, und den kleinen niedrigen Tischen war eine Schneise. Da tanzten drei Frauen, ein bisschen miteinander, aber die meiste Zeit eben solo. Ich war gut aufgelegt, aber müde. Da kann es schon mal passieren, dass man unabsichtlich wem zulächelt. Es war aber mehr eine gelassene Schläfrigkeit und keineswegs ein Anmach-Versuch.

Eine der Tänzerinnen, eine dunkelhaarige mit Pagenkopf, circa 30 Jahre alt und sehr schick angezogen, hatte es irgendwie auf mich abgesehen. Wie eine Limbo-Tänzerin beugte sie ihren Oberkörper nach hinten und lächelte mich unentwegt an. Ich meine, es war ziemlich dunkel, vielleicht bildete ich mir das auch nur ein.

Auf jeden Fall warf sie dann so einen dünnen Seidenschal um meinen Hals und turnte so richtig um mich herum. Jetzt war kein Zweifel mehr, die junge Dame wollte irgendwas von mir.

Ich bin immer misstrauisch. Damals war ich schon einige Zeit solo. Mein erster Verdacht war, dass sie auf mich angesetzt war. Ich vermutete, ein Freund von mir sei in die Brieftasche gefahren, damit mir mal wieder was gelänge. Mit der linken Hand hielt ich mich an meinem Bier fest, mit der rechten stützte ich mich an der Bar ab. Sie kam ganz nah zu mir. Der Geruch von Parfum, Zigaretten und Mojito verwirrte ein bisschen meine Sinne. Muss ich zugeben. „Ich habe heute Geburtstag. Darf ich mir was wünschen?" – „Okay Mädchen, was wünscht du dir?" Dann küsste sie mich, so richtig mit Zunge. Ich war eingekeilt. Den Schal um den Hals, die rechte Hand hinter der Bar. Ich konnte mich gar nicht wehren. Okay, ich hätte den Mund nicht aufmachen müssen, aber sonst habe ich mir wirklich nichts zuschulden kommen lassen.

Dann saß sie auch schon halb auf mir. Es war beängstigend. Ich habe für so was einen Standardspruch. Der hilft in der Regel. „Mädchen, ich bin der Falsche, keine Drogen, kein Geld, nicht einmal ein Auto." – „Baby, ich will keinen Koks und auch nicht heiraten – ich will dich!", hauchte sie zurück. Was soll man da bitte noch tun? Dass ich kein Geld mehr hatte, stimmte leider. Ich konnte mir nicht einmal scheiß Präservative kaufen. Wir unterhielten uns und sie war eigentlich recht nett. Aber die Musik war ziemlich laut.

Ich bin beim Geld ausborgen sehr geschickt. Wenn ich wirklich was brauche, kriege ich es so hin, dass ich gar nicht fragen muss. Es wird mir angeboten. Nun – ihr Name war Andrea – wir kannten uns erst zehn Minuten. Ich konnte schlecht nach Geld für zwei Drinks und den Präservativ-Automaten fragen. Andrea küsste mich noch einmal, band den Seidenschal um meine linke Hand und tanzte wieder.
Mit einiger Mühe konnte ich mich zur Bar drehen. Ich mochte den Barkeeper nicht, aber was sollte ich tun. „Kannst du mir bitte 200 Schilling borgen?“ Sofort öffnete er seine riesige Barkeeper-Brieftasche, drückte mir 1000 Schilling in die Hand. „Mach dir einen schönen Abend, mein Freund!“ Mir grauste, ich mochte nicht der Freund von dem verkoksten, schleimigen Arschloch sein. Aber was soll's: „Danke, mein Freund.“

Andrea wollte ein Taxi. Ich sprintete hoch auf die Toilette. Musste davor noch das Geld wechseln. Drückte mir eine Schachtel aus dem Präservativ-Automaten, verstaute sie in meiner linken Sakkotasche und wieder ab nach unten. Das Taxi war inzwischen da. Auf der Fahrt gab es heftiges Knutschen. Der Taxifahrer war ein Scheißspanner, drehte den Rückspiegel so, dass er alles sehen konnte. Irgendwie erschien mir der Gedanke, einen kleinen Autounfall zu haben, maximal eine Nacht in Spitalspflege, mein letzter Ausweg zu sein. Gleich im Taxi fasste ich Andrea unter die Bluse. Probierte sogar, zumindest eine Brust an das dämmernde Tageslicht zu holen. Wenn ich einen Unfall wollte, musste der türkische Scheißhund am Steuer wirklich was zu sehen bekommen.

Was soll ich sagen? Wir sind sicher bei ihr angekommen. Kleine, nette Wohnung. Alles sehr gepflegt. Vielleicht ein bisschen einsam. Sie kennen das sicher, wenn so gezeichnete Katzen-Karten am Schminkspiegel stecken. – „Ich ziehe mir nur schnell was Bequemes an. Lauf nicht weg, Süßer." Ich hatte aufgegeben. Den Fernseher hatte Andrea noch aufgedreht. In der Morgenschleife lief „Petrocelli". Ich liebe diese Serie. Er hat immer so schicke Sakkos an und seine Assistentin ist die schärfste 70er-Jahre-Schnitte.

Es dauerte fast 20 Minuten, bis Andrea wieder da war. Davor hatte sie ein knappes Kostüm angehabt. Elegant, aber trotzdem sehr sexy. Jetzt trug sie einen Garfield-Jogginganzug!! Unglaublich. Ich hatte mit einem Bombardement von Strapsen und Reizwäsche gerechnet und dann dieses hellgraue Sportdress mit dem knallgelben, feixenden Garfield auf der Brust. Ich hängte mein Sakko strategisch klug mit der linken Sakkotasche näher zum Bett über einen Sessel und dann ging es los. Was soll ich sagen? Einen Jogginganzug kann man schnell ausziehen. Meine frisch geputzte Anzughose lag auch bald völlig verwurschtelt am Boden. Es lief eigentlich alles super. Nur der Fernseher störte.

Als es soweit war – Andrea hielt offenbar nicht viel von irgendwelchem raffinierten Vorspiel – tastete ich in mein Sakko und öffnete die grüne (?) Plastikbox. HILFE! Der Inhalt war eine scheißverfluchte Damenstrumpfhose. Ich Oberbimbo! Am Automaten gab es „Feucht", „Superfeucht", „Extra gefühlsecht" und eben – für bekleidungsmäßige Notfälle – „Schwarze Damenstrümpfe". Wer konnte das ahnen. Ich kaufe meine Dinger, wenn überhaupt, ungeniert im Drogerie-Markt.

Andrea grinste über beide Ohren. Das war okay, das war ihr Recht. Aber dass mich Garfield von dem am Boden liegenden Sweatshirt ebenfalls angrinste, ließ meinen Aggressionspegel ziemlich unkontrolliert steigen. Um die Wahrheit zu sagen, ich hätte ein ganzes Magazin in die grinsende Katzenfresse verballern können. Sie merken es sicher an meiner Sprache, ich war von der Rolle.

Bin dann noch los, draußen war es hell. Die ordentlichen Frühaufsteher waren schon auf dem Weg zur Arbeit und ich taumelte auf der Suche nach einem Gummi-Automaten durch die Straße. Wie gern wäre ich auch einfach arbeiten gegangen. Nur, ich hatte keine Arbeit und ganz besonders nicht um diese Zeit.

Ich habe dann einen gefunden. Wieder zurück. Der Fernseher lief noch. Andrea lag unter der Decke. Ein wirklich hübsches, nettes Mädchen. Ich legte mich zu ihr und – Sie ahnen es wahrscheinlich – kriegte keinen hoch. Absolut null Chance. Es war zum Verzweifeln. Davor dachte ich, so was könnte mir nie passieren. Aber was soll ich sagen? Ich zog mich an und ging. Ich war deprimiert und schwach.

Habe sogar nach langer Zeit mal wieder richtig gebetet: „Lieber Gott, lass mich bitte einen schmächtigen Skinhead treffen. Etwa im Woody Allen-Format. Bitte, bitte!" Den hätte ich dann mit dem Kopf voran in eine Scheibe geworfen. Das wäre politisch korrekt gewesen und ich hätte mich besser gefühlt. Gott hat meine Bitte nicht erhört. Es war einfach nicht mein Tag.

31
Gedanken über den Tod und das Delphinschwimmen

„I wish I could find a good book to live in
I wish I could find a good book
Well, if I could find a real good book
I never had to come down and look at
What they have done to my song ...“
Melanie

Ich will Sie nicht erschrecken, aber vielleicht gibt es gar kein Paradies. Vielleicht stirbt man und ist einfach nicht mehr da. Ich bin eigentlich optimistisch. Einen richtigen Himmel wird es sicher nicht geben, das ist klar. Aber irgendetwas kommt sicher – mich hat Melanie da auf eine ziemlich realistische Idee gebracht. Wie gefällt Ihnen der Gedanke, man stirbt und lebt in einem Buch einfach weiter? Welches würden Sie wählen? In welchem Buch würden Sie gerne weiter da sein? Und zwar für lange Zeit.

Hätten Sie mich das vor einem Jahr gefragt, hätte meine Antwort gelautet: „Die Deutschstunde“ von Siegfried Lenz. Es war nicht gerade leicht zu lesen. Es gibt seitenweise Landschaftsbeschreibungen. Ich bin ein Veteran der „Deutschstunde“. Ich habe es geschafft und habe es nicht bereut. Es ist doch ein netter Gedanke, ein paar Jahrtausende durch die Landschaften Norddeutschlands mit dem Fahrrad zu fahren. Natürlich mit einem ohne Gangschaltung und mit Rücktrittsbremse.

Sie haben es gut. Sie können mein Buch zur Seite legen, ein Zigarettchen anzünden und in Ruhe Ihre Wahl treffen. Ich kann das im Moment nicht. Leider nicht! Ich bin im Moment mit meinem Buch auf Leben und Tod verbandelt. Wissen Sie, wenn man da sitzt und über Frauen und Frauen schreibt, ist es verdammt schwer, an etwas anderes zu denken. Obwohl ich es oft mit aller Kraft probiere. Ich meine, es klingt wie eine Ausrede, aber es soll nur eine zarte Erklärung sein. Hätte ich nicht die ganze Zeit mein versautes Buch im Kopf, hätte ich sicher nicht heute Nacht mit Patrizia gefickt.

Schuld sind eigentlich Sie. Ich bereite gerade ein Kapitel vor, das sich ausführlich mit den Freuden und Problemen des Oral-Verkehrs beschäftigt. Ich bin ein bekennender Langsam-Denker. Laufe den ganzen Tag mit diesem Thema im Kopf herum, um Ihnen eine Freude zu machen. Die Hormone stauen sich, mit Lisa komme ich nicht recht weiter. Ja, und so ist es passiert.

Schwimmen ist ein langweiliger Sport. Auch wenn Weltmeisterschaften sind, mir ist das egal. Nur das Delphinschwimmen der Damen versäume ich nie. Das haut mich um. Ich sitze mit großen Augen vorm Fernseher und fasse es nicht. Wenn die Mädchen aus dem Wasser tauchen, ein Hohlkreuz machen, den Popo ganz in die Höhe strecken, bis sie am höchsten Punkt angekommen sind. Dann dieser eintauchende Buckel mit den durchgestreckten Beinen – wunderschön! Alle Muskeln bewegen sich – und dazu diese perfekte Wellenbewegung beim Schwimmen. Mir gefällt das maximal.

Genau so, nur in Superzeitlupe, bewegt sich Patrizia, wenn sie mir einen bläst! Es bewegen sich allerdings nicht wirklich alle Muskeln. Die Hände braucht sie kein bisschen dazu. Mit diesem Bild im Kopf habe ich sie gestern getroffen. Ich habe mich gewehrt. Entschlossen gewehrt. Ich sei zu alt, habe kein Geld, keinen Job und könne im Moment auch nicht auf sie aufpassen, weil ich in der Nacht meistens schlafe. Ich habe absolut alle Nachteile aufgezählt, die mir eingefallen sind. Aber Patrizia will mich, was soll ich da bitte machen?

Wie soll das bloß weitergehen? Ich meine, mein Kopf ist ernsthaft bereit, sein Leben zu ändern, aber der restliche Körper tut sich so schwer damit. – Was glauben Sie, wie ich mich jetzt fühle, nachdem ich alles gebrochen habe, was ich mir vorgenommen hatte? Es ist erschreckend: Ich fühle mich super!! Ich grinse den ganzen Tag. Summe und singe jeden Song im Radio mit. Mein Hund schaut schon ganz irritiert.

Patrizia hat ihr T-Shirt vergessen. Ich trage es jetzt, es duftet so herrlich nach Sex und Sünde. Manchmal flattere ich so mit den Armen wie ein Huhn, dann steigt mir eine zarte Wolke ihres Parfums direkt in die Nase. Ich werde nie wieder mit ihr schlafen, außer vielleicht heute Abend. – Nein, jetzt weiß ich es! Ich werde so lange mit Patrizia schlafen, bis mir bei Lisa irgendetwas gelungen ist. Es muss nicht gleich richtiger Sex sein. Irgendetwas Intimes schon. Ein Kuss zum Beispiel – ein richtiger Kuss mit Zunge und geschlossenen Augen. Dann bleibe ich brav. Das schwöre ich hiermit. Sie sind gewissermaßen Zeuge.

Haben Sie nachgedacht, Ihr Buch schon ausgewählt? Ich will Sie auch nicht zu sehr beeinflussen, nur ein bisschen helfen. Achten Sie darauf, dass Ihnen das Klima zusagt und nicht zu viele Frauen vorkommen. Es sollte auch keine große Tragödie sein. Hauptsache Sprache und Landschaft sagen Ihnen zu, weil ja außer dem Lieben Gott keiner weiß, wie lange Sie da bleiben müssen. Und ob Er wirklich so viel weiß, müssen wir ja alle schließlich irgendwann erst überprüfen.

32
Die Entscheidung – Blasen und Neumond Immendorf ist eine Flasche

Mich interessiert Ihre Meinung. Wirklich! Was soll ich tun? Für welche Frau würden Sie sich entscheiden? Es wird zwar nichts ändern, weil wahrscheinlich nicht einmal ich bestimmen kann, wie das ausgeht. Also, Patrizia finde ich supersüß und mein Körper ist ganz verliebt in sie. Bei Lisa ist es komplizierter. Mein Herz ist ganz verliebt in sie, aber mein Körper eigentlich auch. Nur haben Herz und Körper weder Plan noch Hoffnung.

Eines ist sicher – ich habe mir die letzten Kapitel noch einmal durchgelesen –, mir fehlt das Talent, Lisas Qualitäten zu vermitteln. Eigentlich ein Armutszeugnis, bloß weil ich noch nicht mit ihr im Bett war, schildere ich sie eindeutig unter ihrem Wert. Lisa ist sehr wohl charmant und unglaublicherweise ist sie auch durchaus witzig.

Zum Beispiel uns beide mit Jack Nicholson und Holly Hunter in „Besser geht's nicht" zu vergleichen, finde ich, zeugt von feinem Witz. Sie erinnern sich, der zwangsneurotische Autor, der sich Schritt für Schritt in die Kellnerin seines Stammlokals verliebt. Ein wirklich süßer Film.

Bis jetzt ist ja mein Liebesleben mehr so nach „Mad Dog and Glory" abgelaufen. Robert de Niro und Uma Thurman. Nur musste ich nie Ablöse zahlen und auch nicht auf der Straße um meine Liebe boxen. Ich gehe solchen Dingen immer überzeugend aus dem Weg.

Lisa eignet sich halt nicht so für Anekdoten, aber ich mag zum Beispiel die Art, wie sie isst. Es macht mich glücklich ihr zuzuschauen. Lisa isst alles auf, ohne Rücksicht. Waren Sie schon einmal mit einem Fotomodell essen? Furchtbar. Allein die Bestellung ist schon ein Albtraum und dann lassen sie noch die Hälfte stehen, kratzen Dinge von den Gerichten usw. Lisa isst wie ein Holzfäller. Das ist ein gutes Zeichen. Außerdem ist sie viel gebildeter als ich. Eine gute Abwechslung!! Sie liest gescheite Bücher und ich habe den begründeten Verdacht, sie versteht sie auch.

Ich habe sie zu mir zum Essen eingeladen. Ich kann durchaus kochen und vor allen Dingen, ich kann beim Kochen gut bluffen. Wenn man das Essen graphisch gekonnt serviert und kleine Portionen macht, hat man schon halb gewonnen. Ich werde Kerzen aufstellen und gute Musik auflegen. Vielleicht gelingt mir dann etwas.

Das Problem ist, bei Lisa bin ich total schüchtern. Ich bewege mich einfach auf ungewohntem Terrain. Zum Beispiel bei jugoslawischen Frauen kenne ich mich gut aus, die sind so praktisch. Wenn sich eine jugoslawische Frau die Schuhe auszieht und vor allen Dingen, wenn sie die Haare aufmacht, hat man schon gewonnen. Aber bei Lisa? Keine Ahnung!

Kennen Sie von Hans Fallada „Zwei zarte Lämmchen, weiß wie Schnee“? Das kennen Sie auch nicht? Was tun Sie den ganzen Abend? Talkshows im Fernsehen anschauen? Aber egal, das ist eine ganz süße Liebesgeschichte von zwei schüchternen Menschen, die ganz langsam zueinander finden. Das Buch ist leider vergriffen. Ich wollte es Lisa schenken, als literarischen Wink mit dem Zaunpfahl. Aber egal, ich bekomme es auch so hin.

Lisa hat so was Esoterisches und das macht mir Angst. Ich hatte mal eine Beziehung mit einer Hexe. Wirklich wahr! Sie hat es mir selbst erzählt. Ich solle keine Angst haben, da sie nur die Einführungsrituale der weißen Magie gemacht habe. Es war alles ziemlich verwirrend und anstrengend. Sie hat immer erst die Tarot-Karten gelegt und dann gab es Sex oder eben nicht. Außerdem hatte der Sex immer so kulthaften Charakter.

Zu Neumond bekam ich einen geblasen, das sollte mir wohl die bösen Geister vertreiben. Mir war es recht. Interessant dabei war, dass meine Hexe außer der „Reinigung" auch noch meine männliche Kraft für sich haben wollte. Sehr reizvoll! Ich will jetzt keinesfalls ins billig Pornographische abgleiten. Lassen Sie es mich so formulieren: Beim Neumondgebläse haben wir kein T-Shirt gebraucht, um irgendetwas wegzuwischen. Ich war gereinigt und sie hatte meine „Kraft" tatsächlich verinnerlicht. Nun, Neumond ist ja leider nur einmal im Monat und sonst war alles sehr sonderbar zwischen uns. Ich glaube, esoterischer Sex passt einfach nicht zu mir und aus.

Lisa ist ja Kellnerin, aber eigentlich sieht sie sich als Malerin. Worüber soll ich mit ihr reden? Meine sonstigen Geschichten kommen sicher nicht so gut. Außerdem hat sie ja schon Fragmente von meinem Buch gelesen.

Bei Malerei kenne ich mich nicht aus. Natürlich kenne ich die deutschen Möchtegern-Zuhälter-Maler wie Jörg Immendorf und, mit Einschränkungen, Baselitz und Lüpertz. Wie gesagt, die bildende Kunst ist nicht mein Fachgebiet, aber als Zuhälter würden sie nichts reißen. Nur ein paar Goldkettchen umhängen und das Hemd weit aufknöpfen ist zu wenig für einen Zuhälter. Immendorf ist zuhältermäßig sicher die totale Null. Da kenne zur Abwechslung ich mich aus.

Literarisch bin auch ziemlich ungebildet. Ich meine, von den neueren Sachen kenne ich zu wenig. Vielleicht lasse ich Lisa einfach viel reden und gebe ihr Recht. Das ist einfach. Wenn ich nicht weiter weiß, lege ich eine Tom Waits-Platte auf. Das hilft immer. Tom Waits hat für jedes Problem den richtigen Song.

Einige Zeit war unsere Beziehung gestört. Ich konnte Tom nicht verzeihen, dass die ganzen gelackten Oberarschlöcher-Werbefatzkes und Journalistenidioten mein Idol unerlaubterweise ebenfalls verehrt haben. Aber inzwischen habe ich ihm verziehen. Er kann ja nichts dafür, dass sich ein paar Wixer seine Platten kaufen, um vor ihren Frauen cool dazustehen. Allerdings, wenn diese Jungs dann noch ein Buch von Charles Bukowski aus ihren italienischen Designer-Köfferchen holen, werde ich doch ein bisschen sehr ungehalten.

Ich werde als Vorspeise eine Linsenpastete machen. Mit Antipasti garniert. Dann gibt es Fisch – das kann ich gut. Dessert weiß ich noch nicht. Nächste Woche Donnerstag ist Neumond. Das ist ein gutes Datum. Man weiß ja nie.

33
Pinkeln und Pech – Blasen macht Lärm Voyeure sind Idioten

Am Klo habe ich selten Glück. Wenn jemand Anderer im Raum ist, kann ich nicht pinkeln. An den Urinalen in den Pissoirs sowieso nicht, aber nicht einmal in diesen abgetrennten Kabinen mit den dünnen Holzwänden und dem breiten Schlitz unten geht irgendetwas.

Ich weiß nicht warum, aber auch in leeren Lokalen habe ich am Klo immer Gesellschaft. Manchmal warte ich strategisch, bis nur noch vier Männer im Lokal sind. Sobald ich mich in Richtung Toilette bewege, kommen mindestens drei davon hinterher.

Natürlich kann ich auch keinen Sex haben, wenn wer Dritter in der Nähe ist. Wahrscheinlich hängen mir da noch meine jugendlichen FKK-Urlaube nach! – Sie erinnern sich hoffentlich? Zuschauen interessiert mich schon gar nicht. Wozu? Was soll das bitte bringen??

Einmal allerdings wurde ich dazu gezwungen. Eigentlich wollte ich die folgende Geschichte für mein Buch über Spieler und Gangster aufheben. Aber die Wahrheit ist, so ein Buch macht verdammt viel Arbeit! Hätte ich, ehrlich gesagt, nicht gedacht!

Sollte ich mit diesem Buch jemals fertig werden, habe ich sicher auf Jahre die Schnauze erstmal voll. Das ist richtige Arbeit – glauben Sie mir! Und ich arbeite eigentlich schon seit mehr als zehn Jahren nicht mehr richtig. Das passt einfach nicht zu mir. Ich glaube, ich wäre lieber tot als im Stress. Stress ist einfach uncool. – Aber auf was ich hinaus will, es ist ja eigentlich ziemlich verblödet, eine Geschichte aufzusparen für etwas, wozu man ja sowieso zu faul sein wird. Also bitte schön! Ausnahmsweise und garantiert einmalig, gewissermaßen als mögliches Appetithäppchen auf ein höchst unwahrscheinliches späteres Werk.

Wir hatten eine private Pokerpartie im Hinterzimmer eines Vorstadtcafés. Jeden Donnerstag. Das Zimmer war ein winziger Raum. Gerade genug Platz für einen Spieltisch und eine kleine Bar. Die beiden Kellner wechselten sich halbstündig beim Karten geben und Servieren ab. Das war's. Mein Stammplatz war ganz hinten. Maximal eingequetscht zwischen Tisch und Wand, dabei leide ich doch unter Klaustrophobie! Nun aber bin ich abergläubisch. Bei meinem ersten Antreten dort hatte ich einen großen Sieg auf diesem Platz. Und jeder wusste, der gehört ab jetzt mir.

Das Spiel verlief wie immer friedlich. Ich hatte ein wenig gewonnen und war für die Nacht zufrieden. Ich wollte alibimäßig noch ein bisschen bleiben, ohne mich zu sehr aus dem Fenster zu lehnen. Wir nennen das „sich einen herunterschwulen" – aber egal.

Plötzlich wurde es merklich dunkler. Vier breite Anabolika-Knechte kamen in diesen Miniaturraum. Es war ja ohnedies kein Platz. Ich wusste, was das bedeutete: Irgendein Mittelklasse-Gangster war im Anmarsch. Diese Jungs haben immer eine ganze Division dabei. Keine Ahnung, warum. Sogar wenn sie sich einen BigMac im scheiß McDonalds kaufen, haben sie Leute, die das Terrain checken. Wichtigtuerei, wenn Sie mich fragen!

Dann kam er, nennen wir ihn Morsi. Als erstes bestellte er eine Tischrunde, aber obwohl die gesamten Oberschnorrer von Wien am Tisch waren, keiner wagte irgendetwas zu bestellen. Außer mir natürlich! Wenn es etwas gratis gibt, werde ich zum Helden.

Irgendwie verschwand von den Spielern einer nach dem anderen. Jeder hatte es plötzlich eilig. Ich war der Letzte, bedankte mich bei Morsi für den Drink, grüßte die vier Henker an der Bar höflich und wollte ebenfalls gerade gehen. „Langer, bleib sitzen, wann's aus ist, sag ich!" Das war Morsis Stimme. Gut, diskutiert wird nicht, also setzte ich mich wieder.

Ich hatte keine Alternative, es wurde jetzt Poker gespielt. Die Einladung war unmissverständlich. Was sollte ich mich aufregen? Ich blieb sitzen. Ich siezte ihn, er duzte mich und wir spielten. Mein Ziel war es, pari zu bleiben – nichts zu verlieren und bloß nichts zu gewinnen. Einfach alles so tröpfeln zu lassen – ich kann das. Mein Gegenüber wollte nur ein bisschen Spaß haben. Bitte sehr. Spaß kann er haben, aber nicht mein Geld! Die Kellner waren selber ganz blass um die Nase, von denen konnte ich mir keine Hilfe erwarten.

Das Spiel wogte hin und her. Einer von den vier Bimbos saß immer neben Morsi, musste dann über jeden Witz seines Chefs laut lachen und den unvermeidlichen, ahnungslosen Spielanalysen aufmerksam folgen – auch keine leichte Aufgabe.

Nach circa zwei Stunden wurde es Morsi sichtbar langweilig. Er kam nicht an mein Geld ran und ich bot ihm keine Gelegenheit, einen Streit anzufangen. Ich benahm mich erstklassig. Gewann und verlor emotionslos und hatte schon Hoffnung, bald gehen zu dürfen, als die zwei Slowakinnen kamen – wie aus einem schlechten Film. Die eine blond mit ausgewachsener Dauerwelle, die andere kurze rote Haare. Die Namen habe ich vergessen. Die Rote war eindeutig für heute Nacht Morsis Hauptfrau. Die Blonde war irgendwie eifersüchtig. Die Scheißkuh fing doch tatsächlich an, mit mir zu flirten.

Kam an den Tisch, extra zu mir, und bat mich um Feuer. Dabei hielt sie meine Hand unnötig lang fest und blies mir den Rauch ins Gesicht. So was konnte ich jetzt wirklich nicht brauchen. Ich hatte eine gute Chance, heil aus der Sache rauszukommen, aber die Tussi brachte mich plötzlich in Gefahr. Ich schaute einfach nicht mehr zur Slowaken-Blondine rüber. Starrte nur noch auf meine Karten. Mein Geld. Und meinen Aschenbecher!

Aus den Augenwinkeln sah ich, dass Morsi inzwischen so richtig in seinem Sessel lümmelte. Er war sowieso deutlich kleiner als ich, aber jetzt verschwand er fast unter der Tischplatte. Die Mädchen kicherten, dann war es kurz still und plötzlich hörte ich es! Kennen Sie dieses Schmatzen beim Zahnarzt von diesem scheiß Speichelabsauger?! Was war das bitte?! Ich hob ein bisschen meinen Kopf. Unglaublich! Das Arschloch ließ sich doch tatsächlich einen blasen. Von beiden Mädchen abwechselnd. Seinen Schwanz sah ich nicht, der klemmte wahrscheinlich unter der Tischplatte.

Wenn man selbst der Glückliche ist, merkt man das nicht. Da achtet man auf so etwas nicht. Aber glauben Sie mir, blasen macht eine Menge Lärm! – Ich habe in der Schule im Physikunterricht nie besonders aufgepasst, aber ich glaube, die lauten Geräusche haben mit dem Unterdruck zu tun, der bei den saugenden, pumpenden Bewegungen im Rachenraum entsteht. Außerdem hat man im Kopf einen guten Klangkörper. Die slowakischen Hohlbirnen hatten sogar beide einen besonders guten.

Ich war baff, ich gebe es zu. Außerdem war es mir mächtig peinlich. Erregt hat mich das null, absolut null! Immer, wenn beim Spiel irgendetwas Wichtiges war – Showdown oder Pot-Zustellung etwa –, griff Morsi durchaus zärtlich beiden Mädchen in die Haare und mit einer harmonischen Bewegung, die mich an das Training an einer

Rudermaschine erinnerte, hob er die beiden Köpfe zur Seite und schnellte gleichzeitig nach vor. Verharrte einen Moment, um die Situation am Spieltisch zu checken, ließ sich zurücksinken und das Gurgeln und Schmatzen ging weiter.

Wenn ich damals geahnt hätte, dass ich diese Geschichte jemals für ein Buch brauchen würde, hätte ich öfters hingeschaut oder mir sogar Notizen gemacht. Die Wahrheit ist, ich habe möglichst immer weggeschaut. Ich weiß nicht einmal, ob es ihm gekommen ist. Alles wäre reine Spekulation.

Den Mädels war ich irgendwie dankbar. Für Morsi war das wie ein Sieg – er hatte zwei, ich hatte keine. Bitte schön, sollte er haben. Fakt war, dass ich ihm noch bei seiner Genusszigarette zuschauen musste. Dann durfte ich gehen. Unglaublich, dass sich Voyeure wegen so was nächtelang in Parkhäusern rumdrücken oder gar mit Feldstechern vor Parkanlagen lauern.

Mit dem Pinkeln in der Öffentlichkeit ist es noch schlechter geworden bei mir. Manchmal rettet mich das Behindertenklo. Dort gefällt es mir. Da kann ich immer.

34
Leo Slezak – Ficken am Fußboden – Roberta

Literarisch sind Sie ziemlich ungebildet. Das habe ich schon gemerkt. Aber kränken Sie sich nicht, ich kenne mich auch nicht besonders gut aus. Bildung lässt sich als Autor besonders leicht vortäuschen. Man liest, sagen wir, fünf Bücher, schreibt eines selber und zitiert aus vieren daraus. So einfach ist das. Also erstarren Sie nicht in Ehrfurcht vor jemandem, bloß weil er irgendwelche gefinkelten Querverweise macht. Ich zum Beispiel mache manchmal so richtige Bildungsschnitzer. Erinnern Sie sich an das Kapitel über die 80er Jahre? Die Szene, wo ich mit der gewaltlüsternen Akademikerin am Teppich gefickt habe? Da schrieb ich: „Wenn ich das gewusst hätte, wäre ich nicht mitgekommen!“ Ich dachte, das wäre der beste Satz, den ich je geschrieben hatte. Um die Wahrheit zu sagen, ich wollte ihn als Untertitel zum noch zu findenden Romantitel verwenden, so stolz war ich!

Das kommt davon, wenn man sich mit gebildeten Frauen einlässt. Lisa hat mich darauf aufmerksam gemacht: dieser brillanteste Satz meines Buches ist geklaut! „Wenn ich das gewusst hätte, wäre ich nicht mitgekommen!“ ist aus „Der Krieg der Knöpfe“. Einem meiner liebsten Kinderbücher (von Louis E.V. Pergaud). Von dem kleinen, putzigen Jungen, der so lang seinen größeren Bruder quält, bis er bei der Bande mitmachen darf. Aber ständig passieren irgendwelche Dinge. Die Szene mit den Schnecken in den Unterhosen und all die schlimmen Streiche, die die Jungenbande so anstellt. Der Kleine läuft immer ein paar Schritte hinterher und quengelt, „Wenn ich das gewusst ...“ –

Natürlich hatte er recht. Und es ist sein Satz, obwohl er so gut auf die meisten meiner Frauengeschichten passt. Ich muss mir selber einen Schlüsselsatz ausdenken. Das ist eine Frage der Ehre.

Kennen Sie sich mit klassischer Musik aus? Leo Slezak, der große tschechische Tenor, ist Ihnen hoffentlich ein Begriff. Ich glaube, ich riskiere jetzt eine unbedingte Gefängnisstrafe. Bei uns in Wien muss man natürlich der große österreichische Tenor Leo Slezak schreiben. Aber egal, Slezak hat in der ersten Hälfte der 20er Jahre „Meine gesammelten Werke" geschrieben. Ich glaube, schon ein paar Jahre später ein zweites Buch, „Der Wortbruch", und dann, um 1940 herum, „Der Rückfall".

Ich halte nicht einmal ein Kapitel durch. Der Wortbruch ist jetzt schon da. Denn ich habe noch eine Gangster/Sexgeschichte, die ich unbedingt loswerden muss. Jetzt sofort. Wahrscheinlich hätte ich heute den Boden nicht aufwaschen dürfen. Ich wohne in einem umgebauten Fotostudio. Um in meine Wohnecke zu kommen, muss man erst durch einen riesigen Raum. Das frühere Studio. Da ist so ein grauer Betonboden, und beim Schrubben und Scheuern musste ich an Roberta denken.

Ich glaube, ich hatte auf diesem brutal harten Boden schon an jeder Stelle Sex. Trotz meines lädierten Rückens. Aber immer nur mit ein und derselben Frau. Eben mit Roberta.

Wenn man irgendetwas gut kann, schwebt man immer in der großen Gefahr, arbeiten zu müssen. Ich kenne mich mit den Spielkarten aus. Ich bin eine extrem regelkundige Kartenmaschine. Es war wieder in einer Bar. Ein paar betrunkene Landeier waren da und eben zwei Gangster. Die Jungs wollten Black-Jack spielen und ich musste die Karten dealen und das Spiel leiten. Ich wollte eigentlich nur ein paar Caipirinhas trinken und dann schlafen gehen, aber meine Rechte waren ebenso begrenzt wie mein Barvermögen.

Bei so einem Job habe ich eine Mission. Die Idioten sind am Schluss gefickt, das ist klar. Irgendwann im Morgengrauen taumeln sie „geföhnt und gewaschen" – also ohne einen einzigen Schein in der Tasche – aus dem Lokal. So viel ist fix. Aber ich passe auf die Verlierer auf. Wenn ich deale, kommen sie heil raus. Keine gebrochenen Nasen, keine Kieferprellung. Ich bin der Beste bei so was, aber ich hasse es.

Ben ist ein wirklich gefährlicher Mann. Brandgefährlich! Es gefällt ihm in Wien sehr gut. Wo er herkommt und alles weitere zur Person möchte ich nicht näher beleuchten. So viel sei gesagt: die albanischen Tiere in Norddeutschland, die dort offenbar die Djangos sind, sollten beten, dass es Ben in Wien weiterhin gut gefällt. Denn wenn er und seine Jungs zum Beispiel nach Hamburg kämen, könnten die Albaner wieder die Toilettenanlagen der Altersheime putzen, statt in ihren jetzigen Sechs-Liter-Mercedessen herumzucruisen.

Hinter Ben saß, während er spielte, die ganze Zeit ein Mädchen – eine österreichische Version von Molly Ringward, aber mit einem extrem geilen Zug um den Mund. Für mich natürlich tabu, außerdem musste ich mich auf das Spiel konzentrieren – wenn Sie verstehen, was ich meine. Wir hatten mit vier kompletten Decks angefangen. Das sind 208 Karten. Wenn sich die Gangster gar nicht mehr zu helfen wussten, warfen sie blitzschnell eine unpassende Karte unter den Tisch. Nicht eben eine elegante Methode. Diese musste ich dann unauffällig mit dem Fuß unter die Bank schieben. Gleichzeitig musste ich Geld zählen, die Landeier bei Laune halten. Ich war also im Stress. Immer, wenn ich aufschaute, lächelte mich die Freundin von Ben an. Unheimlich. Was sollte das bitte werden?

Draußen war es sicher schon hell. Das Spiel war mit dem erwarteten Ergebnis zu Ende – Gott sei Dank! Mir gingen schon langsam die Karten aus. Es lagen schon fast mehr Scheiß-Karten unter der Bank, als ich noch zum Dealen hatte. Nach vier Stunden ohne Pause konnte ich endlich rauchen, trinken und pinkeln. Die Freundin von Ben flüsterte ihm etwas ins Ohr. Und schon hatte ich einen neuen Job. Ich sollte Roberta, so war ihr Name, nach Hause bringen. Ich meine, ich hatte kein Auto, nur eine Vespa. Job ist Job!

Wenn man jahrelang Vespa fährt, lernt man eine Menge über Frauen. An der Art, wie sie sich beim Fahren anhalten, merke ich immer schon, was geht. Roberta war die übelste. Das war kein Anhalten, das war schon fahrlässiges Fummeln. Ich machte mich fast an vor Angst. Als wir dann vor ihrem Haus waren, erzählte sie mir unvermittelt, sie sei nicht die Freundin von Ben, sondern nur eine Freundin. Ob ich noch mit raufkommen wolle? Ben würde sich auch freuen! Was sollte das jetzt wieder heißen, musste ich jetzt? „Wenn ich das gewusst hätte, wäre ..."

Ich also mit rauf. Roberta wohnte mit zwei Katzen zusammen. Die hatten offenbar gerade ihren morgendlichen Aktivitätsschub. Der erste Sex mit Roberta war furchtbar. Jedesmal, wenn die Katzen ein Geräusch machten, dachte ich, Ben kommt und wirft mich nackt aus dem 4. Stock. Interessanterweise bedrückte mich der Gedanke, nackt in einer Blutlache zu liegen, noch zusätzlich. Eigentlich müsste einem dieser Punkt ziemlich egal sein. Irgendwann war ich dann zu Hause. Geschlafen habe ich superscheiße. Das können Sie sich vorstellen.

Am selben Nachmittag noch rief Ben mich an. Ich sollte um 18.00 Uhr zu ihm in die Bar kommen. Das Lokal sperrt erst viel später auf!! Wie ich die Stunden bis dahin verbracht habe? Ich weiß es nicht mehr, ich müsste Sie jetzt anlügen. Wahrscheinlich bin ich die ganze Zeit bei mir auf und ab gelaufen und habe mit den Fingern gegen meinen Kopf getrommelt. Ich weiß auch nicht mehr, wie ich hingekommen bin. Mein Körper war eine einzige Angst- und Adrenalin-Bombe.

In der Bar war es total hell. Ich wusste gar nicht, dass die überhaupt so viele Lampen haben. Eine faltige Putzfrau war am Arbeiten. Für mich war sie eine Erscheinung wie Mutter Theresa. Sehr beruhigend. Ganz hinten saß Ben und telefonierte. Er deutete mir, ich solle mich setzen. Was soll ich sagen, er telefonierte sicher eine Stunde in einer undefinierbaren Sprache. Ich saß da, rauchte, schwitzte und machte Pläne. So in der Art: „Wenn ich da heil rauskomme, heirate ich gleich die Putzfrau", „Wenn ich da heil raus- komme, schaue ich mir nie wieder einen Porno an" usw.

Ben ist auch so ein Leise-Sprecher. „Götz, ich liebe Roberta. Sie ist immer in meinem Herzen!!" Ben legte die rechte Hand auf sein Herz und setzte noch leiser sprechend fort, „Du bist mein Freund und ich freue mich für euch." Ben stand auf und küsste mich auf beide Wangen. Das hatte er noch nie getan, schade, dass das jetzt niemand sehen konnte. Das bedeutete: ab jetzt war ich kugelsicher, keiner würde sich mit mir anlegen. Der dümmste Knecht würde mich in Ruhe lassen. Ich fühlte mich großartig – superbingo!

Aber dann kam das Kleingedruckte. Das absolut üble Kleingedruckte! „Ich wünsche euch viel Glück. Und Götz, vergiss nicht, Roberta ist immer in meinem Herzen. Wenn du ihr wehtust, wenn du sie traurig machst – tust du mir weh, machst du mich traurig." Noch mal zwei Küsse und ich war entlassen. Na super! Haben Sie das verstanden? Ich durfte nie auch nur einen Fehler machen. Man stelle sich vor, ich betrüge Roberta. Sie erwischt mich, läuft heulend zu Ben, weil ich sie traurig gemacht und ihr wehgetan habe. Na voll super. Sie schaut toll aus, sicher ein nettes Mädchen, aber kann es den Stress wert sein? Andererseits: hatte ich eine Wahl? Ich meine, ich bin ja schließlich kein gottverdammter Held.

Roberta war dann meine Freundin. Fast ein halbes Jahr lang. Trotzdem fällt mir gar nicht so viel zu ihr ein. Sie hatte ein rotes Auto und draußen war es kalt. Zu kalt für meine Vespa. Ich hatte irgendwelche Geschäfte oder spielte Poker. Roberta holte mich mit ihrem roten Auto ab. Wir fuhren zu mir und hatten Sex und schauten fern. Das war's, bis auf eine Kleinigkeit. Mag sein, dass das Warten in den Casinos oder die Vibrationen des Autos sie immer so scharf machten. Tatsache ist, wir schafften es nie bis zum Bett. Ich meine, ich war vor zwei Jahren fast Vierzig. Roberta war erbarmungslos. Sobald ich die Tür einen Spalt aufgesperrt hatte, war sie mir an der Hose. Meistens blies sie mir einen und dann ab auf den Boden. Unten liegen heißt Rückenschmerzen und mögliche Beckenprellung. Oben liegen ist maximal belastend für Knie und Ellbogen.

Ich probierte mich zu schützen. Machte bei der Autofahrt unauffällige Stretch- und Aufwärmübungen. Aber viel half das nicht. Der Sex am Morgen, im weichen Bett, war super. Kann darüber kein schlechtes Wort verlieren. Wir haben uns dann getrennt. Ben war auch einverstanden. Roberta brachte mir kein Glück. Meine Freunde nannten sie meinen Totenvogel. Was ich anfasste, ging schief. Ich brauchte einen 5000-Schillingschein nur anschauen, schon war er nur noch circa 820 Schilling wert. Es war furchtbar.

Ben küsst mich heute noch. In seinen Lokalen muss ich auch fast nichts bezahlen. Oder zumindest kann ich aufschreiben lassen. Aber zu essen gibt es dort nur Erdnüsse. Von Nüssen und Drinks kann man nicht leben. Zumindest nicht lange. Gut, dass Roberta und ich uns getrennt haben, noch bevor ich mir diesen riesigen Spannteppich gekauft habe. Ich schwöre, ich war knapp davor. In meinem Alter muss man auf seinen Körper aufpassen.

35
Das Geständnis – Richard Gere und ich Der Liebe Gott und das Escort-Service

Also, ich habe so lange mit mir gerungen, ob ich Ihnen die Wahrheit erzählen soll. Ich meine, wie ich Patrizia kennen gelernt habe und somit, wie alles zwischen uns anfing. Nicht, dass ich mich schäme. Keineswegs. Damit habe ich kein Problem. Mir geht es ganz allein um Ihr Wohl. Manche Menschen lassen sich in ein Fass einschweißen und stürzen sich die Niagarafälle herunter. Das muss man nicht unbedingt nachmachen. Das wissen Sie und das weiß ich. Da sind wir uns also einig.

Haben Sie gerade eine Freundin oder sind Sie allein und haben dieses einsame Single-Toast-Gefühl? Wenn Sie solo sind und das ändern wollen, kommen Sie doch sicher nicht auf die Idee, bei einem Escort-Service anzurufen, um eine neue Freundin zu finden. So dumm kann man eigentlich nicht sein. Es gibt keine schlechtere Methode. Gut, Sie wissen das und machen so was nicht. Dass aus bezahltem Sex später etwas wie Liebe wird, gibt es nur in Hollywood-Schnulzen mit Richard Gere oder es passiert eben mir.

Mir ist wichtig, dass Patrizia auch ein liebevolles Intro hat. Bei Lisa habe ich mich so bemüht, unser erstes Treffen blumig zu schildern. Bei Patrizia habe ich unser Kennenlernen und die genauen Umstände bisher verschwiegen. Soweit ich mich erinnere, wissen Sie bis jetzt nur, dass sie groß, zuckerkrank und hübsch ist, als Callgirl arbeitet und in Spanien im Gefängnis war. Das ist schäbig wenig und meine Schuld. Aber ob Sie es mir glauben oder nicht – und ich wiederhole mich bewusst – ich wollte Sie nur schützen.

Die Frage mit Gott haben wir ja schon kurz besprochen. Eines ist sicher, wenn es einen gibt, ist der ziemlich schlau und selbstständig. Er braucht sicher keine Vertreter auf der Erde, die ihm die Entscheidungen abnehmen: wer in den Himmel kommt, wer ein korrekter Mensch ist und wer nicht. All diese Religions-Capos, egal ob sie tuntige lange Kleider tragen, hässliche Bärte oder sonst was, und sich auf der Erde als Gottes Vertreter aufspielen, sind natürlich lauter Betrüger. Glauben Sie mir das bitte!! Betrug ist eines meiner Fachgebiete, da kenn ich mich aus.

Was die Sache ein bisschen komplizierter macht, ist, dass die Jungs das wahrscheinlich selber glauben. Ändert aber nicht wirklich etwas. Ob es Satan und die Hölle gibt, weiß ich selber nicht genau. Da bin ich ehrlich gesagt überfragt. Auf jeden Fall, wenn es Satan gibt, lege ich mich nicht mit ihm an. Der fällt für mich in die Mike Tyson-Kategorie. Den lass ich lieber aus.

Roberta und ich hatten uns getrennt. Ich hatte aber gar keinen besonderen Liebeskummer oder so. Mir ging es gut! Nur Geld hatte ich eben keines, aber daran war ich gewöhnt. Ich hatte einen superheißen Wettschein. Vier Spiele hatte ich in allen Variationen kombiniert. Drei waren schon gewonnen. Ich saß also in einem Wettbüro vor einem riesigen Fernseher mit schwitzigen Händen. Sollte ich das letzte Match noch richtig erraten haben, wäre ich auf Wochen saniert. Es ging um verdammt richtig viel Scheiß-Geld.

Meine Mannschaft geriet nach der Pause 0 : 2 in Rückstand. Ich glaube, es war schon die 65. Minute, da legte ich das Gelübde ab: Sollten meine Jungs das Spiel noch umdrehen, also mindestens drei Tore schießen, wollte ich noch in derselben Nacht bei einem Escort-Service anrufen. So kam es dann auch. Ich hatte meine Wette gewonnen. Ich war wieder im Geld, wie wir das nennen.

Nur, ich war erschöpft und gar nicht geil oder so. Aber ein Gelübde muss man ernst nehmen! Ich fuhr nach Hause und tat meine Pflicht. Nach fast einer Stunde läutete es bei mir Sturm.

Ja, und dann kam sie, dann kam Patrizia. Sie hatte einen Dufflecoat an und es war da etwas auf den ersten Blick zwischen uns. Nur was? Ich hatte bei ihrer Agentur eine Stunde gebucht. Patrizia sah verfroren aus – sie kam ja gerade aus Mallorca. Ich kochte ihr einen Tee. So was kostet viel Zeit und damit Geld. Wir unterhielten uns nett und vertraut. Es war geradezu unheimlich.

Nach mehr als einer halben Stunde machte mir Patrizia diesen sonderbaren Vorschlag. Sinngemäß meinte sie, Sex zahle sich jetzt nicht mehr aus. Aber sie mache sowieso für heute Schluss. Der Chauffeur würde draußen auf sie warten, also müsse sie jetzt einmal zurück in die Agentur, dort auschecken. In 40 Minuten sei sie wieder da. Wir sollten uns gegenüber in dem Nachtcafé treffen.

Ich willigte gerne ein, zahlte und wartete. Wäre fast eingeschlafen. Nach einer Stunde war sie noch immer nicht da. Eine halbe Stunde später musste ich schon über mich grinsen. Ich hielt mich für den Dümmsten, auf so einen Trick reinzufallen. Logisch, die kommt nie. Ich hatte bezahlt für nichts. Aber ich war nicht wütend, eher amüsiert – ich meine, die Geschichte war überzeugend vorgetragen. Dass sie erst zurück in die Agentur müsse, zum Beispiel. Es ist ja den Mädchen strengstens verboten, irgendwelche privaten Kontakte zu den Kunden zu haben. Was soll die Agentur daran verdienen?

Drei kleine Bier musste ich noch zahlen und dann ab ins Bett. Ich hatte eine superdicke Beule in der Hose. Nicht, was Sie jetzt glauben – nein, ein richtiges, beruhigendes Bündel Geldscheine drückte mich am Oberschenkel. Ich liebe das!

Gerade als ich die Straße – meine Straße – überquerte, kam das Taxi und wer stieg aus? Natürlich Patrizia. Bis zum heutigen Tag kommt sie Minimum eine halbe Stunde zu spät. Wenn wir uns verabreden, frage ich immer: österreichische Männerzeit oder ungarische Tussizeit? Aber es nutzt nichts. Ich muss warten, aber es macht mir nichts aus. Ich weiß ja, auf wen ich warte.

Patrizia kam also mit zu mir. Wir tranken noch einmal Tee. Ich präsentierte alle ungarischen Schimpfworte, die ich damals fließend runtersagen konnte. Dann spielten wir Rummy und verfolgten nebenbei im Fernsehen „Cybill“, unsere gemeinsame Fernsehserie. Man sollte in einer Partnerschaft natürlich besser ein gemeinsames Gedicht oder ein gemeinsames Lied haben. Aber was soll's, Patrizia ist ja 16 Jahre jünger als ich. Wir haben eine gemeinsame „Soap-Opera“. Das ist auch nett.

Dann hatten wir unser erstes Missverständnis. Ein sehr nettes zwar, es half mir meine Schüchternheit zu überwinden. Mir war beim Mischen eine Karte runtergefallen. Ein peinlicher Fehler. Ich beugte mich also nach vor, die Karte lag unter Patrizias Stuhl. Und plötzlich küssten wir uns, wie gesagt, es war nicht meine Absicht, aber es war sehr nett.

Wir sind dann auch gleich ins Bett. Alles war schön. Mehr möchte ich jetzt nicht mehr schreiben. Es hatte sich ja was geändert. Als ich von ihren Künsten beim Blasen in meinem Kapitel „Gedanken über den Tod und das Delphin-Schwimmen“ geschrieben habe, war ich ja kein bisschen in sie verliebt. Jetzt schon. Da kann ich nicht so sextechnisches Zeug schreiben. Tut mir Leid! Ich hoffe, Sie verstehen das.

Ich war auch über zehn Jahre verheiratet und habe zwei Kinder. Über meine ehemalige Frau werde ich auch nie ein Wort verlieren. Das ist doch wohl klar. Nicht, dass es nichts zu schreiben gäbe, aber es geht Sie absolut nichts an.

Patrizia ist dann bis fast zu Mittag geblieben. Bei mir schlafen konnte sie nicht. Sie hatte ihr Morgen-Insulin nicht mit. Wer rechnet schon als Callgirl mit so was wie mir. Montag sei ihr freier Tag. Wir verabredeten uns. Ich wollte ganz exzellent mit ihr essen gehen und so. Ich sagte noch, „Natürlich gibt es Montag keinen Sex, denn da ist ja schließlich dein freier Tag." Ich werde nie ihre Antwort vergessen. „Süßer, natürlich gibt es montags Sex, eben weil mein freier Tag ist."

Noch ein kurzer Gedanke zum theologischen Teil. Als ich da in höchster Not mein flehendes Gelübde abgelegt hatte. Sie erinnern sich, wegen meiner Sportwette, wusste ich nicht sicher, wer denn der Adressat wäre.

Ich meine, dass der Liebe Gott für die deutsche Bundesliga zuständig ist, erschien mir damals unwahrscheinlich. Meine Sorge war, dass ich ähnlich Faust eher einen Deal mit den dunklen Mächten abgeschlossen hätte. Heute glaube ich, Goethe hat sich geirrt, die Juden haben Recht. Es gibt gar keine Hölle. Wozu sollte der Liebe Gott auch einen Teufel brauchen? Er hat ja uns Menschen. Da findet sich immer einer für den Job. Die Wenn-Dann-Gelübde werden meiner Meinung nach meistens sowieso ignoriert, und wenn nicht, bearbeitet sie der große Buchmacher im Himmel höchstpersönlich. Soviel ich weiß, eines seiner wenigen Hobbys. Sonst hat er ja wirklich viel zu tun. Fast so viel wie ich!

36
Lionel Hampton ist tot – Männliche Sexgeräusche – Die Depression

Vor zwei Tagen ist Lionel Hampton gestorben. Ich meine, er war 94 Jahre alt, da kann so was schon passieren. Mich hat das nicht schockiert. Die diversen Nachrufe haben mich aber sehr enttäuscht.

Dass Lionel Hampton als Vibraphonist und Pianist über Jahrzehnte in der Champions League gespielt hat, konnte man überall lesen. Eine Zeitung gab dem Nachruf den Titel „Der mit dem Vibraphon tanzte". Das war nicht so schlecht. Aber was konnte Lionel besser als alle? Grunzen und stöhnen – da war er der Beste! Wenn er das Vibraphon bearbeitete und in diesen tollen Pausen zwischen den Tönen seine „NNs", „AHs" und „DDs" perfekt einstreute, ja, dann war das Lionel Hampton, der Mann, der mit dem Vibraphon fickte.

Davon habe ich nirgendwo was gelesen. Auch nicht, dass er damit eigentlich der erste Rapper war. Ich meine, wenn ich Musikkritiker bin, muss ich hören können und das Wesentliche und Besondere erkennen. Wenn die Literaturkritiker auch solche Flaschen sind, habe ich jetzt schon Angst.

Nicht einmal die „Süddeutsche Zeitung" hat irgendwas Gescheites gebracht. Aber dort sitzen meiner Meinung nach auch die besten und talentiertesten Autoren in der Sportredaktion. Glauben Sie mir, auch wenn Sie sich überhaupt nicht für Sport interessieren, jeder Artikel ist lesenswert. Ich lese dort sogar Sachen über Damen-Curling gerne.

Ich möchte beim Sex angefeuert werden. Will wissen, ob ich auf dem richtigen Weg bin. Das hilft enorm. Schweigenden Sex finde ich ziemlich kompliziert. Aber wie ist das mit den Frauen? Was wollen die von uns hören? Genau kann man das nie wissen und, wie schon erwähnt, so sextechnische Besprechungen sind nicht mein Ding. Aber generell glaube ich, dass auch Frauen ganz gerne ein bisschen was hören. Gewissermaßen ein kleines bisschen bejubelt, beseufzt und bestöhnt werden wollen.

Auf keinen Fall darf das zu viel werden. Diesen Porno-Jargon – ich liebe deine feuchte Möse, die ist so eng – halte ich für maximal deserotisierend. Oder die esoterischen Männer, die in den deutschen Talkshows zum Thema „Ich schreie beim Orgasmus und bin stolz darauf" sitzen, kann man auch vergessen. Wenn Sie sich nicht sicher sind und auch nicht so zum entspannten Typ gehören, kaufen Sie sich eine Lionel Hampton-Platte. Der Mann war perfekt, der machte die besten Geräusche aller Zeiten. Die ganze Palette akzeptabler sexueller Grunz- und Stöhngeräusche können Sie da hören und nachmachen. Die können Sie ohne Risiko beim nächsten Sex einstreuen. Ich übernehme die Verantwortung! Frauen mögen das so und kommen dabei richtig in Form.

Sonst war er nicht der Hellste. Ein schwarzer Republikaner! Wahlkämpfer für Vater Bush. Ich entschuldige das. Wahrscheinlich die Nachwirkungen von jahrzehntelangem Drogenmissbrauch. Drogen sind immer scheiße, aber was sich die Jungs in den 40er Jahren reingeknallt haben, war sicher jenseits. Irgendwie muss man das Lionel Hampton einfach verzeihen. Keith Jarrett ist auch eine Alternative beim Grunzen, aber doch eben nur zweite Wahl.

Wie ich jetzt darauf komme? Ich habe Lisa den Nacken massiert. Sie war heute nach der Arbeit bei mir. Nur kurz, aber immerhin freiwillig und unverabredet. Vielleicht bin ich jetzt zu optimistisch, aber ich glaube, sie wollte mich sehen. Sie hat mir ein Buch gebracht, ich nehme an, ein Geschenk. „Die imaginäre Freundin“ von John Irving. Was glauben Sie, bezweckt Lisa damit? Ich werde es lesen. Allerdings, der Titel stimmt mich nicht optimistisch. Soll das ein Wink mit dem Zaunpfahl sein, was bitte ist eine „imaginäre Freundin“?

Heute Nacht werde ich es rausfinden. Normalerweise lese ich Bücher ganz normal. Ich fange vorne an und lese das Ende zum Schluss. Das ist aber ein begreiflicher Notfall! Sie sind sicher meiner Meinung. Falls es irgendwelche Landschaftsbeschreibungen gibt, werde ich sie überspringen. Auch John Irving würde das in diesem besonderen Fall verstehen.

Der Rücken tat ihr weh vom Arbeiten. Ob ich massieren könne? Natürlich kann ich das nicht. Aber ich sagte, ich könne das ein bisschen. Es war so nett, Lisa einmal offiziell anzufassen. Ich meine, diese Begrüßungsbussi gelten ja nicht. Ich habe mich wirklich bemüht. Sie hat am Nacken so nette Sommersprossen. Ich glaube, es war zu vorsichtig, es war auf jeden Fall nicht richtig. Lisa wollte mir das zeigen. Also saß dann ich kerzengerade auf einem Sessel und sie massierte mir den Nacken. Da ist es passiert. Lionel Hampton wäre neidisch gewesen. Lisa machte das wirklich gut. Sobald ich für einen Moment die Konzentration verlor, war ich am Gurren und Seufzen. Echt peinlich. Lisa machte es Spaß. Ich meine, es war ja nur eine Nackenmassage. Dann war ich wieder dran, aber es war zwecklos. Mir fehlt offenbar das Talent.

Wir haben uns dann noch ein bisschen unterhalten, Tee getrunken und Lisa ist gegangen. Ich hasse mich so sehr. Spiele mich da als Frauenexperte auf. In Wirklichkeit habe ich in meinem Leben noch nie eine Frau verführt. Damit meine ich, dass ich mich mit einer getroffen habe, die eigentlich andere Pläne mit mir hatte und ich hätte sie ins Bett gekriegt. So was ist sicher noch nie passiert.

Natürlich habe ich auch noch nie eine Abfuhr gekriegt, weil ich meine Attacken nur starte, wenn die weiblichen Brunftzeichen unmissverständlich sind. Was hätte ich heute tun sollen, was hätten meine Freunde getan? Etwa den Nacken massieren, dann vielleicht ganz langsam auf ihren Busen greifen und versuchen, sie zu küssen? Niemals!! Dazu fehlt mir der Mut.

Das Problem ist nicht der versäumte Sex. Das Problem sind die versäumten Menschen! Ich meine, die meisten Frauen in meinem Leben waren sich sehr ähnlich vom Charakter her. Eigentlich logisch, wenn die Grundvoraussetzung ist, dass sie sich beim entscheidenden Rendezvous erst selbst die Bluse ausziehen und mir dann noch die Hose aufknöpfen müssen, damit ich Idiot kapiere, worum es geht. – Sie merken, mir geht es heute nicht gut. Diese Nackenmassage, das Buch und Lionel Hampton stirbt auch noch. Nicht mein Tag.

Ein einziges Mal habe ich vielleicht die Initiative übernommen und bin prompt bestraft worden. Vielleicht bilde ich mir das auch nur ein, vielleicht hatte sie mich auch nur gesteuert. Auf jeden Fall hat sie immer „Nein, bitte nicht!" gesagt und ich habe trotzdem weitergemacht. Bis wir beide ganz nackt waren. Ich habe CDs immer schon gehasst. Es lief „Wasted Years" von Van Morrison mit John Lee Hooker und gerade, als ich ihn ihr trotz „Nein, bitte nicht!" reingesteckt hatte, ist die CD hängen geblieben. Ungefähr bei „dark, dark waisted years – I must have gained something".

Ich musste dieses unangenehme Geräusch abstellen, habe schnell eine Platte aufgelegt. Da saß sie schon wieder mit Slip und meinem letzten sauberen T-Shirt aufrecht im

Bett und rauchte. Mit meinen Platten wäre so was nie passiert. – Wenn ich Lisa das nächste Mal anfassen darf, werde ich sie richtig anfassen. Ganz genau so wie es Che Guevara von mir erwartet hätte. Was soll passieren? So eine schwule Scheiße wie heute passiert mir nicht wieder. Ich werde jetzt dieses Kapitel schließen. Sie haben sicher schon bemerkt, dass ich mich sonst bemühe, gegen Schluss eine kleine Pointe zu bringen. Auch in den eher traurigen Kapiteln kommt am Ende irgendetwas Heiteres, Optimistisches. Diesmal nicht!

37
Der blaue Fleck – Schwere Gedanken Hamlet

Mein Gewicht beträgt immer um die hundert Kilo. Dabei bin ich sicher nicht dick und habe keine besonderen Muskeln. Ich glaube, meine Gedanken wiegen so schwer. Das wird es wohl sein. Das verdanke ich den Frauen, die verursachen immer so ein Durcheinander in meinem Leben.

Gestern war ich mit Patrizia zusammen. Erst war sie bei mir, aber ich merkte, Sex stand nicht auf der Speisekarte. Irgendwie war sie anders als sonst, nicht so blühend und liebevoll.

Wir sind was trinken gegangen. Mir gefällt so gut, wie sie sich immer anzieht. Gestern trug sie eine enge schwarze Hose, die im Licht ein bisschen glänzte. Das Oberteil war auch ganz eng, oben hochgeschlossen und natürlich bauchfrei. Patrizia hat ein Bauchnabel-Piercing, rundherum ein schönes, feines Tattoo. Ein weiteres am Rücken und ein älteres am linken Oberarm. Das ist mein Lieblings-Tattoo, es ist schon leicht verblasst. Ich hoffe, sie lässt es nicht nachziehen.

Ihre Haut ist zart und fein, obwohl sie aus dienstlichen Gründen doch so oft duschen muss. Der rechte Arm ist frei, dort könnte später mal „Love-Götz“ oder eventuell „RAPID Wien“ stehen. Aber gestern wäre das nicht möglich gewesen. Patrizia hatte auf dem rechten Oberarm einen großen, blauvioletten Fleck!!

Natürlich habe ich sie gefragt, was passiert ist. Aber sie ist mir ausgewichen. Bestimmt dreimal habe ich es versucht. Erfolglos. Wir sind dann wieder zu mir gegangen und ich habe einen üblen Trick angewandt. Ich habe mich mit ihr auf das Bett gelegt und mit meinem Handrücken ganz behutsam ihren Nacken gestreichelt. Patrizia hat ganz, ganz leise angefangen zu weinen. Da wusste ich alles sofort. Gottverdammte Hurenscheiße! Jetzt habe ich ein Problem! Ich wollte es nicht wahrhaben. Ich dachte mir, man könne sich auch so privat in ein Callgirl verlieben. Ihren Job ignorieren und eine schöne Zeit haben. Was bin ich nur für ein verblödeter Vollidiot. Jemand hatte meine Freundin geschlagen. Mehr wusste ich zuerst nicht, sie ist nämlich eingeschlafen. Mit glänzender Hose und Schuhen.

Ich habe vor mir selber Angst. Das können Sie mir glauben. Eigentlich bin ich ja eher zurückhaltend und überlege mir, was ich tue. Aber Gewalt gegen Frauen, Gewalt gegen meine Frau, da knallen alle verfügbaren Sicherungen durch. Ich habe es noch nie gemacht, aber ich weiß, sollte ich jemals so ein Arschloch stellen und erschießen, wäre mir das so egal wie Händewaschen. Wahrscheinlich würde ich danach zu McDonalds gehen. Vielleicht hätte ich bei den Pommes frites auch noch ein schlechtes Gewissen. Aber spätestens die heiße Apfeltasche würde mir schmecken wie immer. Ich glaube, da hätte ich es schon halb vergessen.

Also Patrizia schlief und ich lief mit meinem Hund um den Häuserblock. Immer und immer wieder. Sie tat mir so Leid, und ich tat mir auch Leid. Bis zu dem Moment, als ich diesen großen blauen Fleck sah, dachte ich, alles sei möglich. Ich könnte Lisa nehmen oder eben doch mit Patrizia zusammen sein.

Bei Lisa würde es ja leicht sein, mein Leben zu ändern. Einen Schlussstrich unter manches ziehen und mich mehr um den intellektuellen Teil von mir kümmern. Oder – dachte ich bis gestern – ich nehme Patrizia und gehe trotzdem milieumäßig in Frühpension. Hätte doch gehen können.

Ich arbeite in einem Büro oder so, meine Freundin geht auf den Strich und es ist mir egal. Das funktioniert nicht. Leider, ganz sicher funktioniert das nicht.

Irgendwann ist Patrizia dann aufgewacht. Ich habe ein bisschen nachgeholfen. Laut geduscht, leise telefoniert und meine Schuhe geputzt.

Wissen Sie, warum Extrem-Bergsteiger und andere Helden so mutig sind? Woher diese Kraft kommt, so gefährliche Dinge zu tun, und warum sie so waghalsige Dinge tun? – Die meisten Helden sind Contra-Phobiker. Das heißt, sie stehen immer unter Angst, einer Angst, die keinen erkennbaren Grund hat. Wenn sie daheim die Stufen raufgehen, steht ihnen vielleicht der Angstschweiß auf der Stirn, oder wenn sie einen Springbrunnen sehen, bekommen sie einen Asthmaanfall – was weiß ich. Wenn man Angst hat und nicht weiß warum, ist das sehr belastend. Also sind diese Burschen so dankbar, wenn sie in 6000 Meter Höhe in einer Steilwand hängen, denn jetzt haben sie einen plausiblen Grund für ihr allgegenwärtiges Standardgefühl.

Vielen gelingt es dann eben, diese Angst am Berg zu lassen. Die Springbrunnen sind nun kein Problem mehr. Nur, sie müssen immer wieder hinauf. Der Berg ist ihr Lebens-Beruhigungsmittel. – Mich macht Gewalt nervös. Wenn sich zwei Kinder prügeln, bekomme ich schon feuchte Hände. Allerdings bin ich wahrscheinlich gewaltmäßiger Contra-Phobiker. Wenn es wirklich sein muss, kann es mir gar nicht hoch und steil genug sein. Wenn Sie verstehen, was ich meine.

Patrizia hatte noch mehr blaue Flecken. Außerdem hatte das Arschloch sie noch massiv bedroht. Sie ist immer nervös wegen der Fremdenpolizei, wegen des fehlenden Visums usw. Ich glaube, diese Drohungen haben sie noch mehr belastet. Es war ein Stammkunde. Einer, mit dem sie auch manchmal privat essen gegangen ist.

Alle ausländischen hübschen Mädchen haben so ein paar Sugardaddys. Einen brauchen sie wegen einer Wohnung. Einer verspricht ihnen, mit den Papieren zu helfen. Diese Typen finde ich superekelig und auch noch dumm. Die glauben doch tatsächlich, sie hätten eine reelle Chance, diese Mädchen als richtige Freundin zu bekommen.

Patrizia hat einen guten Charakter. Sie wollte es mir wirklich nicht erzählen, damit ich mich nicht schuldig fühle. Aber im Endeffekt hat sie die Prügel bekommen, weil ich sie angerufen habe und er gemerkt hat, dass es außer ihm (!!) noch einen Mann in ihrem Leben gibt. – Hilfe, Lieber Gott, was soll ich tun?!

Ich weiß sogar, wer er ist, wo er eines seiner Lokale hat. Patrizia hatte mir schon früher von ihm erzählt. Angeblich hat er gute Kontakte, ist mit den Granden auf Du und Du. Habe dann gleich einen Freund angerufen, einen wirklich guten und brauchbaren Freund. Morgen Abend werde ich ihn treffen. – Patrizia hat nicht bei mir geschlafen. Wir haben noch ein bisschen Karten gespielt. Ihre Hände haben gezittert, meine auch. Wir haben nicht mehr davon gesprochen. Sie wollte es nicht. Ehrlich gesagt, ich wollte über nichts anderes sprechen. Patrizia hat gedroht, dann gehe sie sofort.

Es war ein furchtbarer Abend. Wenn Frauen geschlagen worden sind, haben sie eigentlich vor allen Männern Angst. Außer vielleicht, man ist ihnen ganz nahe. So weit sind wir noch nicht. Leider! Ich habe ihr noch einen Tee gekocht und probiert, witzig und unbefangen zu sein. Mit uns beiden, das kommt schon wieder in Ordnung. Es war ihr egal, dass sie ganz verweint und verschwollen war. Ein gutes Zeichen.

Ich liebe diese Frau wirklich, das habe ich gemerkt. Wenn ich bloß wüsste, was ich tun soll. Ich hasse sogar mein Buch. In einigen Kapiteln habe ich Ihnen das Gefühl zu vermitteln versucht, Prostitution sei ein ganz normaler Job. Manchmal lustig und manchmal eben anstrengend. So ist es halt doch nicht. Der einzige Grund, warum ich nicht alles in den Mistkübel schmeiße – ich hoffe, ich konnte Ihnen ein bisschen begreiflich machen, dass die Mädchen in diesem Job Menschen mit Stärken, Schwächen, Witz und Problemen sind. Vergessen Sie das bitte nie!!

Eine Geschichte, die ich Ihnen von meinem Freund Robert erzählen wollte, sehe ich jetzt in einem neuen Licht. Eigentlich wollte ich mich ein ganzes Kapitel lang über ihn lustig machen. Robert geht schon seit Jahren in dasselbe Bordell. Meistens einmal im Monat, immer an einem Dienstag. Entweder er kauft vorher eine Schachtel Pralinen oder einen Strauß Blumen. Robert zieht sich auch immer extra schön an, geht sogar manchmal vorher zum Friseur. Nie würde er zu spät oder gar ohne Entschuldigung gar nicht kommen. Robert macht das Richtige. Die Mädchen freuen sich sicher über die kleinen Geschenke. Sie wissen bestimmt auch zu schätzen, dass er sich extra schön anzieht und nette Komplimente macht.

Ich werde keine Witze darüber machen. Das mit Shakespeare ist schon so lange her. Ehrlich gesagt, habe ich kein einziges Buch von ihm. Ich bin zu müde, jetzt stundenlang im Internet zu suchen. Aber bitte entschuldigen Sie jetzt dieses fehlerhafte Zitat. Ich meine, in Hamlet, das geht ungefähr so: „Wenn ihr uns stecht, bluten wir nicht? – Und wenn wir traurig sind, weinen wir nicht?" Ich erinnere mich einfach nicht genau, aber es ist Ihnen doch klar, worum es geht. Eine Frau ist immer eine Frau. Ob sie in einer Apotheke oder in einer Peepshow arbeitet, ändert nichts an ihrer Würde und meistens auch nichts an ihren Gefühlen.

Ich mag Sie und ich respektiere Sie. Ich glaube, Sie gehören jetzt zu uns. Wir sind nicht die Fänger im Roggen, aber die Hüter der Frauen. Wenn es also bei Ihnen in der Arbeit oder in Ihrem Haus eine Frau gibt, bei der die Leute tuscheln, weil sie tatsächlich oder angeblich früher mal in einem Puff gearbeitet hat, gehören wir nie zu den Tuschlern, die sich das Maul zerreißen. Wir gehören zu denen, die ohne etwas zu wollen oder zu erwarten, dafür sorgen, dass die Ratten die Nachbarin oder Kollegin in Frieden lassen.

Gehen Sie frontal auf den Lautesten zu, immer auf den Lautesten, merken Sie sich das, und machen Sie ihm klar, auf welcher Seite Sie stehen. Auch wenn Sie nicht kräftig sind und der Wortführer breit und groß. Egal! Sätze wie: „Wenn du deine Scheißfresse nicht hältst, schleif ich dich an den Haaren auf die Straße hinaus und piss dir in dein hässliches Schandmaul!!“ wirken Wunder.

Sie haben sicher genug Clint Eastwood-Filme gesehen. Sollte es schief gehen, ist es immer noch besser, einmal zu viel eine aufs Maul zu kriegen, als einmal zu oft das Maul zu halten. Es wird nicht schief gehen. Ich glaube an Sie!

So, jetzt muss ich mich beruhigen. Werde ein bisschen spazieren gehen. Patrizia hebt das Telefon nicht ab. Warum hat sie nicht bei mir geschlafen? Wie gerne würde ich jetzt neben ihr liegen und ihr beim Atmen zuhören. Sie soll nach Ungarn fahren, dann habe ich mehr Zeit, das Problem zu lösen. Ich muss in Ruhe nachdenken. Was will ich? Das Arschloch stoppen oder das Arschloch strafen. Wenn er ein Profi ist, der mit Patrizia Geld verdienen will, wird es leicht. Dann habe ich es mit jemandem zu tun, der denkt und einen Plan hat. Aber ich glaube, dieser perverse Stinker ist in sie verliebt. Das ist gefährlich. Verliebte Männer können brandgefährlich sein. Aber ich bin auch verliebt, und obendrein noch schlau. Das wird für ihn reichen, ganz bestimmt sogar!

38
Lieber Leser – Caroline in the City John Irving

Also, Sie haben das sicher schon gemerkt, ich schaffe das nicht, ein richtiges Buch zu schreiben. Alles ist ein bisschen wirr, weil ich einfach selber noch nicht weiß, wie es weitergeht. Es gibt überhaupt kein Konzept außer den vielen kleinen Zetteln, von denen ich ja schon einige verarbeitet habe. Das Problem sind die laufenden Ereignisse. Ich kann ja schlecht zu Lisa sagen, bitte geh jetzt mit mir ins Bett, weil es würde so gut in mein Kapitel passen. Auch damit, dass Patrizia auf einmal so wichtig wird, konnte ich nicht rechnen. Eigentlich war maximal ein halbes Kapitel für sie vorgesehen.

Ich verspreche hier und jetzt, dass ich mich bemühen werde, wieder mehr so nette sexuelle Geschichten zu schreiben. Mir ist selbst aufgefallen, dass es in den letzten Kapiteln zu viel Gewalt und Liebesprobleme gegeben hat. – Wenn alles gut geht, werde ich mich in den nächsten drei Kapiteln wieder auf Kurs gebracht haben.

Jetzt habe ich noch ein paar Stunden Zeit, bevor ich meinen Freund treffe. Dann werden wir das Patrizia-Problem lösen. Das Wetter ist schlecht und ich werde die Zeit für ein weiteres Kapitel nutzen. Sie erinnern sich, Lisa hat mir ja von John Irving „Die imaginäre Freundin“ geschenkt. Nun, ich habe es gelesen. Die gute Nachricht: Es war keine Anspielung auf uns. Kein literarischer Hinweis, ich solle alle Hoffnung fahren lassen.

Respektlosigkeit finde ich grundsätzlich peinlich. Man muss einfach selber nichts können, um irgendwelche wirren Thesen zu vertreten. Vielleicht war es vor 40 Jahren eine Leistung, zu schreiben: Goethe ist ein Idiot, Rilke hat kein Sprachgefühl und Michelangelo konnte gar nicht selber malen. Meiner Meinung nach nur ein billiger Versuch, sich selbst zu profilieren. In unserer frechen und zynischen Zeit ist Respekt vor künstlerischen Leistungen die viel mutigere Haltung.

Damit meine ich aber nicht diese verlogene, rührungsgeile Art von Respekt, die man zum Beispiel bei der Oscar-Verleihung sieht, wenn plötzlich alle aufstehen und mit Tränen in den Augen applaudieren, weil jemand auf die Bühne kommt, von dem die meisten nicht einen Film gesehen haben.

Ich habe vor einer Menge Leute Respekt. Bis vor kurzem auch vor John Irving, aber jetzt, nachdem ich seine „Imaginäre Freundin“ gelesen habe, glaube ich diesem Mann kein Wort mehr. Für mich ist John Irving ab sofort ein kleiner, bornierter und ungebildeter Amerikaner.

Dabei hat alles so gut angefangen. Lisa hatte sich sicher bemüht, das richtige Buch für mich zu suchen. Mir gefällt auch seine These: „Schreiben ist wie Ringen. Man braucht Disziplin und Technik.“ Und jetzt kommt meine Lieblingsstelle: „Man muss auf eine Geschichte zugehen wie auf einen Gegner.“ – Das gefällt mir, damit kann ich etwas anfangen. In meiner Geschichte hat mich vielleicht im Moment die Handlung auf dem Boden. Aber ich werde mich nicht schultern lassen. Ich bekomme alles in den Griff, zumindest werde ich kämpfen.

Es tut so gut, wenn man in der Literatur oder im Film eine Gestalt entdeckt, in der man sich selber wiederfindet. So muss man nicht alles selber zu Ende denken. Man kann, wenn man das Glück hat, eine Figur zu finden, die einem wirklich sehr nahe kommt, viel über sich lernen.

Mein zweites Ich ist Richard aus „Caroline in the City“. Die einzige Soap-Opera, von der ich jede Folge kenne. Ich hoffe, Sie kennen die Serie ebenfalls! Da gibt es eben Caroline, die Comicszeichnerin, und ihren Assistenten und späteren Liebhaber Richard. – Mich verblüfft er in jeder Folge. Der Mann denkt wie ich, geradezu unheimlich. Glauben Sie mir, sollte es neue Folgen geben und wir schauen uns einmal eine miteinander an, werden Sie es sehen. Es entwickelt sich die Handlung und ich weiß schon vorher, was Richard sagen und tun wird. Selbstverständlich bin ich auch in Caroline verliebt. Sie ist die einzige Schauspielerin, die ich wirklich gerne kennen lernen möchte. Wenn ich eine neue Frau kennen lerne, würde ich ihr am liebsten zehn Folgen „Caroline in the City" auf Video mitgeben. Als Warnung! Damit sie keine Überraschungen mit mir erlebt. Wenn sie Richard aushalten kann, könnte es auch mit mir klappen.

Mit seinem autobiographischen Buch hatte John Irving echte Chancen, in dieselbe Liga aufzusteigen. Dieser klischeehafte, schlecht recherchierende Dummkopf hat die Gelegenheit für alle Zeit vertan. Falls Sie es nicht wissen, der junge John Irving hat Anfang der 60er Jahre ein Jahr in Wien studiert. In diesem Kapitel schreibt er unter anderem über den Antisemitismus in Wien: „Er hatte primitive und brutale Züge bekommen, so dass man ihn keinesfalls mehr auf die leichte Schulter nehmen konnte." Gut, das könnte so gewesen sein, aber die Golfclubs, die bis heute keine Juden als Mitglieder aufnehmen, sind immer noch in den USA.

Aber jetzt wird es wirklich absurd. Passen Sie auf! Ich zitiere wörtlich: „Skinheads mit Hakenkreuzohrringen waren zwar nichts Ungewöhnliches, aber auch kein alltäglicher Anblick; alltäglich jedoch waren die zaghaften Bürger, die wegschauten und so taten, als sähen sie die Skinheads nicht."

Es gibt ein Sprichwort: Ein Idiot kann in einem Satz mehr Dummes sagen, als ein Weiser in einem ganzen Buch widerlegen kann. Nur so viel vorweg. Klar gab und gibt es Antisemitismus. Aber glauben Sie mir: Es gab 1962 in Wien garantiert mehr grüne Marsmenschen mit rosa Baseballkappen als Skinheads mit Hakenkreuzohrringen.

Näher möchte ich auf diesen Schwachsinn gar nicht eingehen. Das Phänomen Skinheads gibt es sicher erst seit den späten 70er Jahren. Ohrringe in der rechten Szene noch viel später. Ich möchte jetzt nicht Wien zu sehr verteidigen, aber ich habe noch nie einen Hakenkreuzohrring gesehen. Glauben Sie mir, ich hätte die richtige Medizin dagegen.

Der dumme John Irving wollte sich einfach nur anbiedern, oder es ist ihm nichts Besseres zu Wien eingefallen als dieses billige, US-amerikanisch-arrogante Klischee. Der Rest des Kapitels ist auch wirr und schwach. Ich kann ihm nichts mehr glauben. Lisa hat es sicher gut gemeint mit dem Buch. Ich habe auf Seite 83 aufgehört, weiterzulesen.

Wegschmeißen werde ich es nicht. Als Beweis. Wenn meine Tochter „Das Hotel New Hampshire" lesen möchte, muss sie sich das selber kaufen.

Vielleicht bin ich auch nur so leicht erregbar, weil ich Patrizia nicht erreiche. Mädchen machen so dumme Dinge. Vielleicht ist sie ja zu dem drohenden Arschloch gefahren, um Frieden auf ihre Art zu machen. Das heißt, mit ihm zu ficken. Der Gedanke macht mich fertig. Wenn ich an ihre normalen Freier denke, haben diese Männer in meiner Phantasie kein Gesicht. Sie zahlen für eine Stunde, haben einen Schwanz, einen Gummi drüber und das war's. Damit komm ich klar. Aber dieser Typ macht mich krank vor Wut. Vielleicht sollte ich ihr jetzt in dieser Sache noch helfen und mich dann voll auf Lisa konzentrieren. Man wird sehen.

39
Krokodile und Vögel – Sex und Tränen Horowitz und Bravo

Kennen Sie diese kleinen Vögel, die den Krokodilen die Zähne putzen? Vor Jahren habe ich einmal eine Dokumentation darüber gesehen. Vielleicht waren es auch Alligatoren. Egal, auf jeden Fall reißen die Viecher ihre riesigen Mäuler auf und die Vögel hüpfen zwischen den tausend Zähnen herum auf der Suche nach Essensresten. Ein tolles Team.

Früher sah ich mich als das gefährliche Krokodil und die Frauen waren eben da, weil ich sie brauchte. Heute fürchte ich, dass ich eher einer der putzigen geduldeten Vögel bin. Krokodile sind ziemlich faire Tiere. Sie wissen zu schätzen, was für sie getan wird. Niemals beißen sie hinterlistig zu. Patrizia schon, das ist das Problem.

Seit ich ihr geholfen habe, hat sie sich tagelang nicht gemeldet. Ich habe ihr ein paar SMSs geschickt. Erst nette, dann peinlich wehleidige. Diese Art SMSs, für die man sich schon zu schämen beginnt, bevor man sie abgeschickt hat. Irgendwann hat sie sich dann gemeldet.

Wir haben uns gleich zum Mittagessen getroffen. Ich meine, für mich war es auf jeden Fall das Mittagessen. Patrizia ist von der Arbeit gekommen. Angeblich hatte sie eine Buchung für die ganze Nacht. Irgendein reicher Typ, der sie sogar über das Wochenende mit nach Udine nehmen will. Wenigstens hat sie das Essen dann bezahlt. Sogar meine Zigaretten, obwohl ich das anfänglich absolut nicht wollte.

Patrizia war blass und natürlich sehr müde. Viel geschlafen wird sie ja nicht haben. Ich will gar nicht darüber nachdenken. Seitdem ich den blauen Fleck bei ihr gesehen habe, hatten wir ja keinen Sex mehr. Nur Ärger und Sorgen. Ich war froh, sie zu sehen, trotz allem.

Sie hat mich kaum angegriffen, sonst macht sie das immer. Wenn wir uns zur Begrüßung küssen, drückt sie für einen Moment ihr Becken gegen meines, wenn ich rede, legt sie mir eine Hand in den Nacken. Vielleicht ist das auch beruflich eingelernt, gewissermaßen automatisiert. Mir ist das egal, es fühlt sich jedenfalls immer nett an.

Heute gab es nichts davon. Ein kurzes Bussi und dann waren wir schon in einem ernsten Gespräch. Was zur Hölle war eigentlich los??

Ich habe Ihnen ja von meinem Internat erzählt. Wissen Sie, was das Schlimmste war? Es gab ein Kammerl ohne Fenster und ohne Bett. Wenn man zum Beispiel in der Nacht geredet hatte oder sonstwie aufgefallen war, musste man dort am Boden schlafen. Korrekt gesagt, auf dem Spannteppich. – Wir waren zu sechst auf einem Zimmer. Ich bin meistens brav und sofort eingeschlafen, mein Nachbar hat aber immer noch ewig Unruhe gemacht. Mir ist es öfters passiert, dass ich aus dem Schlaf gerissen wurde, weil irgendeine von den Scheißtanten mit einem Plastiklineal auf mich einschlug – sie hatte sich im Halbdunkel einfach im Bett geirrt – dann zerrte sie mich ins Kammerl und ich musste dort bleiben. Nur unter der Tür drang ein kleines bisschen Licht herein. Sie müssen sich das vorstellen, ich war sieben Jahre alt, hatte nichts getan und lag da plötzlich auf dem Fußboden. Ohne Polster noch dazu.

So ähnlich bin ich mir jetzt auch vorgekommen. Patrizia hat mir gesagt, sie sei enttäuscht von mir, sie habe angefangen, mir zu vertrauen und sie wolle nichts mehr von mir wissen. Was meint sie bloß? Am Anfang verstand ich gar nichts. Ich kam auch gar nicht richtig zu Wort. Patrizia war ein wenig betrunken, sie wollte gar nicht zuhören.

Auf jeden Fall war sie der Meinung, ich wolle von ihrem Problem mit dem Schläger-Arschloch profitieren, oder ich hätte das überhaupt zusammen mit ihm arrangiert. Eine absurde Idee.

Ich wollte doch nur helfen. Er hatte sie ja noch angerufen, ihr angekündigt, sie könne nie mehr in Wien arbeiten. Er würde sie über die Agentur zu einer unverdächtigen Adresse bestellen und sie dort mit ein paar Freunden erwarten: Vergewaltigung, Hals abschneiden etc. – lauter Einschüchterung und Scheiße eben.

Deshalb und nur deshalb habe ich ihr massiv geraten, zu einer anderen Agentur zu gehen. Zu einer Agentur, die Ben gehört – Sie erinnern sich, der Beschützer von Roberta. Ich schwöre, ich habe daran nichts verdient. Eines war klar: wenn Ben mit dem Kerl spricht, macht der sich an vor Angst. Das war alles. Und Patrizia hielt das für einen Plan.

Ich war so wütend, dass ich gleichzeitig aß, sprach und rauchte. Ein kleines bisschen fühlte ich mich geschmeichelt, dass es jemanden gibt auf der Welt, der mich für so schlau und skrupellos hält. Je mehr ich geredet habe, desto weniger hat mir Patrizia geglaubt.

Sie saß einfach nur da, müde, verwirrt und hilflos. Außerdem, wie schon erwähnt, war sie auch ein bisschen betrunken.

Langsam kam ich in Form. Langsam fielen mir die richtigen Worte ein, die überzeugenden Argumente. Mitten in einem Satz, einem wichtigen Satz natürlich, drückte sie ihren linken Zeigefinger sanft auf meine Lippen. Ihre rechte Hand legte sie auf meine Stirn und über meine Augen. Ich konnte nur mit einem Auge zwischen ihrem kleinen Finger und dem Ringfinger ein bisschen was sehen. Aber ich brauchte gar nichts sehen, spürte es auch so: Patrizia hatte angefangen zu weinen.

Was soll ich sagen, ich bin so ein weicher Softie. Ich habe mich zu ihr gesetzt und sie in den Arm genommen. Ich konnte einfach nicht anders. Sie hat mir gesagt, sie wolle nie mehr darüber sprechen. Sie würde mir verzeihen und das Ganze vergessen!

Verzeihen? Ihrer Meinung nach hatte ich etwas probiert, weil ich etwas probieren musste. Patrizia wusste, dass ich im Moment wenig Geld habe. Sie habe jetzt klar gestellt, dass so was mit ihr nicht gehe, und die Sache sei für sie erledigt. Aber ich bekäme eine zweite Chance.

Das ist einer der wenigen Vorteile, wenn man älter wird. Man weiß, wann es zwecklos ist, weiterzureden. Sie glauben mir hoffentlich, ich wollte ihr nur helfen. Habe mir ein bisschen Bewunderung und Dankbarkeit erwartet. Was habe ich bekommen? Misstrauen und eine zweite Chance. Absurd!

So bin ich neben ihr gesessen und habe sie getröstet. Die anderen Gäste im Lokal haben alle zu uns rübergestarrt. Die sollen scheißen gehen, die Arschlöcher. Mir war das egal. Fast egal jedenfalls. Patrizia hatte noch das Abend-Make-up, eine dicke schwarze Träne lief ihr die Wange herunter. Ich habe sie ihr weggeputzt. Mein Krokodil war mir wieder wohlgesonnen und ich verblödetes Vögelchen schwirrte wieder um sie herum. Auf der Suche nach ein bisschen Liebe und viel Sex.

Dabei war ich jetzt ein wenig angesteckt. Ich meine, angesteckt vom Gefühl des Misstrauens. Vielleicht war ich doch ein Freier, genau gesagt der dritte „Sugardaddy" für sie. Wir erinnern uns, einer war für die Wohnung, einer für die Papiere und vielleicht war ich für Schutz und gröbere Probleme engagiert. Ich weiß es nicht. Ich wollte nur, dass sie aufhört zu weinen und ich wollte mit ihr ins Bett. Nicht aus Geilheit, wirklich nicht. Ich wollte mit ihr ins Bett und ganz genau aufpassen, ob sie das tat, weil sie es wollte und ebenfalls die Sehnsucht hatte, mir ganz nahe zu sein, oder ob es eine Art Gegengeschäft war.

Patrizia zahlte die Rechnung und wir gingen zu mir. Ich weiß, dass ich mich jetzt auf gefährliches Terrain begebe. Auf keinen Fall möchte ich, dass Sie mich jetzt missverstehen und in irgendeine perverse Ecke stellen. Ich habe auch keine Erklärung, ja nicht einmal eine Theorie, es ist einfach eine verwirrende Beobachtung. Die Frage lautet, warum der Sex immer so schön ist, wenn die Frau davor geweint hat. Absichtlich habe ich das Wort „schön" gewählt. Es ist nämlich nicht supergeil oder hat irgendwelche sportlichen oder pornographischen Qualitäten. Nichts Berichtenswertes, womit man in einer Männerrunde protzen könnte. Es fühlt sich einfach innig und sanft an. Wie wenn sich eine Ertrinkende zart anklammert, aber eben zart, um ihren Retter nicht in die Tiefe zu ziehen.

Vielleicht war alles auch so innig, weil es unser Abschiedssex war. Ich weiß es wirklich nicht, aber es könnte sein. Wir sind dann noch im Bett liegen geblieben. Haben geraucht und gescherzt, aber immer, wenn es still war, wenn keiner etwas gesagt hat, habe ich an Lisa gedacht. Morgen ist unser Essen, morgen ist Neumond.

Patrizia legte ihren Kopf auf meine Brust und schlief ein. Mir ging es gar nicht gut. Ich glaube, das war der Moment, in dem ich den Glauben an uns verlor. Mir fehlt für sie einfach die Kraft, oder das Geld. Mit Geld könnte man viel ändern. Aber wenn sie meine Freundin bleibt, muss sie weiter anschaffen gehen. Somit werden wir immer irgendwelche gröberen Probleme haben. Hätte ich mich nicht in sie verliebt, wäre alles wunderbar. Aber so?!

Nicht, dass Sie glauben, ich sei ein Frauenheld, ganz sicher nicht. Helden schauen anders aus. Ich bin einfach von Frauen so unglaublich begeistert. Ich kann nicht anders. Aber nie bin ich auf der Suche nach Abenteuern. Ich bin eigentlich immer auf der Suche nach der Richtigen. Es ist nur der Sex, der mein Ortungssystem ständig verwirrt.

Vladimir Horowitz hat 1986 nach mehr als sechs Jahrzehnten Abwesenheit in Moskau ein Konzert gegeben. Ich glaube, es wurde in die ganze Welt übertragen. Auf jeden Fall habe ich die Schallplatte „Horowitz in Moscow". Es muss ein ganz großer Moment gewesen sein. Nach den einzelnen Stücken gab es tosenden Applaus. Die Menschen weinten vor Rührung. Der ältere jüdische Herr war aus dem Exil zurück und hatte gewonnen. Die Kommunisten hatten ganz sicher verloren. Nicht gegen die USA, sondern gegen einen Steinway-Flügel und die Werke von Rachmaninov, Skrjabin, Liszt, Chopin und Schumann.

Ein Zuhörer konnte seine Begeisterung nicht in Zaum halten, Sie können ihn auch auf der Schallplatte hören. Nach den Musikstücken, den Bruchteil einer Sekunde bevor der Applaus einsetzt, können Sie hören, wie er laut „Bravo" schreit. Er tut das natürlich mit russischem Akzent. Es ist immer derselbe, nicht einmal auf der Platte hat man ihn rausgeschnitten.

Ich beneide den Bravo-Brüller sehr und weiß, warum er das tun musste. Nicht weil er beim besten Konzert seines Lebens war, das sowieso, sondern weil er auf dem richtigen (sozusagen dem richtigsten) Konzert seines Lebens war. Alles war einfach richtig. Der richtige Pianist in der richtigen Stadt zur richtigen Zeit. Wie gerne würde ich einmal so neben einer Frau liegen und Bravo schreien. Nicht weil sie mir einen geblasen und zugleich einen Kopfstand gemacht hat. Nein, weil ich auch spüren will, wie das ist, wenn man weiß, dass alles, wirklich alles so ist, wie es sein soll.

Patrizia ist dann aufgewacht. Ich habe mir nichts anmerken lassen. Sie musste zum Zug, wollte für eine Woche nach Ungarn. Auch dort zum Arzt gehen. Es stimmt etwas nicht mit ihrem Harnzucker, der ist viel zu hoch. Der Blutzucker geht. Keine Ahnung, was das bedeutet. Ich habe sie zum Bahnhof gebracht, das auch noch. Wenigstens darf man auf den Bahnhöfen in Wien noch rauchen. Sonst wäre das ja gar nicht auszuhalten. Schlimm genug, dass man die Fenster der Züge nicht mehr aufmachen kann. Wie ein süßer Goldfisch hat mir Patrizia hinter dem Fenster gewinkt. Sie war weg. Eine Woche habe ich jetzt Zeit nachzudenken.

Morgen kommt Lisa zu mir. Was ich kochen werde, weiß ich noch nicht genau. Ich wusste es schon einmal, aber ich habe es vergessen. Können Sie sich daran erinnern? In irgendeinem Kapitel habe ich es, glaube ich, sogar aufgeschrieben. Auf jeden Fall weiß ich schon, welche Musik ich spiele. Habe die Platten schon wie zufällig sortiert. Neu hinzukommt jetzt nur „Horowitz in Moscow". Ich werde Lisa ganz genau ins Gesicht schauen, wenn ich die „Träumereien" von Robert Schumann spiele. Ich hoffe, sie wird keinen Fehler machen. Nicht irgendetwas Dummes sagen oder gar telefonieren. Wenn sie nichts sagt, sich vielleicht nur eine Zigarette anzündet, ja, das wäre ein gutes Zeichen. Man wird sehen.

40
Das Spiel – Der gnadenlose Götz
Versagen Nr. 2

Kennen Sie den Typus des Stürmers, der zwar manchmal aus den unmöglichsten Situationen ein Tor schießt, aber regelmäßig die sogenannten 100%igen Chancen vernebelt? Ich glaube, so ähnlich bin ich, wenn es darum geht, zum ersten Mal Sex mit einer Frau zu haben. – Wobei die grundsätzliche Frage ist, ob es überhaupt eine gute Gelegenheit ist, wenn eine Frau „nur so“ bei einem schläft. Nach meiner Erfahrung nicht, aber vielleicht bin ich auch einfach zu ungeschickt.

Heute kommt Lisa zum Abendessen. Draußen regnet es und für die Jahreszeit ist es viel zu kalt. Ich war gerade bei ihr im Lokal, offiziell, um einen Kaffee zu trinken. In Wirklichkeit wollte ich nachschauen, ob sie mit dem Fahrrad da ist. Wenn das Wetter so bleibt und ich es schaffe, das Essen in die Länge zu ziehen, könnte ich ihr anbieten, heute bei mir zu schlafen. Sicherheitshalber habe ich das Bett frisch überzogen.

Manchmal treffe ich in irgendwelchen Lokalen Frauen, neben denen ich vor 20 Jahren oder später einmal geschlafen habe. Ich meine nur: bei mir geschlafen und, wie ich gestehen muss, meist mit mir in einem Bett. Sozusagen ein Heimspiel. Die Gründe waren verschieden, zu viel getrunken oder kein Auto.

Ich habe verblüffenderweise so was Vertrauenerweckendes. Und wenn ich einmal zugesichert hatte, sie könne unbesorgt einfach bei mir nächtigen, habe ich auch keinerlei Attacken gefochten. Einfach nur so brav dagelegen. War das richtig? Wollten die Frauen das wirklich so? – Vielleicht bin ich ja paranoid, aber ich bilde mir ein, wenn ich eine dieser meist sehr attraktiven Frauen heute treffe, den Anflug eines spöttischen und gleichzeitig enttäuschten Lächelns zu erkennen.

Nur einmal, eigentlich fast einmal, habe ich eine gnadenlose Attacke geritten. Aber eben nur beinahe. Und vor allem nur beinahe gnadenlos! – Ihr Name war Ulla. Es war in einem Casino, wo sonst? Ich saß am Spieltisch zwischen lauter hässlichen Männern, wie immer. Dann kam sie, eine wunderschöne Frau. Rote, feste Haare, keinesfalls dünn, sondern so eine Figur wie Marlene Dietrich im „Blauen Engel“. Überhaupt war Ulla wie eine Erscheinung aus dem Berlin der 20er Jahre. Es ist zwar nicht erlaubt, aber niemand wagte etwas zu sagen: Ulla stand hinter dem Croupier und verfolgte offenbar mit höchstem Interesse das Pokerspiel. Sie hatte sich den richtigen, den höchsten Tisch ausgesucht. Ich war da ein kleiner Lutscher mit meinem Geld. Hatte vielleicht 60.000 Schilling in Jetons vor mir stehen und, ehrlich gesagt, auch nichts weiter. Andere hatten zwar nicht mehr in Jetons, aber die dicken Bündel 5000er und obenauf, gewissermaßen als Schutz, ihr Handy liegen. Es waren sicher drei Millionen an Bargeld am Tisch.

Vielleicht lag es daran, dass ich in der Zeit, in der sie da stand, ein paar Pots gewann, oder eben, weil meine Mitspieler eher in der unteren Kategorie möglicher menschlicher Erscheinungsformen angesiedelt waren, auf jeden Fall fragte sie ausgerechnet mich, das finanzielle Leichtgewicht am Tisch, ob sie sich setzen und ein wenig zusehen dürfe. Was soll ich sagen, Ulla brachte mir Glück, obwohl ich eigentlich nicht besonders abergläubisch bin. Es flutschte, alles lief wie auf einer schiefen Ebene auf mich zu. Sie hatte keine Ahnung von dem Spiel, wollte immer alles wissen, warum, wieso und überhaupt – Grundsätzliches zu den Spielregeln. Ich habe einen Foxterrier, aber ihre Haare waren härter. Die Fragen flüsterte sie mir ins Ohr. Etwas zu laut. Ich spürte ihren Atem und ihre wunderbar kratzigen Haare auf meinem Hals. Soweit ich mich erinnere, hatte ich damals meine einzige Erektion am Spieltisch. Es war wunderbar.

Man muss wissen, wann es genug ist. Kenny Rogers singt über das Pokerspiel: „You have to know, when to hold them, know, when to fold them. – Know, when to walk away, know, when to run." Kenny Rogers hat natürlich Recht. Nachdem ich unter die Arschlöcher ein wenig vom bereits gewonnenen Geld verteilt hatte, tat ich das einzig Richtige: Flucht. Aber was tun mit Ulla? Das Flüstern war so nett, außerdem hatte ich ein kurzärmeliges Hemd an und jedesmal, wenn sie sich zu mir beugte, spürte ich ihre langen roten Haare auf meinem Arm. Es war viel einfacher als ich dachte, Ulla wollte mit zu mir kommen, damit ich ihr Pokerspielen beibringe.

Sie hatte ein kleines, nettes Auto und wir sind zu mir. Vier Stunden bin ich mit ihr in der Küche gesessen. Wir haben um Zündhölzer gespielt. Draußen war es schon hell und ich war saumüde. Dann kam die T-Shirt-Frage: „Borgst du mir ein T-Shirt und kannst du brav bleiben, dann schlafe ich bei dir?" Sie kennen meine Philosophie, ich sage auf jeden Fall ja, und niemals versuche ich etwas, meine Hoffnung ist eher, dass sie es sich vielleicht anders überlegt und mich verführt. In ihrem Fall, sie gefiel mir ja wirklich, hätte ein kleiner Pieps genügt und meine Raketenmotoren wären mit vollem Schub gestartet.

Wir lagen also miteinander in meinem recht schmalen Bett. Ich hatte ihr mein bestes T-Shirt gegeben. Ein rotes Nike-T-Shirt mit Michael Jordan vorne drauf. Es war sicher schon 9 Uhr morgens, aber ich konnte nicht gleich einschlafen. Ich lag mit dem Rücken zu ihr und verlor langsam die Hoffnung auf mehr. Auf einmal spürte ich ihre Hand auf meinem Arm und sie hauchte mir ins Ohr: „Götz, kannst du Rummy spielen?" – Klar konnte ich, aber ich wollte nicht mehr. Meine Dosis Kartenspielen hatte ich wirklich gehabt. Ich wollte schlafen oder Sex. Eigentlich sogar in der Reihenfolge. Ulla ließ nicht locker. Kartenmäßig war sie offenbar unersättlich. Ja, und dann ist es passiert. Der Moment, in dem ich, meines Wissens einmalig, einen wirklich coolen Verführerspruch gebracht habe: „Baby, klar kann ich Rummy spielen! Aber wozu, um was? Geld will ich dir keines wegnehmen, aber wenn wir fünf Partien 14er-Rummy spielen und ich alle fünf gewinne, ziehst du mein T-Shirt aus und wir feiern meinen Sieg gemeinsam." – Verdammt cooler Spruch!

Rummy ist ein wirklich nettes Spiel. Falls Sie es nicht können, sollten Sie es lernen. Es ist eines der wenigen Kartenspiele, das quer durch alle Altersgruppen und Konfessionen fanatisch gespielt wird. Das Spiel ist so faszinierend, dass man es gar nicht um Geld spielen muss. Bosnische und serbische Freunde von mir, die in dem beschissenen Jugoslawienkrieg kämpfen mussten, erzählen übereinstimmend, dass sogar an der Front, sobald auch nur zehn Minuten Feuerpause und das Wetter schön und nicht windig war, auf beiden Seiten die kleinen Tische nach draußen gestellt und die Rummykarten ausgepackt wurden.

Ulla war gut in der Chance, man gewinnt keine fünf Partien am Stück, auch wenn man deutlich besser spielt. Dafür spielen der Glücksfaktor und die Startkarten eine zu große Rolle. Sie war keine schlechte Spielerin, ein bisschen langsam vielleicht. Das nervt, besonders um diese Tageszeit. Ich gewann die ersten drei Partien, ohne dass sie irgendwie nervös wurde. Sogar das vierte Spiel gewann ich souverän. Jetzt wurde es doch langsam ein bisschen gefährlich. Ich glaube, ich hatte jetzt mehr Angst als sie.

Wenn man viel in seinem Leben gespielt hat, kann man sich selbstverständlich nicht alle Startkarten merken oder gar den Spielverlauf. Aber das wichtige fünfte Spiel werde ich nie vergessen. Ich hatte die absolute Baustelle auf der Hand. Keine Karte kannte die andere. Vier doppelte (ganz schlecht!), keine Sequenz, keinen Drilling. Eben den absoluten Vollschotter. Ich war unglaublicher Außenseiter. – Die Leute vom Film geben so viel Geld aus. Für Superstars oder um Motorboote oder um Hubschrauber in die Luft zu jagen, aber obwohl es in so vielen Filmen Szenen gibt, in denen Karten spielen eine wichtige Rolle spielt, würden sie offenbar nie Geld dafür ausgeben, mit Hilfe eines Profis halbwegs etwas Glaubwürdiges auf die Leinwand zu bringen. Es ist erschütternd. Glauben Sie mir, jeder Pornofilm hat eine authentischere Handlung.

Was soll ich sagen, meine fünfte Partie war wie Hollywood. Wie von einem dümmlichen, ahnungslosen Drehbuchschreiber ausgedacht. Gespenstisch! Jede Karte, die sie wegwarf, war für mich ein Superjoker. Keine von meinen konnte Ulla brauchen. Wenn sie einmal nichts Brauchbares hergab, hob ich eben, was ich brauchte. Unglaublich!

Dann war es passiert. Ich war fertig, legte meine Siegerhand stolz zwischen uns auf das Leintuch. Um die Wahrheit zu sagen, ich war von dem Spielverlauf so beeindruckt, dass ich den Einsatz vergessen hatte. – Ulla nicht, sie war ein kleines bisschen sehr schockiert. Sie werden jetzt vielleicht sagen „ein kleines bisschen sehr" gibt es nicht, das bedeute nichts. Ich antworte Ihnen: Sie waren eben nicht dabei. Wenn Sie Ullas Gesichtsausdruck gesehen hätten, wüssten Sie, dass es „ein kleines bisschen sehr" gibt, und basta. Natürlich weiß ich nicht genau, was sie sich in dem Moment dachte, aber eines war offensichtlich: Es war ihr wichtig, als Spielerin ernst genommen zu werden, und so ist ein Einsatz eben ein Einsatz. Wenn man verliert, muss man zahlen oder eben mein Nike-T-Shirt ausziehen.

Wir hatten beide ein Problem. Es ging nicht ums Ficken, es ging um die Ehre. Beide bereuten wir sicher, dass wir mit dem Blödsinn angefangen hatten. Ulla sowieso und ich ebenfalls, ich wollte sie auf keinen Fall kränken und außerdem, was ein Spieler oder eben eine Spielerin sicher nie will, ist Mitleid oder gar Gnade. Das können Sie mir glauben.

Mit einem Schwung zog sie sich das rote T-Shirt über den Kopf und gleich danach, mit fast zusammengepressten Knien, streifte sie ihren Slip ab. Nackt lag sie vor mir, entschlossen, Wort zu halten. Für ihre Ehre zu ficken. Ich war richtig erschrocken über meine Kaltblütigkeit und auch ein wenig verwirrt über diesen kleinen Hauch sadistischer Freude, den ich in mir spürte. Normalerweise ist mir diese Gefühlsregung völlig fremd. Dass Sex etwas mit Strafe und so zu tun hat, finde ich absurd. Wie gesagt, in dem Moment dachte ich aber so in der Art: Mädchen, du hast mich geweckt und provoziert und jetzt bezahlst du die Rechnung!

Sie gefiel mir auch, alles war schön an ihr, nur dass sie ihre Beine so durchstreckte, war eigenartig. So liegt man wohl in der Prosektur da. Ich meine, sie musste ja nicht gleich die Beine breit machen, aber ein wenig die Knie abwinkeln, wäre schon korrekt gewesen.

Ich tat das, was ich immer tue, wenn ich nachdenken muss, ich ging aufs Klo. Ficken war klar, aber küssen und schmusen auch? So genau hatten wir das nicht besprochen. Mit einem Präservativ in der Hand kehrte ich zurück. Es war ja inzwischen absolut hell im Zimmer trotz der Vorhänge. Ulla hatte sich kein bisschen bewegt, aber immerhin lächelte sie ein bisschen. Offenbar merkte sie meine Verwirrung, oder besser gesagt, mochte sie meine Verwirrung.

Präservative sind immer scheiße. Ich muss schon sehr geil sein, um es dann irgendwann in der Hitze des Gefechts zu vergessen. Bei Ulla war es noch komplizierter, ich hatte ihr zwar absolut erbarmungslos meinen Schwanz reingesteckt, bemühte mich aber sonst, sie nicht zu viel zu berühren. Wie ein Turner auf dem Barren lag ich auf ihr, eher über ihr und pumpte raus und rein. Wie gerne würde ich jetzt lügen, eine Geschichte erfinden, wie etwa, dass das Feuer der Leidenschaft uns beide übermannt hätte. Und dass sie immer nur „mehr, fick mich mehr" gejapst hätte! Aber um bei der Wahrheit zu bleiben, ich hatte meine Erektionsstörung Nr. 2. In meinem Alter kann man diese Vorkommnisse Gott sei Dank noch durchnummerieren.

Es wäre sicher auch alles gut gegangen, hätte ich doch bloß nicht die Augen aufgemacht! Neben dem Bett lag ihr Slip. Ein blütenweißer Slip mit einem kleinen knallroten Herz drauf. Rührung und Geilheit sind sehr konträre Gefühle. Ich will jetzt keine Ausreden suchen, aber glauben Sie mir, ohne das putzige rote Herz hätte ich weitergefickt. Gnadenlos!

Ich bin dann nackt unter meiner Decke am Rücken gelegen und Ulla hat sich zu mir gelegt. Richtig zärtlich ihren Kopf auf meine Brust meine ich, so als ob ich ihr gerade den Orgasmus ihres Lebens beschert hätte, und ist sanft eingeschlafen. Das passiert einem wahrscheinlich nur einmal im Leben, dass man bei einer Frau mit einer Potenzstörung punkten kann, aber so war es.

Wir treffen uns manchmal zufällig in irgendwelchen Lokalen. Beide müssen wir dann jedesmal verschwörerisch grinsen. So, als ob wir irgendetwas Verbotenes, Komisches angestellt hätten. Ich habe auch immer noch gewisse Rechte. Sonst traue ich mich so was nie, aber wenn wirklich keiner hinschaut, zwicke ich sie ganz zart in ihren Popo. Das macht auch Spaß, rückblickend kann ich nur sagen, unsere gemeinsame Nacht ist perfekt gelaufen. Nicht das übliche Programm, aber eben unvergesslich und komisch.

Wenn Lisa möchte, kann sie heute Nacht gerne bei mir schlafen. Aber ich borge ihr sicher nichts zum Anziehen. Sie ist auch nicht der Typ, der kleine rote Herzen auf dem Slip hat. Aber trotzdem, entweder ganz oder gar nicht. Das ist mein Konzept.

41
Jammern – Gefährliche Sprüche
Sex im Hotel

Das Leben ist sehr kompliziert. Wenige Dinge hat man unter Kontrolle, wenig kann man so richtig bestimmen. Alles tut, was es will. Ein Buch zu schreiben, sollte doch Macht und Kontrolle bedeuten – dachte ich jedenfalls.

Man kann übertreiben und weglassen. Man kann Frauen auftauchen und wieder elegant verschwinden lassen. Man kann sich selbst ungeniert loben und von Erfolgen berichten, die in Wirklichkeit absolut desaströse Niederlagen waren.

Sogar dafür bin ich zu dumm – oder zu weich. Mein Buch hat mich im Griff! Es hat sich einfach selbst überholt! Ohne zu fragen! Ich komme mir vor wie der leibhaftige Zauberlehrling. Nicht ich schreibe, was ich will, sondern ich muss das leben, was ich geschrieben habe. Zum Beispiel Lisa. Gestern war sie bei mir. Bis tief in die Nacht. Wir haben gegessen, geredet und getrunken. Das war alles. Lisa ist süß und gescheit. Sie täte mir gut und meine Mutter wäre einmal stolz auf mich. Aber sie ist zickig und charmant unnahbar. – Habe ich jetzt noch eine Wahl? – Was erwarten Sie von mir? Ich meine, ich kann doch jetzt nicht aufgeben! Aufgeben ist strengstens verboten! Wie würde das ausschauen, erst quäle ich Sie mit Beschreibungen von ihrer hellen Haut, ihren braunen Augen, und dann verschwindet Lisa plötzlich. Das geht nicht!

Patrizia ist noch die ganze Woche in Ungarn. Patrizia würden Sie mir sicher gönnen, die kennen Sie ja schon. Wahrscheinlich würde es Ihnen sogar gefallen, wenn ich das verwirrte ungarische Mädchen aus dem Sündenpfuhl holte. Womöglich noch ein paar aufs Maul bekomme und dann brav und glücklich arbeite. Vielleicht als Altenpfleger, während Patrizia auf meinen Hund aufpasst. Das hätte was Moralisches.

Ich habe auch keine sexuelle Freiheit mehr. Heute hat mich Jana, meine aktuelle Exfreundin, angerufen. Sie kommt wieder nach Wien. Will mich sehen, will ein paar Tage bei mir wohnen. Von ihr habe ich bis jetzt noch nie geschrieben. Die Wunde war noch nicht verheilt, sie hat mich vor ein paar Monaten verlassen. Mir fehlt ein bisschen der Überblick. Ich kann nur schätzen, auf welcher Buchseite ich jetzt bin. Auf jeden Fall ist es zu spät für eine neue Frau. Wenn ich mich mit Jana jetzt versöhne, sind Sie sicher verwirrt. Ich wahrscheinlich auch. Obwohl es so nett und einfach wäre. Hätte sie nur acht Kapitel früher angerufen, wäre es gerade noch irgendwie gegangen. Jetzt ist es zu spät! Definitiv zu spät!

Zugegeben, ohne das Buch hätte sich Lisa nie für mich interessiert. Sie wäre auch wahrscheinlich nie zu mir in die Wohnung gekommen. Wozu auch? Jetzt hat sie ja eine Mission. Lisa ist Muse und Lektorin. Sie nimmt das sehr ernst. Für mich bedeutet das eine deutliche Mehrarbeit. Manche Kapitel muss ich, extra wegen ihr, zweimal schreiben! Doppelte Buchschreibung gewissermaßen. Dass ich mit Patrizia Sex hatte, habe ich Lisa absichtlich lesen lassen. Auch, dass Patrizia so gut blasen kann! So als kleine Motivation und außerdem wollte ich Lisas Kampfgeist wecken. Bisher erfolglos.

Ihnen verrate ich alles. Sie haben ja sicher gemerkt, dass ich drauf und dran war, mich wieder in Patrizia zu verlieben. Lisa weiß davon nichts. Diese Kapitel habe ich extra für sie umgeschrieben, gefühlsmäßig maximal entschärft. Wenn Lisa die Originalversion gelesen hätte, wäre ich in ihren Augen schwach und oberflächlich. Außerdem hätte sie mich für emotionell vergeben gehalten. Um mich kämpfen würde sie sicher nicht. Lisa ist nicht der Typ dafür. – Sonst sind ihre Anmerkungen schlau und interessant. Ein bisschen geht sie mir allerdings mit ihrer „political correctness“ auf die Nerven. Lisa findet zum Beispiel unglaublich, wie ich das Wort „Bimbo“ verwende. Ich meine, das ist doch wohl klar. Bimbo bedeutet: viele Muskeln und wenig Hirn. Sonst gar nichts! Für mich gibt es da überhaupt keine Assoziation zu Farbigen. Bimbos gibt es sicher auf der ganzen Welt. Ebenso „Hohlbirnen“. Die beiden Bläserinnen in dem komischen Lokal waren nun mal Slowakinnen. Deswegen habe ich eben „slowakische Hohlbirnen“ geschrieben. Die Hohlbirnendichte ist sicher europaweit gleich hoch! – Gut, das wäre auch besprochen.

Lisa glaubt an mich. Das tut gut! Sie will, dass ich unbedingt weiterschreibe. Ich glaube, sie ist auch stolz, doppelt dabei zu sein. Als handelnde Figur und als Kritikerin. Achmed hatte recht. Lisa hat etwas von einer Künstlerschlampe. Wenn mich sonst wer fragt, was ich gerade mache, sage ich arbeitslos. Das hört sich cool an. Es stimmt sogar. Gut, ich sollte in ein paar Wochen wieder als Manager in einem privaten Casino anfangen. Das kann ich, das macht Spaß und wir haben auch ein Wettbüro, das macht noch mehr Spaß.

Wenn man kein Geld und keinen Job hat, heißt das nicht, dass man uncool ist. Es gibt so viele reiche, erfolgreiche Menschen, die trotzdem immer Loser bleiben. Ich glaube, der Mensch empfindet immer noch als Rudeltier. Bloß weil jetzt jeder in einer eigenen Bleibe wohnt, hat sich daran nicht wirklich was geändert. Wichtig ist für das Selbstbewusstsein, was der andere Teil des Rudels von einem hält. Die armen, traurigen Männer, die mit ihren Ferraris in den Golfclub fahren, dort aber den Spind ganz hinten bei den Toiletten bekommen und im Clubrestaurant nicht anschreiben dürfen, bleiben immer Loser. Und die armen Arschlöcher fühlen sich sicher auch so.

Ich kann überall anschreiben. Wenn ich fünfmal in dasselbe Lokal gehe, gibt mir der Chef die Hand. Das ist cool, glauben Sie mir. Außerdem lebe ich in Österreich. Wenn man kein Geld hat, aber eine gewisse Bildung und Auftreten, gibt einem das hier so was Aristokratisches.

Die Frauen mögen das. Dort, wo ich früher war, gab es einen Typen, der nie was auf die Reihe gebracht hat. Einmal ist er bei dem Versuch, selbständig zu werden, auf die Schnauze gefallen und war somit bis über beide Ohren verschuldet. Bei uns war er trotzdem der Django. Er durfte sich dort, im einzigen Lokal, sogar manchmal selber ein Bier zapfen. Außerdem war er gescheit und nebenbei schlau. Ich bin mir sicher, dass er jeden Morgen beim Aufwachen stolz auf sich war. In der Kleingartensiedlung war er eben ein Alpha-Wolf.

Auf der anderen Seite habe ich schon viele Reiche kennen gelernt, die voller Komplexe waren, weil es immer jemanden gab, der mehr hatte. Der das tollere Haus hatte oder sonst was. Ich glaube, es ist wirklich ein extrem umständlicher Weg, sich über materiellen Besitz zu definieren. Ein paar Bücher lesen, aufstehen, wenn eine Frau an den Tisch kommt, und ihr im Winter in den Mantel helfen, ist viel bequemer und meiner Meinung nach erfolgversprechender.

Ich habe immer bezahlt. Für meine Frauen sowieso, aber auch, wenn ich in einem Lokal nur so zufällig mit einer ins Gespräch gekommen bin. Männer müssen bezahlen! Normalerweise. Jetzt ist es geldtechnisch ein bisschen dünn bei mir. Lisa und Patrizia haben mich, ehrlich gesagt, schon ein paarmal eingeladen. Ein sonderbares Gefühl! Aber immer noch viel besser, als getrennt zu bezahlen. Das ist das Übelste! Wenn der Kellner kassieren kommt, bemühe ich mich, extrem vermögend zu wirken. Wohlwollend beobachte ich dann Patrizia, wie sie die Rechnung bezahlt und werfe dem Kellner einen kurzen bedeutungsvollen und verschwörerischen Blick zu – in etwa: „Sie bekommt 10.000 Euro Taschengeld von mir und möchte dann halt manchmal zahlen. Eben ein putziges Mädchen." Ich weiß nicht genau, ob die Kellner so viel aus meinem Blick lesen können, aber ich hoffe es sehr.

Ich habe Ihnen ja von meinem ersten Sex mit meiner Aristokratin erzählt. Damals war ich jung, hatte überhaupt kein Geld. Mein ganzes Monatsbudget wäre in ein paar Tagen verbraucht gewesen. Sie hat – echt Klasse – mir immer unter dem Tisch einen Schein rübergeschoben, damit ich dann eben zahlen konnte. Wie gesagt, sehr nobel war sie schon.

Eines habe ich beim Fußball und nebenbei im Leben gelernt: immer in die Offensive gehen. Ob man etwas kann oder eben nicht – egal, Hauptsache, man tritt das Gaspedal voll durch. Alles Weitere findet sich dann schon. Man muss halt seinen Platz im Rudel finden und dann das Beste rausholen. In der Jugendmannschaft hat mir einmal ein verzweifelter Trainer folgenden Rat gegeben: „Launga, vagiss d' Kugl, mit dera faunxt eh nix au, nimm dar an mau und beiß eam!"

Damals war ich kurz beleidigt, aber trotzdem habe ich mich immer dran gehalten. Von mir aus hätte man den Ball überhaupt weglassen können. Ich habe mich immer auf den Star des Gegners geworfen, habe ihm den Ellbogen in den Magen gerammt oder ständig reingegrätscht. Das hat zwar nicht viel mit Fußball zu tun, aber mir hat es Spaß gemacht und meiner Mannschaft hat es geholfen.

Lisa wollte mit mir in ein Restaurant gehen. In ein richtiges Restaurant. Sicher verdammt teuer. Da hat mir meine offensive Philosophie aus der finanziellen Peinlichkeit geholfen. „Klar gehen wir schick essen, Süße. Leg jeden Tag ein bisschen Geld auf die Seite und wenn du was gespart hast, melde dich." Das war cool, ich meine, Sie waren nicht dabei, aber glauben Sie mir, der Spruch hat gesessen. Da habe ich Stärke gezeigt. Lisa hat mich bewundernd und ein klein bisschen verliebt angeschaut. Ganz sicher, das bilde ich mir nicht ein. Ich weiß das.

Wenn man das Richtige im richtigen Moment sagt, kommt das immer gut. Ich habe da kein Konzept. Ich lasse es einfach so sprudeln. Höre mir selber zu, meistens begeistert. Bloß nicht verkrampfen oder gar denken. Sprüche mögen so was nicht. Dann verstecken sie sich und fallen einem erst ein, wenn es zu spät ist.

Einmal ist allerdings so ein Spruch maximal nach hinten losgegangen. Er hat funktioniert und damit hatte ich nicht gerechnet. Ich bin vor Schreck fast umgefallen, das können Sie mir ebenfalls glauben.

Es war furchtbar kalt draußen. Es regnete quer. Dezember in Wien. Mit Alina war ich schon öfters aus. Nur so. Sie gefiel mir wirklich gut, aber sie hatte einen Freund. Was soll ich da bitte? Alina hatte so einen Hang zur Halbwelt. Es konnte nie zu spät und die Lokale konnten nicht wild genug sein. So sind wir also immer wieder zusammen losgezogen. Von Sex war keine Rede. Niemals! Als Freundin fiel Alina sowieso aus. Sie hatte keinen Führerschein.

Wir standen zufällig vor einem Hotel und warteten auf ein Taxi. Es war sicher schon 3 Uhr in der Früh und, wie erwähnt, ungemütlich feucht und kalt. Taxi kam keines. Geld hatte ich ebenfalls nicht. Dann kam der Spruch. Der maximal verhängnisvolle Spruch: „Baby, wenn du das Hotelzimmer bezahlst, stelle ich dir meinen Körper für schmutzigen, heißen Sex zur Verfügung. Die ganze Nacht!“ Ich stand ganz am Rand des Gehsteigs, um auf keinen Fall ein freies Taxi zu übersehen. Ich drehte mich nur kurz um. Ich war so stolz auf meinen frechen Witz. Alina war nicht da. Sie war schon halb durch die Drehtür. Was habe ich gemacht? Das, was ich immer tue. Ich bin hinterhergestapft. Wie der kleine Junge aus dem „Krieg der Knöpfe“. Ähnlich verzweifelt.

Das Hotel gehörte zu einer US-amerikanischen Kette. Nach Mitternacht bekommt man, sobald man nur den

Mund aufmacht, 50% Rabatt. Das Arschloch von Portier verlangte den Vollpreis. Alina zahlte und sagte kein einziges Wort. Das turnte mich an, so was mag ich. Feilschen und Sparsamkeit hat in der heiklen praekoitalen Phase nichts verloren. Absolut nicht, das deserotisiert maximal! Merken Sie sich das. Wenn Sie einmal für Sex mit einer Frau ein Zimmer brauchen und das Arschloch verlangt 180 Euro, geben Sie noch 20 Euro Trinkgeld und die heiße Nacht ist garantiert. Wenn Sie sich dabei besser fühlen, können Sie ja immer noch in den Kasten pinkeln oder fest in die Minibar treten.

Wir sind rauf in den dritten Stock. Alina mit dem Lift. Ich zu Fuß. Die Klaustrophobie, Sie verstehen das. Oben sind wir dann gleich ins Zimmer. Wenn ich mich richtig erinnere, haben wir kein Wort gesprochen. Aber beide folgten wir offenbar demselben Plan. Nicht reden, nicht denken, einfach schnell ausziehen und ab ins Bett. Es war eines dieser Doppelbetten ohne Schlitz, aber doch mit einer kleinen weichen Vertiefung in der Mitte.

Alina war ein Vulkan. Da blieb sowieso nicht viel Zeit zum Nachdenken. Ich kam mir vor wie Michael Douglas, egal in welchem Film – Michael Douglas fickt immer gleich. Nur juckte es mich ziemlich an den Füßen und Armen. Ich dachte, das käme von diesem plötzlichen Temperaturschock. Irgendwie war das Bettzeug so komisch rauh.

Normalerweise bestimme ich ganz gerne das Programm. Ob von vorne, von hinten. Ob oben, oder unten. Ich bin kräftig und werfe mir die Frauen so, wie ich es haben will. Meiner Meinung nach mögen die das gerne.

Bei Alina war das anders. Alles war gut und geil, aber ständig wechselte sie die Position. Plötzlich, ich weiß es noch genau, es war von hinten, aber sie lag dabei ausgestreckt, nicht etwa kniend, bäumte sie sich auf und sprang mit einem Satz aus dem Bett. „Ich halt das nicht mehr aus! Tut mir

Leid!" und drehte das Licht auf. Nicht eines von den kleinen Lämpchen am Nachttisch. Nein, gleich das große Licht. Da stand sie nun nackt vor mir, verzweifelt! Und ich lag da, verwirrt! Mit einem maximalen Ständer. Heilige Scheiße, hatte sie eine geile Figur! Daran erinnere ich mich mit Wehmut. Außerdem hatte sie lauter kleine rote Pickel am Körper und kratzte und rieb sich. Mich juckte es inzwischen auch überall. Sie wissen ja, ich bin praktizierender Hypochonder. Sie können sich meinen Schrecken vorstellen.

Ich hatte auch kleine rote Punkte, nicht so schlimm, nicht überall. Es war das scheiß Bettzeug. Reinigen das die Arschlöcher in Seveso? Irgendeine chemische Stärke-Substanz muss das gewesen sein. – Wir sind dann ins Badezimmer. Mein Ding war in Folge des Schocks auf Minimalgröße geschrumpelt. Sehr peinlich. Auch die Handtücher waren mit demselben Zeug verseucht. Wir haben geduscht und uns mit meinem Hemd abgetrocknet.

Draußen war es jetzt noch kälter. Der verfickte Regen schien von allen Seiten zu kommen. Ich hatte mein nasses Hemd in der Hand und wartete schon wieder auf ein freies Taxi. Das Leben ist manchmal wirklich verdammt sonderbar. Wir rauchten beide eine Zigarette nach der anderen. Irgendwo hatte ich mal gelesen, dass Nikotin bei allergischen Reaktionen die Gefäße schließt. Aber sicher bin ich mir nicht. Fragen Sie lieber Ihren Arzt oder Apotheker.

Ich hätte mich doch mit Jana treffen sollen. Hätte ja einfach nichts darüber schreiben müssen. Das wäre keine Lüge gewesen. Nur ein Verschweigen. Ich meine, wer bin ich? Jesus oder Albert Schweitzer? Es liegen noch so kleine Jana-Restbestände bei mir. Gesichtscreme, Wattestäbchen und ein grüner Regenschirm. Vielleicht ruf ich sie an. Ob was gelaufen ist, erzähle ich Ihnen dann einmal persönlich. Aber nur vielleicht, versprechen tue ich es nicht!

42
Meine Rolex Daytona – Mein schwuler Sex Meine Goldkette

Zugegeben, wenn man die letzten Kapitel so liest, muss man mich für die totale Flasche halten. Die eine läuft mir weg, bei der anderen kriege ich keinen hoch. Lisa wird immer mehr zur Unbezwingbaren und Geld habe ich auch keines. Dabei habe ich in meinem Leben schon wirklich tolle und wichtige Dinge gemacht. Ich habe mir eine Rolex Daytona gekauft, Stahlversion mit schwarzem Zifferblatt. Nur so zum Beispiel – das ist keine versteckte Werbung. Die können Sie gar nicht so einfach kaufen. Die aktuelle Wartezeit beträgt fünf Jahre. Wenn Sie Glück haben.

Für mich ist das die schönste aller Uhren. Ich trage sie jetzt 5000 Tage. Mindestens zehnmal am Tag blicke ich auf sie. Das macht 50.000 Glückseinheiten – so gesehen ist sie jedes Geld der Welt wert. (Ich will Sie nicht direkt beschuldigen. Meine zeitlichen Abläufe sind ja wirklich sehr verwirrend. Wann schreibe ich etwas, wann lesen Sie das? Aber trotzdem!)

Heute hat mich M. angerufen. Eine halbschlaue Ratte. Ein Stinker. Er wollte mich treffen, angeblich sehen, wie es mir geht. Lisa und Patrizia wissen, dass ich im Moment absolut keine Scheine habe. Die sagen sicher nichts. Und sonst wissen nur Sie es, Ihnen gegenüber habe ich das öfters erwähnt. Und jetzt kommt's: M. wusste es auch. Von wem?

Ich lasse das mal so hingestellt. Ich werde dem nicht weiter nachgehen. Keine Drohung, aber immer geradeaus fahren. Immer korrekt mit mir umgehen. Glauben Sie mir, wenn ich wirklich will, finde ich Sie und erkläre Ihnen das persönlich.

Wieso habe ich mich überhaupt mit der wertlosen Kreatur getroffen? Keine Ahnung. Wir haben uns ein bisschen unterhalten. Wer gerade Geld hat, wer keines hat, wer eingesperrt ist. Das Übliche halt. M. kann nichts richtig. Nicht arbeiten, nicht betrügen, nicht einmal richtig Geld ausborgen. M. ist der absolute Negativ-Allrounder.

Er habe angeblich gehört, ich verkaufe meine Rolex Daytona. Er habe einen Käufer, 7000 Euro sofort und bar! Gleich heute. Danke für das Gespräch! Ich bin sofort gegangen. Frechheit! Meine Rolex Daytona, Stahlversion mit schwarzem Zifferblatt, in der Hand eines Ungläubigen. Nicht, dass Sie glauben, dass ich ein Angeber bin. Diese Uhr wäre dafür auch nicht besonders geeignet. Man erkennt sie nicht, eben weil sie so selten ist. Eher dezent. Solange man noch, sollte es einmal wirklich eng sein, eine Niere am Schwarzmarkt verkaufen kann, werde ich mich nie von meiner Uhr trennen.

Sie war meine, als ich noch genug Geld daheim liegen hatte, um mir einen Ferrari zu kaufen – bar natürlich. Und ich hatte sie schon öfters um, wenn ich auf einem fast gestohlenen Fahrrad in den Supermarkt gefahren bin, um Flaschen zurückzugeben. Wegen des Pfandes. Eine Daytona ist wie eine jugoslawische Frau. Die bleibt einem. Eine Jugoslawin, egal welcher ethnischen Zugehörigkeit, verliebt sich selten richtig. Aber wenn, bleibt sie einem treu. Ob man Millionen hat und in einer Villa wohnt, oder Schulden und im Gefängnis sitzt.

Homosexualität verstehe ich nicht. Kann das nicht nachempfinden. Vielen Dingen gegenüber bin ich aufgeschlossen. Aber Sex mit Männern? Unvorstellbar. Einmal, für einen kurzen Moment, konnte ich vielleicht einen Hauch von Schwulsein spüren. Selbstverständlich für einen kurzen

Moment und nur einen zarten Hauch. Einen sehr zarten, aber immerhin. Ich habe es gespürt.

Der Puff-Franzi ist ein sonderbarer Spieler. Schwer süchtig, keine Frage. Er spielt entweder gar nicht oder wenn, gleich vier Tage und Nächte nonstop. Wenn es eine schöne Partie war, ging ich zwischenzeitlich dreimal schlafen. Aber immer, wenn ich zum Spieltisch zurückkam, war der Puff-Franzi noch da. Adrett und gut aufgelegt. Circa nach sechzig durchspielten Stunden schwächelt er gewöhnlich, aber nur ein wenig. Er öffnet dann den obersten Knopf seines Hemdes und lockert ein wenig die Krawatte. Wie gesagt, erst nach sechzig Stunden. Der Puff-Franzi ist eher der eitle Typ.

Draußen war es heiß, im Casino noch heißer und ziemlich schwitzig. Ich hatte schon einiges gewonnen. Die Jetons türmten sich vor mir wie in „Rainman". Die Szene mit dem Black-Jack in Las Vegas. Dann verlor ich diesen einen scheiß Pot. Der Croupier, ein wahrer Seuchenvogel vor dem Herrn, fischte eine von vier möglichen zerstörerischen Karten aus dem Paket und ich war tot. Alles weg, alles in einem Coup verloren. So was passiert, ich benehme mich auch dann gut. Vielleicht bin ich ein wenig heftig mit dem Stuhl nach hinten gerutscht oder habe sonst eine fahrig wilde Bewegung gemacht. Ich kann mich nicht erinnern. Wollte nur raus. Meine Getränke bezahlen und schnell weg. Die Sonne brannte mir ins Gesicht, was tun mit dem schönen Tag? Geld für ein Eis hatte ich auch noch. Das Leben ging weiter. Da fiel es mir auf, ich blickte auf meine Uhr und sah nur diese unscharfe helle Stelle auf meinem sonst braunen Arm. Wo war meine Rolex?!

Zurück ins Casino. Ich sagte keinem was. Jeder kannte meine Uhr. Vielleicht lag sie ja noch irgendwo am Boden. Der Puff-Franzi winkte mir mit einer Hand zu. Ich wollte mich jetzt nicht mit dieser Koksleiche unterhalten. Suchte unter der Bar, suchte am Klo. Wenn sie eine von diesen Scheißgeburten vor mir fand, war meine Rolex weg. So viel war klar. Der Puff-Franzi winkte mir wieder zu. Inzwischen mit durchgestrecktem Arm, wie einer dieser durchgeknallten Helden, die die großen Jets am Flughafen einweisen.

Ich war verzweifelt und in Panik. Bin zum Spieltisch zurück und habe mir absichtlich und ausführlich die Schuhbänder zugebunden. Unter dem Tisch war sie auch nicht. Ich hätte einen Mord begehen können oder in Tränen ausbrechen. Am liebsten beides gleichzeitig. Dann sah ich dem Puff-Franzi ins Gesicht. Er strahlte mich an wie ein scheiß Osterhase und winkte und winkte. Da bemerkte sogar ich es!! Der Mann hatte zwei Uhren ums Handgelenk. Seine protzige Gold-Rolex und meine wunderbar zarte, gottvolle Stahl-Daytona.

Wie es dann passiert ist und ob so was noch einmal vorkommen kann, ich weiß es nicht! Auf jeden Fall bin ich zum Puff-Franzi hingesprintet und habe ihm einen dicken Kuss gegeben. Nicht auf die Wange. Mitten auf den Mund. Mitten auf seinen feuchten Mund. Es fühlte sich phantastisch an. Am liebsten hätte ich ihm die Zunge reingesteckt. Glauben Sie mir das. Ich war wie von Sinnen. – Das war mein schwuler Moment.

Meine Goldkette würde ich auch nie verkaufen. Die gehört zu mir. Ich habe eine Königskette, nicht zu dick. Nicht zu protzig. Wenn Sie zu denen gehören, die mit Geringschätzung auf uns Goldkettenträger herabblicken, sollten Sie das Kapitel auf keinen Fall weiterlesen. Ich rate Ihnen dringend davon ab. Nicht weil es langweilig wird. Ganz im Gegenteil! Nein, sondern weil Sie am Ende zu uns gehören würden. Den Männern, die stolz mit funkelndem Hals durch die Welt und das Leben schreiten.

Ich erkläre, warum man das als Mann so tun muss. Ohne mich zu loben, ich erkläre das so verdammt gut, dass sie schon morgen losziehen werden, um sich selber eine Goldkette zu kaufen. Was würden dann Ihre Freunde sagen? – Also, wir sehen uns im nächsten Kapitel wieder. Es ist besser so.

Die Rolling Stones gehen wieder auf Tournee. Wie immer zum letzten Mal. Das tun sie seit über 20 Jahren. Das ist kein Marketingtrick. Ich glaube, die Rolling Stones können es einfach nicht lassen. Nicht wegen des Geldes, wegen der brennenden Feuerzeuge! Das turnt Mick Jagger so unglaublich an. Geld hat er sowieso auf alle Zeit genug. Spätestens wenn die Rolling Stones „Angie" spielen, brennen 40.000 kleine Flammen im Stadion. Das schaut einfach geil aus. Von der Bühne herab besonders!

Über den Lieben Gott haben wir ja schon gesprochen. Auch kein leichtes Leben. Entweder die Menschen haben zu viel Angst vor ihm oder zu wenig. Wenige Dinge machen ihm Spaß. Und wenn er zu uns auf die Erde runterblickt, machen ihm wenige Dinge Freude.

Ich trage auch im Winter keinen Schal. Habe den obersten Hemdknopf immer offen. Wenn der Liebe Gott mal auf Wien schaut, sieht er immer meine Königskette blinken. Das macht ihm sicher mächtig Freude! Wie die brennenden Feuerzeuge Mick Jagger glücklich machen. Er da oben weiß dann mit einem Blick, mir geht es gut. Natürlich könnte ich auch die ganze Zeit mit einer brennenden Kerze in der Hand herumlaufen. Das wäre lästig und auf Dauer viel zu teuer.

Der Liebe Gott blickt gerne auf Wien. Es gibt viele Jugos, viele Türken und eine Menge Jungs wie mich. Das funkelt und blitzt sicher. – Sie haben doch einfach weiter gelesen, ich wusste es! Dann verrate ich Ihnen auch noch, welche Nationalität der Liebe Gott hat. Was haben Sie bisher gedacht? Norweger, Schweizer oder gar Amerikaner? Alles total daneben. Der Liebe Gott ist selbstverständlich Zigeuner! Was sonst?! – Manchmal ein kleiner Betrug, ganz selten eine Messerstecherei, aber nie haben die Zigeuner einen Krieg angefangen. Nie hätten sie die Atombombe erfunden oder das Maschinengewehr.

Die beschränkten Historiker glauben ja, dass die Affinität der Zigeuner zu Schmuck und Gold daher kommt, dass sie als reisendes Volk ihren Besitz immer am Körper tragen wollten. Teilweise richtig, aber eben nur teilweise! Die Botschaft der Schmuckträger an den Himmel lautet: Vielen Dank für alles und gib mir mehr! Es funkelt so schön!

Jetzt wissen Sie alles. Viel Spaß, wenn Sie morgen losziehen. Und wenn Sie ihre Goldkette bei einem Zigeuner kaufen, passen Sie auf, dass er Sie nicht über den Tisch zieht. Bei seinen Landsleuten drückt der Liebe Gott meistens beide Augen zu. Und nicht vergessen! Unter dem T-Shirt tragen gilt nicht! Und es hilft auch nicht. – Und es funkelt auch nicht so schön.

43
Das Denken der Frauen – Heinrich Böll Koro-Symptom und Etikette

Mein Freund Joe ist einer von den Schlauen. Er ist seit Jahrzehnten im Geschäft. Reist um die ganze Welt und spielt Poker. Der Mann hat Millionen! Technisch spielt er gar nicht so viel besser als ich, aber er weiß immer, wann man attackieren muss und wann man darauf scheißen sollte. Da ist er der Beste! Wenn es gegen ihn läuft, wenn ihm nichts gelingt, springt er sofort auf und verlässt leise fluchend den Tisch. Das ist schlau, sogar sehr schlau.

Der klassische Spieler rennt, sobald er ein wenig gewonnen hat; wenn es schlecht läuft, wenn er schon Geld verloren hat, sitzt er wie angenagelt und lässt sich von allen Seiten ficken. Das ist teuer und dumm. Joe hat einen Spruch: „Better wounded than dead." Der Spruch gefällt mir. Ich gebe jetzt auch auf. Ich bastle seit einer Woche an einem Kapitel herum. Eine ganze Woche habe ich probiert, wie eine Frau zu denken. Ich kann es nicht. Ich lass es jetzt gut sein.

Wissen Sie, welche Menschen ich wirklich hasse? Das sind jene, die Sätze sagen wie: „Ich zum Beispiel ..." – Das finde ich übel. Es gibt 6 Milliarden Menschen! Was muss man für ein Idiot sein, wenn einem nur man selber einfällt! Als Beispiel, meine ich. Ich bin nicht ganz sicher, ob das, was ich jetzt vorhabe, auch so übel ist? Es ist sicher hart an der Grenze – das ist mir klar!

Ich zitiere mich jetzt selber. Im letzten Kapitel – die Szene im Hotel, als Alina das Zimmer bezahlte – habe ich absichtlich und mit Hintergedanken folgenden Satz geschrieben: „Alina zahlte und sagte kein einziges Wort." Das war eine literarische Anspielung! Ein Vorgriff auf das geplante folgende Kapitel. Das Kapitel, an dem ich gescheitert bin.

„... und sagte kein einziges Wort" – Na, klingelt es bei Ihnen? Tut es nicht?! Hier ein Tipp fürs Leben. Sollten sie jemals Kandidat in einer Millionenshow sein und es kommt die Kategorie Literatur – tauschen Sie! Unbedingt tauschen, auch schon bei Frage 5!

„Und sagte kein einziges Wort" ist ein Roman von Heinrich Böll. Ein großartiger, trister Roman. Deutschland nach dem Krieg. Ein Mann und eine Frau. Ihre Probleme, ihre Not und die Reste ihrer Liebe. Für mich war aber in dem Fall nicht die Handlung, sondern die Form des Romans wichtig. Heinrich Böll schrieb das so gekonnt – Ereignisse und Treffen der beiden Romanhelden wurden in manchen Kapiteln aus beiden Perspektiven beschrieben. In der Ich-Form schildert zuerst der Mann und dann im nächsten Kapitel die Frau dasselbe Ereignis – das gefällt mir wirklich. Wenn es nach mir ginge, sollten alle Romane so geschrieben sein. Heinrich Böll hat das wirklich super hingekriegt. Ich nicht! Ich bin gescheitert, habe versagt und verloren. Aber „better wounded than dead". Ich probiere es anders. Oder ich probiere es später noch einmal.

Ich kenne mich nicht so aus. Vielleicht gibt es sogar einen Namen für diesen literarischen Kunstgriff der wechselseitigen Beschreibung von gemeinsam Erlebtem. Vielleicht gibt es ein Dutzend solcher Romane aus dem 18. Jahrhundert? Was weiß ich? Ich würde in der Quizshow die Kategorie Literatur auch wegtauschen. Auf jeden Fall! – Aber mehr Chancen als Sie hätte ich. Das muss ich schon sagen.

Das Konzept wollte ich übernehmen. Für ein lausiges Kapitel. Mein Abendessen mit Lisa und wieso bei uns nichts weitergeht. Ich wollte das mal ausprobieren. Wir sitzen uns gegenüber und beide sagen gerade nichts. Ich denke mir: ich würde jetzt gerne den Arm um sie legen, aber das will Lisa sicher nicht. – Ja und dann eben aus ihrer Sicht: Lisa denkt sich: warum begehrt er mich nicht? Bin ich nicht schön heute Abend? Warum küsst er mich nicht? – so ungefähr hätte das laufen sollen. Aber wie gesagt, zu kompliziert für mich.

Mir fällt ja schon das Selberdenken schwer. Wie eine Frau zu denken – auch nur für kurze Zeit – überfordert mich erst recht. Mit vielen Frauen zusammen gewesen zu sein, heißt nicht unbedingt, etwas von Frauen zu verstehen. Ich würde so gerne einmal zuhören, wie sie reden und worüber sie reden, wenn ich nicht dabei bin.

Ich bin ein höflicher Mann. Lausche nicht. Und wenn ich unbemerkt wo dazukomme, räuspere ich mich. Es sind manchmal Begebenheiten in der Prägephase, die einen auf Dauer verwirren. Einmal bin ich im Zug in einem Abteil mit drei Frauen gesessen. Alle drei waren hübsch, alle drei hatten Klasse. Wir haben uns nett unterhalten. Über Essen im Speisewagen, Claus Peymann und Horoskope. Ein wirklich netter Nachmittag im Zug eben. Ich musste aufs Klo und bin danach noch am Gang gestanden und habe geraucht. Nicht, dass Sie jetzt glauben, ich hätte absichtlich zugehört. Ich habe mich geräuspert, gehustet – das ganze Ich-bin-da-Programm – sie haben mich einfach nicht bemerkt. In so Zügen ist es laut. Ich konnte nicht jedes Wort verstehen, aber um was es ging, habe ich zwangsläufig mitbekommen. Um Unterleibserkrankungen. So Frauensachen und Menstruationsprobleme.

Bis vor ein paar Jahren habe ich fest angenommen, sobald Frauen ohne Männer zusammensitzen, reden sie über solche Themen. Ausschließlich. Das stimmt nicht, das weiß ich inzwischen schon. Aber was Frauen reden, wenn sie allein sind und warum, weiß ich bis heute nicht. Tauschen sie ihre sexuellen Erfahrungen auch so brutal und direkt aus wie Männer? Verwenden sie dafür eine poetische Sprache? Ich hoffe es! Geben die älteren Frauen den jüngeren Ratschläge über unfallfreies Blasen? Nur so zum Beispiel. – Wenn ich mit einer Halsentzündung zum Arzt gehe, bemühe ich mich, gefährlich und unberechenbar zu wirken. Mein erster Satz lautet immer: „Herr Doktor, bitte ohne Stäbchen. Ich reiß den Mund auch ganz weit auf. Bloß nichts in den Mund stecken, sonst schlage ich so reflexartig aus!“ Tatsächlich habe ich das vor dem Spiegel geübt. Ich habe einen großen Mund, hänge mir fast den Unterkiefer aus dabei. Die Zunge klappe ich durchgestreckt über die Unterlippe. Bitte bloß kein Stäbchen. Wäre ich schwul, mein Freund wäre sicher sehr enttäuscht von meinen oralen Talenten. Wieso können Frauen das, wo lernen sie das? Und wohin verschwindet er in der Hitze des Gefechtes? Haben Frauen irgendwo im Gaumen eine geheime Öffnung? Ich weiß es nicht.

Auch Frauen verstehen viele Dinge an uns nicht. Eine ehemalige Freundin wollte von mir wissen, warum sich Männer immer in den Schritt fassen. Ob das ein Problem der Hygiene sei oder eher eine Demonstration ihrer Macht? Damals wusste ich es nicht. Ich liebe große Zeitungen mit viel Geld, die können sich so schrullige Abteilungen wie „Ethno-Medizin“ leisten. Den Artikel habe ich einmal in der ZEIT gelesen. Thema war das „Koro-Symptom“. Wenn Sie zur Hypochondrie neigen, bloß nicht nachmachen, auch wenn es noch so verlockend wäre!

Das Koro-Sympton ist die krankhafte Wahnvorstellung, der Penis verschwinde im eigenen Körper. Es betrifft ausschließlich Männer in China, Thailand und Malaysia. Die Patienten werden meist in die Notaufnahme eingeliefert, während sie bewegungsunfähig mit beiden Händen ihren Schwanz festhalten. Oft helfen Nachbarn und Verwandte dabei. In der chinesischen Überlieferung gibt es eine tödlich verlaufende Krankheit mit eben diesem Penis-verschwindet-im-Körper-Symptom, sicher nicht lustig für den Patienten. Die letzte große Epidemie war in Singapur Ende der 60er Jahre. Die Spitäler waren voll mit verzweifelten Männern.

Gott sei Dank sind wir keine Chinesen und außerdem laufen bei uns auch nicht so viele Schildkröten herum. Nach asiatischem Aberglauben ist es höchst gefährlich, vor einer Schildkröte den Weg zu kreuzen. Man könnte nämlich unabsichtlich sehen, wie sie den Kopf unter den Panzer einzieht. Ja, und dann bekommt man zur Strafe eben „Koro".

Wenn Leibwächter plötzlich dunkle Gestalten auf ihren Klienten zukommen sehen, überprüfen sie sofort, ob ihre Waffe noch am Platz ist. Auch wenn sie es ganz genau wissen, sie klopfen zumindest kurz auf die Beule an ihrem Sakko. Spieler verraten sich oft, wenn sie ein Siegerblatt haben, indem sie unwillkürlich einen kurzen Blick auf ihre Jetons oder ihr Geld werfen. Sie haben einen Plan und dafür brauchen sie Geld. Bevor der schlechte Spieler dann möglichst unauffällig und teilnahmslos dreinschaut, muss er einfach, und sei es nur für eine Zehntelsekunde, auf sein Geld schauen. Wenn ich diesen kurzen Kontrollblick bei meinem Gegner merke, schrillen bei mir alle Alarmglocken. – Achten Sie einmal darauf, wenn Sie Karten spielen. Mir hat das schon viel Geld erspart.

Wir Europäer sind nicht koro-gefährdet, aber es schadet nie, sicherheitshalber mal schnell nachzufühlen, ob alles an seinem Platz ist. Unsere Sitten sind ja heute alle so asexuell, weil wir über Jahrhunderte von prüden, verlogenen Idioten verdorben worden sind. Eigentlich wäre es ein Akt wahrer Höflichkeit, sich kurz in den Schritt zu fassen, wenn eine hübsche, aufgetakelte Frau popowackelnd an einem vorbeizieht. Wie gesagt: sicher ist sicher – „Habe ich ihn auch nicht daheim vergessen, alles da und bereit?" – als kleiner Beifall und Anerkennung. Ich hätte überhaupt tolle Ideen für eine lustvollere Etikette. Aber mich fragt ja keiner. Und außer Ihnen folgt auch niemand meinen Gedanken. Bei Ihnen möchte ich mich jetzt einmal herzlich bedanken! Und nicht vergessen, vor dem Essen immer Hände waschen!

44
Ike and Tina Turner – Frau ohne Namen
Ethik und Moral

Früher habe ich manchmal darüber nachgedacht: Ist das in Ordnung mit den vielen Frauen? Verstoße ich gegen irgendein Prinzip? Ist das ein Problem? Und wenn ich schon gegen irgendetwas verstoße, wogegen eigentlich? Handelt es sich um ein moralisches Problem oder um ein ethisches? Und was ist der Unterschied?! – Ich wusste es nicht, und wäre ich damals nicht erst am frühen Nachmittag schlafen gegangen, ich wüsste den Unterschied bis heute nicht.

Wenn man vom Kartenspiel lebt, hat man einen anstrengenden Rhythmus. Geschlafen wird, wenn gerade keine schöne Partie läuft. Bald hat man Schlafstörungen wie ein schwuler Steward auf den Langstreckenflügen. Sicher einer der Gründe, warum ich meine Profikarriere nach ein paar recht erfolgreichen Jahren abgebrochen habe. Einige Zeit war es ganz schlimm. Nachmittags, gegen drei, legte ich mich gewöhnlich nieder und gegen Mitternacht war ich dann zum Frühstücken im Casino.

Einmal hatte ich verschlafen. Es war schon weit nach Mitternacht. Ich rief im Casino an. War Fünfter auf der Reservierungsliste. Das hätte stundenlanges Warten auf einen freien Platz bedeutet. Dazu hatte ich keine Lust. Ich nahm mir also frei, frühstückte daheim und wollte einfach nur ein bisschen ausgehen. Keineswegs auf der Suche nach einer Frau.

Kam in eine Bar, in der ich vorher noch nie war. Sie gefiel mir. Die Kellnerin gefiel mir auch und reflexartig, ohne jeden Vorsatz, begann ich mit ihr zu flirten. Was soll ich sagen, was soll ich Sie jetzt mit Details langweilen? Sie nahm mich mit nach Hause. Und es kam noch ein Pärchen mit. An die beiden erinnere ich mich überhaupt nicht mehr. Keinen Namen, keine Gesichter. Alles vergessen. (Ich habe absichtlich geschrieben „reflexartig geflirtet“. Es war mein persönlicher „Ike and Tina Turner Background-Sängerinnen-Reflex“. Den habe ich selbst entdeckt, aber trotz des enormen Fachwissens kann ich mich dem nicht entziehen.)

Heute gibt es verdammt viele hübsche weibliche Popstars. Es gibt MTV und Viva. Man kann sich als junger Mensch aussuchen, mit welchen der vielen wunderschönen Frauen man, zumindest in der Phantasie, ein sexuelles Abenteuer haben will. Als ich jung war, hatten wir es schwerer. Da gab es wenige weibliche Solointerpretinnen, die wirklich etwas hergaben – Janis Joplin, Patti Smith und Melanie waren zwar musikalisch meine Favoritinnen, aber mit denen wollte ich keinen Sex. Nicht einmal darüber nachdenken.

Von der erotischen Abteilung blieben für mich nur Aretha Franklin, Dalia Lavi, und eben Tina Turner. Tina Turner war ja verheiratet mit Ike Turner. Dass dieser Mann ein gewalttätiger Psychopath war, wusste ich sofort. Heute weiß das jeder. Es gibt Bücher und Filme. Ich habe schon damals einen unglaublichen Instinkt für Gewalt und Verrückte gehabt. Nicht einmal nachts unter der Decke wagte ich an die wunderschöne Tina Turner zu denken. Ich fürchtete tatsächlich, Ike Turner könnte in mein Kinderzimmer stürmen mit den Worten: „Denkst du etwa gerade an meine Frau, du weißer Wichser?“ – So viel Respekt hatte ich vor Ike, damals. Heute würde ich ihm in seine Scheißfresse treten, für alles was er Tina und mir angetan hat.

Aber es gab ja noch die Background-Sängerinnen von „Ike and Tina Turner“. Unglaublich geile, farbige Tänzerinnen in ganz kurzen dünnen, meist goldenen Kleidchen. Entweder trugen sie Perücken oder sie hatten sich die Haare ausgeföhnt. Keine Krause, sondern pechschwarze lange Haare. Und tanzen konnten sie! Die meiste Zeit warfen sie abwechselnd die linke und dann die rechte Hand in die Höhe. So, als wollten sie einen lästigen Handschuh abstreifen. Mit dem Kopf nickten und wippten sie dazu im Rhythmus – probieren Sie das einmal aus. Machen Sie das einmal zu „Nutbush City Limits". Die ganze Nummer lang! Sie werden in Schweiß gebadet sein. Ganz sicher!! Die Tänzerinnen waren das auch, aber komplett. Und jetzt kommt's. Jetzt kommt das absolut Geilste: ihnen klebten die schweißnassen Haare im Gesicht. Auch wenn sie den Kopf schüttelten, so um den Mund herum blieben immer ein paar Strähnen kleben. Das haute mich damals um. Auch heute noch.

Die Bar war recht voll. Klimaanlage gab es keine. Das muss der Grund gewesen sein. Sie war eine rassige Frau, nicht mein Typ. Nicht witzig, nicht aufmerksam, und ich bin trotzdem mitgekommen. Nur weil ihr Kleidchen an ihrem verschwitzten Körper klebte. Und nur, weil sie ein paar Haarsträhnen im Gesicht hatte, schwarze Haarsträhnen, wie damals auf dem Bravo-Poster.

Bei ihr sind wir zu viert um einen Tisch gesessen und haben Champagner getrunken. Keine zehn Minuten lang, dann hat sie zu dem Pärchen gesagt: „Merkt ihr nicht, dass ihr stört!!" Mir war das echt peinlich. Es war nicht meine Wohnung, es war nicht meine Freundin. Ich wusste nicht einmal ihren Namen. Ich weiß ihn bis heute nicht. In dem Lokal war es zu laut und später konnte ich dann schlecht fragen.

Das verdutzte Pärchen ist dann auch gleich gegangen. Und so schnell konnte ich gar nicht schauen, hatte sie schon meinen Schwanz im Mund. Ohne mich vorher zu küssen.

Es ging alles so schnell, ich konnte nichts dafür. Wir haben dann miteinander geschlafen. Alles ging ganz gut. Nur danach wusste ich wirklich nicht, worüber wir reden sollten. Sie hat dann angefangen leise zu weinen. Ich wusste überhaupt nicht, was ich tun sollte. Die Frage, ob ich doch jetzt wohl nicht gehen wolle, habe ich verneint. Ich habe gesagt, ich bliebe gerne über Nacht usw.

Draußen wurde es schon langsam hell. Ich war ja erst ein paar Stunden wach. Schlafen war völlig ausgeschlossen, nicht mein Rhythmus zur damaligen Zeit. Es brannte noch eine Kerze. Immer wenn ich mich bewegte, knurrte sie ein bisschen. Oder besser gesagt, brummte sie. Ich lag da und fühlte mich wach und mies. Neben dem Bett lag ein Buch. In dem dämmerigen Mischlicht konnte ich gerade den Titel erkennen: „Ethik oder Philosophie der Moral". Kennen Sie den Unterschied zwischen Ethik und Moral? Mal ganz ehrlich!! Gibt es einen und können Sie ihn erklären? – Ich habe nie vorher oder nachher ein Buch über Philosophie gelesen. Aber in jener Nacht, was sollte ich tun? Trotz der brummenden und knurrenden Frau ohne Namen einfach gehen? Das wäre möglich gewesen. Aber sicher wäre ich nie aufgestanden, um nach anderem Lesestoff zu suchen. Ich hoffte, das Buch würde mir meine Fragen beantworten. War Sex ohne Sympathie eher gegen die Gesetze der Ethik oder gegen die der Moral? Oder war Sex unter diesen Vorzeichen einfach unnötig? Zweite Frage: Wenn ich jetzt trotz meines Versprechens einfach ginge – unmoralisch, unethisch oder nur unhöflich?

Ich suche jetzt keine Ausreden. Die schlechten Lichtverhältnisse habe ich ja schon mehrfach erwähnt. Das Buch war zudem in dieser altdeutschen Schrift, wo die „k" und „s" so ähnlich ausschauen. Ich weiß daher nicht, ob ich alles richtig verstanden habe. Besser, Sie lesen das selber nach. Ich finde,

Sie könnten mal einen Abend dafür verwenden, den Unterschied zwischen Ethik und Moral rauszufinden.

Außerdem waren die Sätze alle ziemlich lang. Mit vielen Beistrichen und noch schlimmer – mit vielen Semikolons, den von mir gefürchteten Strichpunkten. Keine Ahnung, wann man dieses Satzzeichen korrekt einsetzt. Mein Text ist bisher garantiert semikolonfrei. Vielleicht werde ich aus sportlichen Motiven, mit Lisas Hilfe, noch einen Strichpunkt irgendwo einbauen. Damit Sie mich satzzeichenmäßig nicht für beschränkt halten.

Ich habe in jener Nacht tatsächlich das ganze Buch gelesen. Das mit der Moral hat mich weniger interessiert. Moral war so was Schwammiges. Die Katholiken haben ihre, die Wissenschaftler haben eine andere – das ist nichts für mich. Bei meiner Frage, ob ich einfach gehen solle, war ich in den Kapiteln über Ethik besser aufgehoben.

Wobei es da verschiedene Schulen gibt. Solche, die sich mehr mit der Absicht des Handelns und solche, die sich mehr mit dessen Wirkung beschäftigen. Am Anfang tendierte ich ganz stark zur Ethik der Absicht. Ich hatte ja einwandfreie Absichten: Wenn ich ginge, würde die Frau wahrscheinlich besser und ruhiger schlafen. Wenn ich ginge, müssten wir uns nicht beim Frühstück peinlich berührt gegenübersitzen. – Fast wäre ich schon erleichtert und philosophisch sanktioniert in meine Hose geschlüpft. Aber, was war die Absicht meines Mitkommens? Nicht lauter, absolut unlauter! – Ich war mit einer Frau, die ich nicht mochte, deren Namen ich nicht kannte, mit in die Wohnung gegangen, weil ich Sex wollte. Verschwitzten Sex mit einer Phantasie meiner Pubertät. – Ich meine, man muss sich entscheiden, kann nicht einfach nach Gebrauch zwischen Absicht und Wirkung herum springen. Da sind die richtigen Philosophen sicher sehr heikel.

Jetzt konnte ich mich nur noch auf die Ethik der Wirkung werfen. Es hatte ihr Spaß gemacht. Sexmäßig war ich in Bestform gewesen. Und wenn ich jetzt noch mit ihr frühstücken, ein paar Komplimente machen und beim Tisch abräumen helfen würde, käme ich da noch sauber raus. Die Wirkung war ganz in Ordnung. Ich war wieder auf Kurs.

Ohne eine Minute schlafen zu können, lag ich dann fast bewegungslos neben ihr. Mit der rechten Hand hielt ich das Buch knapp vor meiner Nase. Mit der linken blätterte ich leise raschelnd um. Stundenlang, sogar über die „Metaphysik der Sittlichkeit" habe ich alles gelesen, ohne einen Satz wirklich zu verstehen.

Irgendwann ist sie dann aufgewacht. War ganz gut aufgelegt. Sehr irritiert hat mich, dass sie mich gefragt hat, ob wir wirklich richtigen Sex gehabt hätten. Sie sei ja ein wenig betrunken gewesen und könne sich nicht an alles erinnern. Da war ich schon gekränkt. Ich dachte, ich hätte meine Sache gut gemacht, wäre ein beeindruckender Hengst gewesen.

Das Frühstück war in Ordnung. Es gab sogar echte amerikanische Erdnussbutter. Danach hat sie sich einen Riesenjoint gebaut. Das hat mich wieder gefreut. Ich mag keine Drogen, aber als ich merkte, dass sich jetzt das THC um ihre Laune kümmern würde, konnte ich mit gutem Gewissen gehen. – Ich habe sie nie wieder gesehen. Bis heute habe ich auch nicht mehr an sie gedacht. Nur wenn ich jetzt alte Ausschnitte von Tina Turner sehe, macht es mich nicht mehr so geil. Wie hat es B.B. King seinerzeit formuliert: „The thrill is gone."

45
Fahrrad und Ferrari – Mein Sohn und der Nachtisch-Krieg – Vittorio De Sica

Heute ist es so weit. Lisa und ich gehen in das schicke Restaurant. Ich habe ein paar wirklich gute Anzüge, aber durch jahrelanges Nachtgeschäft haben sie ziemlich gelitten. Mehr als ich!! – Meine arabischen Brüder haben mir Taschen auf- und Knöpfe abgerissen. Dann noch Unfälle mit Zigaretten. Im Halbdunkel sieht man das nicht. – Mein schwarzes Boss-Hemd habe ich schon gebügelt. Mit meinem neuen Dampfbügeleisen. Das Wichtigste aber, ich habe wieder Geld, dank Borussia Dortmund. Eine schöne Sportwette hat gehalten, ich werde Lisa heute Abend einladen. Das finde ich sehr beruhigend.

Warum auch immer, mir vertraut man. Ich kann telefonisch wetten. Natürlich müsste ich den Schaden irgendwann bezahlen, aber eben irgendwann. Bargeld konnte ich in dem Fall nicht verlieren, ich hatte ja vorher keines. Jetzt schon, genug für ein paar Wochen. – Heute abend werde ich mich gut benehmen und mit dem Personal auf keinen Fall Streit anfangen. Das habe ich mir fest vorgenommen!

Wenn ich mit dem Fahrrad unterwegs bin, putze ich mir vorher die Schuhe. Manchmal binde ich mir sogar eine Krawatte um. Fahrrad fahren hat was Souveränes, besonders wenn es schneit. Man sitzt hoch oben und ist leise und langsam. Eine würdevollere Fortbewegung ist nicht möglich. Sind Sie schon einmal in einem Ferrari gefahren? Ich schon. Ferrari fahren ist absolut scheiße, kein Fahrzeug für Alpha-Tiere. Jeder Golffahrer kann einem aufs Dach spucken, man sitzt weit unten, auf Augenhöhe mit den armen Bettlern, die meist auf einem Stück Pappendeckel sitzen, um sich ihren Hintern nicht zu verkühlen.

Der gute alte Wiener Kellner hatte viel Würde. Der hat die Gesetze des Rudels akzeptiert. Leicht gebeugt, aber trotzdem majestätisch nahm er die Bestellungen auf. Mit dieser Sorte hatte ich nie Schwierigkeiten. Die jungen hingegen sind größer und stehen gerade. Und es ist nicht leicht, auf ihrer Schwanzhöhe über die Speisenfolge zu verhandeln.

Es gibt wieder ein paar Bären bei uns, in Rumänien laufen die Wölfe bis in die Randbezirke der Großstädte. Aber das ist alles keine wirkliche Bedrohung für einen Großstadtmenschen wie mich. Der einzig verbliebene natürliche Feind ist der arrogante und inkompetente Kellner. Da erwachen meine archaischen Kampfinstinkte. Heute Abend darf nichts schief gehen. Heute geht es nicht darum, Lisa zu zeigen, was für ein Kracher ich bin. Nein, heute werde ich sensibel und kultiviert sein. Komme, was wolle!

Ich habe schon eine Menge Lokalverbote oder wurde eindringlich gebeten, nicht mehr zu kommen. Manchmal war ich vielleicht ein wenig schuld, aber meistens hat sich alles sonderbar entwickelt. – Die Art Lokalverbote, wo ich Scheiße gebaut habe, sehe ich ein. Da kann ich mich nicht beschweren. Einmal habe ich in der damals coolsten Diskothek von Wien jemanden in einen Glastisch geworfen. Das musste sein, das Arschloch war leider nicht einmal ernstlich verletzt, aber egal, das ist nicht erlaubt. Das sehe ich ein. – Ein anderes Mal habe ich den Geschäftsführer eines Innenstadtrestaurants gefragt: „Warum tragen Sie kein Schild: Ich bin naturblöd, sprechen Sie nicht mit mir!“ Auch so was sehe ich ein. Aber bei der Geschichte mit den Palatschinken hatte ich gar nichts gemacht. Schuld war mein Sohn oder eigentlich mein Freund S. Auf jeden Fall nicht ich! Ich war nur Statist, aber urteilen Sie selbst.

Wenn man Spieler ist und davon leben muss, hat man einen hohen gesellschaftlichen Aufwand. Die wohlhabenden Freier brauchen erstklassige Pflege. Ich hatte einen Privatpatienten, seine Passion war das Back-Gammon. Das Problem: er war bei dem Spiel fast besser als ich. Keine vorteilhafte Situation für einen Profi. Der Junge wollte hoch spielen, so hoch es geht. Ich habe ihn an einen wirklichen Haifisch vermittelt, der hat ihn gefressen und ich habe meine Prozente gekriegt. Wir wollten das feiern und es war Mittwoch. Samstags und mittwochs habe ich immer meinen Sohn, da geht nichts darüber. Wir sind also in dieses Luxusrestaurant. Der Hai mit seinem ewig kreischenden Thai-Mädchen, mein stiller Freund S. und mein Sohn und ich. Das Lokal hatte Sterne und Hauben, was weiß ich alles. Teuer war es, Geld hatten wir genug. Wir hätten das Scheißpuff anzünden und den Schaden in bar bezahlen können, aber es war ja Mittwoch. Mein Sohn war dabei. – Ich werde ganz wehmütig, wenn ich daran denke, wie oft in meinem Leben ich wirklich mehr als genug Geld hatte. Vorige Woche hat mir Lisa 100 Euro aufgedrängt, heute kann ich es ihr zurückgeben. Gott und Borussia Dortmund sei Dank.

Auf jeden Fall, das Essen war gut. Das Service in Ordnung, vielleicht ein wenig kapriziös. Ich wollte nur ein Stück Weißbrot und musste auf zwei blonde, zarte Weißbrotkellner warten. Einer hielt den Korb, der zweite hatte die Weißbrotzange. Nun gut, sonst lief alles bestens bis zum Dessert. Da hatten wir den Vorfall. Das Problem. Wir wollten keinen Streit, wir wollten für meinen Sohn Palatschinken. Das war alles.

Die Desserts auf der Karte waren nicht kindertauglich. Limetten-Sorbet, Feigenmousse und ähnliches Zeug halt. Ich rief unseren Kellner, bestellte für uns Erwachsene, und für meinen Sohn Palatschinken – möglichst dünn, mit Erdbeermarmelade bitte!! Da fiel er mir zum ersten Mal maximal ungut auf. Die Augenbrauen fast bis zum Haaransatz raufgezogen. „Palatschinken stehen nicht auf unserer Dessertkarte.“ – Nun, des Lesens bin ich durchaus mächtig, ganz gefasst und ruhig bat ich ihn, er möge doch den Küchenchef bitten, ob er so nett sei usw. usw. – Nach einer Viertelstunde kamen unsere Desserts. Alle bekamen, was sie bestellt hatten, nur mein Sohn bekam gar nichts.

Gestatten Sie mir einen kurzen cineastischen Einschub. Ich habe Ihnen noch nicht meine Lieblingsfilme aufgezählt. Ich habe das absichtlich nicht gemacht. Es ist eine modische literarische Attitüde, persönliche Hitparaden aufzuschreiben. – Interessiert doch keine Sau. Wichtigtuerei und Anbiederung, wenn Sie mich fragen. Einen Film verrate ich, aber nur, weil es für die Geschichte wichtig ist: „Die Fahrraddiebe“ von Vittorio De Sica aus dem Jahre 1948. Die Jahreszahl habe ich eben nachgelesen. Auswendig wusste ich das natürlich nicht.

Sie erinnern sich. Der Vater hat endlich wieder Arbeit als Plakatkleber. Mit dem letzten Geld kaufen sie ein Fahrrad. Das braucht er für seine Arbeit und es wird ihm gleich am ersten Tag gestohlen. Mit seinem Sohn zieht er durch Rom und sucht es, weil er ohne Fahrrad seine Familie nicht ernähren kann. Die Szene Vater und Sohn im Restaurant – warmes Essen können sie sich eigentlich gar nicht leisten. Sie sitzen bescheiden an einem der Holztische. In der Zone mit den gedeckten Tischen ist eine andere Gruppe mit Geld. Diese gesellschaftliche Spannung, der süße kleine Bub, der auf seinen Vater stolz sein möchte. Die Art, wie sie behandelt werden. So was fegt mich weg, da werde ich zum Kommunisten. Das wollte De Sica wahrscheinlich auch erreichen.

Ich bleibe standhaft, aber glauben Sie mir, meine Top Ten-Filmliste würde mich ja als feinsinnigen Intellektuellen ausweisen, nur meine Reflexe und Lösungsansätze ähneln eher dem klassischen George Segal-Fan. Wenn ich mir so einen Film zwischen 300 Cineasten anschaue, bin ich sicher der Einzige, der sich dann denkt: „Tritt das fette Kellner-Arschloch unter den Tisch und piss ihm in seine Scheißfresse. Bitte tue es, tu es für mich!" Ich kann nicht anders. – Auf meinen Sohn bin ich sehr stolz, der passt auf mich auf. Der ist schlauer als ich.

Zurück zur aktuellen Dessert-Situation. Die Bombe begann zu ticken. Es wurde langsam eine Die-oder-wir-Situation. Schuld war auch mein Freund S. Der redet nicht viel, Leute, die ihn nicht kennen, meinen, er denke nicht viel. Das wäre für seinen Job auch nicht weiter wichtig. S. ist mein Freund, das ist wichtig. Auf meine Frage, was denn nun sei, gab der Kellner die dümmste aller Antworten. Er habe – ungern aber doch – nachgefragt und der Küchenchef „könne uns beim besten Willen nicht helfen". – Beim besten Willen nicht helfen! Wir sind in Österreich, jeder hier kann Palatschinken machen. Vielleicht, aber nur vielleicht, gibt es in den psychiatrischen Anstalten ein paar ganz schwere Fälle, die das wirklich nicht zustande bringen. Aber in einer Küche. Unvorstellbar!! Mein Sohn wollte die Situation retten, er nahm sich meine Feigenmousse in Calvadossauce und begann tapfer zu essen. Ich liebte ihn dafür. Ich konnte sehen, wie es ihm wirklich nicht schmeckte. S. sah das auch!! Nie vorher oder nachher habe ich S. elf Worte am Stück sagen gehört: „Ich gehe jetzt in die Küche und mache dem Junior Erdbeerpalatschinken." Sagte es und stand tatsächlich auf. Der Hai stand auch auf, aus Solidarität. Das Thai-Mädchen auch, aus Dummheit, sie dachte wir gehen. Sie war fluchtartige Aufbrüche gewohnt.

S. marschierte an dem schwulen Arschloch vorbei in Richtung der weißen Schwingtür. Unbeirrbar wie ein Geländewagen. Es war klar, nur eine Handgranate konnte ihn stoppen – aber auch nur vielleicht. Plötzlich waren alle da, die zarten lebensmüden Weißbrotkellner, die Tunte von der Garderobe. Sogar den Küchenchef sah ich für einen Moment durch die Schwingtür.

Was genau in der Küche passiert ist – ich weiß es bis heute nicht. Wie gesagt, S. redet nicht viel und Erzählen ist schon gar nicht seine Stärke. Jedenfalls gab es keine Verletzten, sonst wäre die Polizei gekommen. Die kam nicht, dafür kamen die umkämpften Palatschinken.

Wir bekamen eine Flasche Wein auf Kosten des Hauses, unser Trinkgeld haben sie dann nicht genommen. Bei der Garderobe hat mich dann so ein grau melierter Herr angesprochen, wahrscheinlich der Besitzer, wir mögen bitte nicht wieder kommen. Kein Problem, hatten wir ohnedies nicht vor.

Meine Schuhe sind geputzt, aufgeräumt habe ich auch. Als Lisa bei mir zum Essen war, wusste ich nicht so recht weiter, weil sie eben schon da war. Sollte sie heute Abend noch mit zu mir kommen, werde ich mutiger sein. Das Bett habe ich jedenfalls frisch überzogen. Im Restaurant wird es keine Vorfälle geben. Lisa hat etwas Beruhigendes. Erst dachte ich, das kommt vom ewigen Kiffen, aber ich glaube, so ist sie wirklich. Was wird sie wohl anziehen? Mir ist das egal, auch wenn sie in einem grünen Trainingsanzug kommt – ich werde sie auf jeden Fall lieben.

46
Horen, nicht Huren – Korrekturprogramm
Essen mit Lisa

In der Jugend habe ich viel gelesen. Damals war ich noch Mitglied einer Leihbücherei. Ich liebte den Geruch und diese ehrfurchtsvolle Stille. Selbst die lautesten Menschen flüsterten, wenn sie suchend durch die hohen Regale streiften. Sonst bin ich nicht so zwanghaft veranlagt, aber damals las ich Autoren in alphabetischer Reihenfolge. Natürlich nicht alle, aber Kasten für Kasten.

Nach Hemingway kam Hermann Hesse. Soweit kennen Sie mich jetzt schon: für Hermann Hesse bin ich zu dumm, aber Hemingway war ganz klar meines. Frauen, Kampf und Alkohol, so stellte ich mir mein Männerleben vor. Hesse habe ich nur in der Öffentlichkeit gelesen, zum Angeben und traurig Dreinschauen.

Es musste sich etwas ändern, noch ein Glasperlenspiel und ich wäre zu Bravo und Jerry Cotton zurückgekehrt. Ich bin ganz nach hinten in den schon etwas düsteren Z-Bereich. Dort wo es, bis auf das leichte Knarren des Parkettbodens, wirklich still war. Heute weiß ich es nicht mehr, gibt es eigentlich einen Klassiker hinter Carl Zuckmayer? Ich meine einen, von dem man doch mal was gelesen haben sollte? Auf jeden Fall habe ich mir „Als wärs ein Stück von mir" ausgeliehen. Aus zwei Gründen: „Des Teufels General" war gerade nicht da und die Autobiographie von Zuckmayer hatte für mich einen sehr spannenden Untertitel. Nämlich „Huren der Freundschaft"!

Wie gesagt, im Z-Bereich war es eher düster. Die nächste 60 Watt-Glühbirne war sicher vier Meter weit entfernt.

Gleich in der Straßenbahn habe ich mit dem Lesen begonnen und als ich bemerkte, dass der Untertitel bei Tageslicht eigentlich „Horen der Freundschaft" lautet, war es zu spät. Ich war gefangen.

Schreiben macht mir keinen Spaß. Denken macht mir Spaß, am liebsten denke ich öffentlich und leise. Ich möchte viele Menschen um mich haben, die mich bitte aber auf gar keinen Fall ansprechen. Ansprechen ist strengstens verboten. Bei Lisa im Lokal mag mich keiner, da habe ich meine Ruhe. Sie mag mich schon, aber sie hat mächtig zu tun. Die Menschen glauben sicher, ich bin nicht ganz richtig im Kopf, bloß weil ich manchmal mit verkniffenem Gesicht angestrengt dasitze, um mich dann plötzlich entspannt lächelnd zurückzulehnen. Dabei ist mir dann nur etwas Nettes eingefallen. Scheiß auf die Leute, sollen denken was sie wollen.

Schreiben macht mir wirklich keinen Spaß. Es hat was verdammt Endgültiges. – Kennen Sie noch die alten Regionalzüge, bei denen man zwischen den Waggons über eine offene Plattform gehen durfte? Als Kinder haben wir das oft gemacht. Die hinterste Plattform war mein Balkon. Am schönsten war das im Winter. Wenn wir dann aus der lärmenden dunklen Kälte zurück in das warme Licht der überheizten Waggons gestolpert sind, war es immer ein wenig wie Weihnachten. Wohlig und sicher.

Sobald ich ein Kapitel fertig habe, geht es mir wie früher: als stünde ich wieder ganz hinten auf meinem zugigen Balkon. Nur mit den Schienen ist das sonderbar, die verschwinden einfach, sobald mein Zug darüber gefahren ist. Es gibt kein Zurück. – Wie auch, ohne Schienen? Solange ich mein Kapitel ausschließlich im Kopf habe, ist alles großartig. Da bin ich der Chef, da hab ich alle Rechte! Fahre vor und zurück wie ich will. Da bin ich der Herr der Weichen.

Gestern war ich kein Chef. Gestern habe ich alles falsch gemacht. Wenn ich nicht solche Angst vor mir hätte, würde ich mich ja selbst ohrfeigen. Zweimal im Jahr bin ich betrunken und dann ausgerechnet an so einem wichtigen Tag. Hätte ich was zu Mittag gegessen, wäre das sicher nicht passiert.

Lisa war wunderschön und draußen war es verdammt kalt. Ich war eine halbe Stunde zu früh. Auf keinen Fall sollte sie suchend durch das schicke Yuppielokal stapfen. Ich wollte ganz bei ihr sein und nicht sitzend am Tisch auf sie warten. Manchmal beneide ich die Nichtraucher, manchmal denke ich auch, es wäre besser aufzuhören. Aber nicht bei diesem Wetter! Auf keinen Fall. Ganz an die Hauswand gepresst im kalten Regen stehen, auf eine schöne Frau wartend, und dabei eine Zigarette zu rauchen, ist großartig. Da bemitleide ich jeden, der dieses Gefühl missen muss.

Lisa war so süß. Ein Herrenmantel mit einem schmalen, aufgesetzten weißen Pelzkragen. Entweder der Mantel war ein wenig zu klein, oder Lisa etwas zu groß. So was rührt mein Herz so, dass es schon fast weh tut. Die Schuhe sind schwer zu beschreiben. Ich weiß nicht, ob es geschnürte Damenhalbschuhe gibt. Lisa hat auf jeden Fall ein Paar davon. Schwarze, viel zu große Hosen, ein dunkler Pullover mit ein paar ganz kleinen weißen Farbspritzern, und die Haare hochgesteckt.

Lisa sah großartig aus. Lisa sah aus wie eine wunderschöne tapfere Trümmerfrau aus den ersten Friedenstagen in Berlin. Sehr passend zu meinem Trümmerleben. Ich habe sie zu unserem Tisch geführt und auf sie aufgepasst. Hätte eine von den gebräunten, yuppösen Fickschlampen auch nur gewagt, ihre Augenbrauen einen viertel Millimeter hochzuziehen, hätte ich ihr das „Vitello Tonnato" in ihr Plastikdekolleté geschoben.

Lisa roch so gut. Ein wenig nach Parfum und Café und ein wenig nach Zigaretten und Ölfarbe. Eine perfekte Mischung. Unser Kellner war nett und aufmerksam. Er war auf meiner Seite, wusste einfach, was für ein wichtiger Abend das für mich war. Nie wieder wollte ich Witze über Türken und Schwule machen. – Wir haben eine Flasche Wein bestellt und vorher noch einen Aperitif. Ich habe gar nicht viel gesprochen, wollte nichts falsch machen. Wollte sie nur mit Botenstoffen der Sehsucht überfluten und ganz, ganz vielleicht ihre Hand halten. – Nicht nur, dass ich, wie erwähnt, kaum was gesagt habe, ich hörte auch kein bisschen zu. Trank ein Glas Wein nach dem anderen und hielt mich nur an den Stichworten wie „Nähe“ und „wichtiger Mann“ fest.

Wann bitte sollte man einer Frau seine Liebe gestehen? Wie machen Sie das? Erst beim Dessert oder doch schon während des Hauptgerichtes? – Hauptsache irgendetwas im Magen, wenn es einmal im Leben wirklich wichtig werden könnte!

Vielleicht war das der Fehler? Ich war zu früh dran. Ganz sicher. Aber ich merkte, wie meine Zunge immer schwerer wurde, es war ja irgendwie mein Frühstück.

An meine genauen Worte erinnere ich mich nicht mehr. Wahrscheinlich habe ich ein wenig gestammelt. Es war wie im Film, nur bin ich nicht niedergekniet. Habe Lisa gestanden, dass ich sie liebe und ein Stück meines Lebens an ihrer Seite sein möchte. Selbstverständlich mit Option auf Vertragsverlängerung. Erst habe ich gedacht, sie lächelt. Erst habe ich gedacht, ihr Kinn zittert, weil sie auch so weggefegt war wie ich. Habe mit einer enormen Mutleistung sogar absichtlich ihre Hand genommen. – Dann habe ich die Träne gesehen. Es war nur eine kleine und Lisa hat sie auch gleich weggewischt. Aber ich habe sie gesehen. – Weinen Frauen eigentlich immer beim Essen, oder passiert das nur mir?

Dann habe ich leider zugehört. Ganz genau sogar. Lisa hat mir gesagt, wie viel sie für mich empfinde, aber dass sie mich nicht liebe. Nicht lieben könne. Ich sei leider so verkracht und alles an mir mache ihr Angst. Mein Leben, meine Freunde und meine Perspektiven. Ich sei ja eigentlich ein toller Mann, aber sie wolle es angenehm und einfach haben. Sie wolle keine Angst haben. Ich solle doch erst mein Leben in Ordnung bringen und dann vielleicht, man wird sehen usw.

Alles begann zu wackeln und sich zu drehen. Ich kam mir vor wie auf einem beschissenen Schiff in einem scheiß Sturm. Verkracht? In Ordnung bringen? Einfach und angenehm? Sonst bin ich ein höflicher Mann. Es tut mir jetzt auch Leid und vor allen Dingen ist es mir peinlich. – Ich bin einfach aufgestanden und gegangen. Natürlich habe ich vorher noch bezahlt. Draußen regnete es immer noch. Ich wollte kein Taxi, niemand sollte mich irgendwas fragen. Wie es mir geht oder so. Bin einfach losmarschiert. Nicht einmal die Jacke habe ich mir zugeknöpft.

Lisa ist sicher noch einige Zeit dagesessen. Hat sicher gedacht, ich komme gleich wieder. Niemand hat ihr in ihren putzigen Mantel geholfen. Den mit dem weißen Pelzkragen. Niemand hat sie nach Hause gebracht. Ich Arschloch bin daheim auf dem Bett gelegen und habe auf mein Handy gestarrt. Im Dunklen noch dazu. Nach ein paar Stunden hat sie dann angerufen. Ihr Name hat auf meinem Display geblinkt. Ich war zu feig, habe nicht abgehoben. Normalerweise komme ich tadellos mit mir aus. Man könnte fast sagen, ich kann mich wirklich gut leiden. Nicht an dem Abend, das können Sie mir glauben.

Ich werde jetzt aufgeben. Ich werde Lisa einfach nicht mehr lieben. Viel besser, ich werde mich überhaupt nicht mehr verlieben. Mal sehen, vielleicht rufe ich Patrizia wieder an. Die macht mich zwar auch unglücklich, nur habe ich dann nebenbei wenigstens guten Sex.

Aber Scheiße noch einmal, Lisa gehört doch zu mir. Zu mir und niemand anderem sonst. Ich weiß das einfach. Es muss so sein. Es war doch dieser Moment. Der Moment, als ich ihre Hand hielt. Vielleicht war es meine Aufregung, vielleicht war auch die kleine Träne schuld. Ich habe ihre Hand fest gehalten. So fest, dass ich ihr Herz schlagen spürte. Und wissen Sie, wie das war? Es war – *als wärs ein Stück von mir.*

47
Die Peepshow – Yasmina und die Entspannung – Der haarige Hassim

Was soll ich sagen, wie soll ich beginnen? Vielleicht mit einer Frage? Wollten Sie immer schon jemanden kennen lernen, der alles über Peepshows weiß? Nun denn, hier bin ich! Wo soll ich anfangen, bei der wunderschönen Yasmina oder doch beim maximal hässlichen Hassim? Nein, ich fange bei mir an, da kenne ich mich am besten aus. Da weiß ich alles, oder doch fast alles, oder doch fast nichts?

Wenn Sie jetzt denken, ich hätte Yasmina in der Peepshow kennen gelernt und gleich mitgenommen, muss ich Sie enttäuschen. So was würde nicht einmal mir gelingen. Weil der Satz „Gäste sind keine Männer“ nirgendwo mehr gilt als bei den Grazien des Kessels. Was ja insofern bemerkenswert ist, da die Gäste genau den entscheidenden Körperteil heftig wedelnd präsentieren, um genau das zu zeigen, was die Mädchen offenbar nicht glauben wollen. Nämlich, dass sie Männer sind.

Ich habe Yasmina in einem Massageinstitut kennen gelernt. Absichtlich habe ich das Wort Institut verwendet, weil alles so medizinisch steril war. Helle Räume mit Neonlicht, an der Wand diese Poster von filetierten Körpern mit angezeichneten Massagepunkten und nicht zuletzt das Auftreten der Damen: weiße Gesundheitssandalen, weiße Hosen und ebensolche T-Shirts. Ich war schon öfters dort, wegen meines Rückens. Der fünfte Lendenwirbel links, Sie erinnern sich hoffentlich, aber vorher wurde ich nie so was gefragt.

Der Verhandlungsgegenstand war immer nur Teilkörper- oder Ganzkörpermassage gewesen und dann kam

Yasmina und hatte einen neuen Vorschlag. Wäre ich nicht ohnedies schon aufgebahrt auf der Pritsche gelegen, hätte ich mich wohl vor Schreck ein wenig setzen müssen.

Yasmina leierte ohne großes Engagement die massagetechnische Speisekarte herunter, um dann, zum krönenden Abschluss, mit gesenkter Stimme samt ebenfalls gesenktem Blick zum möglichen Höhepunkt zu kommen: „Für 900 Schilling können Sie gerne eine Entspannung haben und für 1200 Schilling ziehe ich mich dabei aus und sie dürfen mich auch überall anfassen."

Hätten Sie gewusst, dass so was geht? Ich, ehrlich gesagt, nicht. Ich meine, alles ist doch so sauber hell und unerotisch. Hätte mich mein Zahnarzt gefragt: „Möchten Sie jetzt lieber eine Spritze oder soll ich Ihnen doch einen blasen?", wäre ich nicht verblüffter gewesen.

Dankend habe ich Yasminas Entspannungsangebot abgelehnt, obwohl ich gerne mehr gewusst hätte oder zumindest noch mehr darüber reden wollte. Es ist einfach ein reizvoller Gedanke, per Sie über sexuelle Leistungen zu verhandeln. Fragen wie: „Darf ich Ihnen auch zwischen die Beine fassen und würden Sie mir eventuell die Hoden kraulen?", sollten doch einmal gestellt werden.

Soweit kennen Sie mich schon, da fehlt mir dann doch der Mut. Ich habe mich auf den Bauch gelegt und eine Schweineangst gehabt. Vor was ich mich gefürchtet habe? Selbstverständlich vor dem Moment des Umdrehens. Dem Moment der Wahrheit. Yasmina arbeitete konzentriert meinen 100 Meter langen Rücken rauf und runter. Manchmal atmete sie mir unabsichtlich auf den Hals. Es war ein netter Atem, nicht nach Pfefferminz oder so riechend, nein, es war ein Atem nach schöner, feuchter Frau, und da wusste ich, wir werden Sex miteinander haben. Aber nicht hier auf einer schwarzen Lederpritsche. Yasmina wusste das zu dem Zeitpunkt noch überhaupt nicht. Sie wusste überhaupt wenig. Nicht einmal, was sie während der Arbeit mit ihrem Hund tun sollte, wusste sie. Und damit wären wir schon bei meinem Freund Hassim. Dem Hüter der Mädchen und der Hunde.

Ich kenne eine Menge sonderbare Männer mit sonderbar ungeklärten Biographien, aber der spektakulärste unter all jenen ist mein Freund Hassim. Angeblich bosnischer Moslem, meiner Meinung nach aber serbischer Zigeuner. Nun, Hassim ist ein moslemischer Name, aber gibt es moslemische Zigeuner? Ich glaube, er hat einmal im Handschuhfach eines Autos einen passenden Ausweis gefunden und, warum auch immer, ein wenig an seiner Vita gebastelt, so, wie wahrscheinlich vorher an dem Zündschloss.

Hassim schielt und er hat genau den passenden Beruf gewählt. Nicht etwa Fluglotse, nein, er ist Kassier in einer Peepshow. Die geldwechselnden Männer dort sind ihm sicher für diesen okularen Defekt dankbar. Man schämt sich ja doch, und Hassim kann einem wirklich nie in die Augen schauen. Jedenfalls nicht in beide gleichzeitig.

Es war Yasminas Idee, ich war nicht schuld. Selbstverständlich nicht, wie ich so gerne beim Wörtchen Schuld hinzufüge. Wir waren ins Gespräch gekommen, ich noch immer am Bauch liegend und auf der Suche nach möglichst unverfänglichen Themen. Ihr Akzent war mir aufgefallen. Das klang so vertraut nach ferner deutscher Heimat. Yasmina war Türkin aus Oberhausen und eigentlich gelernte Stripperin.

Woran das liegen mag? Ich meine, andere Männer tragen auch Goldketterln, ich bemühe mich um gutes Deutsch, bin höflich und meine raren Flüche in Anwesenheit von Damen können mich doch kaum enttarnen. Vielleicht ein bestimmter Geruch – wenn ja, hoffe ich, ist es das Odium des Alphawolfes. Oder es muss der Blick sein, früher konnte ich den möglichen oder tatsächlichen Umsatz des weiblichen horizontalen Unternehmertums ganz gut schätzen.

Wie schon erwähnt, ich lag am Bauch und geduscht hatte ich auch, es muss doch was anderes gewesen sein. Mir gefiel ihre Art zu sprechen, sonst erotisiert mich ja mehr die Abteilung der s-Laute, bei Yasmina war es das gurgelnde, semitürkische „R".

Nur, ich hatte total vergessen, wie sie aussah. Inzwischen war sie beim Nacken angelangt und arretierte ganz zart meinen Kopf in dem dafür vorgesehenen ovalen Ausschnitt des Massagebettes. Schwarze Haare, viele Haare und dunkle Augen, das wusste ich noch. Sollte ich es riskieren? Immerhin konnte ich ihre Fesseln sehen, auch wichtige Körperteile. Yasmina trug diese weißen Gesundheitssandalen, selbstverständlich keine Socken, sonst hätte ich das goldene Kettchen ja kaum sehen können. Eine eklatante Entscheidungshilfe.

Ich hoffe, Sie glauben mir das jetzt?! In dieser Position habe ich sie um ein Rendezvous gefragt, quasi mein erstes Blind Date. Kurz darauf durfte ich mich dann auch umdrehen. Selbstverständlich hat sie ja gesagt. Und selbstverständlich sah sie phantastisch aus. Ich lag jetzt blinzelnd am Rücken und probierte, dezent das Kinn gegen meine Brust zu pressen. Man darf sich niemals in die Nasenlöcher schauen lassen, schon gar nicht vor der ersten Verabredung.

Yasmina war inzwischen bei der Innenseite meiner Oberschenkel angelangt. Kein Problem! Meine Erektophobie war verflogen, schließlich waren wir ja jetzt verabredet und ich hatte außerdem viel zu tun: Ich musste charmant und witzig sein, das Nasenproblem, wie schon erwähnt, unter Kontrolle haben und den in dieser Position kaum sichtbaren Bauchansatz durch ein wenig Einziehen und strategisch günstiges

Liegen gegen Null reduzieren. Bei diesem aufwändigen eigen-logistischen Prozess blieb einfach keine Zeit, Blut in irgendwelche Schwellkörper zu dirigieren. Ich lag da und freute mich auf alles, was da wohl kommen würde.

Ich wäre ja erst essen gegangen und dann vielleicht noch ein wenig ins Casino oder was trinken. Das ganze bewährte Programm eben. Yasmina wollte gleich mit zu mir. Der einzige Teil meines Körpers, den sie noch nicht gesehen und angegriffen hatte, gehört ja keineswegs zu meinen Problemzonen. Ich war also ganz entspannt und sie war wunderschön. Alles so weich und appetitlich, nur kein goldenes Kettchen um den Bauch. Aber man kann nicht alles haben.

Draußen wurde es immer dunkler. Den Hunden war es zu langweilig, sich noch länger anzuknurren. Yasmina lag in meinen Armen und stellte mir die eigenartige Freundinnenfrage. Sie können sich doch sicher an Ihre Schulzeit erinnern, wenn Sie nach langem Zögern den Mut gefasst haben, das kleine, süße Mädchen zu fragen, ob sie mit Ihnen „gehen" möchte oder doch nicht? Wenn nicht, war es auch egal. – So kam mir das vor. Am Anfang verstand ich nicht so recht, was Yasmina von mir wollte. Ich glaube, wenn Sie dabei gewesen wären, hätten Sie sie auch nicht verstanden.

Jetzt, aus frauenhistorischer Sicht, will ich ihren Vorschlag mal so zusammenfassen: Sie wollte wieder in einer Peepshow anfangen. Wegen des Geldes und wegen der Langeweile beim Massieren. Deshalb brauche sie einen Freund, am besten natürlich mich. Das wäre gut, wegen des Chefs und der anderen Mädchen. Sie würde auch mit mir ins Bett und auch essen gehen, aber nicht Sushi oder sonst irgendwas Asiatisches. Aber ich wäre nicht so richtig ihr Freund, weil ich etwas zu wenig Muskeln habe, ein wenig zu alt und obendrein auch kein Türke sei. Das war wahrscheinlich der schwerwiegendste Makel.

Eigentlich bin ich ein wahrhaft fauler Charakter und das Schlimmste daran: ich bin faul und obendrein noch stolz darauf. Sonderbarerweise bin ich aber hilfsbereit und trotz mehrmaligen ernsthaften Versuchen, an diesem unpassenden Makel zu arbeiten, komme ich nicht davon los. Deshalb habe ich ja gesagt, und deshalb habe ich sie zu meinem Freund Hassim gefahren. Habe ich Ihnen schon erzählt, dass er schielt? Auch Sie würden das sofort merken. Gewöhnlich sitzt er neben der Kassa beim linken Spielautomaten. Mit dem einen Auge verfolgt er die rotierenden Gurken und Kirschen, mit dem anderen beobachtet er die Tür.

Nur gegen Ende seines Dienstes sitzt Hassim richtig in der Kassa, dort wo er hingehört. Zwar eher, weil ihm die Munition für die Automaten ausgegangen ist, somit unfreiwillig, aber dann kann man sich mit ihm unterhalten und ihm bei seinen anderen Hobbys zuhören: Jammern und Angeben.

Gejammert wird über die Mädchen und die Kunden gleichermaßen. Über die Mädchen, weil sie in seinen Augen alle strohdumm sind und ständig zu spät auf die rotierende Bühne kommen. Und, weil sie mitunter unerlaubterweise in den Solokabinen weiterwerkeln, wenn das Licht schon erloschen und somit kein Geld mehr im Schlitz ist. Manche Mädchen haben halt ein weiches Herz und blasen noch schnell weiter, wenn der Kunde kurz davor ist. Es wäre dem furiosen Finale auch abträglich, in den Taschen der heruntergelassenen Hose nach Münzen zu kramen.

Über die Kunden jammert Hassim, weil sie ihm auf die Nerven gehen mit ihren Fragen und Sonderwünschen. Hassim ist schon lange dabei. Er kann sich noch an die goldenen Zeiten erinnern, als die Herren noch willenloses, von Scham gebeuteltes menschliches Plasma waren, und mit hochgestelltem Kragen und obligatem Hut ins Lokal und zur Kassa huschten, ehe sich die Augen an das düstere Licht gewöhnt hatten. Damals konnte man standardmäßig bei jedem Wechselmanöver statt zehn nur neun Münzen rausgeben. In ihrer Aufregung merkten das die Freier kaum, und wenn, keiner hätte es gewagt, sich zu beschweren. Jeder war froh, doch nicht den Nachbarn oder den ehemaligen Religionslehrer getroffen zu haben.

Es ist nicht nur dieses fehlende Taschengeld, das Hassim vermisst. Er ist über das wachsende Selbstbewusstsein der Konsumenten käuflicher Liebe generell verwirrt. Als vor kurzem einer aus der neuen Generation seinerseits versuchte, Hassim mit einem kleinen Wechseltrick zu betrügen, war er in seinen Grundfesten erschüttert. Nicht wegen der Respektlosigkeit, für ihn war das ein Zeichen für den endgültigen Verfall unserer Sitten und somit wahrhaft besorgniserregend. Ein österreichischer Freier, der einen Jugoslawen in Wien in seiner eigenen Sportart zu übertölpeln versucht! Wohin soll das bitte führen?

Hassim ist somit, ohne den Begriff auch nur annäherungsweise zu verstehen, ein echter Kulturpessimist. Auch wenn das Feld seiner soziologischen Studien eher begrenzt ist. Ähnlich der Prostituierten in Friedrich Torbergs „Tante Jolesch“, die das drohende Unheil des Jahres 1938 erst erkannte, als sie einen Masochisten in Behandlung hatte, der doch tatsächlich zurückschlug. Da machte sie sich das erste Mal Sorgen wegen Hitler und seiner Kumpane. Leider zu Recht und deutlich früher als viele andere Österreicher.

Ich bin dann hinein, ohne Hut natürlich und ohne Yasmina. Die lag bei mir im Bett und hatte mit schlafwandlerischer Sicherheit den schlechtesten Film aus meinen 35 Programmen gewählt. Hassim machte gerade seinen Rundgang. Durch intensives In-die-Knie-Gehen reduzierte ich unseren Größenunterschied auf einen Kopf. Haben Sie schon einmal mit Jugoslawen verhandelt? Jetzt bekommen Sie wieder einen meiner goldenen Ratschläge. Sprechen Sie einfach genau wie Lex Barker in den Winnetou-Filmen, und zwar speziell, wenn er mit wilden Indianern verhandelt.

„Mein Freund, du weißt, ich habe viel Respekt vor dir!" – Das war nicht Old Shatterhand, das war ich. – Dann müssen Sie eine lange Pause machen. Unbedingt! Pathos ohne Pausen funktioniert nicht. „Du weißt doch, mein Mädchen fängt nächste Woche hier an. Aber sie fängt nur an, wenn du sagst, dass es in Ordnung ist." – Pause – „Weil ich weiß, dass, wenn du sagst, es ist in Ordnung, dann ist es in Ordnung."

Das war die richtige Sprache für Hassim und mehr war auch nicht für mich zu tun. Jetzt wusste er, wie die Züge verkehren. Er würde Yasmina nett behandeln und vielleicht auch ein wenig fördern. Manchmal kommen ja großzügige Herren auf ein eiliges Service. Selbstverständlich ist das in Wien verboten, aber selbstverständlich gibt es auch richtigen Sex in den Solokabinen. Der Freier muss halt zweimal löhnen. Für das Licht im Minutentakt und für das Mädchen, je nachdem, was er sich Leckeres ausgesucht hat.

Hatten Sie schon einmal Sex in der „Solo"? Wenn ja, haben Sie meinen potenzmäßigen Respekt. Ich würde das nicht hinkriegen. Keine Chance. Die Enge, der Lärm der klappernden Türen. Dann noch die unglaublich laute Discomusik, die wohl das Gegrunze der Onanisten übertönen soll. Und natürlich Hassim. Der Herr des Equalizers, der selbstverständlich immer die Bässe bis zum Anschlag hochfährt. So, wie er das in der Jugodisco in Priština gewohnt war.

Hassim hat da deutlich mehr Selbstbewusstsein. Der Mann ist sich seiner Manneskraft ganz sicher und obendrein hat er auch eine Vision. Vielleicht glauben Sie mir das jetzt nicht, vielleicht glauben Sie, nur Dichter und Denker haben so was. Ich kenne natürlich nicht die Wünsche und Hoffnungen aller dicken und spielsüchtigen Bosnier, aber die von Hassim kenne ich schon. Ich weiß sogar die entscheidenden Uhrzeiten: 18 Uhr und 21 Uhr. Da gibt es auf der rotierenden Scheibe die allseits beliebte Pärchenshow.

Die schmalen Stehkabinen sind bis auf die letzte gefüllt. Jeder Gast ist münzenmäßig aufmunitioniert. Die extraweichen Taschentücher – man gönnt sich ja sonst nichts – sind in Griffweite. Die kleine, doppelt blondierte Polin räkelt sich schon im Kessel und bahnt mit einem schmalen, rosafarbenen und selbstverständlich fluoreszierenden Dildo den Pfad für das Riesenteil von Slavko. Nicht der Slavko, den Sie von der Tankstelle her kennen. Nein, Slavko, der kroatische Hengst, dessentwegen die Mädchen nur mit kleinen Trippelschritten auf die Bühne kommen – das mit der Gleitcreme soll wirklich keiner wissen!

Nur, Slavko kommt nicht. Was ist passiert? Hat er sich beim Anlegen des Tigertangas das Kreuz verrissen? Egal, auf jeden Fall herrscht Unruhe in den Pressspanzellen. Fast wie bei einem Fußballmatch, nur haben dort die Zuschauer bei den erregten Zwischenrufen selten ihr erigiertes Glied in der Hand. Schade eigentlich! Zurück zu Hassims Wunschtraum:

Hassim nimmt das Mikrophon, will gerade mit Bedauern die Pärchenshow absagen. Gleich beide, auch die für 21 Uhr. Am Anfang ist es kaum zu hören, am Anfang könnte man denken, es wäre Teil der Musik. Irgendwelche sonderbaren Chöre, die ein Crack rauchender DJ über Donna Summers „Love to love you Baby“ gelegt hat. Aber dann, dann wird es deutlicher. Es wird deutlich deutlicher. Es ist dezibelmäßig nicht mehr zu überhören: „Hassim … Hassim … Hassim … Hassim“, klingt es aus heiseren Kehlen.

Statt Verdis Gefangenenchor in der Staatsoper der Chor der Gefangenen der Lust in der Peepshow. Und Hassim rettet, Hassim stellt seinen runden, haarigen Körper zur Verfügung. Nur seine schwarze Frotteeunterhose, die lässt er am

Anfang an – Spannung muss sein und Kroaten kann er sowieso nicht leiden.

Er nagelt sie alle durch. Die doppelt blondierte Polin, die original blonde, blasse Weißrussin, dann Fiona und Alina, die beiden rassigen Lettinnen, die entweder Schwestern sind oder lesbisch, oder, wie Hassim sich so sehr wünscht: beides! Hassim besorgt es allen, sogar Dunja aus Rijeka – Politik ist Politik und Ficken ist Ficken, besonders bei Visionen.

Auch die Mädchen, die schon Dienstschluss haben, stellen sich brav in der Reihe an und Hassim würde wahrscheinlich ewig so weitermachen und die Zuschauer hätten sicher auch gerne ewig weiter zugesehen. Nur die Lautsprecherdurchsage des Chefs unterbricht das Gerammel: „Bitte aufhören zu ficken, die Boxen sind voll und beim Früchtebonus fehlen nur noch die Gurken."

Das ist Hassims Vision, ich kannte sie schon länger und ich habe extra gefragt, ob ich sie so aufschreiben darf. Er hat es mir erlaubt, allerdings hat er eine Bedingung gestellt: Sollte mein Buch jemals verfilmt werden, darf nur Hassim den Hassim spielen. Ich möchte gerne, dass Sie das wissen: weil, sollten Sie jemals im Kino zwischen John Malkovich, Ray Liotta, Angelina Jolie und Uma Thurman einen kleinen, haarigen Bosnier sehen, wundern Sie sich bitte nicht. Schießen Sie keinesfalls auf den Pianisten und schimpfen Sie bitte in diesem Fall nicht auf den Regisseur. Der kann nichts dafür. Ich musste Hassim da reinpressen, auch gegen den Widerstand von Uma. Ich hoffe, Sie halten es so wie ich und brechen niemals eine Vereinbarung. Ganz besonders nicht solche, die Sie in Peepshows getroffen haben.

48
Schopenhauers Pudel – Der Stöckchenwerfer
Das Mädchen und der Apfel

Zuerst muss ich Ihnen ein Geständnis machen: Ich habe ein wenig gelogen und es lässt sich nicht länger verheimlichen. – Sie erinnern sich doch an meine Nacht mit der unbekannten Kellnerin. Als ich dann nicht schlafen konnte und im Halbdunkel das Buch über Ethik und Moral gelesen habe. Es hat dramaturgisch einfach gut ins Konzept gepasst, zu behaupten, ich hätte nie vorher oder nachher ein Buch über Philosophie gelesen. Ich habe schon ein paar mehr gelesen, aber noch keines wirklich verstanden.

Philosophische Bücher verwirren mich und ich misstraue ihnen. Sie sind oft so absolut. Ohne das unschuldige „vielleicht" wird so viel als sicher und eindeutig dargestellt. Das kann ich nicht verstehen. Mir fällt es schon schwer, ein Kapitel lang eine Meinung durchzuhalten. Nicht weil ich so wankelmütig bin, sondern weil das Leben selbst wunderbar verwirrend ist.

Matjes mit Salzkartoffeln und Apfelrahm kann mich mitunter zu den sinnlichsten Gedanken inspirieren. Wenn Sie ein wirklich kleines Stück Matjes auf eine halbe zerdrückte heiße Salzkartoffel legen und obendrauf eine schöne Portion Rahm mit Apfelstückchen von halbsüßen Äpfeln, haben Sie einen zarten Hauch vom wunderbaren Geschmack der Frauen.

Das sind meine momentanen Gedanken zu diesem einfachen Gericht. Nun, es ist spät abends und wahrscheinlich rotieren noch Resthormone der gestrigen Nacht durch meine Blutbahn. Müsste ich mir am frühen Morgen Gedanken zu gesalzenen Heringen machen, sähe mein Text sicher völlig anders aus.

Ich habe in letzter Zeit einiges riskiert. Habe in einigen Büchern jenseits meiner Gewichtsklasse gestöbert. Sogar an Schopenhauer, dem Mike Tyson der Philosophen, habe ich mich versucht. Er hat gewonnen. Ich bin in der ersten Runde k.o. gegangen. Dabei hatte ich einen guten Grund, mir ausgerechnet Schopenhauer auszuwählen. Ein Philosoph, der seinen Pudel „Atman" (Weltseele) nennt, hat mein Interesse geweckt. Ich dachte, wir Hundebesitzer halten gewöhnlich zusammen und so müsste ich seinen Gedanken doch folgen können. Immerhin hat er mich dazu gebracht, mich wieder ein wenig um mein Sexualleben zu kümmern. Doch davon später. Gelesen habe ich ihn auch in der Hoffnung, er könne mir zwei Fragen beantworten. Wie ich ein wenig Ordnung in mein Leben brächte. Und wer, bitte schön, unsere Welt retten solle.

Können Sie sich an die Dallas-Hysterie Anfang der 80er Jahre erinnern? Von Folge zu Folge haben wir vergeblich auf die Lösung der Probleme gehofft. Stattdessen gab es immer neue! War J.R. ausnahmsweise einmal nett zu seiner Sue-Ellen, bekam der Vater einen Herzinfarkt. Brachte Bobby einmal den Mut auf, seinem Bruder zu widersprechen, starben wieder ein paar Kühe. Keine Folge von Dallas war jemals angenehm, aber immer sind wir am nächsten Dienstag wieder erwartungsvoll vor dem Fernsehgerät gesessen.

So fühle ich mich, wenn ich als Amateur in philosophischen Werken herumstöbere. Ich finde ein interessantes Zitat, suche den Text, verstehe ihn nicht. Bekomme aber einen Hinweis auf einen Kommentar. Suche diesen erfolglos, entdecke aber ein neues interessantes Zitat. Suche den Quellentext usw. usw.

Apropos Zitate. Ich habe einen superschweren Fehler gemacht. Jetzt weiß ich das. Eigentlich weiß ich es schon länger. Damals, als ich bei meiner Patrizia die blauen Flecken entdeckt habe, war ich einfach verzweifelt und wütend. Anstatt meinem archaischen Reflex folgend dem Scheißkübel von Schläger sein Wixerhirn rauszublasen, habe ich ein etwas zu emotionelles Kapitel geschrieben. Da kann es schon passieren, dass man den „Kaufmann von Venedig“ mit „Hamlet“ verwechselt. Sogar Shakespeare hätte dafür Verständnis.

Aber um das jetzt richtig zu stellen. „Wenn ihr uns stecht, bluten wir nicht?“ ist selbstverständlich nicht aus Hamlet. Es stammt eben aus dem „Kaufmann von Venedig“. Warum ich das nicht einfach heimlich korrigiert oder wenigstens früher richtig gestellt habe? Nun, erstens gab es noch keine gute Gelegenheit dazu, und zweitens sind mir die Leser, die nach diesem literarischen Fauxpas mein Buch entrüstet für alle Zeit weglegen, ohnedies egal. Dass Sie mich für keinen Idioten halten, ist mir schon wichtig. Sie haben ja bis jetzt heldenhaft durchgehalten.

Mit Schopenhauer möchte ich mich nicht noch einmal zitatmäßig verkühlen. Er schreibt ganz sicher ungefähr so, dass der Mensch die ersten 40 Jahre seines Lebens den Text liefert, die restlichen 30 dann nur noch den Kommentar. Ein wenig habe ich mich ertappt gefühlt, aber ich bin über vierzig und habe noch Lust auf eine Menge Text. Deshalb, und weil mir Schopenhauer unsympathisch ist und er nie Recht haben sollte, habe ich gestern die Frau mit dem kleinen Hund aus dem Park verführt.

Wenn man als Arbeitsloser werktags regelmäßig im Park sitzt, lernt man sonderbare Männer kennen, die sonderbare Gedanken haben. Einer ist mir besonders ans Herz gewachsen. Der Stöckchenwerfer. Wäre ich Michael Köhlmeier oder Peter Handke, hätte ich jetzt den Titel für meinen Roman – „Der Stöckchenwerfer". Aber mich kennt ja noch keiner, ich muss einen Titel mit mehr Esprit wählen. – Dass man Bücher lesen kann, ohne sie zu verstehen, ist ja wohl logisch. Aber dass man Bücher verstehen kann, ohne sie zu lesen, wusste ich vorher nicht. Ich habe den Stöckchenwerfer aus dem Park nie gefragt, ob er den „Fänger im Roggen" gelesen hat. Wozu auch? Er ist es! Er hat sein Roggenfeld gefunden.

Kinderlose Frauen Mitte dreißig kaufen sich oft einen kleinen Hund, um im nächsten Sommer dann doch stolz einen Kinderwagen durch den Park zu schieben. Der in der Zwischenzeit gar nicht mehr so kleine Hund trottet meist beleidigt und leicht irritiert hinterher. Wahrscheinlich macht er sich Vorwürfe, fragt sich, was er falsch gemacht hat. So sind Hunde nun mal.

Sie kennen doch den Begriff „Montagsauto"? Bei uns im Park ist eine Frau, die hat beides! Ein Montagskind und einen Montagshund. Beide sind unglaublich anstrengend und laut. Daheim hat sie es sicher auch nicht leicht, aber Showdown ist im Park. Genauer, in der Hundezone. Das Kind zerrt und schreit, der Hund zerrt und bellt. Das blanke Chaos bräche aus, wäre da nicht der Stöckchenwerfer. Der ist unser Präsident. Sein Territorialgebiet umfasst die komplette Hundezone und das Stückchen Gehsteig auf der anderen Seite des Zauns.

Der Präsident sortiert die Hunde, beruhigt die Kinder. Wenn es einmal ein wirkliches Problem gibt, wie etwa zwei unbeleinte Rüden, kann er auch streng werden. Sonst regiert er mit sanfter Hand. Hält den Muttis mit den Kinderwägen auch jedesmal galant die viel zu schwere Zauntür auf.

Der Liebe Gott ist sicher sehr zufrieden mit ihm. Was hinterließe der Stöckchenwerfer doch für eine Lücke in der gar nicht so perfekten Ordnung der Schöpfung, wenn ihm das Arbeitsamt zum Beispiel einen Job als Schonbezüge-Verkäufer für Autositze vermittelte? Was für eine Verschwendung seiner Talente? Er wird doch bei uns gebraucht!

Auch ich bemühe mich redlich. Auch ich will eine wichtige Funktion im Park haben. Frauen haben ein Recht auf eine Grundversorgung mit poetisch-anzüglichen Komplimenten. Darum kümmere ich mich mit großer Ernsthaftigkeit. Ich kann das normalerweise wirklich gut. Diesmal ist es mir ein wenig entglitten. Statt zart und poetisch wurde es wild und real. Sollte sich so eine Nacht wiederholen, werde ich mir einen schönen Namen für sie ausdenken. Jetzt habe ich dafür keine Zeit, jetzt muss ich eine Tirade von Hohn und Spott auf unsere Philosophen loslassen.

So viel gäbe es für sie zu tun. So viele Sachen müssten die Philosophen den Menschen heute erklären. Und was tun sie? Zerbrechen sich etwa den Kopf darüber, ob Platon im Alter eigentlich selbst noch als Platoniker bezeichnet werden kann. Sehr wichtig, meine Herren!! Wirklich, Respekt!

Warum lese ich nie in der Zeitung: „Philosoph überfiel Arbeitsamt mit Pump-Gun"? Was hätten die Beamten dort für einen Bedarf an Vorträgen zum Thema „Der Mensch und seine Würde". Das müsste man ihnen doch einmal fachkundig erklären. Ob sie wollen oder nicht, dann eben mit Gewalt. – Was kann es Wertloseres geben als im schwulen Audimax. vor schwulen Studenten schwule Vorträge zu halten?

Warum steht nicht einmal ein Philosoph beim Obstregal im Supermarkt und verwickelt den Filialleiter zumindest in eine Diskussion? Fragt ihn, warum sich ein hungriges Punkmädchen nicht einfach einen Apfel nehmen sollte? Grundsätzlich muss man wahrscheinlich das System von Besitz und Geld akzeptieren, aber Hunger ist Hunger. Der einzige Grund dafür, warum noch niemand behauptet, Atemluft und Sonnenschein müsse man bei ihm kaufen, ist, dass man auf beides so schwer einen Preiszettel kleben kann.

Ich war da jetzt in so was verwickelt. Die Situation war ziemlich unübersichtlich, so wie es die Realität ja meistens ist. Ich sah ein zappelndes Mädchen auf der Straße am Boden liegen und über ihr einen großen fetten Typ im Anzug. Rundherum eine gaffende Menge. Der Fettsack schrie die ganze Zeit: „Polizei, Polizei!! Ruf doch jemand die Polizei!“ Ich bin hin, wollte sehen, was da läuft. Aus Wortfetzen habe ich dann die Geschichte überblickt. Das kleine Punkmädchen hatte im Supermarkt einen Apfel gestohlen. Niemand vom Personal hatte es gemerkt. Nur der Hilfssheriff im Anzug war hinter ihr hergesprintet. Das kleine Mädchen zitterte am ganzen Körper, hielt aber mit ihren blassen Händen den Apfel fest umklammert. Erst war ich höflich, habe das Arschloch gesiezt. Habe ihn ersucht, das Mädchen loszulassen.

Passend zu seinem teuren blauen Anzug hatte er eine dicke blaue Ader auf seiner Stirn. Beinahe wären sie und er zerplatzt vor Aufregung. „So sehen Sie doch, was passiert ist! Rufen Sie doch die Polizei!“ Kein philosophisches Buch konnte mir da helfen. Ich musste mich auf das verlassen, was ich in einem Jahrzehnt Nachtgeschäft gelernt hatte. Die gefährliche Drohung mit Verzögerungseffekt. Außerdem beschloss ich, ins Du zu wechseln. Das kommt besser.

„Hör zu, Bester. Lass das Mädchen sofort los, sonst brauchen wir wirklich die Polizei ... Und die Rettung auch! Dann führen sie uns beide weg. Aber nur mich aufrecht im Polizeiauto.“ – Er hat es verstanden und dann ging alles wahnsinnig schnell. Ich konnte meinen Triumph gar nicht genießen. Für eine halbe Sekunde ließ er das Mädchen los. Das Mädchen ließ den Apfel los, wand sich unter dem Fettsack hervor, lief im Rekordtempo die Straße hinunter und verschwand hinter der nächsten Ecke. Der Fettsack war genauso schnell weg. Den Apfel hatte er mitgenommen und sprintete in Richtung Supermarkt. Wahrscheinlich wollte er sich seine Verdienstmedaille abholen.

Die gaffende Menge zerstreute sich, nicht ohne mich vorwurfsvoll zu mustern. Ich hatte die Show abgebrochen. Es gab nichts mehr zu sehen und ich war schuld. Niemand hat sich bei mir bedankt. Das Punkmädchen hätte das sicher gemacht, aber die war wohl schon in einem anderen Bezirk. Irgendwie war das ein unbefriedigendes Ende. Hätte ich doch bloß noch dem Fettsack in den Arsch getreten.

Aber sonst habe ich das wirklich toll gemacht. Das weiß ich selber. Aber auf mich und meine Milieu-Freunde können Sie sich auf Dauer nicht verlassen. Wir retten nur ganz manchmal die Welt. Wir haben genug mit uns selbst zu tun. Außerdem müssen wir aufpassen, dass wir unsere Versace-Hemden nicht zerreißen. Über die Philosophen habe ich ja schon genug gesagt, die fallen auch aus. Die Yuppie-Arschlöcher mit den genagelten Schuhen sind dafür zu dumm. – Ja, wer bleibt dann, um unsere Welt zu retten?

Ich hoffe auf die sonderbaren Männer mit den sonderbaren Gedanken. Die werktags im Park sitzen und manchmal den Hunden die Stöckchen werfen. Zugegeben, auf den ersten Blick würde man sie nicht zum Favoritenkreis der Weltretter zählen. Aber für den Job fällt mir sonst beim besten Willen keiner ein.

49
Wim Wenders – Kokain und Raubtiere

Heute habe ich es gemacht. Heute habe ich mich bei Lisa entschuldigt. Wir haben einen Kaffee miteinander getrunken und ein wenig geredet. Alles war eher sehr peinlich und verkrampft. Da ist es passiert. Ich habe zu Lisa doch tatsächlich Lisa gesagt! – Ich meine, das ist ja nicht ihr richtiger Name. Aus Gründen der Diskretion habe ich ihn geändert. Hätte ich mir auch sparen können. Ich habe sie so genau beschrieben und es stimmen alle biographischen Fakten. Jeder, der uns kennt, weiß, wer Lisa wirklich ist. Sobald das Buch erschienen ist, kann ich sicher nicht mehr in ihr Lokal gehen. Viel zu peinlich! Obwohl das Klo so schön sauber und einsam ist. Außerdem, der Kaffee ist tadellos.

Den Namen Lisa habe ich absichtlich gewählt. Die Schauspielerin Lisa Kreuzer war in meiner Jugend für mich die begehrenswerteste und schönste Frau. – Wim Wenders war derselben Meinung. Heute bin ich ja maximal genervt von der selbstgefälligen und pathetischen Art seiner Filme. Aber damals habe ich nach jedem Wenders-Film mein Leben und meine Pläne geändert. Nur in Lisa Kreuzer war ich immer verliebt.

„Alice in den Städten“: Ich habe mir eine Polaroidkamera gekauft, bin Fotograf geworden und war in Lisa Kreuzer verliebt.

„Im Laufe der Zeit“: Ich habe meine langen Haare abgeschnitten, mir eine coole Sonnenbrille gekauft und war in Lisa Kreuzer verliebt.

„Der amerikanische Freund“: Ich habe meine kurzen Haare wie Dennis Hopper frisiert. Ich hatte die Erkenntnis, dass es wichtig ist, einen durchgeknallten Gangster zum Freund zu haben. Und war in Lisa Kreuzer verliebt.

In meine aktuelle Lisa bin ich selbstverständlich unabsichtlich immer noch verliebt. Aber ich werde dagegen ankämpfen. Mit absichtlichem Nicht-Treffen und so. Ich muss auf mich aufpassen. Wahrscheinlich konnte Wenders bei Lisa Kreuzer auch nicht landen. Ich will auf keinen Fall, und Sie wollen das sicher auch nicht, in so einen triefenden Schwuchtel-Stil verfallen. Ich werde jetzt Wim Wenders zeigen, wie man mit gebrochenem Herzen arbeiten kann, ohne sein Publikum zu bestrafen.

Die folgende Geschichte stimmt selbstverständlich. Sie handelt von Svetlana, und die heißt in Wirklichkeit auch ganz anders. Ich muss Sie warnen, die persönlichen Angaben zu dieser Frau musste ich einfach ändern. Sie kommt von irgendwo, nur nicht aus Jugoslawien. Sie schaut auch anders aus. Ich muss sie schützen, sie hat sowieso schon Ärger genug. Den hat sie mir allerdings auch gemacht. Ärger der übelsten Sorte.

Ich hasse Kokain. Unter all den Scheißdrogen ist das die unnötigste. Die Männer, mit denen ich jahrelang zu tun hatte, waren gefährlich und unberechenbar genug. Dieses verfickte weiße Pulver hat ihnen den Rest gegeben. Falco war auch schuld. So Jungs, die schon alles hatten. Ein dickes Bankkonto, ein noch dickeres Auto, eine hübsche Freundin, dumm wie ein Pudel. Was fehlt da noch, um ein wirklicher VIP zu werden? Logisch, ein Drogenproblem!

Mir fehlt völlig der Draht zu diesen Leuten. Die haben ihre eigene Welt und in der habe ich nichts verloren. Ich habe dort keine Truppen, nicht einmal eine diplomatische Vertretung. Weder meine Tricks noch meine Drohungen ziehen. Deshalb hasse ich diese Droge so. Sonst wäre es mir egal, sonst könnten sich die Eierköpfe reinziehen, was sie wollen. Ich mache mir keine Sorgen um sie. Ich mache mir Sorgen um mich.

Im Moment habe ich viel zu wenig Sex. Ständig muss ich daran denken. Es sind verdammt düstere Zeiten. Die alten Kontakte habe ich abgebrochen und in meinem neuen Jagdrevier streune ich erfolg- und beutelos herum. Das Gefühl der Liebe vermisse ich weniger. Das habe ich sowieso. Zwar in der Version perfekter Erfolglosigkeit, aber immerhin. Ich schwelge eher in Erinnerungen aus der Sexmonster-Abteilung. Alle diese aufregend scharfen Frauen aus meinem Leben. An Svetlana denke ich oft, Svetlana war die schärfste von allen. Sie kam natürlich aus Jugoslawien, woher denn sonst?

Wir hatten uns beim Essen kennen gelernt. Um fünf in der Früh. Viele Lokale gibt es nicht, in denen man rund um die Uhr warme Küche bekommt. Da treffen sich alle, die in der Nacht arbeiten oder sonst was machen. Svetlana war Kellnerin und hatte keinen Freund. Ich hatte viel Zeit und keine Freundin. So sind wir zusammen losgezogen. Wir wussten nicht viel und es verband uns wenig außer Essen und Sex. Und ich hatte sie einfach gerne um mich.

In der Öffentlichkeit war Svetlana immer eher distanziert. Nie hätte sie mich in Lokalen geküsst oder angegriffen. Aber bei mir zu Hause war alles anders. Da brach der slawische Vulkan aus. Ich bin mir nicht sicher, ob sie wirklich so wild auf mich war. Es entspricht einfach dem weiblichen jugoslawischen Selbstverständnis, den glücklichen Auserwählten mit einer gewaltigen Dosis Sex in ein sanftes, wohliges Bündel Mann zu verwandeln. Svetlana konnte das wirklich und sie war sehr ehrgeizig.

Wenn wir unterwegs waren, trafen wir immer alte Freunde von ihr. Und zwar ständig. Ich blieb dann an unserem Tisch sitzen und rauchte und Svetlana verschwand für zehn Minuten. Es war sonderbar, aber wie gesagt, sie war nicht richtig meine Freundin. Von Liebe war nie die Rede. Sie hatte auch immer eine Menge Geld dabei. Jeden Tag frisches. Sobald ich nicht aufpasste, warf sie das meiste davon in die verblödeten Glücksspielautomaten. Kaum saß ich im Klo, saß sie schon davor und kämpfte um den Früchtebonus oder irgendeinen absurden Jackpot.

Einmal waren wir frühmorgens in einer grindigen Disco. Das Lokal lag zwei Stockwerke unter der Erde. So was mag ich maximal nicht. Es war schon Sperrstunde, Gäste waren keine mehr da. Außer der Kellnerin und zwei Security-Tieren, auch alte Freunde von ihr. Ich saß an der Theke und trank ein Bier aufs Haus. Nach einiger Zeit kam Svetlana zu mir, drückte mir ihre Handtasche in die Hand und küsste mich auf den Mund. Sehr irritierend! Zärtlichkeiten an öffentlichen Plätzen waren ja nicht in unserem Versorgungsabkommen. „Schatz, warte einen Moment. Ich komme gleich wieder!“ Ich wollte nicht warten, mir war es da unten zu klaustrophob, aber bevor ich richtig was sagen konnte, war sie weg. Sogar ihren Mantel hatte sie liegen gelassen. Es kann also nicht lange dauern, dachte ich.

Die Kellnerin verabschiedete sich und die beiden Bimbos übten an der Wand. Sie hatten in circa zwei Meter Höhe einen Strich an die Wand gemacht und probierten, diesen mit Tritten zu erreichen. Sehr beweglich waren die Jungs. Respekt! Dabei waren sie viel zu muskulös für Kickboxer. Beide hatten so Mike Tyson-Hälse. Nicht etwa die tuntigen Brad Pitt-Muskeln, sondern dieses gefährliche Dreieck zwischen Hals und Schlüsselbein. So was schaut immer nach richtigem Boxtraining aus.

Einer von ihnen hatte eine Glatze und einen kurzen schwarzen Ledermantel. Beides glänzte. Der andere war aus der Mickey Rourke-Abteilung. Kaputtes sensibles Gesicht,

Öl in den Haaren und tätowierte Hände. Um mich kümmerten sie sich nicht weiter. Langsam kamen sie in Form. Mit immer neuen Drehungen und Sprüngen versuchten sie ihren Rekord zu verbessern. Es schepperte jedes Mal ordentlich, wenn die massigen Körper wieder Bodenkontakt hatten.

Mir war langweilig. Svetlana kam nicht, mein Glas war auch leer, nach einem zweiten wollte ich nicht fragen. Ich wollte sie anrufen, aber in diesem Scheißloch hatte ich natürlich keinen Empfang. Auf dem halben Weg nach oben überholte mich das Glatzentier. Mein Telefon läutete, es war Svetlana. Ich erkannte ihre Stimme kaum, sie war so aufgeregt. Sie sagte mir, ich solle gehen – sofort. Mich um nichts kümmern, einfach verschwinden. Mir war das unheimlich, ihre Tasche hatte ich ja in der Hand, aber der Mantel war noch unten. Scheiß auf den Mantel. Ich wollte weg, meine Instinkte waren im roten Bereich.

Das glänzende Arschloch stand gleich bei den Stufen, direkt vor der schwarzen Stahltür. Er machte dann zwar einen Schritt auf die Seite. Ich dachte schon, ich dürfe gehen, aber die scheiß Tür war versperrt. Er sagte mir, ich müsse noch einmal runter zu George, der habe den Schlüssel und wolle mich vorher noch sprechen. Die ölige Schwuchtel mit den tätowierten Händen hieß also George. Auf dem Weg nach unten klingelte es wieder. Aber nur ganz kurz, die Mauern waren einfach zu dick.

George saß inzwischen an einem der verdreckten runden Tische. Vor ihm stand eine Flasche Wodka. Mit dickem Filzstift hatte jemand quer über das Etikett „DRAGAN“ geschrieben. Es war also privater Wodka. Wer war Dragan? Hieß der andere Bimbo so, oder war sonst noch wer da? Ich wusste es nicht, wusste gar nichts! George sagte mir nur, ich solle mich setzen und das Maul halten.

Jetzt muss ich Ihnen mal was über Gewalt und Gefahr erklären. Auch wenn Sie noch so viel davon im Kino gesehen haben. In Wirklichkeit ist es ganz anders. Die Musik zum Beispiel bleibt gleich. Es gibt auch keine großen Vorwarnungen. Richtige Gewalt ist unspektakulär schnell. Zack – und alles ist wieder vorbei. Die Umgebung nimmt viel weniger wahr, als Sie glauben. In einem semilegalen Casino hat mir mal jemand fast 15 Minuten lang eine 357er Magnum vor den Bauch gehalten. Eine wirkliche Scheißwaffe. Die Patronen haben die Größe von kleinen Plastikfeuerzeugen. Ich weiß das so genau, weil ich am Schluss die Patronen in der Hand hatte. Gott sei Dank nicht im Bauch.

Im Radio lief „Losing my Religion“ von REM. Sehr passend. Ob Sie es glauben oder nicht, mir gefällt der Song immer. Mir gefiel er auch damals. Im Hinterzimmer stritt ein Gast lautstark mit der Kellnerin. Der Pizzasandwich war angeblich nicht richtig aufgetaut. So hatte jeder seine Probleme. Wissen Sie, warum ich so cool war? Sie wären es auch gewesen, glauben Sie mir!! Unsere Seele hat eine Menge Tricks auf Lager. Wenn man sich richtig in Gefahr wähnt, drückt man automatisch den Derealisations-Filter. Alles erscheint dann unwirklich und weit entfernt. Sie denken über sonderbare Dinge nach und es fallen Ihnen sonderbare Dinge auf: Hände schauen eigentlich komisch aus. Irgendwie wie Tintenfische.

Im Kino weiß man meistens, um was es geht, auch wenn man etwas später kommt. Ich wusste damals in der verfickten unterirdischen Disco gar nichts. Wusste nichts und verstand nichts. Was wollten die von mir? – Wenn Sie ein arroganter Typ sind, werden Sie jetzt sagen: Logisch, das Mädchen hat irgendeinen Drogendeal mit den Arschlöchern gemacht und ihre Sachen als Pfand dagelassen. Leider hatte sie auch mich dagelassen!! Im Kino, mit einem

Becher Popcorn in der Hand, hätte ich das auch durchschaut. Aber damals fehlte mir der Durchblick. Und vor allem jeglicher Plan.

Eines war fix. Die würden mich nicht gehen lassen, bevor Svetlana kam. Und sie würde nicht kommen. Keine guten Aussichten!! Die Glatze setzte sich auch zu uns. Mir hatten sie keinen Wodka angeboten. Ich wollte auch keinen, es wäre aber eine nette Geste gewesen. Mickey Rourke alias George war Pole, so viel hatte ich rausgefunden. Besonders gesprächig waren sie nicht. Alles, was sie mir sagten: mein Mädchen habe Scheiße gebaut und ich müsse im Zweifel dafür bezahlen. Der Rest waren Drohungen und die begrenzte slawische Machoscheiße. Ich wusste, wie diese Halbaffen denken. Ich bin ja irgendwie auch einer von ihnen.

Wir warteten, warteten lange. Wie lange? Keine Ahnung. Mein Derealisations-Programm lief auf Hochtouren. – Wieso haben die Polen eigentlich irgendwie einen französischen Akzent, wenn sie deutsch sprechen? Und warum kaufen sich die breitesten Knechte immer die kleinsten Handies? – so ähnlich waren meine Gedanken.

George bastelte an einem SMS. Mit seinen dicken Fleischhauerfingern irrte er über die viel zu kleinen Tasten. Manchmal murmelte er stirnrunzelnd ein deutsches Wort, um dann doch wieder seine violett feuchte Unterlippe hängen zu lassen. Denken und Feinmotorik waren sicher nicht auf der Liste seiner ausgeprägten Talente. Die Glatze war fast eingeschlafen, hatte aber immer eine Zigarette zwischen den Fingern. Mit dem rechten Arm stützte er sich auf die Tischplatte. Kurz bevor die Glut seine Finger versengte, schreckte er hoch, warf mir einen bösen Blick aus seinen dämlichen, gefährlichen Augen zu, nahm sich die nächste Zigarette und schlief wieder ein. – Ich kam mir vor wie in der Geisterbahn. Nur fuhr meine Gondel nicht weiter! Kein Stück.

Montags in der ersten Schulstunde mussten wir immer vom Wochenende erzählen. Was wir unternommen hatten und so. Ich war der einzige, der fließend im Imperfekt – der Erzählzeit – sprechen konnte. Sie wissen schon: „Ich ging in den Zoo und aß ein Eis." Diese Abteilung. Sogar die Lehrerin irrte mit „habe ich gegessen" und „bin ich gegangen" durch die Wirren der Zeit. Beim unfallfreien Imperfekt war ich Monopolist. Bin ich Monopolist gewesen, wenn Sie so wollen.

Ich konnte immer gut mit dem gesprochenen Wort umgehen. Was sollte ich nun mit diesen Raubtieren. Kämpfen oder drohen? Die wären ja in höchster Gefahr gewesen, sich totzulachen. Ich musste sie in ein Gespräch verwickeln und dann irgendwie austricksen. George war mit seinem Text noch immer nicht fertig. Wusste das Arschloch überhaupt, dass wir da unten keinen Empfang hatten? Egal, ich hatte Glück. Seine Freundin war ihm davongelaufen, ich glaube, in dieser Nacht. George brauchte mich. Am Anfang war es nur meine Aufgabe, seine Worte in das Handy zu tippen. Er machte immer wieder lange Pausen, um unter Schmerzen nachzudenken. Ich musste mich sehr beherrschen, nicht helfend einzuspringen. Vielleicht hätte das George beleidigt.

Wie es dann genau passiert ist? Ich erinnere mich nicht mehr. Jedenfalls, plötzlich war ich dabei. Plötzlich war ich der Kapitän. Seine Version war sprunghaft. Mal drohend, mal schmeichelnd. Ich hatte das Kommando und, ohne mich loben zu wollen, ich war extrem brillant. Ob das Mädchen zu ihrem Raubtier zurückgekehrt ist, weiß ich nicht. Aber wenn, dann selbstverständlich wegen mir und meinem sentimentalen Imperfekt.

Wir sind dann rauf bis zur schwarzen Stahltür. George wollte mich dabeihaben. Sicher war sicher. Die stiernackige

Ledertunte war über dem verpickten Glastisch endgültig eingeschlafen. George und ich waren jetzt irgendwie Partner. Miteinander warteten wir auf Antwort. Ich bin bei so was ziemlich ehrgeizig. Es kam keine, dafür begann mein Telefon wieder zu läuten. George nahm es mir einfach aus der Hand. Es war Svetlana. Sie sprachen in einem jugopolnischen Kauderwelsch. Mein neuer Freund schickte mich runter, die Glatze aufwecken. Er konnte jetzt nicht weg. Er wartete ja auf ein Zeichen seiner flüchtigen Prinzessin.

Offenbar war Svetlana bereit zu kommen. Sie würde mit einem Taxi langsam vorbeifahren, aber nur stehen bleiben, sollte ich unversehrt draußen vor der Tür stehen. An die Reihenfolge kann ich mich nicht mehr genau erinnern. George trug nicht viel dazu bei. Aber das namenlose Glatzenarschloch hatte ein nettes Menü für mich zusammengestellt: Finger abschneiden, Beine brechen, Arsch aufreißen usw. usw. – Das würde alles mit mir passieren, sollte ich versuchen, wegzulaufen. Durch die kleine, runde, mit Maschendraht verstärkte Glasscheibe sah ich ihre Gesichter. Weglaufen war nicht. Es war sicher schon sechs in der Früh. Der Morgenverkehr hatte eingesetzt. Nie wieder vorher oder nachher habe ich mich nach einem Polizeiauto gesehnt. Ich glaube, ich wäre einfach auf die Motorhaube gesprungen. Dann hätten sie mich sicher mitgenommen.

Das Taxi kam. Erst sah ich nur Svetlana, aber sie stieg nicht allein aus. Hinter ihr kam jemand, den ich kannte. Einer von den wirklich harten Jungs. Wie gesagt, ich kannte ihn, er hatte mir einmal seinen Lösungsansatz für Probleme erklärt: Erst schießen, dann fragen. Das erschien mir angebracht. Irgendwie dämmerte mir, in was für eine Art Scheiße mich Svetlana gezogen hatte. Wäre sie ohne den Henker gekommen, hätte ich sie sicher nicht allein gelassen.

Ich meine, die drei Jungs waren eine andere Liga. Es war auch sicher nicht heldenhaft. Aber, um bei der Wahrheit zu bleiben, ich bin die Straße runtergefetzt wie Carl Lewis auf einer Überdosis Anabolika. Ich hatte genug, ich wollte nur nach Hause und aus.

Mich hat das Ganze ziemlich aufgewühlt. Habe meine Nerven mit Schuhe putzen und Hemden bügeln beruhigt. Nach nicht einmal einer halben Stunde läutete Svetlana an meiner Tür. Selbstverständlich wollte ich nicht öffnen. Sie weinte und flennte in den Hörer meiner Gegensprechanlage. Das hätte ich ja noch weggesteckt. Aber dass ich es auch, mit einer gewissen Asynchronizität, unverstärkt durch den Gang heulen hörte, war zu viel. Eher, weil es mir vor den Nachbarn peinlich war, habe ich dann aufgemacht.

Svetlana hatte wieder ihren Mantel an. Auch ihre Tasche trug sie unter dem Arm. Ob Sie es mir glauben oder nicht, ich fragte nicht warum und wieso. Wollte es gar nicht wissen. Sie hat dann bei mir geschlafen. Einfach so. Sie wollte mir zwar gewissermaßen aus Höflichkeit einen blasen. Aber davon wollte ich auch nichts wissen. Irgendwann bin ich dann eingeschlafen. Verblüffenderweise recht bald.

50
Lisa und der Dichter

Gestern rief mich Lisa an. Was das für mich bedeutet, weiß ich noch nicht. Mir ist aus unserem gedachten Leser/Autor-Vertrag zwar auch eine gewisse Verantwortung aufgetragen, aber alles hat seine Grenzen. Ich hätte mich nicht bei ihr gemeldet. Für die Verpflichtung, die handelnden weiblichen Figuren kontinuierlich und ausgiebig zu betreuen, hätte ich meinen Körper im Dienste der Literatur zur Verfügung gestellt. Aber wenn sie mich nicht will, werde ich nicht länger hinter ihr herlaufen. Seit unserem peinlichen Essen war ich kein einziges Mal mehr bei ihr im Kaffeehaus. Ich bin ein Mann mit vielen Möglichkeiten, ich kann auch in anderen Lokalen anschreiben.

Lisa wollte alles wissen. Wie es meinem Buch, meinem Hund und mir geht. Genau in der Reihenfolge. Ich war komplett durcheinander. Im Geiste hatte ich mich auf dieses Gespräch vorbereitet wie Reinhold Messner auf den Mount Everest. Mindestens so gut! Tapfer und kühl, mit einem Hauch besiegter Wehmut, wollte ich mich präsentieren. Und wie war ich? Fragen Sie besser nicht. Ich sage nur, die Aktion Schweinebucht war ein Erfolg dagegen.

Persönlich kenne ich keinen Schriftsteller. Außer vielleicht den Lyriker, der jeden Abend minimum zweimal durch mein Stammlokal zieht. Ein penetrant tragischer Typ. Normalerweise verberge ich mich immer hinter einer Zeitung, aber aus prophylaktischer Kollegialität habe ich ihm für fünf Euro eine Seite Gedichte abgekauft. Sonderbare Worte prallten in sonderbaren Zeilen aufeinander. Da verstecke ich mich in Zukunft lieber wieder.

Lisa will mir einen echten Autor vorstellen. Einen, der richtige Bücher schreibt, die in richtigen Verlagen erscheinen. Angeblich hat er ein paar Seiten von meinem Manuskript gelesen. Seinen Namen verrate ich Ihnen nicht. Wahrscheinlich haben Sie etwas von ihm gelesen. Vielleicht fickt Lisa ja mit ihm, dann soll er das Ihnen beschreiben. So was gab es wahrscheinlich noch nie. Ein Autor jagt ein ganzes verschissenes Buch einer Frau hinterher. Ein anderer fickt sie dann und erwähnt das nicht einmal als Fußnote.

Wir treffen uns jetzt gleich bei Lisa im Lokal. Kellnerinnen, die auch an ihren freien Tagen nirgendwo anders hingehen, müssen dumm sein. Die nehmen auch die falschen Männer. – Ich habe zu viel Privatfernsehen geschaut. Mir ist dieser unsportliche Zug an mir selbst aufgefallen. Ich fange mit einer Geschichte an, aber anstatt sie zu beenden, schiebe ich ein paar Kapitel dazwischen – ähnlich den Werbeunterbrechungen. Diesmal nicht. Ich gehe sofort zu dem Treffen und wenn ich wiederkomme, schreibe ich gleich weiter. Also bleiben Sie dran.

Die haben keinen Sex. Glaube ich zumindest. Da läuft eher was Musenmäßiges.

Der Typ war bemüht freundlich. In Wirklichkeit hat er sich null für mich interessiert. Wollte nur bei Lisa punkten. Sie war wieder wunderschön. Ein türkises Wolloberteil, sicher in der Waschmaschine gewaschen, mit kleinen, flusigen Knötchen dran, einen dunkelgrauen Minirock und darunter schwarze Jeans. Lisa trägt gerne kurze Röcke, mag aber keine Strumpfhosen. Vielleicht glaubt sie auch, niemand merkt, dass sie stattdessen eine enge Hose drunter trägt. Ich liebe es, wie sie sich anzieht!

Ihren Schriftsteller kannte ich ja aus dem Fernsehen. In der Realität sieht er im Gesicht spitzer aus, außerdem ist er viel zu klein für Lisa. Nie könnte sie für ihn z. B. ihre braunen

Raulederstiefel anziehen. Nur so zum Beispiel. – Am Anfang hat er mich so halbherzig gelobt. Mein Text sei nett und amüsant. Nur mit meinen Worten müsse ich mehr aufpassen. Bis vorhin dachte ich, dass Sätze wie „Seit Thomas Bernhard darf niemand mehr das Wort ‚naturgemäß' verwenden" nur in geschlossenen Anstalten, und auch da nur an Sonntagen, formuliert werden. Wenn die Pfleger nach einer durchzechten Nacht mit den Spritzen ein wenig im Verzug sind.

Mir geht das naturgemäß am Arsch vorbei und ich werde mein Lieblingswort „zart" so oft verwenden wie ich will. Ich hege auch keinerlei Besitzansprüche, jeder darf das tun. Sollte ich doch noch einmal König werden, nenne ich mich „Götz der Zarte". Sogar darauf bin ich vorbereitet.

Lisa saß am Rande, weder bei mir noch beim Arschloch. Ich hatte zumindest noch nicht verloren. Ihr Lächeln und ihre Blicke verteilte sie gerecht. Ich glaube, sie ist einfach nur faul. Anstatt selber was zu tun, geht sie sicher seit zwanzig Semestern auf die Akademie, serviert Kaffee und leert Aschenbecher aus. Männer müssen sie lieben und an ihrer Stelle um die Kunst kämpfen.

Dann kam seine Attacke. Für mich nicht überraschend. Ich hatte dem Frieden ohnedies nicht getraut. Vielleicht hatte er sich spontan umentschlossen. Seine gönnerhafte Art hatte ich souverän abgeschmettert, jetzt wollte er es richtig krachen lassen. Die Anklage lautete: peinliche Beliebigkeit. Verhandelt wurde das „Schopenhauer-Kapitel". In seinen Augen sei ich ein Hochstapler. Würde willkürlich irgendeinen bekannten Namen aus einem Lexikon abziehen. Ohne Zusammenhang und Logik. Er sei sich ganz sicher, dass ich ihm nicht den geringsten Grund nennen könne, warum gerade Schopenhauer und nicht Kant oder Kierkegaard.

Sie kennen doch sicher Filme mit Dustin Hoffman. Ich bin zwar mindestens doppelt so groß, aber bei solchen Situationen ist er mein Vorbild. Seine Triumphe teilt er mit niemandem, er lächelt sein kleines Dustin Hoffman-Lächeln und sagt gar nichts. Dabei ist „gar nichts sagen“ sonst nicht meine Stärke, aber vorhin habe ich das super hingekriegt. Ich hätte eine großartige und unglaublich schlüssige Antwort gehabt. Stattdessen habe ich mich bedankt, bin aufgestanden. Lisa auch. Ich habe sie mit beiden Händen um ihre zarten Hüften gefasst. Normalerweise küssen wir uns auf beide Wangen, diesmal habe ich absichtlich den Mund gewählt. Und weg war ich.

Mit meinem Charakter bin ich zufrieden. In den entscheidenden Angelegenheiten berät er mich gut. Allerdings bin ich sicher nicht ohne Makel. Manchmal bin ein wirklich schwuler Snob. Auf meine eigene Art natürlich. Dass ich früher oft sehr viel Geld hatte, habe ich mehrfach erwähnt. Einmal bin ich mit einem Freund aus geschäftlichen Gründen zu einem Damen-Basketballmatch gegangen. Es war Sommer, die Halle war voll. Jetzt weiß ich auch, was alle jungen chinesischen Kellner so machen, wenn sie nicht gerade im Casino sind. Sie trommeln und pfeifen. Wahrscheinlich turnen die groß gewachsenen Ostblocktiere sie unerhört an. Solche Frauen haben sie sicher nicht daheim.

Mein Freund und ich hatten kurze Hosen an und keinen Schnupfen. Er hatte sicher mehr Geld mit als ich. Zusammen hatten wir minimum eine Million eingesteckt. Ich in Zeitungspapier eingeschlagen und er in seiner schwulen, fast platzenden Geldklammer. Der Lärm war unerträglich. Wir saßen selbstverständlich in der ersten Reihe. Mein Freund beugte sich zu mir: „Wenn die scheiß Frühlingsrollen weiter so trommeln, stecke ich mir einen 5000er in jedes Ohr.“ Ich sagte kein Wort, lächelte mein kleines Dustin Hoffmann-Lächeln. Logisch, wir hatten ja keine Taschentücher. Ich glaube, das war der verdammte Höhepunkt meines bisherigen Lebens.

Wenn man wie ich plötzlich an einem Buch arbeitet, braucht man zwei Dinge. Erst ein Vorbild und dann einen Verlag. Ersteres habe ich selbstverständlich. Sie haben wahrscheinlich schon längst erraten wen. Richtig, Leon de Winter. Logisch. Ganz besonders absichtlich lese ich jetzt seit einem halben Jahr keine Zeile von ihm. Weder will ich zerschellen noch irgendetwas nachmachen. Sollte ich mein Manuskript jemals fertig haben, werde ich es selbstverständlich zuerst an den Verlag schicken, der seine Bücher bringt. Vielleicht kann ich ihn ja dann auch kennen lernen. Wie gerne würde ich mich mit Leon de Winter über Frauen unterhalten.

Er ist bei einem bekannten Schweizer Verlag. Einem von den ganz großen. Die haben eine Broschüre mit einer Liste ihrer Autoren, da scheißt du dich an. Ich bin trotzdem Optimist und sparsam. Ich würde in keine Briefmarke investieren, wenn ich nicht davon ausginge, die nehmen mich. Und jetzt kommt's. Angenommen, die wollen mich und packen meinen Namen auf ihre Autorenliste. Wer wären meine unmittelbaren Nachbarn und Kollegen? – Falls Sie es vergessen haben und jetzt nicht vorne nachschauen wollen: Mein Name ist Götz Schrage.

Die imaginäre Liste wäre: Arthur Schopenhauer, Götz Schrage, Franz Schubert! Das habe ich der Pappnase von Lisa nicht erklärt. Dustin Hoffman hätte das auch nicht getan!

Ich meine, es gebietet doch die Höflichkeit, sich mit seinen Nachbarn auseinanderzusetzen. Bei solchen Dingen bin ich ein Volljugo. Nachbarschaft und Kollegialität nehme ich sehr ernst. Deshalb habe ich Schopenhauer gelesen und wenn ich mal daheim aufräume, höre ich Schubert-Platten.

Eines muss ich noch erwähnen. Wie, glauben Sie, habe ich Lisa auf den Mund geküsst? – Naturgemäß zart.

51
Warum Frauen Fußball hassen und immer hassen werden

Kennen Sie diese Mystery-Serien, Sie wissen schon, dieses amerikanische Zeug? So was sehe ich mir nie an. Ich trinke auch nie Wodka. Allerdings, „nie“ ist ein sonderbares Wort. Je älter man wird, desto mehr verflüchtigt sich dieser scheinbar so absolute Begriff, schuld sind die wirren dramaturgischen Pointen des großen Drehbuchautors da oben.

Mir war einfach schlecht. Mir war nicht schwindlig. Wenn ich den Kopf nur ein wenig bewegte, kippte gleich das ganze Zimmer. Die Fernbedienung war vielleicht einen halben Meter weit weg. Keine Chance. Ich lag aufgebahrt und sah, was kam. Den ganzen Tag.

Hätte ich Kotzen nicht sowieso auf meinem Tagesplan gehabt, spätestens bei der vierten unglaublich unglaublichen Episode dieser amerikanischen „Wahr?/Unwahr?“-Serie, hätte ich es spontan eingeschoben. Und dann ist mir selber diese unglaublich unglaubliche Geschichte passiert. Und seitdem schaue ich immer noch keine Mystery-Serien, aber sollte ich, würde ich alles glauben. Wirklich alles.

Ich habe Ihnen ja schon erzählt, was für ein saumäßiger Fußballer ich war. Habe jahrelang auf niedrigstem Niveau höchst erfolglos gespielt. Mit der Zeit kennt man die anderen Verrückten. Es gab da diesen Spezialfeind. Blond, muskulös und vor allem schneller als ich. Seine Position war vorne links, meine hinten rechts. Wir trafen also ständig im Wortsinn aufeinander. Ich hoffe, ich überfordere jetzt nicht Ihren fußballmäßigen Sachverstand.

Nie sprachen wir ein Wort miteinander, taten uns hingegen gleich weh. Zur Begrüßung gab es einfach mal einen gestreckten Fuß in Kniehöhe. Unsere beiden Schutzengel saßen wahrscheinlich jedesmal schweißgebadet irgendwo im Gebüsch. An einem Novembersonntag ist es dann passiert. Wie gesagt, er war viel schneller und wollte an mir vorbeiziehen. Wahrscheinlich, um mich zu demütigen – für ein Foul hatte er keine Zeit – wählte er seinen Laufweg ganz knapp an mir vorbei. Ich stand da wie teilnahmslos, um im letzten Moment meinen Oberschenkel auszufahren. Es war wie im Zirkus. Sie wissen schon, diese russischen Brüderpaare in den schwulen Trikots. Der blonde Muskelprotz stürzte nicht, er machte einen richtigen Salto. Mangels Routine wählte er seinen Kopf als Landeplattform. Für einen Moment dachte ich, der bricht sich den Hals. Kein besonderer Vorfall, wäre mir nicht dieser bizarre Gedanke gekommen. Irgendwie fühlte ich den absolut ungewöhnlichen Drang, mich zu entschuldigen. Bin wirklich hingegangen, habe erfolglos probiert, ihm wieder auf die Beine zu helfen. Er war so benommen, hat mir sogar kurz die Hand gegeben, um dann in Richtung der Kabinen zu kriechen. Niemand hat sich eingemischt. Alle wussten, das war eine Sache zwischen ihm und mir.

Ein paar Tage später bekam ich einen Anruf von einem Polizeiwachzimmer. Eine Fundsache sei abzuholen. Ich meine, ich verliere ja ständig was! Dass die Arschlöcher auch Schläue entwickeln, hätte ich nie gedacht. Ich Oberbimbo bin also brav hin und da war es schon passiert! Jahrelang hatte ich eine nicht unbeträchtliche Polizeistrafe absichtlich nicht bezahlt. Jahrelang hatten sie mich nicht gefunden und jetzt trippelte ich hirnamputiertes Arschloch freiwillig hin. An dem Tag hatten die Jungs meinen Respekt und sie hatten leider auch mich.

Man muss auch aufgeben können, muss wissen, wann man verloren hat. Ich war zahlungswillig und zahlungsfähig. Musste nur zur nächsten Filiale meiner Bank. Kein Problem, sagte der grau melierte Oberkapo, griff zum Hörer und es kamen zwei uniformierte Landeier. Sie wissen schon, die Art Polizisten mit den gesunden roten Flecken im Gesicht. Deren Vater wahrscheinlich der Fleischhauer in irgendeinem Kuhdorf ist.

Ganz, ganz sicher wollte ich nicht mit dieser Eskorte auf die Bank gehen! Wie schaut das denn aus? Natürlich versuchte ich zu verhandeln, keine Chance. Ich kann nicht nachdenken, wenn Leute dabei sind. In der Arrestantenzelle war ich dann allein. Wirklich schick, alles in unversehrtem Grau gehalten. Gutes indirektes Neonlicht. Ich kam mir vor wie im Separee einer beschissenen Yuppie-Bar. Nur, es kamen keine zugekoksten Blondinen mit Cocktails vorbei. Dafür wurde ich dann über meine Rechte belehrt. Die Justizwache sei schon verständigt, ich müsse eine Ersatzarreststrafe antreten. Haftantritt sofort!

Nach einer Stunde holten sie mich in eine Art Büro. Während des ganzen Papierkrams konnte ich durch eine dicke Glasscheibe das Überstellungsteam beobachten. Sie waren zu dritt, mit sonderbaren Uniformen. Eher wie aus einem Stanley Kubrick-Film. Nie zuvor hatte ich Justizvollzugsbeamte gesehen und nie hatte ich so ein extrem mulmiges Gefühl. Eine Glasscheibe weiter sah ich ihren Chef mit dem grau melierten Kapo plaudern. Von hinten sah ich seine kurzen blonden Haare, außerdem saß er so komisch in seiner kubricksösen Chefuniform. Mit der rechten Hand massierte er sich leicht den Nacken, so, wie das die schlechten amerikanischen Schauspieler tun, wenn sie vorgeben zu grübeln.

Als ob er meinen Blick gespürt hätte, drehte er sich um. Ich hätte ihn nie erkannt, er mich wohl zuerst auch nicht.

Es war wahrscheinlich mehr so ein Beute/Jäger-Reflex. Ganz nah kam er zur Scheibe. Wir musterten uns wie im Affenhaus. Es war er!! Der Salto-Artist vom letzten Sonntag. Der Mann, dem ich zum ersten Mal die Hand gegeben hatte. Seine Augen waren traurig, um seine Lippen schwebte ein massiver Hauch von schlimmen Schmerzen. Dann war er weg. Waren alle drei weg. Und der Graumelierte kam und ich durfte auf die Bank gehen. Allein, ohne schwule Fleischhauersöhne!

Deshalb hassen Frauen Fußball und sie werden ihn immer hassen. Nicht, weil sie nie begreifen werden, was passives Abseits ist. Sie hassen Fußball, weil sie uns Männer so unglaublich beneiden. Sie wissen nicht, was es heißt, einen Feindfreund zu haben. Ihnen ist diese bedingungslose Rudel-Solidarität fremd. Frauen haben dieses Gefühl nicht verloren, sie haben es sicher nie gekannt. Wir haben Tausende Jahre miteinander Mammuts gejagt, während die Frauen schon mit der Nachbarin von der Nebenhöhle mächtig Streit hatten. – Sex kann in engen Grenzen eine gewisse Nähe vermitteln. Im November bei gefrierendem Nieselregen um jeden Ball zu kämpfen, ist aber der reine Stoff.

Ich weiß, Sie haben sich an meinen virtuosen Umgang mit der deutschen Sprache gewöhnt. Jetzt haben wir einen Notfall. Ich muss in dieser Situationen einen Satz mit „wäre“ und „würde“ und „sollte“ und „hätte“ bilden. Es geht beim besten Willen nicht anders.

Wäre ich eine Frau und würde ich zum Beispiel Landhockey spielen und hätte ich so ein ähnliches Foul gemacht, sollte ich damit rechnen, wenn ich mein Opfer in so einer Situation träfe, für den Rest meines Lebens in irgendeinem vergessenen Keller des Landesgerichts zu vermodern.

Sie wollen wahrscheinlich wissen, ob ich mich bedankt habe? Und ob sich eine Freundschaft fürs Leben entwickelt hat? Ich muss Sie doppelt enttäuschen. Natürlich wollte ich mich bedanken, wäre da nicht dieser Eckball gewesen. Gleich in der dritten Spielminute. Zum ersten Mal stand ich wieder in seiner Nähe. Ohne Scheibe dazwischen. – Normalerweise wahre ich die Lufthoheit, aber diesmal hatte ich eine gewisse Sprunghemmung. Das blonde Justiztier hatte keine Hemmung. Erst erwischte er den Kopfball und dann rammte er mir en passant seinen Ellbogen gegen den Kiefer. Ich höre es heute noch krachen. Auf dem hart gefrorenen Boden liegend dachte ich mir: es ist oft schmerzhaft, meist verwirrend, aber immer großartig, ein Mann zu sein!

52
Joe Strummer und die scharfe Karin
Peter Breughel und der Motherfucker

Es ist Weihnachten und Joe Strummer ist gestorben. Das passiert ja vielen Menschen und nicht jeder von ihnen kann in meinem Buch vorkommen. Joe Strummer hätte das nicht notwendig gehabt, der hätte ruhig noch ein paar Jahrzehntchen dranhängen können, er wäre auf jeden Fall erwähnt worden. – Joe Strummer und ich hatten mit derselben Frau Sex. Um bei der Wahrheit zu bleiben, er hat wahrscheinlich mit meiner Freundin gefickt und ich war sogar stolz drauf. Irgendwie zumindest.

Ich war noch dabei. Habe die Zeit noch erlebt, in der Sex einfach Sex war. Als man die Präservativautomaten bestenfalls in Landgasthäusern und Tankstellen auf der Herrentoilette finden konnte. Als es noch kein Aids gab und die einzige Angst dabei überraschend heimkommenden Mitbewohnern galt.

Es gab und es gibt sie wirklich, die Groupies. Jene Mädchen, die beim Konzert ganz vorne standen und trotzdem die ersten in der Garderobe waren. Ich muss das wissen. Ich war damals Musiker und trotzdem schüchtern, aber das war egal. So ungeschickt konnte man sich gar nicht anstellen, man bekam immer eine ab. Es war die New Wave-Zeit und ich spielte damals in einer der wirklich coolen Bands das Keyboard. Mädchentechnisch sicher das komplizierteste Instrument, aber auch das war gut.

Unser Gitarrist hatte es leicht, der zog sein Kabel aus dem Verstärker, packte sein Instrument ein und stürzte sich ins Getümmel. Ich hatte immer ein Hohner-Klavichord, zwei Elektroorgeln (Farfisa und Galanti) und ein geiles, orangenes Teil von Crumar mit ausschließlich dunkelgrauen und schwarzen Tasten. Nicht zu vergessen unzählige Kabel und Effektgeräte. Es gab noch kein Aids, aber es gab auch noch keine erschwinglichen polyphonen Synthesizer.

Bis ich mein Equipment verstaut hatte, war der Gitarrist schon bei seiner ersten Danach-Zigarette. Aber alles hat Vorteile, ich war eher unsicher und Mädchen, die so lange warteten, wollten mich wirklich haben. So viel war sicher.

Ihr Name war Karin. Sie gehörte zu den Mods. Sie erinnern sich hoffentlich, das waren die mit den Kapuzenparkas und den vielen Rückspiegeln an den obligatorisch aufgemotzten Vespas. Karin war ein hübsches Mädchen mit ganz kurzen, blond gefärbten Haaren – der Jean Seberg-Typ. Nach einem Konzert im Radstadion hatte sie auf mich gewartet.

Mitfahren war was anderes. Mitfahren machte mich ziemlich nervös. Aber sie wollte es und so klemmte ich mich hinter ihr in den Sattel. Meine Vespa war vielleicht bissig, ihre war ein Raubtier. Karin war Künstlerin. Performancekünstlerin der P.S.G. Sie hatte sich das alles selber ausgedacht und sie war gut darin. P.S.G. steht für „Permanente Selbst-Gefährdung". Auf die Art fuhr sie auch mit mir durchs nächtliche Wien.

Der Radiowecker neben ihrem Bett fiel mir zuerst auf. Es fehlte das Gehäuse, alle elektrischen Teile waren ungeschützt und offen. Selbstverständlich hatte sie auch kein schwules Netzkabel, zwei blanke Kontakte waren in die Steckdose gestopft und dann irgendwie am Gerät montiert. Einen Fernseher besaß sie nicht. Das war sicher auch besser so. Dafür hing über dem Bett ein Angela Davis-Poster und über der Badewanne an einem dünnen Stückchen Draht ein Heizstrahler. Selbst montiert natürlich.

Wir hatten viel Spaß, auch beim Sex. Ich lag immer an der Wand, weit weg vom Radiowecker. Damals war ich noch nicht so perfekt, aber in Ansätzen ließ ich schon mein Talent für alle Arten von Schraubstocksex aufblitzen. Heute biete ich dieses Service meinen Frauen ausschließlich aus Gründen der Spannung und der Erbauung, damals in diesen Nächten war es reiner Selbstschutz. Ich wollte nicht für den Rest meines Lebens mit so einer Burschenschaftlerfresse rumlaufen – Sie wissen schon, diese ödipalen Arschlöcher mit den lächerlichen Schmissen im Gesicht.

Karin hatte ihre süßen kurzen Haare immer mit metallenen Klammern – den sogenannten Wellenreitern – zusammengesteckt. Die Kanten waren echt scharf. Ich fasste sie zärtlich um ihre Handgelenke und breitete meine Arme maximal aus. Ganz egal, ob sie oben oder unten lag, bewegen konnte sie sich nur mit meiner Zustimmung. Das war auch wirklich besser so.

Von uns hatte sie keine einzige Platte, aber immerhin ein Tape. Selbstverständlich hörte sie „Specials“ und „Madness“, aber eben noch „Dead Kennedys“ und „The Clash“. Der Sänger von „The Clash“, Joe Strummer, war eines meiner Idole. Karin hatte auch ein Poster von ihm – zwar am Klo und dort gab es kein Licht, aber ich konnte es im Schein meines Feuerzeugs genau sehen.

Ich war damals überall eingeladen. Entweder unsere Plattenfirma besorgte uns Karten oder irgendwelche Journalisten gaben sie uns. Ich weiß nicht mehr warum, aber einmal war ich ganz sicher mit Bud Spencer und „Kiss“ essen. Nicht an verschiedenen Abenden! Gleichzeitig, an einem Tisch. An dem Abend war ich echt verwirrt. Bud Spencer kannte ich aus den ganzen Italowestern als prügelnde Dumpfbacke, und „Kiss“ hatte ich immer nur unter dicker Schminke gesehen. Sie erinnern sich sicher an den Sänger mit der langen Zunge.

Die haben mir richtig die Hand gegeben und sich höflich vorgestellt, so wie das die Amerikaner nun mal tun. Es ist schon so verdammt lange her, aber ich weiß noch, einer hieß Chaim, einer Ariel, und der Name des Managers war, glaube ich, Schlomo. Eine schwer jüdische Partie. – Die unterhielten sich nicht über Drogen und Frauen, sondern sprachen von Kunst und Kultur. Der Sänger machte sogar einen netten Witz über meinen Vornamen (Götz – Götz von Berlichingen).

Ich sagte gar nicht viel, saß nur da und war verwirrt. So viel Bildung und Kunstsinn hatte ich einer Rockband und einem Actionhelden nie zugetraut. Bud Spencer hatte für den nächsten Tag einen Besuch im Kunsthistorischen Museum geplant. Das war mein Pech. Mein neuer Freund Chaim (Gene Simmons) wandte sich an mich und fragte in einem deutschenglischen Gemisch, wieso wir Wiener unsere Peter Breughel-Sammlung so verstecken? Ob wir das aus versnobtem Neid täten, oder ob der P.R.-Agent des Museums einfach ein verdammter „motherfucker" sei? Es war so unheimlich peinlich. Ich wusste überhaupt keine vernünftige Antwort. Peter Breughel? Museum? Habe nur rumgestammelt und bin sogar rot geworden.

Wahrscheinlich haben wir mit der Schule sogar eine Exkursion ins Museum gemacht. Da muss ich aber krank gewesen sein. Auf jeden Fall bin ich in derselben Woche noch hingegangen, zum ersten Mal in meinem Leben. Selbstverständlich war ich auch im Breughel-Zimmer. Sehr beeindruckend, das sollten Sie sich auch anschauen. Wenn Ihnen so feinsinnige Dinge peinlich sind und irgendeiner Ihrer Freunde Witze über Sie machen sollte, sagen Sie einfach, ein Bekannter von Bud Spencer habe Sie geschickt. Dann ist sicher Ruhe im Wald. Garantiert.

Karin und ich verehrten beide „The Clash". Ihr Dreifachalbum „Sandinista" machte mich zwar ein wenig nervös, aber ich hielt sie für so richtige proletoide britische Machoärsche. Das gefiel mir sehr, Karin nicht so. Damit hatte sie ein prinzipielles Problem.

Es muss 1981 gewesen sein, nach ihrem Wien-Konzert. Ich glaube, es war meine Idee, wir sind zusammen zur Aftershow-Party. Karin hatte ihr blasses Jean Seberg-Gesicht noch ein wenig blasser geschminkt. Was sie obenrum anhatte, weiß ich nicht mehr. Auf jeden Fall trug sie einen orangefarbenen Plastikminirock, Netzstrümpfe und so hohe geschnürte Hafenarbeiterschuhe. Selbstverständlich zwei Nummern zu groß und mit maximal offenen Schuhbändern. Nicht zu vergessen, Minimum fünf messerscharfe Metallklammern im Haar.

Am Anfang dachte ich, es sei der Leibwächter der Gruppe. Sie hatten so ein farbiges Zwei-Meter-fünf-Tier dabei, mit Dreadlocks und so. Vielleicht war das auch sein Nebenjob, aber hauptsächlich war er offenbar Guru. Ich hoffe, ich verletze jetzt nicht Ihre Gefühle, aber meiner Meinung nach zählt der Rastafari-Kult sicher zu den dümmsten Religionen der Welt.

Ich war von meinen wilden Helden ein wenig enttäuscht. Karin nicht. Die war begeistert. Man soll ja nicht schlecht über Tote reden, aber Joe Strummer war auch nicht besser als die anderen Bandmitglieder. Ganz egal, ob sie einen Schluck tranken oder einen Witz machten, ich glaube, sogar bevor sie aufs Klo gingen, immer gab es vorher einen fragenden Blick an den Rastamann. Der nickte dann diskret und gnädig ja, woraufhin auch mal Joe zwei Sätze am Stück sagte.

Karin war irgendwie verändert. Ob Sie es mir glauben oder nicht, sie war die einzige Frau am Tisch. Sie war schon nett zu mir, aber sie wollte sich nicht so richtig mit mir unterhalten. Warf mir seltsam verschwörerische Blicke zu und ganz egal, wer von der Band seinen Mund aufmachte und irgendetwas sagte, Karin lauschte gebannt. Manchmal nickte sie zustimmend, manchmal lächelte sie amüsiert, dabei sprach sie absolut kein Englisch. Ohne mich hätte sie nicht einmal den Refrain zu „Should I stay, or should I go“ verstanden.

Wir hatten jede Nacht Sex. Ich meine, wir waren jung und hatten keinen Fernseher. In der Küche züchtete sie unter sonderbaren Lampen sonderbare Pilze und in die Badewanne traute ich mich nicht. Hinterher hat sie es mir dann gesagt. Nicht gefragt, nur gesagt. Sie würde nächstes Wochenende nach London fliegen und sicher auch Sex haben. Nur vielleicht mit Joe Strummer, aber sicher mit dem Schlagzeuger.

Es war ein inniger Moment. Ich weiß noch, sie hatte ihren Kopf auf meine Brust gelegt. Ich hatte das ausnahmsweise erlaubt und es tat auch fast nur ein bisschen weh. – Heute ist mir meine damalige Gelassenheit selber rätselhaft, aber damals war das für mich logisch. Ich war nicht beleidigt, ich war stolz. „The Clash“ waren eben nun mal „The Clash“, auch wenn sie ausschließlich vegetarisches Essen bestellt hatten.

Ich habe nur noch das Cover. Die Platte habe ich irgendwann verloren. Umgekehrt wäre es weniger schlimm – „Johnny Rivers“, „LIVE“ (At The Whisky A Gogo). Karin hatte sie mir aus London mitgebracht.

Habe ich eigentlich schon ihre Katze erwähnt? Also um der Wahrheit willen, sie hatte eine Katze und eine Wohnung. Aber ich war eben eher der sentimentale Typ. In meinen Augen war sie zu mir zurückgekehrt. Und zwar ausschließlich.

Die Pilze habe ich nie angerührt, aber wenn ich ein wenig getrunken hatte, bildete ich mir sogar ein, ich hätte Joe Strummer die Freundin ausgespannt.

Wäre Karin nicht nach Düsseldorf gefahren, wären wir noch lange zusammengeblieben. Ich meine, ich bin ja in

Bochum geboren. Ich habe eine genetisch bedingte Aversion gegen all die Düsseldorf-Weicheier! „Kraftwerk" war sicher eine bedeutende Band, aber ich glaube, der Größte von ihnen war knapp einen Meter sechzig. Musste sie wirklich im Tour-Bus mitfahren, gleich nach dem Wien-Konzert? Das war zu viel. Alles was recht ist.

Joe Strummer ist gestorben, es tut mir Leid und ich kann wirklich nichts dafür. – Karin habe ich nie so genau gefragt. Ich will jetzt auch keine Gerüchte in die Welt setzen. Vielleicht war er ja Nassrasierer. Da kann das schon mal passieren. Wenn Sie sich ein gutes Foto von ihm anschauen, werden Sie es auch sehen. Ein kleines Stückchen unter dem rechten Mundwinkel, die kurze, aber gar nicht so schmale Narbe. Ja, ja, ich sage nur, die scharfe Karin und ihre scharfen Haarklammern. – Aber auch dafür kann ich wirklich nichts. Was hätte ich tun sollen? Karin eine Bedienungsempfehlung für unfallfreien Sex ans Ohr binden? Gut, Joe Strummer sah besser aus, war der hundertmal bessere Musiker und sprach besser englisch als ich. Nur, wie man ein zartes, gefährliches Mädchen sanft, aber mit unbarmherziger Präzision festhält, hätte er von mir lernen können. Jetzt braucht er das nicht mehr, jetzt hat er sicher eine neue Band. Mit Keith Moon am Schlagzeug und Sid Vicious am Bass. Hoffentlich lassen sie diesen jammernden Kurt Cobain nicht mitsingen.

53
Achmeds Plan – Lady in Red

Sie hat mich angerufen, weil sie sich Geld ausborgen wollte. Nun, ich habe ja gesagt. Natürlich hatte ich selber keines. Aber ein Freund hat mir ein paar Scheine vorbeigebracht. Gleich ein bisschen mehr, damit sich die Fahrerei auszahlt.

Wir waren in einem persischen Restaurant verabredet. Keine gute Idee, mitten im Sommer. Selbstverständlich war ich pünktlich und selbstverständlich war sie nicht da. Ich fror und blickte voller Sehnsucht nach draußen in die Abendsonne. Dieses prächtige Licht, in dem sogar die ungewaschenen roten Autos prächtig funkeln.

Perser können nicht mit Klimaanlagen umgehen. Man muss ja nicht wirklich alle Knöpfe bis zum Anschlag aufdrehen. Ich trank heißen Tee im Glas und sehnte mich nach einem Wollpullover. Es war nicht besonders voll, aber alle, die da waren, starrten zur Tür. Wie die bezaubernde Jeannie schwebte Patrizia zwischen den Männern mit den traurigen orientalischen Augen bis zu meinem Tisch. Ich stand auf. Das war ja wohl selbstverständlich. Und ich war sofort wieder ein wenig verliebt. Das war nicht nur nicht selbstverständlich, das war völlig gegen meinen Plan.

Keine seriöse Frau kann so was von geduscht und geputzt sein, wie eine Nutte vor dem ersten Gast. Ich war ja schon dabei – Patrizia wäscht sich an Stellen, von denen ich gar nicht wusste, dass es sie gibt. Jetzt bestellte sie ein Cola-Zitron – und ich hoffe, Sie glauben mir das – mit Eiswürfeln! Den Kaugummi nahm sie aus dem Mund, rollte ihn zu einer fast perfekten Kugel und klebte diese auf meine kleine weiße Untertasse.

Von den drei Handys habe ich ja schon erzählt. Ich hoffe, Sie erinnern sich: Agentur, Freunde und private Freier, und dann, absolut unter höchster Geheimhaltung, Familie. Ich habe alle drei Nummern und war natürlich stolz darauf.

Ich möchte Ihnen jetzt etwas erzählen, damit Sie auch verstehen, warum sich so eine hübsche und auf ihre Art fleißige Frau von mir Geld ausleihen muss, und warum ich mich jedes Mal wieder aufs Neue verliebe.

Dieser singende Schmachtzwerg. Wie heißt er noch schnell? Richtig, Chris de Burgh, sein Welthit war doch „Lady in Red". Patrizia liebt diesen Song. Ich könnte das rein technisch nicht, aber Patrizia sehr wohl. Sie hat sich irgendwie „Lady in Red" als Klingelton für ihr Handy montiert. Genauer gesagt für alle drei! Ich meine, das macht doch keinen Sinn. Sobald ihre Handtasche anfängt zu bimmeln, stöbert sie suchend, um dann in verschiedenen Sprachen „Hallo, Hallo!!" in verschiedene Handys zu brüllen.

Ich glaube, uns hat der Chef persönlich bedient. Ein großer Perser, sicher schon siebzig, aber kerzengerade Haltung. Vielleicht ein ehemaliges Mitglied der Palastgarde des Schahs. Wahrscheinlich ein mutiger Mann, und er hat es auch versucht: Er hat tatsächlich geglaubt, er könne meine kleine Untertasse mit der grünen, fast runden Kaugummikugel einfach so abservieren. Nun, Patrizia hat ihm seine Grenzen gezeigt. Mit einer gnadenlosen Geste hat sie das verhindert. Nicht einmal richtig aufgeschaut hat sie dabei und natürlich hat sie auch ihr Gespräch – ich denke es war das Freund/Freier-Gerät – nicht für eine Sekunde unterbrochen. Den abgewinkelten Oberarm hat sie ganz still gehalten, um mit dem durchgestreckten Unterarm einen halbkreisförmigen Handkantenschlag in die Luft zu machen. Ähnlich wie es die Black Jack-Spieler machen, wenn sie bei 15 doch keine Karte mehr kaufen möchten – gegen offene Bankkarte 10.

Patrizia hatte mir gerade erzählt, wann und wieso sie mit ihrer Freundin Schluss gemacht hatte. War also quasi mitten in einer spannenden Geschichte und musste eben mal. Ich glaube, es war einfach anheimelnd. Aber ich muss Sie warnen, ich weiß nicht ganz genau, was das Wort anheimelnd bedeutet.

Aber zurück zu unserem Essen. Der Grund war ja das Geld. Ich habe es ihr ganz heimlich unter dem Tisch gegeben. Gleich zu Beginn. Absichtlich unter dem Tisch. Ich wollte nicht, dass sie jemand für eine Nutte hält. Obwohl, ihr wäre das egal, wahrscheinlich wollte ich eben nicht, dass mich einer für einen Freier hält. Um mal zur Abwechslung wirklich präzise zu formulieren.

Mir ist wirklich gleichgültig, was die Literaturhistoriker glauben. Die Griechen sollen die Erfinder der Tragödie sein? Ganz sicher nicht. Ich meine, ich kenne nur Costa Cordalis und das würde ja irgendwie passen. Aber die Tragödie und das Beziehungsdrama haben ganz sicher die Ungarn erfunden. Wahrscheinlich hat es einfach keiner verstanden. Vielleicht verstehen ja die Ungarn selber nicht ungarisch und deshalb gibt es so viele Probleme und Missverständnisse.

Patrizias Freundin, besser ihre Geliebte, hatte sich verliebt. Noch dazu in einen verheirateten Österreicher. Patrizia war ziemlich angeschlagen. Vor lauter Kummer hatte sie in ihrer Agentur ausgecheckt und ihr ganzes Geld verprasst. Morgen wollte sie nach Hause fahren. Sich ein wenig erholen und ein wenig weniger rauchen.

Ich aß meinen Vorspeisenteller und sie sprach, rauchte und telephonierte. Außerdem musste ich nachdenken. Ich kann nicht sprechen und nachdenken, aber ich kann oberflächlich zuhören. Um immer das richtige Gesicht zur entsprechenden Geschichte machen zu können. Aber meine Gedanken kreisten nur um meinen Plan. Genauer gesagt um Achmeds Plan. Wie verzweifelt muss man sein, wenn einem die strategischen Konzepte eines dauerbekifften arabischen Rosenverkäufers logisch erscheinen?

Patrizia hatte dann doch was bestellt. Eine supersüße Nachspeise. Wirklich passend zu einem supersüßen Mädchen. Aber ich hatte mich entschlossen, noch einen Angriff zu starten. Lisa schaute mir in letzter Zeit auch immer so nett in die Augen und es gab auch ganz sicher noch keinen anderen Mann. Ganz egal, was Patrizia tun und sagen würde. Ich würde nicht mit ihr ins Bett gehen. Ich wollte einen freien Kopf und vor allem ein freies und reines Herz für Lisa haben.

Auch wenn es Sie noch so sehr langweilt, mich bei meinen bisher erfolglosen Bemühungen um diese Frau zu begleiten. Geben Sie mir doch bitte noch eine Chance. Achmed hat gesagt, es könne nichts schief gehen. Der Plan war ganz einfach. Ich sollte Lisa in ihrem Lokal besuchen – und jetzt kommt es: zusammen mit Patrizia. Laut Achmed würde Lisa dann sicher um mich kämpfen wie eine „weibliche Stute".

Von den ungarischen Telefonaten hatte ich selbstverständlich kein Wort verstanden, überhaupt war ich ein wenig verwirrt. So wie immer halt, wenn es gleichzeitig um Essen und Liebe geht. Die Tür öffnete sich, ein Hauch warmer, angenehmer Luft und dahinter – selbstverständlich telefonierend – kam Patrizias Freundin. Die offizielle Exgeliebte, wenn das mal die Wahrheit war. Mich grüßte sie kaum, nahm sich einen Sessel und tat das, was ungarische Frauen meistens tun, wenn sie mit mir am Tisch sitzen: etwas zu laut sprechen und weinen. Diesmal aber nicht wegen mir und auch nicht wegen Patrizia (wie sie mir dankenswerterweise simultan übersetzte). Irgendwelche Probleme mit dem neuen Lover, dem verheirateten Mann. Was geht mich das an? Ich kümmerte mich um meinen Hühnerspieß mit Kreuzkümmel und ließ die Mädchen reden.

Das Lokal war inzwischen ganz gut besucht. Aber ich sah keinen persischen Rücken. Alle hatten ihre Plätze gut gewählt, keiner wollte etwas verpassen. Zwei tätowierte ungarische Mädchen, im Britney Spears-Schulmädchenpornostyling, rauchend, weinend und telephonierend. So was gibt es halt doch nicht in Teheran.

Dann kam alles wieder ganz anders als geplant. Bei Semi-Lesben muss das irgendwie anders funktionieren. Patrizia hat doch glatt der Exfreundin ihre Wohnung geborgt. Damit diese sich mit dem Ehebrecher in Ruhe versöhnen könne. Und Patrizia? Die ist wie selbstverständlich zu mir mitgekommen. Ihre Tasche hatte sie schon dabei. Warum eigentlich? Von mir ist es nicht weit zum Bahnhof. (Ja, dann war die Szene mit dem Pinkeln und der halboffenen Türe. Und das wird immer das Einzige bleiben, was mir zu anheimelnd einfällt.)

So wie Sie sicher ahnen, dass ich meiner Zigeunerprinzessin in jener Nacht nicht widerstehen konnte. Dabei habe ich alles richtig gemacht. Mir eine enge Unterhose angezogen, einen guten Film im Fernsehen ausgesucht und demonstrativ zwei Decken und zwei Polster bezogen. Ich habe sogar den verzweifelten Versuch unternommen, eine kleine deserotisierende Mauer aus Popkornresten zwischen uns aufzubauen. Mich wundert selbst immer wieder, wie Sex verblödet.

Sie hat angefangen. Hat gemeint, ihr sei kalt. Die Frau, die bei zwölf Grad in einem persischen Restaurant Eiswürfel für ein Cola-Zitron bestellt. Diese Frau behauptet doch glatt, in meinem Bett sei es zu kalt. Besonders alleine unter ihrer Decke. – Es gibt so viel, was ich nicht weiß und noch viel mehr, was ich nicht verstehe. Wie rotieren Frauen eigentlich mit ihrem Popo. Weder Füße noch Schultern bewegen sich auch nur einen Millimeter dabei. Sollte es in Ungarn eine Staatsmeisterschaft in sanftem Poporotieren geben, ich weiß, wer sie gewinnt. Ich habe ganz fest an Reinhold Messner gedacht. Das hilft sonst immer. Außerdem hat er mal erklärt, wie er am Mount Everest mit seinem Geist sein Blut immer dorthin gepumpt hat, wo es wichtig war. – Was habe ich in der Situation gepumpt. Habe mich voll auf warme Füße und roten Kopf konzentriert. Auf alles – aber wo war das ganze Blut, das nicht für die Minimalerhaltung der vitalen Funktionen gebraucht wurde? Richtig! Genau da.

Jetzt kommt der Moment der verblendeten Verblödung. Was macht man, wenn der aufkommende Sturm ein kleines, weiß gestrichenes Holzboot immer und immer wieder gegen die Hafenmauer klatscht? Man taut es fest. Man fixiert es. Das war mein Konzept. Ich dachte mir, ich stecke ihr jetzt meinen Teil sanft hinein und das war's dann. Reinstecken ohne bewegen ist kein richtiger Sex. Besonders, wenn es nur in fixierender Absicht geschieht. – Wir haben uns dann natürlich doch bewegt. Richtig heftig bewegt. Schwuler Tantrasex passt halt wirklich nicht zu ungarischen Frauen. Ich hatte mich auch damit abgefunden.

Jetzt möchte ich mich noch einmal persönlich an Sie wenden und Sie bitten: schonen Sie mich nicht. Ich werden Ihnen auch ganz offen meine Meinung sagen: Fällt Ihnen auf, dass ich so gut wie nie das mache, was ich mir vornehme? Und wissen Sie, wie peinlich mir das ist?

Bitte erschrecken Sie jetzt nicht, aber wenn mir das mit Lisa jetzt nicht so gelingt, wie ich mir das vornehme, dann trennen sich unsere Wege. Es ist sowieso schon schlimm genug für einen Mann wie mich, wenn er keine Kontrolle über die Dinge hat. Auf keinen Fall braucht er dann aber noch jemanden wie Sie. Jemanden, dem er alles erklären muss. – Ganz hart formuliert, Sie fangen an, mir ein wenig auf die Nerven zu gehen, besonders wenn Sie glauben, dass Sie alles viel besser könnten. Bitte schön.

Ich werde jetzt mit Patrizia zu Lisa gehen. Sie glaubt, wir werden einfach frühstücken. Ihr Zug fährt erst am späten Vormittag. Das geht sich aus. Natürlich ist dieses Treffen für mich sehr wichtig. Aber fast so wichtig ist es für Sie.

Nur so zum Beispiel. Lisa hat fünf Schwestern. Tatsächlich. Zwei kenne ich schon. Sollte dieser letzte Angriff, den ich trotz der gestrigen Nacht vorhabe, gelingen, bastle ich aus Lisa und ihren Verwandten ein 1800 Seiten-Werk. Da fege ich die „Buddenbrooks" aus den Regalen. Versprochen!

Sollte ich wieder scheitern, werde ich Sie noch in groben Zügen informieren, aber dann lebe ich mein Leben wieder alleine. Und dann hure ich auch wieder herum, wie ich will. Hoffentlich war ich jetzt nicht zu hart und unhöflich. Ich bin ein wenig nervös. Patrizia trägt gerade ihr zwölfschichtiges Morgen-Make-up auf. Hätte ich es geschafft, mit dem Rauchen aufzuhören, würde ich jetzt sicher wieder anfangen.

Ich lege jetzt vor Zeugen noch ein Gelübde ab: Sollte Achmeds Plan gelingen, werde ich ihm bei seinen ewiggleichen, jammernden Geschichten zuhören. Von verlorenen Sportwetten und angeblich verseuchten Roulettekesseln. Alle Rosen, die er tragen kann, kaufe ich ihm ab. Nur zahlen werde ich ein anderes Mal, weil ich das meiste Geld Patrizia gegeben habe und den Rest jetzt fürs Frühstück brauche. – Wünschen Sie mir bitte Glück.

54
Das sonderbare Haus – Adolf Grünfeld und der Knalleffekt

Lisas Lokal ist nicht weit weg von mir. Alleine, ohne Ungarin an der Hand, schaffe ich es unter fünf Minuten. Ich trug ihre Tasche. Patrizia rauchte ihre zweite Morgenzigarette, mit dem anderen Arm hatte sie sich bei mir eingehängt. Wir sahen aus wie ein nettes Pärchen an einem netten Morgen.

Was würde Lisa sagen? Was würde ich sagen? Sollte ich Patrizia in meinen Plan einweihen und was war mein Plan? Nun, erstens wollte ich Klarheit und beide Frauen nebeneinander würden mir helfen, eine Entscheidung zu treffen. Abgesehen davon, dass meine Entscheidung von der Damenseite sicher folgenlos ignoriert werden würde. Ja und da war eben noch der Achmed-Aspekt. Wenn Lisa auch nur irgendetwas in Richtung Partnerschaft im Herzen hätte, müsste sie jetzt um mich kämpfen.

Ist Ihnen schon aufgefallen, dass sich auch in allen Hollywoodfilmen irgendwann einmal alle Gegner treffen? Sogar die dämlichsten Drehbuchautoren vergessen das nie. Das Prinzip heißt „opponents must meet".

Ich sehe das eher pragmatisch: wenn ich schon der willenlose Dümmling in einer sonderbaren Dreiecksgeschichte bin, sollen sich meine beiden Außenschenkel mal wenigstens in die Augen schauen. Oder um in geometrischen Metaphern zu bleiben: Die Kreise fangen sich an zu schließen. Ob mir als praktizierendem Klaustrophobiker allerdings geschlossene Kreise gut tun? Man wird sehen.

Patrizia hatte ihre hohen Abendschuhe an und konnte trotzdem aufrecht gehen. Einer der wenigen Vorteile, wenn man die Frau an meiner Seite ist. Ich war ziemlich nervös. Ich hatte dieses Erster-Schultag-Feeling oder zumindest das Muss-zur-Zecken-Impfung-Gefühl. Aber bitte schön, ich war doch der Chef. Ich konnte immer noch einfach abbiegen, woanders frühstücken oder überhaupt gleich zum Bahnhof gehen.

Pläne durchziehen erfordert Mut. Pläne ändern leider auch. Ich habe mich unmerklich an Patrizia festgehalten und bin einfach nicht auf die geteerten Fugen des Trottoirs gestiegen. Wie Jack Nicholson in diesem Film. Ihm hat das auch geholfen.

Weil ich den Blick am Boden hatte, wäre ich beinahe an dem sonderbaren Haus vorbei marschiert. Dem Haus mit den blinden Scheiben, das schon immer da stand und das schon immer leer stand.

Mindestens seitdem ich auf der Welt war, wenn nicht seit vielen Jahrzehnten, war das Haus nicht bewohnt. Noch nie hatte ich jemanden raus- und reingehen sehen. Und auch Türen und Fenster sind normalerweise immer fest verschlossen. Heute war nicht normalerweise. Heute war der Patrizia trifft Lisa-Tag. Heute stand das ehemals braune Tor offen. Sperrangelweit offen.

Patrizia war gar nicht beeindruckt. Patrizia kommt aus der Nähe von Szeged. Das ist eine Entschuldigung. Aber die anderen Menschen – alle hasteten achtlos vorbei. Ich war beeindruckt. Und blieb stehen. Wahrscheinlich sogar wie angewurzelt. Die bauchigen Buchstaben über dem schweren Tor waren noch alle da. Keiner war runtergefallen oder gar gestohlen. „Adolf Grünfeld – Modisten-Zubehör". Unter „Grünfeld" hatte jemand einen Davidstern gemalt. Ist ja wohl selbstverständlich. Das Hakenkreuz neben „Adolf" war dann doch ein wenig verwirrend und inkonsequent.

Vor dem sonderbaren Haus stand eines dieser sonderbaren Schiebwägelchen. Sie wissen schon, die schwulen gelben Postdinger mit den lächerlichen Handbremsen. Was sind das bloß für Briefträger? Sollte ich doch noch zur Post gehen, wäre ich lieber sofort tot als mit so was rumzulaufen. Ich wäre ein cooler Briefträger. Ich würde meine Briefe selber tragen. Ich wäre der Mann mit der Ledertasche. Nur mit dem Trinken würde ich aufpassen.

Was war das für ein Brief, der da zugestellt wurde? Hatte ein Haus vielleicht auch Rechte, so wie ein Delinquent? Wurde der Abbruchbefehl einfach in alle Briefschlitze geschoben? Sicherheitshalber, falls Herr Grünfeld doch noch da war? – Ich stand immer noch vor dem Haus, hatte immer noch Hoffnung, jemanden zu erspähen. Patrizia war auch stehen geblieben. Und hat dann, wahrscheinlich noch im Rausch der postkoitalen Gefühlssynchronizität, etwas wirklich Nettes gemacht. Sie hat ihre Hand ganz sanft in meine gelegt. Nicht um mich wieder vorsichtig weiterzuziehen. Nein, so, als wollte sie mir ein Zeichen geben. Ich weiß zwar nicht warum du da so andächtig stehst, aber ich bin da und bin einfach auch ein wenig andächtig. Ich liebe das Wort „andächtig“ und ich liebe meine kleine ungarische Nutte, aber das haben Sie sicher schon gemerkt.

Wir sind dann weitergegangen. Ein paar Mal habe ich mich noch umgedreht. Nicht zu oft, weil die Sache schon angefangen hat. Die Sache mit meinem Kopf, meine ich. Normalerweise sitze ich in Bars an der Theke und ringe nach ihnen. Jetzt erschlugen mich die Worte. Hauptsächlich eines, das Wort „Haus“. – Das Haus, das da stand und da war, wie Häuser nun mal da stehen und da sind. Das sonderbare Haus, das immer schon da war.

Wir haben jetzt einen Termin. Sie und ich wissen das und Achmed weiß es auch. Die Mädchen wissen nichts und das ist gut so. Ich würde Ihnen das gerne genauer erklären. Und wieso die Sache mit dem Haus ganz sicher ein Zeichen ist. Aber wofür? – Auch die Geschichte von Thomas Bernhard und mir würde jetzt maximal fantastisch passen. Nur ich kenne mich und Sie kennen mich auch. Ich verliere mich dann. – Wahrscheinlich will ich mich einfach mal wieder drücken? Aber ich ziehe das jetzt durch! Und trete jetzt einfach wieder auf die Querlinien. Hoffentlich passiert nichts!

Das Café war schön leer. Wie ich es gerne mag. Ein Tisch war besetzt mit einem Nichtgesicht. Beinahe hätte ich Patrizias Hand nicht rechtzeitig losgelassen. Es war einfach so sonderbar nett. Aber bitte keine vollendeten Tatsachen. Ich wollte ja Lisa nur ein wenig erschrecken. So etwa: es ist knapp, aber noch nicht zu spät. Es ist einfach fünf vor Patrizia.

Sonst rauche ich nie vor dem Frühstück. Nicht aus gesundheitlichen Gründen! Wen interessiert Gesundheit in Zeiten der Liebe? Diesmal habe ich mir eine als kleine glühende Rettungsinsel angezündet. Dann Patrizia den Stuhl zurechtgerückt. So was mach ich reflexartig und es kommt immer gut. Lisa war alleine. Ich sah ihre Schultern und ihren Hals bei der Kaffeemaschine. Sie hatte Frühdienst und ihre Haare hochgesteckt.

Ich habe ihr mein scheuestes Al Pacino-Lächeln zugeworfen. Habe mich bemüht mit den Mundwinkeln ein kleines erstauntes „Du da?!“ mitzuschicken. Ob das auch so angekommen ist? Ich habe da meine Bedenken. Was ich oft plane und mir alles blickmäßig vornehme, und mein Gegenüber denkt sich wahrscheinlich nur: „Da ist er ja“.

Egal, sie ist dann an unseren Tisch gekommen und wir haben bestellt. Vielleicht hat mir Lisa ein klein wenig fester als sonst in die Augen geschaut und vielleicht war da auch ein kleines, neu erfundenes Lächeln um ihre Lippen?

Wenigstens hat sie nicht gefragt, wie es mir geht. Lisa hat überhaupt nicht viel gesagt und ich habe kaum aufgeschaut. Jetzt, wo beide Frauen so nah waren. Der Moment des magischen Dreiecks – und ich ignoranter Feigling starre auf die hundertfach gesehene Speisekarte!

Patrizia hat bestellt, als wäre gar nichts. Als wären wir einfach irgendwo, um irgendetwas zu essen. Ob Sie es mir glauben oder nicht, ich hatte für einen Moment den Duft der Frauen in der Nase. Nicht von allen generell, aber von den beiden. Und gleichzeitig auch noch dazu.

Zu Patrizia traute ich mich auch nicht mehr hinschauen. Vielleicht schlechtes Gewissen, weil ich heute Nacht mit ihr geschlafen hatte und mich doch erst am Morgen wieder in sie verliebt hatte. Aber immerhin. Ich starrte auf die kleine Frühstückskarte, als ob es zwischen den Zeilen „Kontinentales Frühstück, Wiener Frühstück und Leichtes Frühstück" irgendwo einen Notausgang für mich gäbe. Wie Antony Perkins in Psycho. Am Ende, als er in dem weißen Zimmer sitzt. Hier war auch alles so weiß!

Dann kam die Frage mit dem Ei. Nicht die extrem langweilige Frage von wegen Huhn oder Ei und was zuerst da war, sondern es ging um Details des Frühstücksarrangements. Lisas Frage an Patrizia: „Wie magst du deine Eier am liebsten?" war einfach nur ausnahmsweise zu viel für mich. Ich wurde endgültig knallrot, vergrub mich noch mehr in der viel zu schmalen Karte und hielt die Luft an, damit das bebende Lachen in mir blieb.

Patrizia hat mich amüsiert von der Seite gemustert. Das weiß ich, das habe ich in der peripheren Unschärfe durch die Tränen und trotz Sauerstoffmangel ganz sicher gesehen. Was Lisa getan hat und ob sie meinen Anfall auch bemerkt hat, kann ich einfach nicht sagen. Da müsste ich etwas erfinden. Nie im Leben hätte ich mich da die hundert Meter hinaufzuschauen getraut. Trotz meiner gereiften Persönlichkeit.

Vorhin, kurz bevor wir reingekommen sind, habe ich ja noch befürchtet, es passiert vielleicht überhaupt nichts. Mein Liebesleben und meine literarische Mission betreffend. Aber es ist was passiert, abgesehen von der Eierfrage meine ich. Etwas das mir nie im Leben selber eingefallen wäre. Ich kann mich nur wiederholen, nie nie nie im Leben. So gut bin ich einfach nicht. Schreibmäßig, meine ich in dem Fall.

Ein paar andere Gäste sind gekommen. Lisa hatte zu tun und Patrizia plauderte. Sonst höre ich gerne zu, aber es war zu kompliziert. Irgendetwas war im Sonnenstudio passiert. Ihr Lieblingshandtuch sei gestohlen worden und ich solle mal mit dem Chef reden. Auch eine Aufgabe, bei der man berühmt werden kann. – Der eine Junge gegenüber, den ich vorhin in einem Anfall von aggressiver Unsicherheit als Nichtgesicht beschrieben habe, hatte selbstverständlich eines und noch eine Freundin auch dazu. Die war inzwischen auch da.

Ich bin schon so scheißalt, ich kann bei jungen Leuten nicht einmal annährend das Alter richtig schätzen. Auf jeden Fall haben beide geraucht und sie hatte schon einen dicken Busen, aber noch eine dünne Stimme. Wahrscheinlich würden sie bald zusammenziehen und abwechselnd den Geschirrspüler ausräumen. Wahrscheinlich würden sie bald das Leben haben, das ich eigentlich haben wollte.

Es ging gar nicht um das Handtuch. Zumindest nicht nur. Ich musste doch richtig zuhören. Patrizia plauderte und wollte außerdem wieder meine Hand nehmen. Was war das bitte? Sonst war sie nicht so zärtlich am Morgen. Wegen dem Sex kann es nicht gewesen sein. Der war eher dezent und ruhig. Vielleicht war es die nahende Abreise? Ich rief nach Lisa wegen der Rechnung. Selbstverständlich wieder mit Al Pacino-Lächeln und selbstverständlich wagte ich nicht höher als knapp unter ihren Busen zu blicken.

Mit dem Geld ging es sich locker aus. Lisa fragte noch, ob alles in Ordnung gewesen sei. Natürlich war es das. Ich kramte nach den Scheinen.

Ist Ihnen schon einmal aufgefallen, dass alle Menschen unwillkürlich das Kinn in die Höhe strecken, wenn sie im Sitzen etwas aus ihrer Hosentasche holen. Auch wenn die Hose noch so weit und noch so locker ist. Ich bin ja eher der nordisch beherrschte Typ, aber bei so was bin ich wie alle. Deshalb habe ich es so genau gesehen und nur deshalb kann ich den Moment beschreiben. Es war ein kurzer, zufälliger Blickkontakt zwischen den beiden. Patrizia wollte ihr eigentlich nur so ein standardisiertes Abschiedslächeln schicken und da ist es dann passiert. „Ich bin übrigens Lisa. Du musst die Patrizia sein."

Das war der angekündigte Knalleffekt. Die Sache, die mir nie eingefallen wäre. Klar, Lisa hatte ja einiges von meinem Buch gelesen. Das habe ich Ihnen ja erzählt, ich sage nur „Blasen und Delphinschwimmen", aber ich hatte es selbst vergessen. Und dann noch der ungarische Akzent.

Patrizia ist aufgestanden, ein wenig irritiert. Die Ostblockfrauen sind ja bei so was viel höflicher. Die geben nicht so im Sitzen von unten herab die Hand. Ich bin aufgestanden. Lisa stand ja ohnehin und das junge Pärchen mit dem zukünftigen Geschirrspüler dann auch noch. Es war kollektives Aufstehen. Nur knallrot geworden bin ich alleine.

Lisa hat ihr dann gesagt, dass sie von mir schon so viel Nettes über sie gehört hätte. Das Übliche halt. Ich habe mir beide angeschaut – und ich war in beide verliebt. Wirklich wahr. Meist fällt es mir schwer, überhaupt verliebt zu sein: Meist tue ich nur das, was ich in den Filmen gelernt habe. Aber diesmal war es anders. Diesmal war und fühlte ich wie ein Franzose. Mindestens wie Serge Gainsbourg, auch ohne Haare auf der Brust.

Ich stammelte zu Lisa irgendetwas von Muss-zum-Bahnhof-und-komme-dann. Da hat sie Patrizias Hand erst losgelassen und wir sind gegangen. Bezahlt habe ich noch. Und Lisa richtig und unerschrocken in die Augen geschaut. Ich glaube Achmed hat Recht. Ich glaube Achmed ist ein gottverdammtes Beziehungsgenie. Lisa hatte rote Wangen. Ich schreibe es jetzt noch einmal, damit Sie es nicht für einen scheiß Druckfehler halten. Lisa hatte rote Wangen. Die immer wunderschöne, aber immer blasse Frau hatte tatsächlich äußere Symptome von kopfmäßig angeregter Durchblutung. Ein wahrhaft gutes Zeichen.

Im Taxi habe ich dann gleich Pläne gemacht. Patrizia war wieder ein bisschen müde. Ich habe sie ein wenig in den Arm genommen. Lisa würde ich mir jetzt nehmen und auch einen Geschirrspüler kaufen und so. Vielleicht noch ein Baby, wer weiß? Aber Patrizia würde ich nicht ganz hergeben. Nur nicht mehr mit ihr schlafen. Vielleicht kratze ich ja noch die Kurve, vielleicht schlage ich ja noch zu im Leben. Mit Geld und Karriere, meine ich. Wenn ich richtig viel habe, werde ich Patrizia aushalten, als körperlose Geliebte. Das mit dem Sonnestudio würde ich auch erledigen. Ich habe nicht verstanden, um was es geht, einfach mal hingehen und brüllen. Wahrhaft gutes Brüllen geht mit einem Minimum an Sachkenntnis ohnedies viel besser.

Ich bin dann noch einmal zurück. Zu Fuß, kein Geld. Das scheiß Taxi. Lisa war immer noch anders. Gut anders, ihre Augen haben gefunkelt. Ich habe sie gleich für morgen zum Essen eingeladen und mir zwanzig Euro ausgeborgt.

55
Die falsche Frau – Der Bauch des Meisters

Auch wenn es Sie so gar nicht brennend interessiert, ich will den gestrigen Exkurs von den wabbelnden Wörtern in meinem Kopf und dem sonderbaren Haus unbedingt aufklären. Sonst halten Sie mich noch für sonderbar und das will ich nicht.

Mir passiert das allerdings öfters und ich habe keine gute Erfahrung mit vernünftigen Erklärungen. Ganz besonders, wenn ich nicht den Eindruck machen möchte, irgendwie grob exzentrisch zu sein, schreibe oder rede ich mich in einen schrulligen Strudel wirren Wahns.

Ein weiterer Grund, das Buch jetzt zügig zu beenden. Ich möchte, dass Wörter wieder Wörter sind. Nichts weiter. Ich will nicht mit ihnen befreundet sein und auch keine Angst vor ihnen haben. In die Worte „zart" und „sonderbar" bin ich sonderbar zart verliebt. Vor dem Wort „nichtsdestotrotz" habe ich ernsthaft Angst. Nicht nur, weil ich Friedrich Torberg verehre, der sich ja über dieses hässliche Unwort so brillant ereifert hat. „Nichtsdestotrotz" würde nun manchmal so gut zu meinem Leben passen, obwohl oder gerade weil es so eine absurde Konstruktion ist.

Auch stilistisch mache ich mir Gedanken, besonders wenn es nicht angebracht zu sein scheint. Erst kürzlich wieder ist mir da was Peinliches passiert. Selbstverständlich lache ich gerne über meine eigenen Witze, aber prinzipiell nicht während sexueller Handlungen. Jetzt weiß ich nicht, ob ich Ihnen schon von Andrea erzählt habe. Sie ist richtig verheiratet und würde nie mit mir ausgehen. Zu riskant und wahrscheinlich findet sie mich langweilig. Aber sie geht immer gerne mit mir ins Bett. Praktischerweise auch, wenn ich es will. Andrea ist unbestritten meine sexuelle Notversorgung.

Sie bemüht sich sehr um das Drum und das Dran. Manchmal fast zu viel. Und sie spricht auch dabei, so pornofilmmäßig. Manchmal auch zu viel. „Ja, fick mich ... fick mich hart ... fick mich fest ... fick mich richtig kräftig!!" Da ist es passiert, da ist mir das verschollene Wort eingefallen. Tautologie. Seit der Schulzeit habe ich das nicht mehr verwendet.

Klar kann ich „hart" ficken, oder auf Wunsch auch „fest" oder „kräftig", aber ich kann nur alles gleichzeitig. Interne Differenzierungen bringe ich beim besten Willen nicht zustande. Diese Phrasen mit sinngleichen Worten nennt man eben Tautologie. Eigentlich wäre das ja kein Problem, aber muss mir das genau in der Situation einfallen? Natürlich war ich abgelenkt durch meine Sprachanalysen und ein wenig lachen musste ich auch. Das kam nicht so gut an bei Andrea. Sie wollte gleich wissen, was und warum und ich wollte es keinesfalls erklären.

Sie hat mich gequält und wir haben ganz aufgehört. Müde war ich auch und Lügen ist sowieso nicht meine Stärke. Ich habe ihr die Wahrheit gesagt und warum ich über solche Dinge nachdenke. Wie gesagt, wir waren noch nie aus und passen auch nicht zusammen. Andrea dachte offenbar, ich möchte mich auf arrogante Art über ihre Sprache lustig machen. Stimmte natürlich überhaupt nicht, aber jedenfalls war sie ein wenig wütend und ein wenig zornig und hat sich rasch und schnell angezogen.

Ich lag dann da, allein, wie wahrscheinlich alle Hobbygermanisten allein liegen, und habe das gemacht, was meine Kollegen im Geiste sicher auch machen würden: Ich habe mir ein Buch ins Bett geholt. In meinem Fall „Erzählungen" von Thomas Bernhard, und jetzt hab ich ein neues

Problem und eine neue Frage. Hoffentlich fällt mir die Lösung zu einem günstigeren Zeitpunkt ein.

Kurzgeschichten mag ich einfach und nie beginne ich mit der ersten. Darum geht es ja, dieses Freiheitsgefühl des beliebigen Anfangens auszukosten. Ich habe mir ein Fruchtjoghurt aus dem Kühlschrank geholt und eine Flasche Bier – wahrscheinlich die nicht verbrannten Hormone nach dem unterbrochenen Liebesakt – und habe das ganze Buch am Stück durchgelesen. Selbstverständlich von Geschichte zu Geschichte hüpfend, also nicht wirklich am Stück im Wortsinn. – Da ich im Bett lag, passte das Bild „Die Sprache Thomas Bernhards hat mich fast umgehauen" ganz besonders nicht, aber Sie wissen, was ich meine. Die Art und Weise, wie er sich ein Wort fasst, sich daran anhält, bevor er es einem dutzendfach in einem Absatz an und in den Kopf wirft, ist beeindruckend gewalttätig.

Es war mitten in meiner Lieblingsgeschichte „Der Wetterfleck": ich habe neben das Bett gegriffen, die Bierflasche ertastet, ohne sie umzuwerfen, und sie dann, trotz der deprimierenden Leichtigkeit, zum Mund geführt. Wie ein uneinsichtiges Baby habe ich es probiert. Nichts außer Leere. Ich bin weiterlesend aufgestanden und Richtung Kühlschrank. Habe das Buch dann doch kurz abgelegt und da ist es passiert. Ich hatte meinen ersten massiven Bernhardschen Anfall.

Da war dieser Kühlschrank. Der Kühlschrank, der immer schon da war. Der Kühlschrank, der da unbeachtet stand und immer das tat, was ein Kühlschrank eben tut. Verschlossen sein und innen kalt sein. Ich habe mich dann runtergebeugt zu dem Kühlschrank. Zu meinem Freund, dem Kühlschrank. Vielleicht zu meinem einzigen Kühlschrankfreund, der auch so kalt und verschlossen ist wie ich.

Wie gesagt, das war ein Anfall von mir, sicher keine Literatur. Kaufen Sie sich unbedingt den Band „Erzählungen“ von Thomas Bernhard, aber vielleicht kurz bevor Sie ins fremdsprachige Ausland verreisen. Auch Sie werden massive Wortwiederholungsanfälle bekommen. Garantiert.

Gestern, als ich mit Patrizia an dem sonderbaren Haus vorbeiging, hatte ich wieder eine Attacke. Das Wort war selbstverständlich Haus. Aber ich konnte mich gerade noch irgendwie beherrschen. Ich hoffe, Sie haben nichts gemerkt. Nun, die Frage ist: habe ich mich tatsächlich in jener tautologischen Nacht infiziert oder geht es doch, so wie alles hier in Wien, massiv auf meine Kindheit zurück?

Dass ich oft mit den falschen Frauen mitgegangen bin, zieht sich ja wie ein roter, verhängnisvoller Faden durch mein Leben. Aber wissen Sie, wann und wo ich damit angefangen habe? Was glauben Sie, ganz ehrlich? Mit fünf Jahren und ausgerechnet in Venedig! – Es war ein unerhörter Trubel. Sicher eine Million Touristen am Markusplatz und ich mittendrin. Ich habe mich bei einer blonden Frau, die ein wenig wie Hildegard Knef in ihren besten Zeiten aussah und deshalb meine Mutter sein musste, eingehängt und bin mitgegangen. Einfach so. Sie hat es nicht gemerkt oder mich von oben herab ebenfalls verwechselt. Die Frau sprach ja nicht einmal deutsch. Irgendwann sind wir dann beide sehr erschrocken. Sie noch mehr, so gut gefiel mir mein Zuhause auch nicht.

Welchem Zufall ich die später erfolgte und offenbar gelungene Familienzusammenführung verdanke, weiß ich selbstverständlich nicht mehr. Auf jeden Fall habe ich ab diesem Zeitpunkt eine kleine, autarke Kombinationsneurose erfunden. Hand geben, auf keinen Fall loslassen und trotzdem sicherheitshalber einen minütlichen Kontrollblick nach oben – die richtige Hand an der richtigen Frau? Je mehr ich darüber nachdenke, eine sehr weise Frage. Besonders für einen Fünfjährigen.

Es geschah ein paar Wochen später in Wien, es war immer noch Sommer und sicher hatte ich kurze Hosen an. Dem groben Menschengewühl der inneren Stadt waren wir fast entkommen und ich hielt ganz sicher die richtige Hand. Die Hand meiner Mutter.

An der Staatsoper vorbei steht links das Hotel Bristol. Ganz nah an dem scheinbar nie enden wollenden Menschenstrom der hastigen Touristen, und doch herrscht vor dem protzigen Eingang des Hotels schon ein wenig die angenehme Ruhe eines Winterhafens. Genau der richtige Moment und der richtige Ort für einen Buben, den immer klammernden und schwitzigen Griff ein wenig zu lockern und noch einen Blick steil nach oben zu werfen. Diesmal aber nicht von innerer Unruhe geleitet, sondern mehr aus Dankbarkeit gegenüber der verlässlichen Lotsin.

Das habe ich auch getan und im Moment der Orientierungslosigkeit ist es dann passiert. Es hat wupp gemacht. Es wurde ein wenig dunkel und es wurde ein wenig weich. Und es roch nach frisch gewaschenem Hemd. Wahrscheinlich sogar gestärktem und gebügeltem Hemd. – Der Mann stand da, wie Männer einfach dastehen, wenn sie aus dem Hotel Bristol kommen und kurz nachdenkend nach Luft schnappen. Wenn sie einen Moment in der noch zarten Morgensonne verharren und eine Entscheidung treffen müssen. Die Entscheidung, sich nach rechts in pralles, aufdringlich lebenslustiges Gewühl zu wagen oder den linken Pfad der etwas morbiden Ringstraßenruhe zu wählen. In Richtung der Internationalen Apotheke und des Hotels Imperial. – In welch bedeutenden Bauch ich da gelaufen war, war mir natürlich nicht bewusst. Meine Mutter hat ihn hingegen erkannt und sich sofort entschuldigt. Thomas

Bernhard hat nur kurz genickt. Glaube ich mich erinnern zu können. Beschwören möchte ich das nicht.

Woran ich mich erinnere, ist seine Nase. Die hielt er ganz hoch, auch beim wahrscheinlichen Nicken. Aber nicht auf hochnäsige Art, sondern mehr so aus distanzierter Neugierde, Witterung aufnehmend.

Wir sind weitergegangen. Ich habe mich dann umgedreht, der Mann mit den zwei Vornamen stand immer noch auf dem schmutzig roten Teppich. Ganz aufrecht und gerade und immer noch mit hoch erhobener Nase. Fast wie ein Erdmännchen, das sich, vor seinem Bau stehend, in der Morgensonne die klammen Glieder der kalten Erdlochnacht wärmt. Und scheinbar aus rein privatem Interesse die Welt um sich mustert. In Wirklichkeit ist dieses Erdmännchen auch Wächter und bei herannahenden bösen und gefährlichen Giftschlangen werden schnell alle Kollegen gewarnt. Ob sie wollen oder nicht.

Jetzt höre ich besser auf mit diesem Kapitel. Der Vergleich Thomas Bernhard und das warnende Erdmännchen ist einfach gut und außerdem muss ich noch schnell ein Hemd bügeln. Das Bett wird nicht frisch überzogen. Vielleicht ist das der Fluch, vielleicht setzt mich das irgendwie unter Druck. Irgendwie noch mehr unter Druck, meine ich.

Die Begriffe „Tautologie“ und „Pleonasmus“ werden Sie ab jetzt hoffentlich nie mehr verwechseln. Tautologie, das sind zwei – oder mehrere – sinngleiche Begriffe. Von der Aussage her immer logisch und richtig, aber manchmal kommen Sie da in stilistisches Unwetter. Pleonasmus beschreibt, grob erklärt, das unnötige Beiwort. Die Abteilung „nasses Wasser“, „weißer Schimmel“ usw. Eigentlich, wenn überhaupt, nur Hardcore-Lyrikern und Pubertierenden vorbehalten.

56
Der gefährliche Pinguin und der schönste Revolver der Welt

So was kann einem im Casino nicht passieren. So was passiert nur, wenn man schlau sein möchte und irgendwo privat spielt. Ich habe meine Strafe bekommen, mir haben jahrelang die Füße wehgetan. Wenn es wirklich blöd gelaufen wäre, hätte ich sie aber auch jahrelang wenig gebraucht. Um mehr als eine Stunde laufen, meine ich. Und das auch nur im Kreis, wenn Sie verstehen, was ich meine.

Wir saßen beide an der Bar. Vom Sehen kannte ich ihn schon länger. Gewöhnlich nickten wir uns nur kurz zu und jeder machte sein Ding. Meiner Erinnerung zufolge hatten wir auch noch nie gegeneinander gespielt. Schuld war selbstverständlich die Kellnerin. Ein todesgeiles Gerät hätte ich sie früher genannt. Seitdem Lisas Gehirnwäsche bei mir eine gewisse Wirkung zeigt, würde ich sie als – sehr interessante und schöne Frau mit kaukasischen Zügen und Mördertitten bezeichnen. Sie sehen, Lisa hätte noch viel Arbeit mit mir, aber ich lerne dazu.

„Götz, was magst du trinken, ich lade dich ein!" Tiefe Stimme, kein vertrauter Akzent. Leider war das nicht die Stimme der galizischen Elfe. Ich wusste seinen Namen nicht, er wusste offenbar meinen. So was ist mir immer peinlich. Ich bestellte ein kleines Bier, bedankte mich und rutschte zwei Hocker näher zu meinem neuen Bekannten. Eigentlich war ich für den Tag satt, ich hatte schon am Morgen ein mittleres Angestelltengehalt gewonnen, aber dann sah ich das Bündel Geldscheine. Hans – das hatte ich inzwischen rausbekommen – zahlte die Getränke nämlich gleich. Die Gier ist wirklich ein

Luder. Hans wollte feiern, er habe eine große Summe beim Back Gammon gewonnen. Die Hälfte sogar gleich kassiert, den Rest werde er jetzt hier ausbezahlt bekommen. Mir war es recht, machen wir ein bisschen Party-Party.

Ich hatte so meine Zweifel, dass er den anderen Teil jemals sehen würde. Hans ist nicht der Typ, um gegebenenfalls Druck zu machen. Aber was er hatte, war genug. Genug für mich jedenfalls. Schon rein optisch hätten die Scheine bei mir viel besser ins Arrangement gepasst.

Hans trug zwar einen Anzug mit Weste, sogar eine Krawatte und ein weißes Hemd. Aber alles hatte so was Billiges. Der Stoff und so, meine ich. Absichtlich rauchte ich mit der linken Hand. Ich hatte Angst, mit meiner Zigarette zu nahe an seinen Polyamidanzug zu kommen, sonst würde er noch neben mir abfackeln. Samt seinem Geld.

Dann kam tatsächlich wer. Typ chronischer Verlierer. Die haben es immer eilig. Hetzen von Schlachtbank zu Schlachtbank. Bis ihre Geldtasche wieder mit ihrem leeren Blick harmoniert. Mein neuer Bekannter ist dann raus mit ihm auf die Straße, kam aber nach einer knappen Minute wieder, klopfte sich zufrieden auf seine innere Sakkotasche und bestellte gleich noch zwei kleine Bier.

Seine kindhafte Freude und seine getränkemäßige Großzügigkeit verursachten bei mir eine gewisse Beißhemmung. Unter so was leide ich selten. Ich schwöre, ich hätte ihn ziehen lassen, aber Hans wollte es anders. Es war seine Idee und ich ging mit in seine Wohnung.

Es war ein tristes, kleines Neubauappartement, wenigstens im Erdgeschoss. Von meiner Höhenangst habe ich Ihnen ja schon erzählt. Alles war niedrig. Die Decke, die Couch und ganz besonders niedrig war ein Rauchglastisch mit so einem schwulen messinggoldenen Gestell. Hans holte gleich die Jetons und die Karten und wir legten los. Ich kam mir ziemlich geschmeichelt vor. Ich musste gar kein Geld zeigen – nun, ich hatte genug mit, aber sein Vertrauen fand ich ziemlich nobel. Um es kurz zu machen, ich habe ihn nicht besiegt. Er wurde von mir zertrümmert.

Dreimal habe ich auf seinen Wunsch um eine Stunde verlängert. Hans hatte die Brechstange ausgepackt. Mit immer tollkühneren und desperateren Manövern wollte er sein Geld zurückgewinnen. Ich mauerte, lehnte mich nicht mehr sonderlich aus dem Fenster. Hans hatte sich verändert, der Mann schwitzte und keuchte. War schwer angeschlagen. So was rührt mich, einer der Gründe, warum ich zu dumm bin für einen Profispieler. Ich kann den Gegner nicht totmachen, auch wenn er scheinbar noch so darum bettelt. Aus, vorbei, ich wollte nicht mehr.

Hans stand auf, ging in seinem Miniwohnzimmer auf und ab. Ich zählte meine Jetons, so schlimm war es gar nicht. Umgerechnet auf das heutige Scheißgeld circa 3000 Euro. Die Knie taten mir weh, wer spielt schon auf einer Couch stundenlang Poker. Hans hatte die Krawatte gelockert, drehte noch eine letzte Ehrenrunde und ließ sich schwer in seinen seltsamen Sitzsack fallen. Sie wissen schon, diese 70er Jahre-Teile, die mit kleinen Styroporkugeln gefüllt sind und auch nach Jahren noch nach Plastikleder riechen.

„Ich habe es nicht. Was soll ich machen, es tut mir Leid, ich habe es einfach nicht!“ – „Du hast was nicht? Keinen Mut, keine Lust zu bezahlen? Nicht genug Mut, nicht zu bezahlen? Was hast du bitte nicht?“ – „Ich habe es nicht. Ich habe einfach kein Geld, aber ich zahle sicher. Ich brauche nur Zeit.“

Sind Ihnen schon mal Schuppen von den Augen gefallen? Mir noch nie. Seltsame Metapher. Aber nichtsdestotrotz (ich weiß!) – in dem Moment fiel es mir wie Schuppen von den Augen. Hans brauchte mir gar nichts mehr zu erzählen. Ich wusste alles. Der Typ, der in die Bar kam, der Gewohnheitsverlierer, der war nicht nur gehetzt wie immer, der hatte auch so was verwirrt Irritiertes an sich. Mir war das aufgefallen, aber ich hatte nicht darüber nachgedacht. Das Arschloch hatte gewonnen. So was war der nicht gewohnt. Der war nicht zum Bezahlen gekommen, der hatte von Hans kassiert – die Scheine waren weg. Alle. Deshalb hatte Hans gleich bezahlt und zuerst mit dem Geld herumgewedelt, und ich Dümmster aller Dummen war darauf reingefallen.

Er hatte immer noch die Hände vor den Augen und redete und redete. Selbstverständlich hörte ich nicht zu. Absichtlich nicht. Ich hatte so eine unheimliche Wut. Natürlich auf mich, normalerweise mache ich meine Witze über Spieler, denen so was passiert. Das Geld muss auf den Tisch und zwar immer. Und zwar vorher.

Apropos Tisch. Wissen Sie, was eine Übersprungshandlung ist? Mein Hund beherrscht sie in allen Varianten. Kaum treibt ihn mal ein größerer Hund wirklich in die Enge, putzt er sich mit Hingabe und mit Hilfe seiner Hinterpfoten intensiv seine Ohren. Brülle ich ihn an, weil er verbotenerweise den Mistkübel ausräumt, säuft er zitternd im Rekordtempo die danebenstehende Wasserschüssel leer. So, als kämen wir gerade direkt von einer Wüstendurchquerung.

Meine liebste Übersprungshandlung wäre theoretisch Haareraufen, aber mangels Masse musste ich mich mit Aufsklogehen und Händewaschen wieder ins emotionelle Gleichgewicht bringen. Aber ich gehe nicht überall auf die Toilette und bei Hans in der Wohnung wollte ich das ganz besonders nicht. Obwohl der Gedanke, auch nur für einen Moment eine Holztüre zwischen mir und seinem klagenden Jammern zu haben, doch verlockend schien.

Sollte ich ihm eines seiner Plastikhemden ins Maul stopfen oder doch meinem größten Verlangen nachgeben und mir selber maximal eine reinsemmeln? Das war meine grundsätzliche A/B-Entscheidung. Was habe ich gemacht? Logisch, ich begann den Tisch abzuräumen. Rauchglascouchtische hasse ich sowieso und schmutzige verursachen bei mir akute Übelkeitsanfälle. Erst die Flaschen und Gläser, dann die leeren Zigarettenpäckchen und Kartoffelchip-Rückstände und schließlich diesen monströsen Aschenbecher. Sie wissen schon, diese sonderbar geformten Murano-Glaspatzen, die man in Venedig kaufen kann, die aber wahrscheinlich schon längst in China hergestellt werden.

Da ist es passiert. Vielleicht hatte ich ja schwitzige Hände oder einfach nur das enorme Gewicht unterschätzt, auf jeden Fall rutschte mir dieses mit Asche und dutzenden Kippen gefüllte Stück aus der Hand. Dem Aschenbecher ist nichts passiert, den könnte man wahrscheinlich unbeschadet aus einer Boeing werfen. Aber die Tischplatte zersprang mit lautem Scheppern in unzählige spitze Dreiecke – es war wirklich nur ein Unfall. Keinesfalls ein unkontrollierter Ausbruch von Gewalt. Genau genommen war es Aufräumen im Affekt.

Hans war verstummt und aufgesprungen. Ich gab mir größte Mühe, ihn zu beruhigen. Der Mann hatte Angst vor mir. Das machte mir wieder Angst, dass er Angst vor mir hatte. Eine vertrackte Situation. Ich bot ihm sogar an, das Ganze zu vergessen. Wollte einfach schnell gehen. Legte noch ein wenig Geld für Frühstück und Zigaretten aufs Sofa – wohin sonst? – und war schon fast zur Tür draußen, als er hinter mir herkam. Ich muss jetzt gerechterweise sagen, es war nur ein sehr kleines Vorzimmer und wir hatten ja die ganze Nacht durchgemacht. Ich weiß jetzt auch, wie ich damals gerochen habe, aber Hans roch nach Verzweiflung. Definitiv und eindeutig – nach Verzweiflung. „Götz, ich habe was für dich. Genau das Richtige. Das wird dir Freude machen." Er verschwand für einen Moment hinter einer gelblich weißen Tür und kam mit einem abgerissenen Karton in der Hand wieder.

Jeder Mann wünscht sich Maßschuhe. Besonders welche vom Materna, Wiens wahrscheinlich teuerstem Schuhmacher. Hans hatte in dem Karton zwei Paar. Einmal „Budapester", halbhoch in schwarz, und einmal kastanienbraune, so in seidenmatt mit diesen vielen kleinen Noppen. Ihm waren sie viel zu groß, er hatte sie geerbt. Mir passten sie auch nicht wirklich, aber ich war eitler. Ich zwängte mich unter Schmerzen hinein. Immerhin keine schlechte Beute für eine Nacht. Dann war da noch dieser lodengrüne Stoffbeutel, oben mit einer schwarzen Schnur zugebunden. Was war da wohl drinnen? Schuhputzzeug? – Hans hatte sich wieder im Griff. Als ob die handwerkliche Brillanz dieser rahmengenähten Meisterstücke sogar diesem hässlichen Plastikmenschen einen Hauch von Klasse verleihen würde. Mit Andacht öffnete er die schwarze Masche des Stoffbeutels und zog einen Revolver heraus. Einen schwarzen Revolver. Wahrscheinlich den schönsten Revolver der Welt.

Moment bitte schön! Jetzt muss ich so viel auf einmal erklären!! Jetzt gibt es so viele Fragen zu beantworten. Gestellte Fragen und selbstverständlich auch ungestellte. Am liebsten würde ich Ihnen jetzt meine Telefonnummer geben und das persönlich besprechen, aber ich muss es wohl so probieren. Haben Sie schon einmal fast neue Maßschuhe getragen? Fremde neue Maßschuhe, noch dazu von einem fremden toten Onkel? Minimum eine Nummer zu klein? Weglaufen wäre mit Abstand das Vernünftigste gewesen, aber weglaufen war schmerztechnisch nicht möglich.

Dann die Sache mit der Verantwortung. Auf der einen Seite war ich immer noch ich – immerhin! Auf der anderen Seite war Hans eben Hans. Ein kaputter Mensch mit einem kaputten Leben und einem kaputten messinggoldenen Couchtisch. Inmitten der Scherben seiner Plastikexistenz und inmitten der Scherben seiner ehemaligen Rauchglastischplatte. Der Revolver war bei mir besser aufgehoben, da stimmen Sie mir doch hoffentlich zu.

Und dann das perfekte Design. Dieses unglaublich schöne schwarze Stück Stahl mit einem unglaublich schönen schwarzen Pentagramm auf dem schwarzen Griff. Mich erinnerte es an einen Sheriffstern, ich dachte Raymond Loewy hätte diese Waffe in jungen Jahren vielleicht im Rahmen eines Industriepraktikums erschaffen. Es war aber eine russische Tokarev, ich glaube, die haben bis heute den Fünfstern als Symbol. Hans hatte sie ebenfalls von seinem Onkel, einem passionierten Jäger, geerbt. Er wollte mir noch alles ganz genau erklären. Ich wollte jetzt nur endgültig verschwinden. Bat ihn, die Pistole wieder in den lodengrünen Stoffbeutel zu stecken, packte meine alten Schuhe in den Karton zu den kastanienbraunen und stand auf.

Draußen war es schon fast hell. Kein Taxi weit und breit. Ich hatte solche Schmerzen, meine Füße brannten höllisch und undefinierbar. Die neuen Schuhe drückten nicht an einer Stelle, es war eher das Gefühl einer heißen, alles umfassenden Zange. So stelle ich mir mittelalterliche Folterwerkzeuge vor. Außerdem konnte ich mich nicht ganz aufrichten. Hinten im Hosenbund steckte gut verpackt meine Tokarev. Hätte ich mir in die Ferse geschossen, hätte ich den Schmerz wahrscheinlich gar nicht gespürt. Mehr war gar nicht vorstellbar.

Wie ein Pinguin watschelte ich die Straße hinunter. Nur wenige Leute waren schon unterwegs. Die wussten es natürlich nicht, aber ich wusste es: Ich war kein normaler Pinguin, die haben nämlich gewöhnlich keinen wunderschönen schwarzen Revolver mit einem wunderschönen russischen Sheriffstern im Hosenbund stecken. Ab jetzt war ich selbstverständlich ein Königspinguin. Und zwar einer von den ganz stolzen und den ganz gefährlichen.

57
Heute Nacht wäre mein Hund beinahe gestorben

Es ist mir selber aufgefallen und Ihnen sicher auch. Die Überschrift zu diesem Kapitel ist deutlich anders. Keine kleinen dreiteiligen und immer lyrisch schönen Appetithäppchen, sondern Information und Dramatik pur. Aber machen Sie sich keine großen Sorgen. Dank des wunderschönen Wörtchens „beinahe“ ahnen Sie ja schon den glücklichen Ausgang. Um es kurz zu machen: Mein Hund lebt.

In ihrer Wohnung war ich ja noch nicht gewesen – um die Wahrheit zu sagen, ich hatte gedacht, ich sehe das gelobte Land überhaupt nie. Lisa wollte es nun so. Ganz klassisch sollte ich sie von zu Hause abholen. Nur Blumen hatte ich keine mit. Warum eigentlich nicht? Als ich reinkam, war Lisa nicht da, ich meine, sie war nicht zu sehen. Wahrscheinlich im geheimnisvollen Badezimmer, um geheimnisvolle Dinge zu tun. Lisa ist immerhin auch eine Frau.

Ich bin ein wenig in der Küche gestanden, Vorzimmer gab es keines. Das Geschirr war abgewaschen, wahrscheinlich mit der Hand. Kein Geschirrspüler. Es roch nach Oregano und Sauberkeit. Auf dem kleinen Tisch standen ein paar Nüsse. Gerne hätte ich mir eine genommen, aber mir fehlte der Mut, sie zu knacken.

Im Wohnzimmer war ich kaum. Nur ein kurzer Blick durch die halb offene Tür. Große Fenster, keine Vorhänge und ein schmales Bett. Am Nachtkästchen ein Buch und ein halb volles Glas Wasser. Sicher noch von letzter Nacht. Nichts von Männern zu sehen und auch kaum Gewand. Es musste noch ein Zimmer geben. Mindestens. Ich hörte etwas, aber keine richtige Musik. Ich glaube, Lisa sang im Badezimmer. Auch sehr gemütlich. Mit einem Finger habe ich leise und erfolglos probiert, die Tür ein wenig mehr zu öffnen. Ging nicht, zu laut, da hätte ich mir gleich eine Nuss nehmen können.

Ich habe mich wieder umgedreht. Das sieht man selten, direkt an der Eingangstür ist ein großer schmaler Spiegel montiert. Nicht schlecht, da kann man die Gesamterscheinung noch einmal einer kritischen Prüfung unterziehen. Wenn man näher kommt, vielleicht beim Aufsperren der Tür, also unmittelbar vor dem Wechsel in die verwirrend gefährliche freie Wildbahn, muss man sich noch einmal selbst tief in die Augen schauen. Das bewahrt sicher vor mancher Blödheit. Diesen Spiegel will ich auch. Oder finden Sie, bei mir zahlt sich das nicht mehr aus?

Jack Nicholson und ich haben ja dasselbe Problem. Deshalb tragen wir meistens einen Kurzhaarschnitt. Das Problem mit dem Kleeblattkopf. Einem dreiblättrigen leider nur. Das kommt sicher durch diese sonderbare Naturwelle, eine Haarbeule in der Mitte und dann jeweils eine rechts und links. Schaut nicht gut aus. Besonders in der Früh und ganz besonders, wenn man gerade den Sturzhelm abgenommen hat. Jetzt fällt mir ein, John McEnroe hatte das auch.

„Nimm dir was zu trinken!“ Das hörte sich viel näher an. Lisa war schon im Zimmer mit dem schmalen Bett und ich stand immer noch vor dem Spiegel. „Danke, mach ich!“ Habe ich aber nicht gemacht, sondern ein wenig vom kaltgepressten Leinsamenöl genommen. Besser als nichts. Damit habe ich mir dann die Haarbeulen nach hinten abgeflacht. Ich musste doppelt aufpassen. Weder wollte ich erwischt werden, noch den ganzen Abend mit glänzenden Leinsamenohren herumlaufen.

Ich habe einen Freund, der arbeitet als Croupier in einem illegalen Casino. Die haben da eine Art Roulette, aber nur mit zwanzig Feldern und die viel größere weiße Kugel rotiert auch viel länger und langsamer. Da gibt es doch tatsächlich Spieler, die gewinnen. Regelmäßig sogar. Meist holländische Chinesen. Die starren in den Kessel, verfolgen den Lauf der Kugel bis zum letztmöglichen erlaubten Moment und platzieren dann noch blitzschnell ihre Wetten.

Bis dann mein Freund kommt. Der hat die richtige Medizin und die richtigen, dichten Haare. Rechts hinten eine Portion Haargel, in der Mitte über dem Kragen ein wenig Magnesiumpulver und links diverse Pflanzenöle. Wenn es ums große Geld geht, fährt er sich scheinbar nervös durch die Haare und schmiert je nach Laune blitzschnell die Kugel mit einer der Substanzen ein. Das ist es dann. Kein Beobachten mehr, kein Gewinnen mehr. Die Frühlingsrollen schütteln laut fluchend ihre Köpfe und watscheln zur Kassa. Ohne Jetons selbstverständlich.

Sehen Sie, wieder haben Sie etwas gelernt. Wenn man sich schon in illegalen Casinos ans Roulette wirft – immer den jungen Chinesen mit den Dolce&Gabbana-Kurzarmhemden hinterherspielen. Aber natürlich nur bei glatzköpfigen Croupiers. Außerdem wollte ich erklären, wieso ich manchmal so tolle Einfälle habe, wie bei Lisa in der Küche. Sonst glauben Sie noch, ich habe mir das ausgedacht.

Der Fahrer hatte das Fenster offen und es war kein Verkehr. – Ich bin nicht oft im Ausland gewesen. Es macht mich nervös, in einer Stadt zu sein, in der ich mir kein Geld ausborgen kann. Egal, vor längerer Zeit war ich einmal in Nizza mit dem Taxi unterwegs. Der Fahrer dort hatte auch das Fenster offen. Genau die richtige Dosis an Offenheit. Die Palmen zischten rechts und links vorbei. Die Luft war lau und aus den Boxen dröhnte *„Wish You Were Here"* von Pink Floyd. Bis dahin war das mit Abstand die beste Taxifahrt meines Lebens gewesen. – Jetzt muss ich neu kalkulieren. Die Straßen waren leer und wir hatten das richtige Tempo. Vielleicht ein klein wenig zu schnell. Im Radio lief so was Bluesiges. Wie bestellt, sogar mit Slide-Guitar. Und bei einer krassen Kurve, ebenfalls wie bestellt, bekam ich dann noch zusätzlich gravitatorische Hilfe. Für einen kurzen Moment hatte ich Lisa fast auf mir sitzen. Nur für einen kurzen Moment und es war auch ein klein wenig peinlich. Lisa hat sich dann neu sortiert, aber den Kopf ließ sie auf meiner Schulter.

Manchmal muss man schnell reagieren. Ich bemühe mich zwar im Moment mehr um das Geschehenlassen. – Eigentlich wollte ich ganz woanders hin. Eigentlich hatte ich den Abend genau geplant. Aber das war eine neue Situation. Das war eine Intimitätsgrenzüberschreitungssituation, da heißt es reagieren. Ich habe mich geräuspert, warum auch immer, und dem Fahrer ein neues Ziel genannt. Weit weg, am anderen Ende von Wien und vor allen Dingen immer geradeaus und ohne große Kurven. Ich hatte nichts in der Hand, nur meine Prinzessin an der Schulter. Ich war ja quasi unvorbereitet. Mit nichts konnte ich sie festhalten. Mein evolutionär für das um ihre Schulter legen zuständige Arm lag sinnlos auf meinem Bauch.

Wann weiß ein Mann schon, ob er dort ist, wo er wirklich hingehört? Ich weiß es nicht im Generellen. Für mich weiß ich es und ich vergesse es auch nie wieder. Zumindest mein Leben lang vergesse ich es nicht wieder. Damals in dem schicken Lokal, als ich Lisa erfolglos meine Liebe gestand, da war ich falsch. Da war ich total falsch. Da war ich im Arschlochland. Da war ich dort, wo ich ganz sicher nicht hinpasste und Lisa selbstverständlich auch nicht.

In der Nacht war ich gut unterwegs. In dieser Nacht war ich in der richtigen Richtung unterwegs. Lisa war nicht nur immer noch da, sie war noch an mir. Sie roch gut und ich nach Leinsamenöl. Kaltgepresstem wohlgemerkt.

Wir sind zuerst zu Mladen, dem höflichen Kroaten. Dem einzigen Jugo, der mich bei der ersten Begegnung planlos angelächelt hatte. Kein versuchter Kleinbetrug. Nichts! Einfach pure Luxushöflichkeit.

Mladen braucht nichts von mir. Er hat genug Geld und noch einen Jugo-Club nahe der Donau. Eine rein jugoslawische Jukebox, jugoslawisches Fernsehen und eine automatische gläserne Schiebetür wie am Flughafen in Zagreb. Mein Freund sitzt immer gleich am ersten Tisch und freut sich. Der unsichtbare Sensor meldet das irgendwie der gläsernen Schiebetür und die geht dann mit einem mittelleisen Pffp auf. Automatisch selbstverständlich. Dann ist Mladen glücklich. Ein schönes Leben.

In sonderbaren Lokalen trinke ich sonderbare Getränke. Das gehört sich so. Meist trinke ich, was der Chef trinkt, auch wenn es wirklich schwer fällt. Lisa und ich setzten uns an die Bar. Im Raum gab es ein bläuliches Licht. Die Kellnerin spielte mit ihrem Handy und nickte nur kurz. Es war eine von denen, Sie wissen schon! Sie kennen doch meinen Hang zum östlichen Servierkörper. Zorica war ihr Name und früher hatte sie ganz sicher woanders gearbeitet. Egal, sie nickte mir nur kurz zu und spielte weiter mit ihrem Handy. Zorica wusste: Männer wie ich bekommen das erste Getränk vom Chef serviert.

Mladen kam hinter die Theke. Persönlich und mit einem Auge immer das technische Wunderwerk von Glastür beobachtend. Lisa hatte nicht mehr viel gesagt. Seitdem sich meine Schulter und ihr Kopf in der Kurve gekriegt hatten, war es spannend still zwischen uns.

Habe ich schon beschrieben, was Lisa anhatte? Ich glaube nicht, dabei wird das jetzt wichtig! Sonst werden Sie den folgenden Baileys-Eklat nie verstehen. Also, wie fang ich an? Froschgrünes, dünnes Wolljäckchen, knielanger Rock, kariert, mit erdfarbenen gelben, braunen und grünen Streifen, braune, halbhohe Herrenschuhe mit kurzen schwarzen Socken.

Mladen war schneller als ich, gab Lisa Feuer und fragte sie nach ihren Wünschen. Mich fragte er nicht, mir stellte er mit einem breiten Grinsen einen großen Baileys hin. Das machte mich ein wenig traurig und ein wenig wütend.

Er hat sich sicher nichts Böses dabei gedacht. Wenn es um Frauen geht, denken Jugo-Köpfe überhaupt kaum nach. Seine Freundin würde und dürfte sich nie so anziehen wie Lisa. Die Mutter auch nicht, wahrscheinlich maximal die Großmutter wäre bereit, sich in diesem Stil der nach Jugo-Gesichtspunkten drastischen Unerotik zu kleiden. Mladen wollte nicht unhöflich sein. In seinen Augen musste Lisa eben bombastische anderweitige Qualitäten haben. Warum sollte ich sonst mit ihr ausgehen?

Zurück zum Baileys-Problem. Schuld war Zorica. Zumindest für den jugoslawischen Wiener Raum. Die hatte lange Jahre analysiert. Fast jede Nacht und irgendwann dazwischen auch mich. Zorica war Kellnerin und keineswegs eine richtige Nutte. Mit einem kleinen Taschengeld konnte man sie aber nicht kränken. Meist nahm sie nach Dienstschluss einen Gast mit nach Hause. Und irgendwann ist es ihr aufgefallen. Was Männer trinken, so schmecken sie auch. Manches an ihnen auf jeden Fall. – Bier ist ganz übel. Bier muss fast so mies sein wie Knoblauch. Baileys und Ananassaft wären das Beste. Aber wer trinkt so was schon? Zorica hat ihre Erkenntnisse irgendwann einmal veröffentlicht. Zweisprachig, und alle haben es geglaubt. Wer sollte das besser wissen als sie? Rücksicht auf Frauen ist ansonsten keineswegs eine klassische jugoslawische Qualität. Wahrscheinlich trinken sie das picksüße Zeug aus durchaus lauteren Motiven. Eine unschuldige Spielart der rudimentären Jugo-Emanzipation. Likör trinken in der Hoffnung auf finales Französisch.

Ich mochte den Witz von Mladen nicht. Exakter formuliert, ich mochte ihn wegen Lisa nicht. Lisa war was anderes für mich. Oder sollte etwas anderes für mich werden. Bitte gleich heute, wenn es geht. Wir würden ein Lokalproblem haben, das war sicher. Ins Arschlochland sicher nie wieder!! In ihre Künstlerlokale? Geht nicht, weil mich dort die anderen Gäste wiederum irrtümlich für ein Arschloch halten. Und mein geliebtes Jugo-Land ist auch noch nicht das Wahre für uns. Erst müsste sich Lisa in die Kombination kurzer Minirock/hohe Schuhe werfen. Die Figur hätte sie allemal.

Uns bleibt nur McDonalds. Dort knutschen wir dann mit unseren Pommes frites-Mündern. Mindestens bis die bodenaufwaschenden und zart olivgrünbraunen Sri Lankesen vor Scham rot anlaufen. Das wird großartig.

Wir gingen aber nicht dorthin. Wir sind zur Donau. Den Baileys habe ich davor tatsächlich ausgetrunken. Zorica hat Lisa wissend und grinsend angeschaut. Mladen hat nicht gegrinst, sondern stirnrunzelnd und leicht irritiert seine wunderbare automatische Glasschiebetür gemustert. Ein Geräusch in der Mechanik? Oder war nur eine große, nicht eingeladene Fliege gegen die Außenscheibe geklatscht? Egal. Lisa und ich waren an der Donau. Dort bin ich auch König. Dort kenne ich mich aus.

Die Luft war wattig und warm und alle anderen Menschen waren ein wenig unscharf. Liebespärchen in zarten Pastelltönen gingen am Ufer spazieren. Wir klapperten mit unseren zwei Paar Herrenschuhen und wie gerne hätte ich ihre Hand genommen.

Ich weiß so viel über Schiffe, man kann als lebendige Frau kaum neben mir gehen, ohne sich zu verlieben. Vom Donaudelta habe ich ihr erzählt und von meinem Lieblingsschiff MS Viking Primadonna, mit den kleinen, schrägen Zweipersonenbalkonen vor den Kabinen. Wenn ich nur wieder richtig Geld hätte!

Wir haben uns dann hingesetzt. Auf zwei große Steine ganz nah ans dunkle Wasser. Ich kam mir vor wie ein Siebzehnjähriger. Kein leichtes Alter. Es gibt da eine Stelle in einem Roman von Charles Bukowski. Eine Stelle, die ich noch nie wirklich verstanden habe, schon gar nicht mit siebzehn. Eine Stelle, die aber genau in der Lisa-und-die-Donau-Situation extrem hilfreich gewesen wäre. Welcher Roman und wo weiß ich auch nicht mehr. Aber den Text kann ich fast auswendig. Seit zwanzig Jahren schleppe ich ihn mit mir herum.

Der Briefträger fragt Bukowski nach seinem Geheimnis bei den Frauen. Morgens, wenn er mit der Post kam, *sah er oft ihren Arschbacken nach, wenn sie den Weg hinunter schlingerten, während die hohen Absätze auf das sonnenüberflutete Pflaster knallten.* Der Briefträger fragte also den „Buk". Stellvertretend für alle, oder zumindest stellvertretend für mich, was er denn machen würde, um all die tollen Frauen zu bekommen? Und jetzt zitiere ich wahrscheinlich wörtlich: *„Man muss nur Tag und Nacht zu sprechen sein", erzählte ich ihm. Das stimmte auch. Das war die eine Hälfte. Die andere war, es einfach geschehen zu lassen." (Charles Bukowski).*

Ich bin da auf meinem Stein gesessen. Lisa ganz nah bei mir. Die Donau roch angenehm nach Unrat und Abenteuer. Was meinte Bukowski? Wie soll das gehen mit dem „Geschehenlassen"? Muss man dazu betrunken sein oder was? Inzwischen war es richtig dunkel. Pastelldunkel.

„Komm, wir gehen." – Ich stand auf und trottete neben ihr her in Richtung Taxi. Weg von der Dunkelheit, weg von dem angenehmen Unrat. Wie ein Lemming, der von einem hübschen Lemmingweibchen zurückgehalten wird. Wer von uns beiden mit dem Nichtssagen angefangen hat, ist schwer zu sagen. Wir waren still, wir waren im Taxi und dann waren wir bei mir.

Lisa hat ziemlich helle Haut. Da braucht man kein Licht. Sie leuchtet praktisch im Dunkeln. Der Tisch war nicht abgeräumt. Zwischen dem dunklen Frühstück strahlte die helle Butter. Auch schön, aber nicht so schön wie Lisa.

Wenn kleine Pferde mit eisernen Hufeisen über Kopfsteinpflaster laufen, gibt das so ein klapperndes Geräusch. So ähnlich hörte es sich an. Aber bei mir im Badezimmer? Ich habe das Licht aufgedreht – und hab ihn gesehen. Da lag mein Hund und hechelte klappernd. Zweihundertmal in der Minute. Alle viere von sich gestreckt wie eine ägyptische Grabbeigabe.

Draußen lag Lisa, wahrscheinlich ausgezogen, und im Badezimmer lag mein Hund, wahrscheinlich im Sterben. Mein haariges süßes Fellweibchen in Not und ich wusste nicht, wie ich helfen konnte. Es war irgendwie immer noch schön, dass Lisa da war, aber es war mir auch ein wenig peinlich. Wenigstens wusste ich genau, wo mein Platz war. Und ich bin dort geblieben. Die ganze Nacht. Meine Hand habe ich auf das kleine Hundeherz gelegt und ein wenig gebetet. Aber ganz, ganz leise.

58
Die Scheißhitze und der Scheißbrief

Im Fernsehen hatten sie gesagt, es wird ein heißer Tag. Hatten die auch wirklich das Wetter gemeint oder doch mich? – Dabei fing alles normal an. Ich bin Frühstück kaufen gegangen, so wie immer. Draußen in der Mittagssonne taumelten die Menschen über die Straßen. Sogar die älteren Herren mit den blassgrünen Beinen hatten kurze Hosen an.

Patrizia hat mich dann angerufen. Bestens gelaunt, zurück in der Stadt und gar nicht anstrengend. Ihre Freundin – sie hat sie doch tatsächlich Exverlobte genannt – auf jeden Fall das andere ungarische Mädchen, hatte einen Job. Ich hoffe Sie erinnern sich, die heulende Ungarin mit dem verheirateten Mann aus dem persischen Lokal. Den Namen habe ich auch vergessen. Oder habe ich ihn nie gewusst? Egal.

Gestern waren sie sich vorstellen und heute fängt sie schon an. Gestern noch Nutte bei Lolita Escort und heute schon Kellnerin. Alles ist möglich. Aber die Pointe war nicht irgendwo in irgendeinem Lokal. Sondern bei Lisa. Mir war das Schild ja nicht aufgefallen und außerdem suchen die ja immer neues Personal. So gut verdient man da auch nicht.

Ich habe das Thema gewechselt. Eigentlich wollte ich ja Lisa nach dem Dienst überraschen. Aber noch so eine Frauenkonferenz wäre bei dem Wetter sicher zu viel für mich. – Dann noch die absurde Sache mit dem Solarium – hatte ich total vergessen und Patrizia war schon ein wenig beleidigt. Aber ich habe es mir dann noch einmal erklären lassen und verblüffenderweise auch verstanden.

Es ging gar nicht nur um das Handtuch. Es ging um den Typen. Den Besitzer. Zugegeben, sie hatte ihn als Freier kennen gelernt und vielleicht hatte er sich ja auch mehr erhofft. Aber jetzt war sie Kundin. Sogar eine mit einer gültigen 6-Monats-Karte. Patrizia wollte einfach keine Anzüglichkeiten mehr und ihr blaues großes Handtuch zurück. Auch wenn sie nicht so nett sein würde, mal eben mit nach hinten ins Büro zu kommen.

Gut, ich werde mich diesmal ernsthaft darum kümmern. Aber viel wichtiger war, wusste Patrizia schon etwas von meiner halben Liebesnacht mit Lisa? Reden die jetzt auch über mich? Eine ganz schlimme Vorstellung. Eigentlich wollte ich warten bis es etwas kühler wird. Aber ich habe mich auf den Weg gemacht durch diese unglaubliche Wüste. Nur sind dort wenigstens keine anderen Menschen.

Von der Kraft des Willens getrieben, wahrscheinlich ohne jeglichen Blutdruck und leider ganz sicher ohne Sonnenbrille, habe ich mich an den Hauswänden entlanggedrückt. In der Hoffnung, irgendwo in eine der kühlenden Wolken zu laufen, wie sie manchmal aus den kurz geöffneten Haustoren strömen.

Das Lokal war absolut leer. Auf den hinteren Tischen standen ein paar Ventilatoren mit lustig flatternden Bändern. Die Stühle lehnten unordentlich und leer im Raum und aus den Boxen wehte „Professor Longhair". Wo war ich bitte schön? War das wirklich noch Wien oder doch schon New Orleans und ich selbstverständlich William Hurt? – Nur wo war meine heißkalte Frau?

Lisa kam. Lisa lächelte. Und ich hatte meine Kraft zurück. Ein wenig peinlich war das mit dem Wiedersehen. Mir zumindest. „Prinzessin, bitte ich brauche eilig was zu trinken." Intimer wollte ich noch nicht werden. Ich setzte mich ganz gerade auf einen der Barhocker. Das Schwitzen konnte ich nicht stoppen, aber ich wollte wenigstens nicht auf den Boden tropfen.

Ein kleiner heißer Schwarzer (ohne Zucker) und ein Humpen Wasser mit klappernden Eiswürfeln. Ziemlich heißkalt, wenn ich darüber nachdenke.

Lisa zündete sich außerhalb meiner Reichweite eine Zigarette an und setzte sich zu mir. Für mich war alles wieder so vertraut, mindestens wie im Taxi zur Donau. Nur verdammt hell war es und ich hatte nasse Arme.

„Süße, sehen wir uns heute?" – Sie hat schon gelächelt, aber auf eine seltsame Art seltsam gelächelt, um die Wahrheit zu schreiben.

„Heute ist nicht gut. Heute geht auf keinen Fall. Heute kommt die Neue."

Ich habe so getan, als ob ich nichts wüsste. Das ist meine Spezialdisziplin.

„Und morgen? Wir könnten morgen Abend ein wenig was trinken gehen und so?"

Irgendwie war Lisa heute anders. Irgendwie ist sie bei dieser Frage endgültig versteift. „Lass uns doch Anfang nächster Woche essen gehen. Am besten Mittags zum Chinesen."

Mittagessen beim Chinesen? Warum hat sie mir nicht gleich mit dem Aschenbecher die Nase gebrochen? So heiß konnte es gar nicht sein, dass es mir nicht gleich ein wenig kalt wurde vor Schreck.

Ich habe etwas sehr Riskantes gemacht. Ich habe mit meinen beiden nassen Händen ihre beiden nassen Schultern angefasst. Sanft aber bestimmt und es war nichts in ihren Augen was mir nur irgendwie Mut machte.

Wie ein verarmter scheiß Briefträger bin ich dann auf der Straße gestanden. Den einzigen Brief verwirrt in der Hand haltend. „Es geht sich mit uns nicht aus", hatte sie gesagt und dann in ihrer bunten Hippietasche gekramt.

Und dann noch: „Ich habe ihn dreimal umgeschrieben und es tut mir so Leid!“

Was heißt: „es“ geht sich nicht aus? Was für ein „es“? Das Liebe? Das Leidenschaft? Das Beziehung? Will ich überhaupt mit einer grammatikalisch schwächelnden Frau mein Leben verbringen und blasse Kinder in die Welt setzen?

Gelesen haben ich den Brief nicht wirklich. Nur kurz aufgerissen und aus schrägem Winkel einen schnellen Blick riskiert. Die Schrift war so gerade und optimistisch ordentlich. Schon das passte absolut nicht zu mir. Ein Satz hat mir gereicht: „... einen wundervollen Menschen kennen gelernt habe.“ Das war schon in der Schule so. Die Arschlöcher haben die geilen Tussis aus der Parallelklasse abgeschleppt und ich war der wunderbare Mensch für die körperlose Tröstung.

Vor einer Woche war ich noch mit Patrizia marschiert. Hand in Hand und andächtig. Da hatte ich noch Optimismus und Achmeds Plan obendrein im Köcher. Diesmal war ich wahrhaft alleine. Vor dem sonderbaren Adolf Grünfeld-Haus stand ein verbeulter Baucontainer, in ehemaligem Orange gehalten. Mussten sie das einzige Haus, mit dem ich befreundet war, auch noch abreißen? Ich habe den ungelesenen zerknüllten Brief in den eisernen Riesensarg geschmissen. Auch kein schlechtes Begräbnis für ein Stück Hoffnungslosigkeit.

59
Das Solarium – Der Bär – Die geknackten Nüsse

Vieles in dem Buch habe ich extra für Sie aufgeschrieben. Auch wenn es manchmal schwer fällt zu glauben, das meiste war sogar live und garantiert ohne Playback. Angeblich gehören ja Romane keineswegs in den Bereich der synchronen Kommunikation. Aber nicht bei mir. Um so was kümmere ich mich nicht. Bis jetzt war ich vielleicht hie und da ein wenig verwirrend, aber wirklich immer synchron.

Manchmal allerdings schreibe ich auch für mich, damit ich besser nachdenken kann. Ich erstelle dann so eine Art Gutachten. Das Sonderbare ist nur, dass ich sowohl Auftraggeber als auch Experte bin. Die absolut akute expertenmäßige Expertenfrage lautet: Soll ich mich jammernd zu Hause verkriechen oder doch in ungarische Tröstung begeben? Ohne Anmeldung und Krankenschein, aber selbstverständlich mit glorreich erkämpftem blauen Riesenhandtuch.

Das mit den normalen Frauen gebe ich auf. Vielleicht mal für eine Nacht, wenn sie mich mitnehmen, spiele ich ein bisschen den Django. Aber gleich am Morgen nehme ich die Fähre in wärmere Gefilde. Löwen jagen auch keine Pinguine. Nicht weil sie grundsätzlich Angst haben, sondern weil sie schlauer sind als ich und dort bleiben wo sie hingehören. Wer will schon mit dem Hintern übers glatte Eis schlittern? Das kommt nicht gut.

Draußen wurde es langsam dunkel, aber beängstigenderweise kein bisschen kühler. Ein Solarium kann kein wirkliches Problem sein. Ich bin ein sehr guter Sachenholer, besonders im Erdgeschoss. Einmal musste ich einen Freund aus einer Wohnung im siebten Stock rausziehen. So ein moderner Bau mit einem schlimmen Innenstiegenhaus. Ohne Fenster und somit die maximale Belastung für einen Klaustrophobiker. Geblutet hat er, sein ganzes Geld und einen Schuh verloren. Ich war so verdammt nervös und habe ihn sogar angebrüllt. – Wenn du schon in die Scheiße gerätst, dann bitte zukünftig in den unteren Etagen …

Die wollten gerade zusperren. Wer geht schon an so einem Tag ins Solarium? Ich bin da reinmarschiert wie ein Bär und genau das wollte ich auch sein. Das größte lebende Raubtier auf der Suche nach dem blauen Handtuch. Vielleicht hatte ich die schwere, selbstverständlich gelbe Eisentür etwas zu fest aufgemacht.

Es war so verdammt leicht und ohne jeden Widerstand. Das einzig Erwähnenswerte war die Deklaration. Ich glaube an so etwas sehr. Gut, Patrizia war nicht dabei, aber ich habe es gesagt: „Ich bin Patrizias Freund und ich will…“ – Das habe ich vorher noch nie so formuliert, nicht einmal annähernd. Das Mädchen vorne am Empfang war von der kompaktgemütlichen Sorte. Den Typen habe ich nur ganz flüchtig gesehen und richtig hell war es in dem Gang nach hinten auch nicht. Um bei der Wahrheit zu bleiben, ich habe ihn nur kurz gesehen, er war ganz anders, als ich ihn mir vorgestellt hatte. Eher so der feinsinnige Isaac Stern-Typ (Mitte dreißig, aber ohne Geige) und ich hatte trotzdem dieses kleine Triumphgefühl. – Du bist ein Freier und bekommst sie nicht und für keine Zeit und ich habe sie jetzt und freue mich darüber.

Nun so weit ist ja noch alles logisch und eigentlich doch glaubwürdig. Bis vielleicht, dass man sich den Besitzer eines Solariums sicher optisch Marke Skilehrer vorstellt. Tut mir Leid, wenn ich Sie da irritiert habe.

Jetzt wird es aber wirklich sonderbar. Verlieren bin ich ja gewohnt, so gut kann man kaum spielen, mit oder ohne kleine Hilfen, dass so was nicht mal vorkommt. Kein Problem, Mund abwischen, das Leben geht weiter. Ich bin auch nicht so der leidenschaftliche Typ. Wenn ich in der Zeitung lese: „Mann hatte Kratzer am neuen Auto und erhängte sich“, wundere ich mich gewaltig. Aber genauso geht es mir, wenn ich von jemandem höre, der dasselbe getan hat, weil er von einer Frau verlassen wurde.

Vielleicht bin ich da ja ein kalter Typ oder so. Klar bin ich traurig wegen Lisa. Aber ist es nur die Frau oder ist es weil ich verloren habe? Aber bitte warum habe ich verloren? Und hatte ich jemals eine echte Chance? Wer war schuld, meine Freunde, meine Vergangenheit, mein Hund oder was bitte schön? – Und was war das hässliche „es“ in dem hässlichen Satz „es geht sich nicht aus mit uns“.

Auf jeden Fall war ich verwirrt. Beinahe wäre ich in das dämliche Taxi gelaufen und weil es gerade da stand und ich auch noch, bin ich eingestiegen. Ich weiß es ganz sicher, ich habe Patrizias Adresse gesagt. Ich habe ja auch noch erfolglos probiert, während der Fahrt anzurufen, um mich anzumelden und um von meiner Expedition ins Solarium zu erzählen. Und dann sind wir plötzlich vor Lisas Haus gestanden.

Natürlich hätte ich dem Fahrer einfach eine neue Adresse nennen könne. So was muss man nicht erklären, so was kann man einfach erklärungslos machen. Aber ich wollte gar nichts sagen und trotzdem nicht auffallen. Ich bin ausgestiegen, das blaue Riesenhandtuch selbstverständlich unter dem Arm.

Ich bin kein besonders guter Schauspieler, aber an einem geschlossenen Haustor zu rütteln und dann kopfschüttelnd doch wieder ins Taxi zu steigen, das habe sogar ich im Repertoire. – Aber das Haustor war offen und ich wollte doch zu gerne wissen, warum und wieso. Ich wollte nicht nur von Lisa Abschied nehmen, sondern selbstverständlich gleich von allen korrekten Frauen. Mindestens für immer.

Es war nicht kein Licht im Stiegenhaus, aber es war auch nicht hell. Ich war zwar erst einmal dort, aber ich habe meinen Weg gefunden. Das Fenster war offen und ich konnte von der Straße das Taxi brummen hören. Sehr beruhigend.

Leise habe ich geklopft, ganz leise und dann doch halbherzig lauter und noch ein wenig lauter. Nichts zu hören, außer einem kleinen stillen Lichtschein, der durch den Türschlitz fiel und meine engen Schuhe ganz besonders schön beleuchtete. Irgendwann war ich dann in der Küche, es roch wieder nach Oregano und Sauberkeit. Ich bin dagestanden, habe mich geräuspert und mit lauter Stimme leise gerufen.

Sonst bin ich nie so neugierig, sonst bin ich sehr dezent. Vielleicht wollte ich ja auch gleich wieder gehen und noch einen letzten Blick auf das Bett werfen, in dem ich sowieso nie war und nie sein würde.

Ich habe das leise Singen gehört und das rauschende Wasser und es war weit genug weg, um einmal mutig zu sein. Einen Spalt war sie ja schon offen und sachte, leise und trotzdem entschlossen, drückte ich meine geöffnete Hand gegen die Klinke. Zuerst sah ich die Schüssel mit Nüssen. Scheinbar waren sie alle geknackt. Kleine Nussscherben lagen unordentlich über das ganze Nachtkästchen verstreut.

Und dann waren da diese beiden kleinen wunderbaren und so nett leicht spitzigen Busen, die ich schon so oft so gesehen hatte. Und in Lisas Bett, in dem ich wie erwähnt nie war und sicher nie sein dürfte, lag die wunderschöne

Patrizia. Schlafend und mit diesem kleinen wunderbaren ungarischen Lächeln, das ich mir auch schon oft verdient hatte.

Ich war ganz leise und ganz bestimmt nicht wütend. Ich war verwirrenderweise nicht einmal verwirrt. Das Rauschen des Wassers hatte aufgehört und ich hörte Lisas vergnügtes Summen durch die Badezimmertür. Ganz sachte und trotzdem wie ein großer Bär bin ich zu dem Bett gegangen und habe meine blaue Riesenhandtuchbeute ordentlich ganz unten an den Rand gelegt. Einfach so, ohne zu denken.

Es hatte angefangen zu regnen. Das Taxi brummte im Dunkel der Nacht, aber es beruhigte mich nicht mehr. Die finstere Luft roch nach Sommersonne und die fetten Regentropfen schmeckten nach Hitze und großer Stadt. Der Fahrer bekam mein vorletztes Geld. Ich brauchte keines. Wollte einfach so lange laufen, bis ich das Gefühl gefunden hatte, das ich glaubte spüren zu müssen.

Inhaltsverzeichnis: